OORLOGSDOCHTERS

Ook verschenen van Rhys Bowen

Het kind uit Toscane (2020)

RHYS BOWEN

Oorlogs-dochters

XANDER

MIX
Papier | Ondersteunt verantwoord bosbeheer
FSC® C104608

Uitgegeven door Xander Uitgevers
www.xanderuitgevers.nl

Oorspronkelijke titel: *In Farleigh Field*
Oorspronkelijke uitgever: Lake Union Publishing
Vertaling: Erica Feberwee
Omslagontwerp: Studio Jan de Boer
Omslagbeeld: © Stephen Mulcahey / Trevillion Images
Auteursfoto: John Quin-Harkin
Zetwerk: ZetSpiegel, Best

Derde druk 2023

ISBN 978 94 0161 915 8 | NUR 302

Voor Meg Ruley, die van meet af aan in dit project geloofde en me heeft geholpen met het vinden van de juiste vorm voor het verhaal. Dank je wel, Meg! Je bent geweldig. De dag dat ik jou leerde kennen, is nog altijd een van de gelukkigste in mijn leven.

September 1939

Van: Zijne Majesteit de Koning en zijn Regering
Aan: Alle ingezetenen van Groot-Brittannië

Zolang ons land in staat van oorlog verkeert, dienen de volgende Zeven Regels te allen tijde in acht te worden genomen:

1. Vermijd voedselverspilling
2. Praat niet met vreemden
3. Houd informatie vóór u
4. Luister naar de instructies van de overheid en handel dienovereenkomstig
5. Meld alles wat u verdacht voorkomt bij de politie
6. Verspreid geen geruchten
7. Verberg alles wat de vijand van nut zou kunnen zijn in geval van een invasie

LIJST VAN PERSONAGES

Roderick Sutton, Graaf van Westerham; bewoner en eigenaar van Farleigh Place, zijn landgoed in Kent
Lady Esme Sutton, zijn vrouw
Lady Olivia 'Livvy' Sutton; zesentwintig; oudste dochter van de Suttons; getrouwd met Burggraaf Carrington; moeder van Charles
Lady Margaret 'Margot' Sutton; drieëntwintig; tweede dochter; woonachtig in Parijs
Lady Pamela 'Pamma' Sutton; eenentwintig; derde dochter; momenteel werkzaam bij een 'overheidsinstelling'
Lady Diana 'Dido' Sutton; negentien; vierde dochter; gefrustreerd omdat haar presentatie aan het hof niet doorgaat
Lady Phoebe 'Feebs' Sutton; twaalf; vijfde dochter; intelligent, ziet alles en werkt zich daardoor nogal eens in de nesten

Het personeel op Farleigh (in sterk afgeslankte bezetting)
Soames, de butler
Mrs. Mortlock, de kok
Elsie, een dienstmeisje
Jenny, een dienstmeisje
Ruby, een hulpje in de keuken

Philpott, Lady Esme's kamenier
Nanny, kindermeisje van de kleine Charles
Miss Gumble, gouvernante van Lady Phoebe
Mr. Robbins, de jachtopziener
Mrs. Robbins, zijn vrouw
Alfie, een jongen uit East-End, die vanwege de onveilige situatie in Londen naar het platteland is geëvacueerd
Jackson, de stalmeester

De buren van Farleigh Place
Dominee Cresswell, voorganger van de All Saints Church
Ben Cresswell, diens zoon, momenteel werkzaam voor een 'overheidsinstelling'

Op Nethercote
Sir William Prescott; bekleedt een financiële functie in het zakelijk hart van Londen
Lady Prescott, zijn vrouw
Jeremy Prescott, hun zoon; succesvol piloot bij de RAF

Op Simla
Kolonel Huntley, gepensioneerd militair
Mrs. Huntley, zijn vrouw

In Elmsleigh
Miss Hamilton, een oude vrijster
Dokter Sinclair, huisarts
Diverse dorpelingen, onder wie een stel kunstenaars, een aannemer en een verdachte Oostenrijker

Bij het Royal West Kent Regiment
Kolonel Pritchard, bevelvoerend officier
Kapitein Hartley, adjudant

De soldaten die onder hun bevel staan

In Dolphin Square
Maxwell Knight, meesterspion
Joan Miller, zijn secretaresse

Op Bletchley Park
Commandant Travis, waarnemend hoofd van een geheime overheidsinstelling
Trixie Radcliffe, debutante die haar steentje bijdraagt aan de oorlogsinspanning
Froggy Bracewaite, codekraker

Bij MI5
Guy Harcourt, voormalig playboy; werkt momenteel samen met Ben Creswell
Mike Radison, sectiehoofd

Bij de afdeling luchtverkenning
Mavis Pugh, een jonge vrouw met een goed stel hersens

In Parijs
Madame Gigi Armande, beroemde modeontwerpster
Baron Von Dinkslager, nazi-officier en als zodanig levensgevaarlijk
Graaf Gaston de Varennes, Margots minnaar

PROLOOG

Elmsleigh, Kent
Augustus 1939

Het was die hele zomer al ongewoon heet. Op de veranda van het clubhuis, waar hij op zijn beurt als *batsman* wachtte, voelde Ben Cresswell de zon door zijn witte cricketbroek heen branden. Kolonel Huntley, die naast hem zat, zag vuurrood en veegde het zweet van zijn gezicht. Hij droeg beenbeschermers, want hij was de volgende die moest slaan. Bij dorpscricket woog anciënniteit zwaarder dan talent, en dus voerde de kolonel het team aan, ook al was hij niet zo'n goede batsman als Ben.

Nog maar twee *overs* tot de thee. Ben hoopte vurig dat Symmes, het jongste lid van het team, niet nog vóór de thee *out* zou gaan door een van zijn woeste, onbeheerste slagen. Zijn hoofd bonsde, zijn mond was kurkdroog door de hitte. Met zijn ogen dicht luisterde hij naar de bevredigende klap waarmee de bal werd weggeslagen, naar het gezoem van bijen op de kamperfoelie achter het clubhuis, naar het ritmische geratel van een grasmaaier, ergens in een tuin. De zachte bries voerde de geur van vers gemaaid gras aan, vermengd met de rook van bladeren die werden verbrand. Het waren de geuren en geluiden die al eeuwenlang bij een Engelse zomerse zondag hoorden.

Er klonk een beleefd applaus. Ben deed zijn ogen weer open. Op het veld stormden twee spelers naar de wicket, terwijl een *fielder* een sprint trok naar de bal. Hij gooide hem niet snel genoeg terug. Nog een *run*. Bravo, dacht Ben. Misschien dat ze eindelijk eens een wedstrijd zouden winnen. Net voorbij de perfect gemaaide *pitch* wierp de slanke toren van de All Saints Church, waar zijn vader voorganger was, een schaduw over de dorpsbrink. En helemaal aan het eind daarvan overschaduwde een oude eik het monument ter nagedachtenis van de mannen uit het dorp die waren gesneuveld in de Grote Oorlog. Er stonden zestien namen op het gedenkteken. Zestien mannen en jongens uit een dorp van tweehonderd inwoners. Gevallen in een zinloze slachting, peinsde Ben.

'Waar is Prescott?' De vraag van de kolonel deed Ben opschrikken uit zijn gedachten. 'We hadden die jongen goed kunnen gebruiken! Hij weet als geen ander met een snelle *bowler* af te rekenen.'

Ben rukte zijn blik los van het veld en keerde zich naar de forsgebouwde oud-militair wiens verweerde, altijd hoogrode gezicht getuigde van zijn langdurige verblijf in de tropen én van zijn voorliefde voor whisky. 'Hij doet examen voor zijn vliegbrevet, sir.'

'Zijn vliegbrevet? Nee maar! Dus daar houdt die malloot zich tegenwoordig mee bezig!'

'Inderdaad, sir. Hij heeft vliegles genomen om er klaar voor te zijn. Zodra we Duitsland de oorlog verklaren, wil hij bij de RAF. Liever piloot dan tot zijn nek in een modderige loopgraaf, zegt-ie. Zoals die arme kerels in de vorige oorlog.'

De kolonel knikte. 'Dat was een hel. Ik prijs me gelukkig dat ik destijds in ons Indië zat, helemaal in het noorden, bij de Khyberpas. Laten we hopen dat we deze keer niet dezelfde fouten maken.'

'Ik neem aan dat een oorlog onvermijdelijk is?'

'Absoluut. Onontkoombaar! Die schoft van een Hitler valt Polen binnen. Daar kun je op wachten! Binnen een paar weken is het zover.

En dan zijn we het aan onze eer verplicht hem de oorlog te verklaren.'

Hij sprak met de blijmoedigheid van iemand die wist dat hij te oud was om nog te worden opgeroepen. 'We hadden vorige week bezoek van die lui van de burgerbescherming. Ik moest het gazon in de achtertuin omspitten voor een schuilkelder, zeiden ze. Nou, daar komt niets van in! En dat heb ik ze gezegd ook! De *memsahib* speelt croquet op dat gazon. Het is al erg genoeg dat alles straks op de bon gaat. Dan kunnen ze niet van haar verwachten dat ze ook nog haar croquet opgeeft!'

Ben glimlachte. 'Ja, ze zijn ook bij ons geweest. Met een stapel golfplaten en een bouwtekening. Niet dat mijn vader daar raad mee weet. Die heeft twee linkerhanden. Hij weet pas sinds kort hoe hij de radio moet aanzetten.'

De kolonel nam Ben onderzoekend op. 'En wat zijn jouw plannen, jongeman? Word je ook piloot?'

'Ik zou graag willen, sir,' antwoordde Ben spijtig. 'Maar ik kan me geen vlieglessen veroorloven. Dus ik zal moeten afwachten of de RAF me benadert.'

De kolonel kuchte een beetje ongemakkelijk, alsof hij nu pas besefte dat een domineeszoon krap bij kas zat, ook al had hij dan in Oxford gestudeerd en ook al gaf hij inmiddels les op een lagere school. Hij keek om zich heen, op zoek naar iets anders om het over te hebben. 'Nee maar! Dat is een verrassing!' zei hij toen opgewekt. 'Daar hebben we Lady Pamela. Ik wist niet dat ze van cricket hield.'

Ben merkte tot zijn ergernis dat hij begon te blozen. Lady Pamela kwam, gehuld in perzikkleurige zijde en elegant als altijd, naar hen toe. Ze streek sierlijk een lok asblond haar uit haar gezicht, waarop ondanks de hitte zelfs niet het kleinste druppeltje zweet parelde. De twee mannen schoten haastig overeind.

'Bravo dat u ons komt aanmoedigen, my lady!' De kolonel bood haar zijn plaats aan op de bank. 'Gaat u zitten. Ik ben hierna aan de beurt, en met die oude benen van me moet ik zorgen dat het bloed weer gaat stromen.'

Pamela schonk hem een stralende glimlach terwijl ze zich naast Ben op de bank liet vallen.

'Hallo, Pamma,' zei die. 'Ik dacht dat je in Parijs zat, bij je zus.'

'Dat zat ik ook. Maar pa wilde dat ik naar huis kwam. En dat ik Margot meenam. Volgens hem kan de oorlog elk moment uitbreken, en hij is bang dat ze dan niet meer terug kan. Maar Margot vertikt het.'

'Vindt ze die opleiding daar dan zo belangrijk? Gaat de mode boven de oorlogsdreiging?'

'Nou, ik denk dat er iets anders is wat boven álles gaat. Een knappe Franse graaf,' antwoordde ze met een geamuseerde glimlach.

'Jeetje.' Ben hoorde zelf hoe kinderachtig het klonk. 'Is je zus verliefd op een Franse graaf?'

'Tja, Franse mannen zijn nu eenmaal waanzinnig aantrekkelijk.' Pamela hield zijn blik vast. 'Zo charmant en attent. Ze kussen je hand! Welke vrouw zou daar nou niet voor zwichten?'

'Jij, hoop ik.' Het was eruit voordat hij er erg in had.

'Ik val niet op Franse mannen.' Ze keek om zich heen. 'Speelt Jeremy niet?'

Dus ze kwam niet voor hem. Het besef trof hem als een stomp in zijn maag. Ze kwam voor Jeremy. Natuurlijk! Zo ging het altijd. Er kwam een herinnering bij hem op. Een beeld van hen drieën: Pamela, Jeremy en hij. Lang geleden, op een zomerse middag zoals deze. Ze waren in de grote eik geklommen op Farleigh Place, het landgoed van Pamela's vader, de Graaf van Westerham. Jeremy ging zoals altijd voorop, met Pamela dicht achter hem. Steeds hoger klommen ze, totdat de tak waarop Pamela balanceerde, gevaarlijk doorboog. 'Stop!' had Ben geroepen. 'Niet hoger gaan!' Het had hem een uitdagende grijns opgeleverd, vrijwel onmiddellijk gevolgd door een afschuwelijk gekraak. De aanblik van Pamela's geschokte gezicht terwijl ze als in slow motion langs hem schoot, zou hij nooit vergeten. Net zomin als de dreun waarmee ze tegen de grond smakte. De klim naar beneden leek hem een eeuwigheid te duren. Jeremy sprong het laatste stuk naar de grond en was als eerste bij haar. Ben kwam, zoals altijd, te laat. Pamela lag doodstil, met haar ogen dicht. Maar toen sperde ze die ineens wijd open. Haar blik ging van Bens verschrikte gezicht naar Jeremy, en haar ogen begonnen te stralen. 'Niks aan de hand. Maak je geen zorgen,' zei ze. Maar er was wel degelijk wat aan de hand. Ze had haar arm gebroken. Dat was het moment waarop Ben besefte dat ze van Jeremy hield. En ook het moment waarop hij eindelijk tegenover zichzelf toegaf hoeveel Pamela voor hem betekende.

Al die herinneringen aan lang vervlogen zomers...

Er klonk geroep. Een appel aan de *umpire*. Gevolgd door gekreun van het publiek.

'Vervloekte idioot,' mompelde kolonel Huntley. 'Hij is uit! Bal tegen het wicket.'

Hij wilde de onfortuinlijke batsman al tegemoetlopen toen er een geronk hoorbaar werd dat in snel tempo aanzwol. Iedereen keek omhoog. Boven de heuvels verscheen een vliegtuig. Het vloog erg laag. Het geronk werd een bulderend geraas, terwijl het toestel de grond steeds dichter naderde.

'Die idioot zal zijn kist toch niet hier neerzetten?' riep kolonel Huntley.

Maar dat was precies wat er gebeurde. Het vliegtuig scheerde rakelings over de grote bruine beuk en landde op het veld, net naast de zorgvuldig gemaaide *pitch*. De cricketspelers zochten haastig een goed heenkomen.

Het toestel was felgeel met zwart geschilderd, als een reusachtige wesp. Het stuiterde over het gras en kwam voor het clubhuis tot stilstand. 'Wel heb ik van mijn leven. Wie is die idioot?' hoorde Ben de kolonel mompelen. Maar hij wist het al. Nog voordat de piloot zijn bril en zijn helm afzette, wist hij al dat het Jeremy was. Die liet zijn blik over de spelers en de toeschouwers gaan. Toen hij Ben ontdekte verscheen de vertrouwde grijns op zijn gezicht, en hij begon uitzinnig te zwaaien. 'Hoe vind je hem? Ik heb hem net gekocht! Is hij niet prachtig? Kom mee! Dan gaan we de lucht in.'

Nog voordat Ben kon reageren, schoot Pamela overeind en rende naar het vliegtuig. 'Mag ik ook mee?'

'Nee maar! Pamma!' riep Jeremy verrast. 'Wat doe jij op het cricketveld? Ik dacht dat je in Parijs zat. Helaas, ik moet je teleurstellen. Het is een twoseater. Bovendien ben je er niet op gekleed. Ook al zie je er natuurlijk beeldschoon uit. Charmant als altijd...' Hij zweeg even veelbetekenend. 'Ik kom later op de dag naar je toe. Tenminste, als dat schikt. En dan vraag ik je vader of je mee de lucht in mag.'

'Nou, dat moet dan maar.' Pamela wendde zich nijdig af en liep terug naar het clubhuis. In haar boosheid botste ze tegen Ben op. 'Als puntje bij paaltje komt maken de mannen nog steeds de dienst uit!' zei ze driftig. 'Dat blijkt maar weer. Hij gaat aan mijn vader vragen of ik mee mag. Daar heb jij geen last van. Nou, veel plezier dan maar!'

'Nee, ik blijf hier. Ik laat jou toch niet alleen. Er komt vast wel een andere -'

'Ga nou maar!' kapte ze hem af. 'Je wilt niets liever. Dat zie ik aan je gezicht. Vooruit!' Ze gaf hem een duwtje.

Verlegen, in het besef dat alle ogen op hem gericht waren, liep Ben naar het vliegtuig. Jeremy grijnsde breed. Ben kende die grijns. Die betekende doorgaans dat Jeremy iets op zijn kerfstok had.

'Ik neem aan dat je voor je brevet bent geslaagd,' merkte hij droogjes op.

'Met vlag en wimpel! Ik was een natuurtalent, zeiden ze. Tja, wat wil je, met een valk in mijn familiewapen? Nou, vooruit! Stap in!'

Ben klauterde op de stoel achter de piloot. 'Moet ik geen helm op?'

Jeremy schoot in de lach. 'Als we neerstorten zal een helm je ook niet redden. Maar maak je geen zorgen. Ik had die kist meteen in de vingers. Binnen vijf minuten. Een kind kan de was doen.'

Hij startte de motor. Het toestel stuiterde over het gras, won in rap tempo aan snelheid, en daar gingen ze, de lucht in. Ze cirkelden naar de achterkant van het clubhuis, scheerden met bulderend geraas over de cricketpitch en vlogen – opnieuw rakelings – over de grote bruine beuk aan het eind van de tuin bij de pastorie. Vanuit de lucht konden ze heel Elmsleigh zien liggen. De dorpsbrink in het hart van het dorp, met in het midden het cricketveld en aan de ene kant het oorlogsmonument en aan de andere St. Mary's Church met zijn fraaie gotische toren. Onder de rechtervleugel zag Ben de zorgvuldig onderhouden tuinen van Nethercote, het landgoed van Jeremy's ouders. Toen het vliegtuig begon te hellen kwam het stadje Sevenoaks in zicht, daarna Shoreham Valley met de krijtheuvels die zich als een reusachtige halvemaan uitstrekten naar het zuiden. Aan hun linkerkant kronkelde het flonkerende lint van de Medway, in de verte aan de horizon was de brede glinstering van de Theems te zien. De wind blies door zijn haren, en een gevoel van euforie nam bezit van Ben.

'Is het niet geweldig?' riep Jeremy over zijn schouder. 'Wat mij betreft kan het beginnen. Dit stel ik me bij een oorlog voor. Een gevecht van man tegen man. En moge de sterkste winnen! Zorg dat je ook je brevet haalt, kerel. Dan gaan we samen bij de RAF.'

Het was zinloos om te zeggen dat hij dat niet kon betalen, besefte Ben. Mensen als Jeremy vonden het onbegrijpelijk dat geld een probleem kon zijn. In Oxford had hij Ben voortdurend uitgenodigd voor dure theatervoorstellingen, bezoekjes aan een nachtclub, zelfs voor reisjes naar Parijs. En hij zou als vanzelfsprekend de kosten voor zijn rekening hebben genomen. Maar daarvoor was Ben te trots geweest. Hij had altijd een excuus gehad, een scriptie waaraan hij moest werken. Het had hem de reputatie van briljante blokker bezorgd. Ten onrechte. Hij was verre van briljant, en met dat harde werken viel het ook wel mee. Uiteindelijk was hij met een keurige cijferlijst afgestudeerd. Jeremy's cijferlijst was iets minder keurig geweest, maar in zijn geval deed dat er niet toe. Als enige zoon zou hij de titel van zijn vader erven, met alles wat daarbij hoorde.

'Nou? Wat vind je ervan?'

'Geweldig!' riep Ben. 'Echt geweldig!'

'Ik weet wat! We vliegen naar Frankrijk.'

'Heb je genoeg benzine?'

'Geen idee!' Jeremy schoot in de lach. 'Ik heb die kist net gekocht.'

Hij liet het toestel overhellen en vloog in een grote cirkel terug naar het dorp. Daar verscheen het opnieuw beneden hen: de hoofdstraat, de kleine huizen aan weerskanten, de brink omringd door appelbomen en hopvelden. Zo groen, zo keurig onderhouden, zo op en top Engels. Jeremy boog zich over de zijkant van de cockpit en wees. 'Kijk! Daar heb je Farleigh! Is het niet prachtig vanuit de lucht? Je kunt wel zien dat er een landschapsarchitect aan het werk is geweest. Na meer dan honderd jaar is de hand van Capability Brown nog duidelijk te herkennen.' Hij duwde de stuurstang met kracht naar voren, en het vliegtuig begon te dalen in de richting van Farleigh Place, dat al sinds de zeventiende eeuw in het bezit van Pamela's familie was. Het grote vierkante landhuis, opgetrokken uit grijze steen, werd omgeven door een uitgestrekt park, compleet met een klein meer. Uitbundig bloeiende borders omzoomden de fraai gebogen oprijlaan. Achter het huis lag een moestuin.

Jeremy slaakte een kreet. 'Kijk! Ze hebben gasten op de thee. We gaan ze verrassen!'

Het vliegtuig helde scherp opzij. Ben hield zich stevig vast en kneep zijn ogen stijf dicht toen hij alleen nog maar blauwe lucht om zich heen zag. Zijn maag had besloten met het toestel mee te draaien. Het vliegtuig cirkelde naar beneden en vloog laag over het meer, met in het midden een eilandje waarop een voorouder van Pamela een folly had laten bouwen. Vervolgens scheerde het laag over het zandpad met aan weerskanten de oude bomen waaronder ze als kinderen kastanjes hadden geraapt. Op het gazon aan de achterkant van het huis was met lijnen een tennisbaan uitgezet. Ernaast stonden tafeltjes. De Suttons en hun gasten waren allemaal in het wit. Soames, de butler, serveerde thee.

'Volgens mij heb ik genoeg ruimte om pal naast de tafeltjes te landen,' riep Jeremy. 'Jammer dat de dames niets op het hoofd dragen. Dat geeft zo'n geweldig effect. Hoeden die wegwaaien.'

Ze kwamen aanvliegen boven het zandpad, rakelings tussen de boomkruinen aan weerskanten door. Ben was nog steeds zo euforisch dat hij geen angst voelde. De vlieginstructeur had gelijk gehad. Jeremy was een natuurtalent. De theedrinkers waren haastig opgestaan toen het vliegtuig boven de bomen verscheen. Nu deinsden ze verschrikt achteruit. Tafelkleden wapperden, servetten vlogen door de lucht. Het vliegtuig verloor snel hoogte.

Op het moment dat Jeremy de zonnewijzer in de gaten kreeg, zag Ben hem ook. Het ding stond, verweerd en vergeten, midden op het gazon. Ben deed zijn mond open. Pas op, wilde hij roepen. Pas op voor die –

Jeremy gaf een harde ruk aan de stuurstang. De rechtervleugel dook naar het gras en boorde zich in de grond. Het vliegtuig sloeg over de kop.

DEEL 1

PAMELA

HOOFDSTUK 1

Bletchley Park
Mei 1941

Lady Pamela Sutton staarde naar de sombere regeringspropaganda aan de muur van haar werkplek in Hut 3, een kantoortje dat nauwelijks groter was dan een kleerkast. Op sommige affiches werd de burger opgewekt aangemoedigd om zijn beste beentje te blijven voorzetten, om sterk te zijn en moedig vol te houden, op andere werd diezelfde burger streng gewaarschuwd zijn trouw aan het vaderland niet te laten verslappen. Pamela vermoedde dat het buiten, achter de verduisteringsgordijnen, al licht begon te worden. Ze hoorde de vogels zingen in de bomen achter de hut; een koor van getjilp dat nog net zo uitbundig klonk als voor de oorlog en dat nog net zo vrolijk zou klinken tegen de tijd dat de oorlog eindelijk voorbij was. Wanneer dat moment ook mocht aanbreken. De oorlog duurde al veel te lang, en het einde was nog niet in zicht. Pamela wreef in haar ogen. Na de lange nacht waren ze branderig van vermoeidheid. Volgens de regels van de burgerbescherming werden vrouwen niet geacht samen met mannen nachtdiensten te draaien, om aantasting van hun goede naam te voorkomen. Pamela had dan ook moeten grinniken toen het tekort aan mannelijke vertalers ertoe leidde dat er toch een vrouw voor de nachtdienst werd ingezet. 'Gezien de mannen die hier werken, denk ik niet dat ik voor mijn goede naam hoef te vrezen,' had ze gezegd. 'Ze zijn meer geïnteresseerd in wiskundige problemen dan in meisjes.'

Sindsdien had ze regelmatig spijt gehad van haar bravoure. Het was loodzwaar om 's nachts te werken. Gelukkig zat haar dienst er nu bijna op. Dan kon ze naar bed. Niet dat ze overdag voldoende slaap kreeg. Door het geratel van de treinen die vlak onder haar raam langs denderden, kwam ze nauwelijks aan haar rust toe.

'Die vervloekte oorlog ook,' mopperde ze, en ze blies op haar stijve vingers om ze warm te krijgen. Zelfs in mei was het 's nachts koud en vochtig in de nissenhutten die vrijwel volledig uit golfplaten waren opgetrokken. Met ingang van 1 mei was het kolenrantsoen stopgezet, maar dat had ook zijn voordelen, want het betekende het einde van de rook en de schadelijke dampen die de gietijzeren kachel uitbraakte. Het was allemaal afschuwelijk, ook het eten. De maaltijden bestonden uit eieren in poedervorm, corned beef uit blik, worsten gevuld met zaagsel. Pamela kon zich niet voorstellen dat haar hospita vóór de oorlog een goede kok was geweest, maar wat ze nu op tafel zette was onverteerbaar. Wie dagdienst had, kon in de kantine eten, waar de maaltijden heel redelijk waren. Op weg naar huis kon Pamela erlangs gaan om te ontbijten, maar na de nachtdienst was ze daar meestal te moe voor.

Bij het uitbreken van de oorlog was ze gretig geweest om zich nuttig te maken. Jeremy had onmiddellijk dienst genomen en was door de RAF met open armen ontvangen. Tijdens de Slag om Engeland had hij zijn sporen verdiend als een van de meest succesvolle piloten bij de luchtmacht. Maar roekeloos als hij was, had hij enige tijd later een Duits vliegtuig tot ver boven Frankrijk achtervolgd. Daarbij was zijn toestel neergehaald, en inmiddels zat hij ergens in Duitsland in het *Stalag Luft*, een kamp voor piloten in krijgsgevangenschap. Al maandenlang was er niets van hem vernomen. Pamela wist niet eens of hij nog leefde. Ze kneep haar ogen dicht om de tranen terug te dringen. Flink zijn, hield ze zichzelf voor. Wat er ook gebeurt. 'Wij moeten het goede voorbeeld geven,' had haar vader met bulderende stem verkondigd, en hij had zijn woorden onderstreept door met de vuist op tafel te slaan. 'Denk erom dat je nooit laat merken dat je bang bent. De mensen kijken naar ons op, en het is onze plicht hen als het ware bij de hand te nemen.'

Dat was ook precies de reden waarom ze voor dit werk was geselecteerd. Haar vriendin Trixie Radcliffe, een debutante die net als zij in de lente van 1939 aan het hof was gepresenteerd, had haar in Londen voor de thee uitgenodigd, helemaal aan het begin van de oorlog, toen beschaafde bezigheden zoals theedrinken in het Brown's Hotel nog tot de mogelijkheden behoorden.

'Je raadt nooit waarom ik je heb uitgenodigd, Pamma!' begon Trixie, enthousiast als altijd. 'Een kennis stelde me voor aan iemand die zei dat hij werk had voor meisjes zoals wij. Meisjes van goede familie. Jonge vrouwen met een helder verstand die stevig in hun schoenen staan en tegen een stootje kunnen.'

'Echt waar? Wat voor werk? Moeten we bij de WAAC's en de Wrens aan de slag? Om ze les in etiquette te geven?'

Trixie schoot in de lach. 'Nee, gekkie. Volgens mij is het allemaal nogal geheim. Hij vroeg of ik betrouwbaar was. Of ik mijn mond kon houden en niet roddelde.'

'Sjonge. Dat klinkt allemaal erg spannend,' zei Pamela verrast.

Trixie boog zich dichter naar haar toe. 'Hij denkt blijkbaar dat wij de juiste normen en waarden met de paplepel ingegoten hebben gekregen. Dat we ons mannetje staan en dat geheimen bij ons veilig zijn. Hij vroeg zelfs of ik veel drink.' Ze schoot opnieuw in de lach. 'Ik neem aan dat mensen loslippig worden als ze dronken zijn.'

'Wat heb je gezegd?'

'Dat ik net voor de oorlog aan het hof was gepresenteerd en dat ik vanwege de rantsoenering nog niet de kans heb gekregen om te ontdekken of ik tegen drank kan.'

Daar moest Pamela om lachen, maar ze werd meteen weer ernstig. 'Wat zou hij in 's hemelsnaam voor werk hebben? Misschien stuurt hij ons wel naar Duitsland. Als spion.'

'Hij wilde wel weten of ik Duits sprak. "Hoe is het met uw Duits?" vroeg hij letterlijk. Ik was zo verrast dat ik hem verkeerd verstond en dacht dat hij "Duitser" zei. Alsof ik een Duitse vriend had. Dus ik kreeg de slappe lach. Afijn, toen ik weer gekalmeerd was, heb ik hem verteld dat wij allebei na de middelbare school in Zwitserland op een internaat hebben gezeten en dat jij een kei in talen bent. Hij leek oprecht in je geïnteresseerd. Toen ik jouw naam noemde, veerde hij letterlijk op.'

'Sjonge,' zei Pamela weer. 'Maar ik zie mezelf eerlijk gezegd niet als spion, en ik moet er niet aan denken dat ik Duitse officieren zou moeten verleiden. Jij wel?'

'Nee, lieverd. Dat zie ik je ook niet doen. Daar ben je veel te puur voor. Altijd al geweest. Maar ik denk dat ik er best goed in zou zijn. Helaas spreek ik Duits met zo'n zwaar accent dat ze me meteen door zouden hebben. Maar volgens mij heeft het niets met spionage te maken. Hij vroeg ook of ik goed was in kruiswoordpuzzels.'

'Merkwaardig.'

Trixie boog zich nu nog dichter naar haar toe. 'Ik denk dat het iets te maken heeft met codes,' fluisterde ze Pamela in het oor. 'Je weet wel, codes kraken, dat soort dingen.'

En ze had gelijk gekregen.

De twee meisjes hadden de trein van Euston Station naar Bletchley Junction genomen, ten noorden van Londen. De rit duurde een uur, en bij aankomst was het al bijna donker. Zowel het station als het stadje oogde weinig aantrekkelijk. Over alles lag een lijkwade van stof, afkomstig van de steenfabriek. Er was niemand om hen van de trein te halen, dus legden ze het laatste stuk van de reis lopend af. Met hun koffer in de hand volgden ze een pad langs de spoorlijn totdat ze bij een hoge gaasafzetting kwamen, waarboven prikkeldraad was gespannen.

'Jeetje.' Zelfs Trixie keek beduusd. 'Dat ziet er niet bepaald uitnodigend uit.'

'We kunnen nog terug,' zei Pamela.

Ze keken elkaar aan, allebei in de hoop dat de ander rechtsomkeert zou maken.

'Laten we op zijn minst kijken wat er van ons wordt verwacht. Nee zeggen kan altijd nog. Dan gaan we gewoon op het land werken om ons steentje bij te dragen. Of bij een varkensfokkerij.'

Daar vrolijkten ze van op.

'Kom mee. Eropaf.' Trixie gaf haar vriendin een por, en samen liepen ze naar de hoofdingang. De man van de RAF in het betonnen wachthuisje bij de poort had hun namen op zijn klembord staan. Hij liet hen door en zei dat ze zich in het grote huis moesten melden bij commandant Travis. Er werd geen hulp aangeboden bij het dragen van hun bagage, en daardoor besefte Pamela pas goed het verschil tussen deze nieuwe wereld en de wereld waaruit ze afkomstig was. Terwijl ze de oprijlaan volgden passeerden ze rijen langwerpige vaalbruine hutten, voordat het grote huis in zicht kwam. Het was gebouwd op het hoogtepunt van de victoriaanse excessen, in opdracht van een familie die behoorde tot de nouveau riche. Een breed uitwaaierend gebouw in een mengelmoes van stijlen met kunstig metselwerk, talrijke gevelspitsen, oosterse zuilen en met aan de zijkant een royale serre. De meeste mensen die het huis voor het eerst zagen, waren diep onder de indruk. Maar op jonge vrouwen zoals Pamela en Trixie, die zelf afkomstig waren van een landgoed, had al die overdaad het tegenovergestelde effect.

'Wat een gedrocht! Echt afschuwelijk!' Trixie schaterde het uit. 'Het moet een vermogen hebben gekost, maar het resultaat is ronduit ordinair. Je reinste culturele armoede.'

'Het uitzicht is wel mooi,' merkte Pamela op. 'Kijk daar! een meertje. Bossen, glooiende velden. Zouden er ook paarden zijn? Dan kunnen we af en toe misschien gaan rijden.'

'Het is geen vakantie, lieverd. We zijn hier om te werken. Kom op. Ik ben onderhand razend nieuwsgierig.'

Ze gingen naar binnen. De indrukwekkende hal voelde vertrouwd, net als de gebeeldhouwde plafonds, de lambrisering, de glas-in-loodramen en de dikke tapijten. Uit een zijdeur kwam een jonge vrouw met een stapel papieren onder de arm. Ze leek niet verrast hen te zien. 'Jullie zijn de laatste lichting debutanten, neem ik aan?' Ze wierp een misprijzende blik op Trixies nertskraag. 'Het kantoor van de commandant is boven. De trap op, tweede deur rechts.'

'Niet echt een warm welkom,' fluisterde Trixie. Ze lieten hun koffers beneden staan en beklommen de brede eiken trap, die rijkelijk versierd was met houtsnijwerk.

'Wat denk je? Is dit de grootste vergissing die we hadden kunnen maken?' fluisterde Pamela terug.

'Misschien. Maar we kunnen nu niet meer terug.' Trixie drukte bemoedigend Pamela's hand, toen klopte ze op een glimmend gewreven eikenhouten deur.

Commandant Travis ontving hen met een onverholen sceptische blik. 'Ik hoop dat u doordrongen bent van het belang van wat we hier doen, dames. En van de ernst van de situatie. Er is hier geen ruimte voor vertier. Er wordt uitsluitend gewerkt. Verdomd hard gewerkt zelfs. Maar ik vertrouw erop dat u bevrediging zult ontlenen aan wat u hier te doen krijgt. Want daarmee levert u op uw manier een bijdrage aan de oorlogsinspanning, en die bijdrage is net zo belangrijk als wat onze jongens aan het front doen. Om te beginnen wijs ik u op de plicht tot strikte geheimhouding. Het is vereist dat u de Official Secrets Act ondertekent. Daarmee verklaart u dat u, behalve met de leden van uw eenheid, met niemand over uw werk zult praten. Dus ook niet met elkaar. Met niemand, ook niet met uw ouders of uw verloofde. Is dat duidelijk?'

De meisjes knikten. Toen raapte Pamela al haar moed bij elkaar. 'Maar wat is het voor werk dat we hier gaan doen?' vroeg ze. 'Daar is ons tot dusverre niets over verteld.'

Hij hief een hand. 'Niet zo haastig, jongedame.' Hij pakte twee vellen papier en twee vulpennen. 'Eerst de Official Secrets Act. Lees hem door en zet dan hier uw handtekening.' Hij tikte met zijn vinger op het papier.

'Dus we moeten beloven met niemand te praten over wat hier gebeurt, zonder dat we weten wat hier gebeurt?' vroeg Trixie.

De commandant schoot in de lach. 'U bent een vrouw met karakter. Daar houd ik wel van. Maar op het moment dat u de poort binnen wandelde, werd u een risico voor de nationale veiligheid. En ik kan u verzekeren dat u het werk hier heel wat interessanter en bevredigender zult vinden dan alle andere functies waarvoor u in aanmerking komt.'

Trixie keek Pamela aan en haalde haar schouders op. 'Vooruit dan maar. Wat hebben we te verliezen?' Ze pakte een vulpen en tekende. Pamela volgde haar voorbeeld. Ze bleek te worden ondergebracht in Hut 3, waar ze gedecodeerde Duitse berichten moest vertalen. Wat Trixies taak werd, wist ze niet, want daar mochten ze onderling niet over praten. Wat ze wel wist, was dat Trixie het werk allesbehalve bevredigend vond, laat staan opwindend of omgeven met glamour. 'Archiveren en systeemkaartjes typen. Saaier werk is nauwelijks denkbaar,' had ze verklaard. 'Terwijl de mannen volgens mij de tijd van hun leven hebben, dankzij al die wonderbaarlijke machines waarmee ze mogen werken. Als ik had geweten dat ik zulk saai werk te doen zou krijgen, was ik hier nooit naartoe gegaan. Hoe is het bij jou? Heb jij ook zulk eentonig werk?'

'Nee, integendeel. Ik maak dagelijks een praatje met Herr Hitler,' zei Pamela, en ze schoot in de lach toen ze zag dat Trixie grote ogen opzette. 'Het was maar een grapje, lieverd. Denk erom, altijd blijven lachen. En pas op dat je je gevoel voor humor niet kwijtraakt. Maar troost je, mijn werk stelt ook weinig voor. We zijn tenslotte geen mannen.'

Meer had ze niet gezegd. Ze was zich scherp bewust van het belang van wat ze deed, en van het feit dat een verkeerde vertaling honderden mensenlevens zou kunnen kosten. Doorgaans kreeg zij de berichten met de laagste prioriteit en gingen die met de hoogste prioriteit naar de mannen, maar tot haar grote bevrediging gebeurde het af en toe dat ze een bijzondere vondst deed.

In het begin had ze het werk opwindend gevonden, echt een uitdaging. Maar na een jaar begon ze moe te worden en afgestompt te raken. De onwezenlijke situatie, de ongemakken, de voortdurende stroom van slechte berichten van het front werden uiteindelijk zelfs haar te veel, hoezeer ze ook haar best deed positief te blijven. De hutten waren spartaans ingericht. 's Winters was het er ijskoud, 's zomers snikheet, en de kale peertjes aan het plafond gaven nooit voldoende licht, wat ook niet bijdroeg aan de sfeer. Wanneer de lange, zware dienst erop zat, reed ze op de stokoude fiets die ze had gekocht naar de troosteloze kamer in het kosthuis waar ze was ondergebracht, pal langs de spoorlijn. Tijdens die ritjes gingen haar gedachten naar Farleigh Place in de lente, naar de wilde hyacinten die in deze tijd van het jaar een zee van blauw vormden onder de bomen. Naar de lammetjes in de wei.

En nu, terwijl ze achter haar bureau zat, stelde ze zich voor dat ze vroeg in de ochtend haar paard zadelde om met haar zussen te gaan rijden. Ze besefte ineens hoezeer ze naar hen verlangde. Echt close waren ze nooit geweest. Alleen met Margot had ze altijd een hechte band gehad, en haar miste ze dan ook verschrikkelijk. Het was al zo lang geleden dat ze elkaar voor het laatst hadden gezien. Ze dacht eraan hoe verschillend ze allemaal waren. Livvy, vijf jaar ouder dan zij, was bij haar geboorte al nuffig en ouwelijk geweest, en ze had het nooit kunnen laten haar zusjes terecht te wijzen.

Pamela besefte spijtig dat ze Phoebe, haar jongste zusje, nauwelijks kende. Een vrolijk kind, een veelbelovende amazone, maar als nakomertje veroordeeld tot de kinderkamer, ver weg van de rest van het gezin. Tussen Pamela en de twee jaar jongere Dido botste het nogal eens. Dido was erg ambitieus en wilde niets liever dan dat ze voor vol werd aangezien. Ze hunkerde naar vrijheid, naar de volwassenheid, naar alles wat Pamela wel had en zij niet. Maar anders dan Margot, die in Pamela een bondgenoot had gezien, beschouwde Dido haar als een rivaal. En anders dan met Margot had Pamela met Dido nooit een intieme band gehad.

Ze schrok op uit haar gedachten toen er een bakje met transcripten op haar bureau werd gezet. De eerste berichten van de vroege ochtend begonnen binnen te komen. Dat was goed nieuws, want het betekende dat de knappe koppen in Hut 6 erin waren geslaagd de Enigma op de juiste manier af te stellen. De berichten die ze hadden weten te decoderen waren in correct Duits, of althans begrijpelijk Duits. Pamela pakte de eerste kaart. De Typex produceerde lange letterketens, verdeeld in combinaties van vijf. X was een punt, Y een komma, namen werden voorafgegaan door een J. WUBY YNULL SEQNU LLNUL LX, luidde het eerste bericht. Het was iets wat elke dag binnenkwam. *Wetterbericht*. De ochtendvoorspelling voor sector 6. En NULL betekende dat er niets belangrijks gaande was. Ze noteerde de vertaling en legde de kaart in het UIT-bakje.

Het volgende gecodeerde bericht was ook maar al te vertrouwd. ABSTI MMSPR UCHYY RESTX OHNEX SINN. Het betrof een bericht van een Duitse bevelvoerder om te controleren of de codes van die dag naar bevrediging werkten. 'Dank je wel, Hamburg, ze werken uitstekend,' mompelde ze met een glimlach terwijl ze het bericht in het bakje legde. Het volgende was niet goed doorgekomen. De helft van de letters ontbrak. Dat gebeurde regelmatig en het vereiste, behalve handigheid in het oplossen van kruiswoordpuzzels, ook een gedegen kennis van de Duitse militaire terminologie. Pamela wist te achterhalen dat het onderwerp van het bericht de 21e Panzer Division was, onderdeel van Rommels woestijnleger. Maar de daarop volgende letters __ FF-I____G brachten haar in verwarring. Ging het om twee woorden, misschien zelfs drie? Als het om meer woorden ging, dan zou het eerste *auf* kunnen zijn, wat 'op' betekende. Ze tuurde zo ingespannen naar de tekst dat de letters in het slechte licht voor haar ogen begonnen te dansen. Het liefst zou ze het verduisteringsgordijn hebben weggetrokken, maar dat mocht alleen het blokhoofd, op het daarvoor aangewezen tijdstip. Haar ogen brandden. Ik heb dringend behoefte aan rust, dacht ze.

Maar ze was meteen weer alert. Er verscheen een hoopvolle uitdrukking op haar gezicht. Ze controleerde of het klopte wat ze had bedacht. *Auffrischung*. Ja! De 21e Panzer Division had behoefte aan rust en moest worden voorzien van nieuw materieel.

Ze schoot overeind en rende bijna naar de stafkamer. Wilson, een al wat oudere man die daar de leiding had, keek geërgerd op van zijn werk. Hij wilde geen vrouwen in zijn nachtdienst en negeerde Pamela dan ook zo veel mogelijk.

'Ik denk dat ik hier iets interessants heb, sir.' Ze legde de Typex voor hem neer, met haar vertaling eronder. Hij keek er langdurig naar, nog altijd geïrriteerd. 'Nogal vergezocht, vindt u ook niet, Lady Pamela?' Hij was de enige die haar bleef aanspreken met haar titel. Voor alle anderen was ze gewoon P.

'Maar het zou kunnen betekenen dat de 21e Panzer Division wordt teruggetrokken. Dat zou belangrijk nieuws zijn, of vergis ik me?'

De twee anderen aan de tafel bogen zich nieuwsgierig naar hen toe.

'Het zou best eens kunnen dat ze gelijk heeft, Wilson,' zei een van hen. '*Auffrischung*. Geniaal.' Hij schonk Pamela een bemoedigende glimlach.

'Kun jij iets anders bedenken wat hout snijdt, Wilson?' vroeg de ander. 'Haar Duits is beter dan het onze. Dat weet je net zo goed als ik.'

'Ik zou het in elk geval doorgeven aan het hoofdkwartier,' zei degene die als eerste had gereageerd. 'Goed werk, P.'

Pamela veroorloofde zich een grijns terwijl ze terugliep naar haar plaats. Net toen ze het laatste bericht van een vertaling had voorzien, verrieden stemmen aan de andere kant van de hut de aankomst van de dagdienst. Ze nam haar jas van de haak.

Er kwam een lange, slungelige jongeman naar haar toe, die de wereld bekeek door dikke brillenglazen. 'Het wordt een prachtige dag,' zei hij opgewekt. Hij heette Rodney en hij stond model voor de vele slimme, leergierige studenten die in Oxford en Cambridge voor Bletchley Park waren gerekruteerd. 'Je boft maar, met zulk mooi weer. Volgens mij wordt er vanmiddag kastie gespeeld. Leuk. Tenminste, als je van kastie houdt. Ik breng er niks van terecht, helaas. En trouwens, vanavond is er volksdansen. O, maar dan ben je alweer aan het werk, neem ik aan.' Hij streek nerveus met een hand door zijn weerbarstige haar. 'Je hebt zeker geen zin om op je vrije avond een keer met me naar de bioscoop te gaan?'

'Bedankt voor de uitnodiging, maar eerlijk gezegd probeer ik op mijn vrije avonden wat slaap in te halen.'

'Ja, nou je het zegt, je hebt behoorlijke kringen onder je ogen,' viel hij haar bij, met een volslagen gebrek aan tact. 'Uiteindelijk breekt de nachtdienst je op, hè? Maar ja, alles voor de goede zaak.'

'Ja, dat zeggen ze. Maar ik zou zo graag weten of we vorderingen maken. Met de oorlog, bedoel ik. Het nieuws van het front is niet bepaald positief. En al die arme mensen in Londen, met het ene bombardement na het andere, elke nacht opnieuw. Hoelang houden we dit nog vol, denk je?'

'Zolang als het moet,' antwoordde Rodney. 'Zo simpel is het.'

Pamela keek hem bewonderend na toen hij wegliep. Jongemannen als Rodney vormden de ruggengraat van het land. Hij mocht dan een magere, sociaal onhandige boekenwurm zijn, maar hij was vastberaden niet op te geven totdat Hitler was verslagen. Beschaamd over haar eigen neerslachtigheid, haar gebrek aan vertrouwen, liep ze naar haar fiets.

Het kosthuis van Mrs. Entwhistle, waar ze was ondergebracht, lag vlak bij het station. Er naderde net een trein die doordringend floot toen het perron in zicht kwam. Als mijn ouders eens konden zien hoe ik woon… Pamela glimlachte wrang. Maar die hadden geen idee waar ze zat en wat voor werk ze deed. Volgens de Official Secrets Act mocht ze daar met niemand over praten. Het was niet gemakkelijk geweest om haar vader zover te krijgen dat hij haar liet gaan, maar ze was eenentwintig, ze was aan het hof gepresenteerd, dus hij kon het haar moeilijk verbieden. En ze had hem met zijn eigen woorden van repliek gediend. 'Ik wil ook mijn steentje bijdrage, pa. U zegt altijd dat we het goede voorbeeld moeten geven. Dus dat ga ik doen.' Toen had hij met tegenzin goedgevonden dat ze het huis uitging.

Ze stapte af en liep met haar fiets over de stoep, misselijk van honger en vermoeidheid. Maar ze slaakte een zucht bij het vooruitzicht van het ontbijt. Wat zou Mrs. Entwhistle haar die dag voorzetten? Waterige pap met klonten? Boterhammen gebakken in het vet van het schapennekstuk van afgelopen zondag? Als ze geluk had, kreeg ze geroosterd brood, zuinig besmeerd met margarine en verdunde jam. In gedachten zag ze het ontbijt zoals dat klaarstond op het buffet in Farleigh Place. Niertjes, bacon, kedgeree, roerei. Wanneer zou ze eindelijk weer een paar dagen verlof krijgen? En zou ze het, eenmaal thuis, kunnen opbrengen om naar Bletchley terug te gaan?

Bij de kiosk voor het station viel haar blik op de voorpagina van een van de kranten die daar op stapels lagen. HELD KEERT TERUG NAAR HUIS, las ze. Door de oorlog was papier schaars, vandaar dat de kranten in een veel kleinere letter werden gedrukt. Bovendien stonden de letters dichter op elkaar en waren ook de foto's sterk in formaat teruggebracht. Maar op de voorpagina van de *Daily Express* herkende ze, ondanks de korrelige foto, de zwierige grijns van de man in RAF-uniform. Ze viste een muntje van twee pence uit haar zak en nam de krant mee. 'Kapitein-vlieger Jeremy Prescott als door een wonder ontsnapt uit Duits krijgsgevangenenkamp. Alle andere gevangenen bij de uitbraak omgekomen.' Voordat ze verder kon lezen, begonnen haar knieën te knikken, en ze zakte op de stoep in elkaar.

Vrijwel onmiddellijk schoot er hulp toe en werd ze overeind geholpen.

'Rustig maar, kindje. Ik hou je vast,' zei een stem.

'Breng haar naar de bank, Bert. En kan iemand een kop thee voor haar gaan halen in het stationscafé? Ze ziet zo wit als een doek.'

Het kwam vooral door de bezorgdheid van wildvreemden dat Pamela zich niet langer flink kon houden. Diep uit haar binnenste welde een snik op. De spanning, de lange nachten, het zware werk, de sombere berichten van het front... Het kwam er allemaal uit in die ene snik, en toen was het hek van de dam. De tranen stroomden over haar wangen.

Ze besefte dat ze voorzichtig en zorgzaam naar de bank werd geloodst. En dat ze de krant nog altijd in haar hand geklemd hield.

'Wat is er gebeurd, kindje? Slecht nieuws?' vroeg de vrouw van de kiosk.

Pamela's schouders schokten nog altijd van het snikken. 'Nee, goed nieuws,' wist ze ten slotte uit te brengen. 'Hij leeft nog. Alles is goed met hem. Hij komt naar huis.'

Die middag kwam er bericht dat de commandant haar wilde spreken. Prompt sloeg haar hart een slag over. Wat had ze verkeerd gedaan? Was het incident bij het station hem ter ore gekomen? Ze schaamde zich dood dat ze zich niet had weten te beheersen. Haar vader zou diep teleurgesteld zijn geweest. Of had ze misschien haar mond voorbijgepraat, vroeg ze zich ongerust af. Ze had de geruchten gehoord over medewerkers die de geheimhouding hadden doorbroken en die van het ene op het andere moment waren verdwenen, zonder dat er ooit nog iets van hen was vernomen. Van pure zenuwen werden er grappen over gemaakt, maar daar werd niet echt om gelachen. Want misschien waren die grappen wel waar.

Pamela stapte op de fiets. Er moet iets aan de hand zijn, dacht ze bezorgd. Niemand werd bij de commandant geroepen voor een alledaags akkefietje. Toen ze binnenkwam keek commandant Travis op van zijn werk en gebaarde naar de stoel naast zijn bureau. Pamela ging nerveus op het puntje zitten.

'Ik heb begrepen dat u eerder vandaag wat problemen had, Lady Pamela.'

Dat hij haar zo formeel aansprak, was op zich al verontrustend.

'Hoe bedoelt u, sir?'

'Het schijnt dat u voor het station in elkaar bent gezakt. Eet u wel genoeg? Ik besef dat het aanbod niet altijd even smakelijk is.'

'Ik eet genoeg, sir.'

'Komt het door de nachtdiensten? 's Nachts werken is zwaar. Ik weet er alles van.'

'We moeten de lasten nu eenmaal eerlijk verdelen. Dus we komen allemaal aan de beurt. Maar u hebt gelijk, de nachtdienst is zwaar. En het lukt me niet om overdag genoeg slaap te krijgen. Trouwens, ik ben vast niet de enige.'

'U mankeert verder niets?' vroeg hij met een veelbetekenende blik. En na een korte stilte voegde hij eraan toe: 'Hebt u misschien kennis gekregen aan een van de mannen die hier werken?'

Ze schoot in de lach. 'Ik ben niet zwanger, als u dat bedoelt.'

'Toch lijkt u me niet het type dat regelmatig flauwvalt.' Hij boog zich over het bureau naar haar toe. 'Wat is er aan de hand?'

'Het spijt me, sir. Ik schaam me dood. En het klopt wat u zei. Ik val anders nooit flauw.'

Hij keek haar dossier door. 'Wanneer hebt u voor het laatst verlof gehad?'

'Ik ben met Kerstmis een paar dagen naar huis geweest, sir.'

'Dan had u allang weer verlof moeten krijgen.'

'We hebben toch al te weinig mensen in Hut 3. Dus het voelt niet goed om -'

'Lady Pamela, ik verwacht van onze mensen dat ze eersteklas werk leveren. Dat betekent dat ze in alle opzichten fit moeten zijn. Dus ik wil dat u een week vrij neemt.'

'Maar er is niemand die me kan vervangen, en -'

'Tot wanneer bent u ingeroosterd?'

'Tot het eind van de week, sir.'

'Dan werkt u deze week nog uit, en daarna gaat u naar huis.'

'Ja maar, sir -'

'Het is een bevel, Lady Pamela. Ga naar huis. Neem het ervan en kom uitgerust weer terug.'

'Zoals u wilt, sir. Dank u wel.'

Eenmaal buiten, op de treden van het grote huis, drongen de implicaties ten volle tot haar door. Ze ging naar huis, en Jeremy was veilig terug op vaderlandse bodem. Hij was misschien zelfs al in Nethercote. Plotseling lachte het leven haar weer toe.

HOOFDSTUK 2

Farleigh Place
Vlak bij Sevenoaks, Kent
Mei 1941

De jongen uit het Londense East-End die bij de jachtopziener was ondergebracht, zag hem als eerste. Hij was al bij het eerste licht op pad gegaan om de strikken te controleren; vanwege de rantsoenering stond er, zelfs in het grote huis, regelmatig konijn op het menu. Het controleren van de strikken was een taak die hij vrijwillig op zich had genomen. Hij genoot nog altijd van de vrijheid, van de serene rust van het open veld, en hij was nog steeds vervuld van ontzag voor de groene weidsheid van het landschap, voor de hemelboog hoog boven hem, als een reusachtige koepel van bleekblauw glas. Vergeleken bij de huurkazerne in Stepney, aan een smalle steeg waarboven amper een dun, groezelig streepje lucht te zien was, voelde Farleigh nog altijd onwezenlijk. Bijna te mooi om waar te zijn.

Die ochtend keerde hij met lege handen naar huis terug. De jachtopziener verdacht de jongens uit het dorp ervan dat ze af en toe langs de strikken gingen en een konijn of een patrijs achteroverdrukten. Vandaar dat hij overwoog klemmen te zetten. De gedachte alleen al bezorgde de jongen een gevoel van opwinding en dat maakte zijn dagelijkse werk nog spannender. Stel je voor dat hij een van de jongens uit het dorp met zijn voet in een klem zou aantreffen! Als onderdeurtje en buitenstaander had hij het zwaar te verduren van die grote lummels. Zijn maag knorde. Hij ging sneller lopen, want hij verheugde zich op het ontbijt van pap en echte eieren. Geen roerei van eipoeder dat naar karton smaakte. Het was op dit vroege uur al warm en zonnig en het beloofde een heerlijke dag te worden, alsof het al zomer was. Sluiers mist hingen boven de weiden, ergens klonk de roep van een koekoek en dat overstemde het gezang van de andere vogels.

Toen hij het bos achter zich liet en het open veld rond het grote huis betrad, keek hij om zich heen, speurend naar de kudde herten. Als stadskind was hij nog altijd een beetje bang voor ze. Verspreid over de uitgestrekte grasvlakte reikten wijdvertakte eiken, kastanjebomen en bruine beuken naar de hemel. Daarachter kon hij een glimp opvangen van het grote huis, dat als een kasteel uit een sprookje boven de bomen uitstak. Net toen hij het pad naar de cottage wilde inslaan, zag hij iets in het gras liggen. Het was bruin. En ernaast lag iets wat lichter van kleur was. Iets langgerekts, en het bewoog, als een reusachtige, gewonde vogel die met een van zijn vleugels klapperde. Een beetje angstig en op zijn hoede liep hij ernaartoe, want hij had allang ontdekt dat het gevaar niet was voorbehouden aan de stad, dat het ook op het platteland loerde. Dichterbij gekomen ontdekte hij dat het een man was die daar lag, met zijn gezicht naar de grond en met zijn armen en benen in een onnatuurlijke hoek ten opzichte van zijn lichaam. Hij droeg een militair uniform, en vanuit een soort zak op zijn rug kwamen draden die waren verbonden met lange repen witachtige stof. Het duurde even voordat de jongen daarin een parachute herkende, of althans, wat daarvan over was. Het ding lag slap en gescheurd in het gras, zinloos klapperend in de zachte bries. De man moest letterlijk uit de lucht zijn gevallen.

De jongen aarzelde. Wat moest hij doen? Het lichaam was zo gruwelijk verminkt dat hij er naar van werd. Het gras eromheen was doordrenkt met bloed. Voordat hij een besluit kon nemen, hoorde hij hoefgetrappel en het gerinkel van een hoofdstel. Hij keek op. Er kwam een meisje aangalopperen. Ze zat op een dikke witte pony, en met haar jodhpur, rijjasje en fluwelen cap zag ze er voornaam uit. Toen ze vlak bij hem was, herkende hij haar. Het was Lady Phoebe, de jongste dochter van de graaf die in het grote huis woonde. Vol afschuw besefte hij dat ze recht op het lijk afreed. Hij moest haar tegenhouden! Zwaaiend met zijn armen versperde hij haar de weg. 'Stop!'

De pony kwam met een schuiver tot stilstand, hinnikte, danste en bokte nerveus, maar het meisje zat stevig in het zadel.

'Wat moet dat voorstellen?' vroeg ze verontwaardigd. 'Ben je soms gek geworden? Snowball had je wel kunnen vertrappen. Of hij had me kunnen afwerpen.'

'U kunt daar niet heen, miss. Er is een ongeluk gebeurd. Dat kunt u beter niet zien.'

'Wat voor ongeluk?'

De jongen keek achterom. 'Er is een man uit de lucht gevallen. En volgens mij heeft hij al zijn botten gebroken. Het ziet er echt heel akelig uit.'

'Uit de lucht gevallen?' Ze probeerde langs hem heen te kijken. 'Als een soort engel?'

'Nee, het is een soldaat. Zijn parachute is niet opengegaan.'

'Gossiemijne! Wat afschuwelijk. Dat wil ik zien!' Ze probeerde de pony in beweging te krijgen, maar het dier snoof angstig en dribbelde nerveus.

De jongen ging opnieuw tussen het meisje en het lijk in staan. 'Niet kijken, miss. Ik meen het. U kunt het beter niet zien.'

'Waarom niet? Ik kan heus wel tegen een stootje. Toen het varken geslacht werd, ben ik ook gaan kijken. Nou, dat was pas echt gruwelijk. Je had het gekrijs moeten horen! Ik besloot om nooit meer spek te eten. Maar dat heb ik niet lang volgehouden. Want ik ben nou eenmaal gek op spek.'

Ze dreef de pony naar voren, de jongen kon niet anders dan opzijspringen. Maar het nerveuze dier bleef al snel weer staan, bang om nog dichterbij te komen. Phoebe ging in de stijgbeugels staan. 'Jeetje!' riep ze uit, ingespannen turend. 'We moeten het tegen iemand zeggen!'

'Ja. Tegen die lui van het leger. Hun weten vast wel wie 't is.'

'Zíj weten,' verbeterde ze hem.

'Neem me niet kwalijk, miss.'

'Ja, dat doe ik wel. En ik ben geen "miss". Ik ben Lady Phoebe Sutton. Dus je moet "my lady" tegen me zeggen.'

'Neem me niet kwalijk, m -' Hij slikte nog net op tijd het woord miss in.

'We moeten het tegen mijn vader zeggen,' zei ze kordaat. 'Dit is zijn land, ook al wordt het nu door het leger gebruikt. Kom mee!'

'Moet ik mee, miss? Eh… my lady? Naar het grote huis?'

'Ja, natuurlijk moet je mee. Pa is altijd vroeg op. De rest zal nog wel slapen.'

Hij begon met de pony mee te lopen.

'Je woont toch bij de jachtopziener?' vroeg Phoebe.

'Dat klopt. Ik heet Alfie. En ik ben vorige winter van die ouwe stinkerd hierheen gekomen.'

'Welke ouwe stinkerd? Wie is dat?'

Hij grinnikte. 'Dat is geen "wie", maar een "wat". Zo noemen wij cockneys onze stad.'

Ze nam hem onderzoekend op. 'Ik zie je haast nooit op het landgoed.'

'Omdat ik de hele dag naar school moet, in het dorp.'

'O. En hoe vind je dat?'

'O, best. Maar de andere kinderen hebben allemaal de pik op me. Omdat ik klein ben voor mijn leeftijd. En omdat er niemand is die het voor me opneemt.'

'Wat onaardig van ze!'

Hij keek naar haar op. Haar gezichtje had iets hooghartigs. Ze leek zo zelfingenomen, zo zeker van zichzelf. 'Mensen zíjn niet aardig, had u dat nog niet door? Het is oorlog. Er vliegen elke nacht kerels boven Londen om bommen af te gooien. En het kan ze niets schelen wie ze raken. Vrouwen, kinderen, oude mensen… Er lag een baby op straat. Er was niks aan hem te zien, maar toen ik hem wilde optillen was hij dood. Morsdood. En ijskoud. En een andere keer zag ik een vrouw krijsend over straat rennen. Ze was helemaal bloot. Haar kleren waren door de explosie weggerukt. "Help!" riep ze. "Help! Mijn kleine jongen ligt onder het puin! We moeten hem uitgraven!"'

Phoebes hooghartige uitdrukking smolt weg. 'Het is maar goed dat ze je hierheen hebben gestuurd. Weg van die ouwe stinkerd. Hoe oud ben je?'

'Elf, bijna twaalf.'

'Ik ben net twaalf geworden,' vertelde ze trots. 'En ik had gehoopt dat ik op mijn dertiende naar school zou mogen. Maar door die akelige oorlog gaat dat natuurlijk niet door. Mijn zussen hebben geboft. Die mochten wel naar school.'

'Dus u… u bent nog nooit naar school geweest?'

'Nee. Ik heb een gouvernante. Maar er is niks aan, om in je eentje les te krijgen. Mijn zussen hadden elkaar. Die konden stout zijn en streken uithalen met hun gouvernante. Ik ben een nakomertje. Een ongelukje, volgens Dido.'

'Wie is Dido?'

'Mijn zus van negentien. Ze heet eigenlijk Diana. En ze kan het niet uitstaan dat het oorlog is. Want ze had vorig jaar zullen debuteren.'

'Debu… debu-wat?'

Phoebe schoot in de lach. Het klonk een beetje spottend. 'Je weet ook helemaal niks, hè? Meisjes zoals wij debuteren. Dat betekent dat we aan het hof worden gepresenteerd, dat we in de wereld van de grote mensen worden geïntroduceerd. We gaan naar bals, en met een beetje geluk vinden we daar een man. Maar Dido zit thuis opgesloten en ze verveelt zich stierlijk. Mijn andere zussen zijn allemaal aan het hof gepresenteerd.'

'En getrouwd?'

'Livvy wel. Maar die was, volgens Dido, altijd al de braafste van ons allemaal. Ze is getrouwd met Edmund Carrington. Echt een heel saaie man. En ze hebben al voor nakroost gezorgd.'

Alfie keek haar niet-begrijpend aan. 'Kroos? Wat moeten ze daar nou mee? Kroos is voor eenden.'

Phoebe schoot opnieuw in de lach. 'Nákroost. Dat betekent dat ze al een kind hebben. Een zoon. En die erft later de titel van zijn vader. Mijn ouders hebben alleen maar dochters. Dus als pa doodgaat, dan erft de een of andere verre neef het landgoed. En dan komen wij op straat te staan. Tenminste, dat zegt Dido. Maar ik geloof er niks van. Volgens mij zegt ze dat om me bang te maken. Want zulke dingen gebeuren niet meer. En helemaal niet nu het oorlog is.'

In de korte stilte die viel, deed Alfie zijn best om te begrijpen wat ze had gezegd.

'Maar de rest houdt zich niet echt aan de regels van de regering. En daar is pa heel erg boos over,' vervolgde Phoebe. 'Margot is naar Frankrijk vertrokken om mode te studeren, en daar heeft ze een knappe Fransman leren kennen. Dus ze vertikte het om naar huis te komen toen dat nog kon. En nu kan ze niet meer weg uit Parijs. We hebben geen idee hoe het met haar is. En Pamma... Pamma is echt aardig, en heel erg slim. Ze wilde naar de universiteit, maar dat vond pa zonde van de tijd. En van het geld. Meisjes hoeven niet te studeren, vindt hij. Volgens mij was Pamma verliefd en hoopte ze dat ze zouden gaan trouwen, maar toen nam hij dienst bij de RAF. De Duitsers hebben zijn toestel neergehaald en nu zit hij in een krijgsgevangenenkamp. Akelig, hè? Die stomme oorlog bederft alles.'

Alfie knikte. 'Mijn vader zit bij het leger in Noord-Afrika. We horen bijna nooit wat van hem. En als hij schrijft, dan zijn het maar heel korte briefjes. Bovendien is dan het meeste doorgestreept door de censor. De laatste keer dat er een brief kwam, moest mijn moeder huilen.'

Hij begon buiten adem te raken van het rennen en praten tegelijk terwijl ze het open grasland overstaken en via een groepje bomen bij de geometrisch aangelegde tuin kwamen. De rozenstruiken vormden nog altijd keurige rijen, en ook de borders met vaste planten lagen er verzorgd bij, maar de bloembedden waren overwoekerd en de rozen waren al in lange tijd niet meer gesnoeid. Aan één kant was het gazon omgespit en had het plaatsgemaakt voor een moestuin. Op het voorplein daarachter, waar ooit de rijtuigen af en aan reden, stonden nu gecamoufleerde legervoertuigen.

Alfie kwam bijna nooit zo dicht bij het grote huis en het vervulde hem ook nu weer met ontzag. Hij was met zijn ouders weleens naar Buckingham Palace geweest, maar Farleigh Place was in zijn ogen net zo groot, net zo indrukwekkend. Het huis, opgetrokken uit zware grijze stenen, telde drie verdiepingen, en het dak was aan weerskanten getooid met torens. Met zijn twee vleugels die haaks op het middengedeelte stonden, vormde het een reusachtige letter E, met het indrukwekkende bordes bij de voordeur als het middelste streepje van de letter. De zuilen links en rechts daarvan ondersteunden een timpaan versierd met een strijdtafereel geïnspireerd op de klassieke oudheid. Helaas deed het groepje soldaten dat lachend en rokend de marmeren treden afdaalde, afbreuk aan de grandeur. Ook rond de diverse legervoertuigen was het een komen en gaan van militairen, en aan de andere kant van het huis verrieden de commando's van drilmeesters en het gestamp van laarzen dat er werd geëxerceerd.

Twee officieren kwamen naderbij, op weg naar een Jeep. 'Goedemorgen, jongedame,' zei een van hen vriendelijk. 'Gaat u er met de pony op uit?'

'Ik heb al gereden,' antwoordde Phoebe stijfjes. 'We brengen mijn pony terug naar de stallen.'

Zodra ze de soldaten waren gepasseerd, boog ze zich uit het zadel naar Alfie. 'Denk erom dat je niks tegen mijn vader zegt. Hij wordt woedend als hij hoort dat ik alleen ben gaan rijden. Dat mag niet van hem. Hij wil dat ik de stalmeester meeneem. Wat een onzin! Ik ben een eersteklas amazone, en Jackson wordt al een dagje ouder. Die houdt niet van galopperen.'

Alfie knikte. Zo dicht bij het grote huis had hij een knoop in zijn maag gekregen. Hij kon zich de dag van zijn aankomst nog maar al te goed herinneren. Angstig en onzeker was hij uit de trein gestapt. Broodmager en klein voor zijn leeftijd, in een korte broek die hem te groot was en waar zijn knokige, met korsten bedekte knieën onderuit staken. Door met de rug van zijn hand zijn neus af te vegen trok hij een spoor van snot over zijn wang. Geen wonder dat hij van alle geëvacueerde kinderen als laatste was overgebleven. Niemand had hem in huis willen nemen. Uiteindelijk had Miss Hemp-Hatchett hem op de achterbank van haar Morris gezet. Als kantonrechter en akela was ze aangesteld om het inkwartieren te regelen, en omdat ze geen andere oplossing zag was ze met hem naar Farleigh Place gereden. 'U zult zich over hem moeten ontfermen, Lady Westerham,' had ze gezegd op een toon die generaties padvindsters in de houding had doen springen. 'Er is niemand die hem in huis wil nemen, en u hebt ruimte genoeg.'

Daarop was ze vertrokken, met achterlating van Alfie. Die staarde in de marmeren hal vol ontzag naar de voorouderportretten aan de muur, van wie hij zich verbeeldde dat ze woedend en vol weerzin op hem neerkeken.

Lord Westerham ontplofte toen Lady Westerham verslag uit kwam brengen. 'Schandalig! De brutaliteit! Hoe durft dat mens ons te commanderen? Wie denkt ze wel dat ze is? Trouwens, waar zouden we die snotaap moeten laten? Het leger heeft bijna het hele huis in beslag genomen. En wij moeten ons behelpen met één vleugel! Denkt ze nou echt dat ik een opklapbed in mijn slaapkamer zet? Voor zo'n joch uit een achterbuurt nota bene! Of moet hij soms bij een van onze dochters op de kamer?'

'Schreeuw niet zo, Roddy.' Lady Westerham bleef volmaakt kalm. Na dertig jaar was ze wel gewend aan de uitbarstingen van haar echtgenoot. 'Je ogen puilen op een heel onplezierige manier uit hun kassen als je dat doet. Het is oorlog. Wij zullen ook ons steentje moeten bijdragen. De meeste mensen denken toch al dat wij niets te klagen hebben.'

'En dus moeten we zo'n snotaap in huis nemen? Het zou me niets verbazen als hij het tafelzilver steelt. Maar daar komt niets van in, Esme. Ik peins er niet over! Hoe kan ik in alle rust van mijn gin-tonic genieten, als er elk moment zo'n kleine cockney mijn studeerkamer kan binnenstormen? Je zegt maar tegen dat mens van Hemp en hoe ze verder ook mag heten dat we het niet doen! En daarmee uit.'

'Dat arme kind moet toch ergens heen, Roddy,' zei Lady Westerham geduldig. 'We kunnen hem niet terugsturen naar de stad. Er liggen hele straten in puin. Misschien zijn de ouders van het jochie wel dood. Hoe zou jij het vinden als je van het ene op het andere moment werd weggerukt van alles wat je vertrouwd was?'

'Kan hij niet naar een van de pachtboeren?'

'Die hebben al kinderen in huis genomen.'

'Een van de tuinmannen dan? Staat er niet toevallig een huisje leeg?'

'Je kunt een kind toch niet in een leeg huis stoppen!' Ze zweeg nadenkend. 'Ik weet het!' zei ze toen. 'De zoon van de jachtopziener zit bij de marine. Dus hij en zijn vrouw hebben een kamer over. Robbins is misschien wat stuurs, maar zijn vrouw kan lekker koken. En dat arme kind moet weer een beetje spek op zijn botten krijgen.'

Alfie, die eenzaam en bibberend in de hal stond, had het hele gesprek kunnen volgen. Zijn hart bonsde in zijn keel van pure angst dat hij in een paleis als dit zou moeten wonen. Hij zou doodsbang zijn dat hij iets kapotmaakte. Of dat het er spookte. Een klein huisje met een goede kok, dat klonk een stuk aantrekkelijker.

'Hier. Hou hem even vast terwijl ik afstijg.' De stem van Phoebe deed hem opschrikken uit zijn gedachten. Ze was het gewend bevelen te geven, besefte hij terwijl hij deed wat ze zei, ook al had hij nog nooit een paard vastgehouden. De pony bleef braaf stilstaan. Phoebe liet zich met een vaart uit het zadel glijden en liep naar de stallen. Alfie volgde, nog altijd met de pony aan de teugel. Net toen ze de hoek van het huis rondden, kwam de stalmeester naar hen toe. Zijn gezicht was rood aangelopen, en hij zwaaide wild met zijn armen.

'U had niet alleen mogen gaan rijden, *your ladyship*! U weet wat his lordship heeft gezegd.'

'Onzin, Jackson. Ik ben een eersteklas amazone. Of niet soms?' Ze stak uitdagend haar kin naar voren, en het was alsof de pony haar nadeed, waardoor Alfie bijna zijn greep op de teugels verloor.

'Natuurlijk, my lady. U rijdt uitstekend. Maar ik denk dat uw vader zich zorgen maakt over al die soldaten in en om het huis. We zijn nergens meer veilig, zelfs niet op onze eigen grond.'

Phoebe bloosde. 'Zou je Snowball willen afzadelen, Jackson? Ik moet dringend mijn vader spreken.'

De stalmeester nam de pony bij de teugel, en Alfie liep achter Phoebe aan die al naar het grote huis beende. Hij moest rennen om haar bij te houden toen ze de treden naar de voordeur beklom. Even verkeerde hij in de verleiding om ertussenuit te knijpen, terug naar het huis van de jachtopziener waar het ontbijt al klaarstond. Maar bij de deur gekomen draaide Phoebe zich om. 'Vooruit! Maak een beetje voort,' zei ze ongeduldig.

De hal zag er nog net zo angstaanjagend en indrukwekkend uit als in zijn herinnering. Hun voetstappen galmden op de marmeren vloer, het geluid werd weerkaatst door het hoge, beschilderde plafond. Een groepje officieren kwam de trap af.

'Waarom vertellen we het hun niet?' vroeg Alfie fluisterend aan Phoebe.

'Het gaat om mijn vaders land. Dus hij moet het als eerste weten.' Phoebe liep langs de officieren, die haar beleefd toeknikten. Aan het eind van de hal sloeg ze links af. Voor de lange gang met zuilen die de hele lengte van het huis besloeg, was een triplex wand aangebracht, met daarin een deur waarop PRIVÉVERTREKKEN stond. De gang had een lambrisering van eikenhout, in het lofwerk waarmee het hoge plafond was versierd, waren rode en witte Tudor-rozen verwerkt. Aan de muur hingen jachttrofeeën en wandtapijten met jachttaferelen. Alfie vond het allemaal erg verontrustend, maar Phoebe leek het niet eens te zien.

Aan het eind van de gang kwamen ze opnieuw bij een hal met een trap, zij het niet zo indrukwekkend als die in de grote hal bij de voordeur. Phoebe keek om zich heen. 'Ik hoop dat hij al op is. Maar dat moet haast wel.'

Bij het geluid van haar stem verscheen er een butler. 'Hebt u al gereden, my lady? Een prachtige ochtend -'

'Soames! Is mijn vader al op?' kapte Phoebe hem af. 'Ik moet hem dringend spreken.'

'Ik zag hem amper een paar minuten geleden de trap af komen, my lady. Maar waar hij nu is, dat weet ik niet. Moet ik hem gaan zoeken?'

'Nee, dat doen we zelf wel. Kom mee, Alfie.' Phoebe sloeg opnieuw een gang in met familieportretten aan de muur. 'Pa! Waar bent u?'

Lord Westerham zat aan de ontbijttafel achter een groot bord kedgeree. Kippers, dacht hij dankbaar. Gelukkig dat die er nog zijn. Niet dat de visboer ze vaak had nu het vissen op de Noordzee zo gevaarlijk was geworden. Maar áls hij kippers had, stuurde de visboer altijd een berichtje naar Farleigh en bewaarde hij een maaltje onder de toonbank. In de goede oude tijd kreeg iedereen twee kippers bij het ontbijt, maar tegenwoordig zag Mrs. Mortlock zich genoodzaakt de karige hoeveelheid vis in de kedgeree te verwerken, in plaats van de traditionele gerookte schelvis.

Lord Westerham had net een hap genomen toen hij geschreeuw hoorde. Amper had hij de stem van zijn jongste dochter herkend, of ze kwam de kamer al binnenstormen.

'Wat is dat voor ongepaste herrie?' vroeg hij nijdig, zwaaiend met zijn vork. 'Leert je gouvernante je niet hoe je je hoort te gedragen?'

'Natuurlijk, ze zegt altijd dat een dame haar stem niet verheft. Maar dit is een noodgeval. Ik moet u dringend iets vertellen. We hebben een lijk gevonden. Tenminste, Alfie heeft het gevonden, en als hij me niet had tegengehouden, was ik eroverheen gereden.'

'Wat? Waar heb je het over?' Lord Westerham legde zijn vork neer en keek woedend naar Alfie, zich afvragend wie dat joch was en wat het in zijn ontbijtkamer deed.

'Ik heb het over een lijk, vader. In het achterste weiland. Er is een man uit de lucht gevallen. Het ziet er afschuwelijk uit, maar u moet komen kijken.'

'Zijn parachute is niet opengegaan,' voegde Alfie eraan toe. Hij wenste meteen dat hij zijn mond had gehouden, want het leverde hem opnieuw een woedende blik op vanonder Lord Westerhams borstelige wenkbrauwen. Hij slikte nerveus, zijn blik ging naar de deur, en hij vroeg zich af of hij het op een rennen moest zetten.

'Wat deed je op mijn land? Stropen, natuurlijk.'

'Nee, sir. Ik woon bij de jachtopziener. Misschien weet u dat nog.'

'O ja, dat is waar ook.'

'Ik ga elke ochtend al heel vroeg het bos in, de strikken langs,' vertelde Alfie. 'En vanochtend zag ik iets in het gras liggen. Ik wist niet wat het was, dus ben ik ernaartoe gelopen. Het was een man. Hartstikke dood. Onder het bloed. En toen kwam uw dochter aangalopperen. Dus toen heb ik haar tegengehouden. En toen zei zij dat we het aan u moesten gaan vertellen. Dat u het als eerste moest weten.'

'Juist, ja. Heel verstandig.' Lord Westerham legde zijn servet neer en stond op. 'Tja, dan zal ik maar meteen met jullie meegaan.' Hij reageerde geërgerd toen zijn twee Engelse setters naar de deur renden. De dieren begrepen onmiddellijk dat hun baasje naar buiten ging. 'Maar die dekselse honden blijven hier. Ik wil niet dat ze bij een lijk rondsnuffelen.' Hij keek op de setters neer die opgewonden met hun langharige staart kwispelden. Op slag verzachtte zijn blik. 'Het spijt me, St. John. Het spijt me, Missie, meisje van me,' zei hij met een tederheid die zijn kinderen niet van hem kenden. Zo praatte hij alleen tegen zijn honden. 'Jullie kunnen niet mee. We halen het later in.' Hij gaf ze een snelle aai over hun kop. 'Blijf!'

De twee setters gingen bezorgd maar gehoorzaam zitten. Aan het eind van de lange gang gekomen, keek Phoebe nog even om. De honden zaten nog altijd roerloos in een brede schacht zonlicht.

HOOFDSTUK 3

In de keuken op Farleigh Place
Mei 1941

'Wat was er toch allemaal aan de hand, Mr. Soames?' Mrs. Mortlock keek op toen de butler binnenkwam door de groene personeelsdeur. Ze stond aan de keukentafel, haar armen zaten tot aan haar ellebogen onder het meel. 'Elsie bracht net warm water naar boven voor Miss Livvy, en toen hoorde ze geschreeuw, zei ze.'

'Dat was Lady Phoebe. Ze leek me behoorlijk geagiteerd,' antwoordde Soames, beheerst en afgemeten als altijd. 'Ik heb niet alles kunnen verstaan, maar ik ving wel iets op over een lijk.'

'Een lijk! Asjemenou! Het wordt hoe langer hoe gekker.' Mrs. Mortlock sloeg haar handen tegen elkaar waardoor er een wolk van meel opsteeg. 'Die arme Lady Phoebe. U gaat me toch niet vertellen dat ze een lijk heeft gevonden? Zoiets kan erg ontwrichtend zijn voor de tere ziel van een jong meisje.'

Mr. Soames glimlachte. 'Lady Phoebe is een taaie, Mrs. Mortlock. Minstens zo taai als wij. Maar u hebt gelijk, een lijk op Farleigh is buitengewoon verontrustend.'

'Waar is het gevonden, Mr. Soames? En is het iemand die we kennen?' Mrs. Mortlock liet haar beslagkom in de steek, brandend van nieuwsgierigheid.

'Ik zou het u niet kunnen zeggen. Er is een lijk gevonden. Dat is alles wat ik weet. En gezien het feit dat Lady Phoebe in rijkleding was, vermoed ik dat ze het lijk ergens op het landgoed heeft gevonden.'

'Het komt door die soldaten,' zei Ruby, de keukenhulp, vanachter de gootsteen. 'Ze snakken naar een vrouw. Naar seks!'

Mrs. Mortlock hield geschokt haar adem in.

'Ruby, waar leer je dat soort grove woorden?' vroeg Mr. Soames streng. 'Die wens ik hier in huis niet te horen.'

'Ik heb het van Elsie,' antwoordde Ruby. 'Die zei het tegen Jenny. En Jenny weet het uit de bladen die ze leest, met al die foto's. In Hollywood gaat het altijd over seks, zegt ze. En Elsie zegt dat al die soldaten naar seks hunkeren. Toen ze de deurknop poetste, vroegen er een paar of ze meeging naar de pub.'

'Ik hoop dat ze hen gepast van repliek heeft gediend,' bitste Mrs. Mortlock. 'U moet met dat meisje gaan praten, Mr. Soames. Het mag dan oorlog zijn, maar we moeten ervoor waken dat de normen vervagen.'

'Reken maar dat ik met dat meisje ga praten, Mrs. Mortlock. Dat krijg je ervan als er geen huishoudster is, geen hoger personeel om toezicht te houden. Dan wordt de jeugd veel te vrij.'

'Hebben ze ook gezegd of het een man of een vrouw was, dat lijk?' vroeg Mrs. Mortlock.

'Ik wed dat ze een meisje uit het dorp hierheen hebben gelokt. En dat het arme kind van pure schrik is gestorven toen ze zich aan haar vergrepen,' opperde Ruby.

'Zo is het wel genoeg, Ruby,' zei Mr. Soames ferm. 'Ik zou graag van dat soort opmerkingen verschoond blijven.'

'En gelukkig heeft Ruby het veel te druk met afwassen en aardappels schillen om de soldaten voor de voeten te lopen.' Mrs. Mortlock schonk de keukenhulp een waarschuwende blik. 'Sterker nog, als ze niet voortmaakt, krijgen we het eten niet op tijd klaar. Ik durf me nauwelijks voor te stellen wat his lordship zal zeggen als hij merkt dat er weer groentepastei op het menu staat. Maar er is niks aan te doen. We zijn voor deze maand al door onze vleesbonnen heen.'

'Ik vind het zo oneerlijk. De familie heeft nota bene d'r eigen koeien en varkens op de boerderij. Waarom mogen hun dat niet eten?'

'Waarom mogen zíj dat niet eten, Ruby. Leer dat nou toch eens.' Mr. Soames slaakte een zucht.

'Eigenlijk mogen we niet klagen,' zei Mrs. Mortlock. 'Er zijn zoveel anderen die het slechter hebben. En het is niet meer dan billijk dat boeren hun oogst en hun vlees delen met de mensen in de stad. Maar het valt niet mee om lekker te koken met een weekrantsoen van amper een ons vlees per persoon.'

'Toch vind ik het niet eerlijk! Ik moet mijn dagen hier in de keuken slijten, met aardappels schillen en afwassen. Terwijl ik in een fabriek veel meer zou kunnen verdienen,' mopperde Ruby.

'Welke fabriek zou jou willen hebben?' vroeg Mrs. Mortlock. 'Voor fabriekswerk moet je slim en handig zijn. Met jouw twee linkerhanden zou je het nog geen dag volhouden. Nee, wees maar blij dat *her ladyship* je in dienst heeft genomen. Anders had je op het land moeten werken. Aardappels rooien in de kou en de regen.'

'O, maar dat zou ik helemaal niet erg vinden. Dan ben je met een heleboel. Dat is veel gezelliger,' zei Ruby. 'Hier is er niks meer aan nu alle livreiknechten weg zijn.'

'Het is voor ons ook geen pretje, Ruby,' wees Mr. Soames haar terecht. 'Op mijn leeftijd en in mijn positie sta ik bepaald niet te springen om aan tafel te bedienen. Maar de familie rekent op me. Dus ik doe het met een opgewekt gezicht. We mogen de familie niet teleurstellen. Daar gaat het om. En we moeten zorgen dat alles zo veel mogelijk bij het oude blijft. Al is het maar voor de schijn. Begrepen?'

'Ja, Mr. Soames,' antwoordde Ruby braaf.

'Zou een beker warme chocolademelk met een scheutje brandy niet goed zijn voor Lady Phoebe?' vroeg Mrs. Mortlock. 'Ze zeggen dat brandy helpt tegen de schrik.'

'Die schrik valt wel mee, volgens mij. Lady Phoebe vindt het vooral erg opwindend. Tja, Mrs. Mortlock, die jeugd van tegenwoordig... Lady Phoebe geniet met smaak van haar ontbijt, dat weet ik zeker.' Hij liep met een brede glimlach naar de deur.

Phoebe kwam net haar slaapkamer uit toen er verderop in de gang een deur openging. Er werd een slaperig hoofd naar buiten gestoken. 'Wat is er aan de hand? Je maakt iedereen wakker. Waarom loop je al voor dag en dauw door de gang te rennen?' vroeg Lady Diana Sutton nijdig. Ze droeg een pyjama van blauwe zijde, haar blonde kortgeknipte haar piekte naar alle kanten.

'Het is al uren licht, Dido. Ik heb al een rit gemaakt. En je raadt nooit wat ik heb gevonden!'

'Nou, ik ben reuzebenieuwd. Vertel!' zei Lady Diana hatelijk. Ze leunde tegen de deurstijl in een pose die zowel blasé als geraffineerd moest lijken. 'Paddenstoelen? Of misschien wel een vos?'

'Een lijk!'

'Een lijk? Van een mens? Was hij dood?'

'Dat zijn lijken meestal. En dit lijk was heel erg dood. Het was een man. En hij was uit een vliegtuig gevallen.'

'Hoe weet je dat?'

'Omdat hij een parachute op zijn rug had. En die was niet opengegaan.'

'Gossiemijne.' Van Dido's geraffineerdheid was plotseling niets meer over. 'Heb je het al aan pa verteld?'

'Ja, en hij is naar de mannen van het leger om te overleggen.'

'Wacht! Ik kleed me snel aan. Dan kun je me het lijk laten zien voordat ze het weghalen.'

'Ik denk niet dat pa dat goedvindt. Zeker niet nu hij bij de mannen van het leger is.'

'Doe niet zo flauw, Feebs. Er gebeurt hier nóóit iets! Ik weet niet hoe het met jou is, maar ik verveel me dood. Het is zo oneerlijk! Ik had allang gepresenteerd moeten worden. Ik had zelfs al verloofd kunnen zijn. Misschien wel met een knappe Franse graaf, net als Margot. Maar ik zit thuis, met alleen maar boeren en soldaten om me heen. Sáái! En pa wil niet dat ik naar Londen ga. Ik mag niet eens op het land gaan werken, want volgens hem willen al die boerenknechten maar één ding. Net als ik, trouwens. Maar dat snapt hij niet.'

'O? Wat is dat dan?' vroeg Phoebe argeloos. 'Bedoel je dat je verkering wilt?'

'Seks, schat. Ik wil seks! Maar dat begrijp jij nog niet. Daar ben je nog te jong voor.' Ze schonk Phoebe een vernietigende blik. 'Ik haat die stomme oorlog! En als jij niet met me meegaat, dan ga ik alleen naar dat lijk kijken.' Ze liep haar kamer in en gooide de deur zo hard dicht dat de schilderijen vervaarlijk wiebelden aan hun haak.

HOOFDSTUK 4

Op het grondgebied van Farleigh Place
Mei 1941

'En?' Lord Westerham keerde zich naar de officier die naast hem stond. 'Is het er een van u?' Hij was er bepaald niet gelukkig mee dat de Royal West Kents zijn huis hadden gevorderd, maar kolonel Pritchard kon ermee door, vond hij. De bevelvoerend officier was een echte heer, een man van de oude stempel, die geen moeite had geschuwd om de overlast zo veel mogelijk te beperken.

Enigszins wit om de neus staarde de kolonel op dit moment naar het lijk in het gras. Hij was niet groot van stuk; een parmantige verschijning, gesoigneerd met een perfect verzorgd snorretje. Zonder zijn uniform zou niemand hem voor een militair hebben aangezien, eerder voor een bankdirecteur of een zakenman. 'Mijn mannen springen niet uit een vliegtuig.' Hij trok zijn voet terug uit het met bloed doordrenkte gras. 'Wij zijn uitsluitend infanterie.'

'Maar dat is toch uw uniform?'

'Het lijkt erop. Maar het is moeilijk met zekerheid te zeggen.' De kolonel fronste zijn wenkbrauwen. 'Hoe dan ook, als een van mijn mannen toestemming had gekregen voor een parachutesprong, dan zou ik dat hebben geweten. Net zoals ik het zou weten als mijn manschappen niet compleet waren. Of, als er iemand ontbrak, de reden voor zijn afwezigheid.'

'Dus hoe moet het nu verder?' vroeg Lord Westerham streng. 'We kunnen hem hier niet laten liggen. Dat jaagt mijn herten schrik aan. Iemand zal hem moeten komen weghalen. Wat vindt u? Moeten we de politie inlichten, zodat die hem naar het dichtstbijzijnde mortuarium kan brengen?'

'Dat lijkt me niet gepast,' antwoordde kolonel Pritchard. 'De man is in uniform, dus het is een zaak voor het leger. Er moet iemand zijn die ons kan vertellen met wie we te maken hebben. Al was het maar omdat iemand opdracht moet hebben gegeven voor een nachtelijke parachutesprong. Ook al begrijp ik niet waarom die sprong uitgerekend boven uw grondgebied moest plaatsvinden.'

'Misschien is hij door de wind uit koers geraakt.'

'Er stond nauwelijks wind vannacht. En te oordelen naar de staat van zijn parachute, is die niet opengegaan. Dus van uit de koers raken kan geen sprake zijn geweest. Misschien moeten we maar even een blik werpen op de identiteitsplaatjes van die arme donder,' concludeerde hij toen, huiverend bij het vooruitzicht. 'Dan weten we wie het is, of liever gezegd wás, en waar hij vandaan kwam.'

Ze bukten zich en begonnen het lichaam om te draaien. Het voelde alsof ze aan een zak met een ratjetoe aan spullen sjorden; alsof alle botten in het lichaam van de onfortuinlijke springer waren gebroken. Zelfs Lord Westerham huiverde. De voorkant van het lijk was één bloederige smurrie, het gezicht onherkenbaar. Met zijn hoofd afgewend maakte de kolonel de bovenste knoop van de uniformjas los en haalde de identiteitsplaatjes tevoorschijn. Dat het ene plaatje rood was en het andere groen, was nauwelijks meer te zien, het koord waaraan ze waren bevestigd plakte van het gestolde bloed. De vliegen hadden het lijk ook al gevonden en zwermden erboven, hun gezoem verstoorde de stilte van de ochtend.

Kolonel Pritchard haalde een mes uit zijn zak en sneed het koord door. 'Wat er op de plaatjes staat is onleesbaar. We zullen eerst het bloed eraf moeten spoelen.' Hij viste een gesteven witte zakdoek uit zijn zak en wikkelde de plaatjes daarin.

'Kijk!' Lord Westerham wees naar het insigne op de schouder van de omgekomen soldaat. Ondanks het bloed en het vuil was nog met enige moeite de naam van het legeronderdeel te onderscheiden. ROYAL WEST KENTS. 'Het was er wel degelijk een van u.'

'Godallemachtig!' Kolonel Pritchard zette grote ogen op. 'Wat heeft hem bezield? Was het een streek of een weddenschap? Had hij een makker bij de RAF en wilde hij ons verrassen tijdens het ochtendappel? Laten we hopen dat de slechte afloop ervoor zorgt dat anderen niet zulke idiote fratsen uithalen.'

Diana haastte zich de treden af. Ze glimlachte verstolen, zich bewust van de onopvallende blikken die de soldaten haar toewierpen. In haar rode linnen broek en witte haltertruitje was ze niet op de ochtendkou gekleed, maar ze zag er wel beeldig uit, en daar ging het om! Haar voeten staken in sandaaltjes met touwzolen en sleehakken. Tegen de tijd dat ze het eerste gazon was overgestoken, waren haar voeten drijfnat van de dauw en had ze spijt dat ze geen vest had aangetrokken. Maar alle ongemakken waren op slag vergeten toen ze het groepje soldaten naderde dat bezig was een lichaam op een brancard te tillen. Het was bedekt met een laken. Vlakbij stond een ambulance. De mannen keken op toen Diana kwam aanlopen, en de verbazing, maar vooral de goedkeuring op hun gezicht ontgingen haar niet.

'U kunt beter niet dichterbij komen, miss.' Een van de mannen liep naar haar toe om haar de weg te versperren. 'Er is een afschuwelijk ongeluk gebeurd.'

Hij werd gecorrigeerd door een al wat oudere man met de strepen van een sergeant op zijn mouw. 'Ze is geen "miss", maar een van de dochters van his lordship. Dus je moet haar aanspreken met "my lady".'

'Neemt u me niet kwalijk, my lady,' zei de jonge soldaat haastig.

'Trek het je niet aan. Ik hecht niet aan dat soort onzin. Ik heet Diana. En ik ben benieuwd naar het lijk.'

'Dat kunt u maar beter niet zien, Lady Diana,' zei de sergeant. 'Die arme kerel is er verschrikkelijk aan toe.'

'Wat denkt u? Was het een spion?' vroeg Diana. 'Je hoort zoveel verhalen over de Duitsers die spionnen boven ons land zouden droppen.'

De mannen grinnikten.

'Als hij een spion was, dan is het hem gelukt ons uniform te pakken te krijgen,' antwoordde de sergeant. 'Nee, ik vermoed dat het gaat om een trainingsmissie met een ongelukkige afloop, die arme klootzak.' Plotseling besefte hij weer tegen wie hij het had, en hij verschoot van kleur. 'Neemt u me niet kwalijk, your ladyship.'

'Het ging vast en zeker om het uitproberen van een nieuw type parachute,' viel een andere soldaat hem bij. 'Ze vertellen ons nooit wat, maar we worden wel als proefkonijn gebruikt.'

Zijn makkers knikten instemmend.

'Hij droeg een ring, die flikker,' zei de jonge soldaat vol weerzin.

'Blijkbaar was hij getrouwd!'

'Een sukkel, dat was het,' sprak de jonge soldaat hem tegen.

'Omdat hij getrouwd was?' vroeg Diana. 'Ben je dan een sukkel?'

'Nee, your ladyship. Omdat een ring riskant is bij een sprong. Als je blijft haken, kan je vinger worden afgerukt.'

Diana huiverde, ook door het gemak waarmee de mannen over dat soort dingen praatten. Maar ze hadden waarschijnlijk al in Frankrijk gevochten, hun makkers zien sneuvelen en misschien hadden ze de ontsnapping uit Duinkerken meegemaakt. Daarmee vergeleken stelde een mislukte parachutesprong niet veel voor. De brancard was inmiddels in de ambulance geschoven. De auto vertrok, en de mannen liepen terug naar het grote huis. Diana sloot zich bij hen aan.

'Hoelang zijn jullie hier nog?' vroeg ze.

'Ik hoop tot het eind van de oorlog,' antwoordde de sergeant.

'Nou, ik niet, Smitty. Ik wil actie! Ik wil iets doen! Voor mijn part vertrekken we morgen naar Noord-Afrika om Rommel op zijn sodemieter te geven,' zei de jonge soldaat die Diana als eerste had aangesproken.

'Jij bent nog een groentje, Tom. Als je erbij was geweest in Duinkerken zou je wel anders praten. Ik ben nog nooit zo blij geweest om weer thuis te zijn. Het is verbijsterend wat al die schippers met hun bootjes hebben gedaan. Ik ben naar huis gevaren op het jacht van een rijke kerel. Hij had zo'n twintig man aan boord. Veel te veel. We waren gruwelijk overbelast. Ik dacht dat we zouden kapseizen. Maar het ging goed. En zodra hij ons aan land had gezet, ging hij terug. Daar was lef voor nodig.'

Diana knikte. 'En wat doet u nou de hele dag?' vroeg ze.

'Trainen. Exerceren. Ons voorbereiden op de invasie.'

'Denkt u echt dat de Duitsers zullen binnenvallen?'

'Dat is volgens mij alleen nog een kwestie van tijd,' antwoordde een van de mannen. 'Ze hebben zo'n vervloekt grote oorlogsmachine. Maar we lusten ze rauw! Reken maar! We laten niet over ons lopen.'

'Ik vind u allemaal zo dapper.' Diana merkte geamuseerd op hoe ongemakkelijk ze haar aankeken.

'U zou eens mee moeten gaan naar het dorp, my lady, als er gedanst wordt,' zei een van de mannen vrijmoedig.

'Wie weet, misschien doe ik dat wel.' *Als het van mijn vader mag.*

Bij het huis aangekomen keek ze de mannen spijtig na toen die koers zetten naar het deel waar zij waren ingekwartierd.

Phoebe liep naar haar kamer om zich te verkleden. Zelfs nu de regels door de oorlog wat minder strikt waren, werd ze niet geacht in rijbroek aan het ontbijt te verschijnen. Eenmaal alleen besefte ze dat ze zich toch best akelig voelde, maar dat schreef ze toe aan haar lege maag.

'Heb je al gereden, Phoebe?' vroeg Miss Gumble terwijl ze de kamer binnenkwam. Phoebes gouvernante was lang en dun, in alle opzichten een verzorgde verschijning. Haar vroegere schoonheid schemerde nog altijd door haar magere gezicht, haar ingevallen wangen. Als telg uit een vooraanstaande familie was ze voorbestemd geweest om een goede partij te trouwen, maar door de Grote Oorlog had ze nooit de kans gekregen om de juiste man te vinden.

Ze was aangesteld als Phoebes gouvernante toen Dido naar kostschool in Zwitserland werd gestuurd. Het tweetal kon het samen goed vinden. Phoebe was een intelligente leerling en Miss Gumble genoot ervan om haar te onderwijzen, ook al zei haar geweten dat ze zich beter als vrijwilliger had kunnen melden, om haar bijdrage te leveren aan de oorlogsinspanning. Met haar heldere verstand twijfelde ze er niet aan of ze zou zich nuttig kunnen maken.

Phoebe keek op. 'O, goeiemorgen, Gumbie. Ik had je niet horen binnenkomen. Je raadt nooit wat er is gebeurd. Ik heb een lijk gevonden in het achterste weiland. Vanmorgen, tijdens het rijden.'

'Een lijk? Lieve hemel! Heb je je vader gewaarschuwd?'

'Ja. Hij is er met de soldaten naartoe gegaan. Het was een man. Blijkbaar is zijn parachute niet opengegaan toen hij uit het vliegtuig sprong. Volgens mij had hij al zijn botten gebroken, en hij zat helemaal onder het bloed.'

'Wat zul je geschrokken zijn!'

'Een beetje wel, ja. Maar je zou trots op me zijn geweest. Ik heb aan niemand iets laten merken. Het ergste was dat ik er bijna overheen was gereden. Stel je voor! Gelukkig hield die jongen uit Londen me tegen. Je weet wel, die jongen die bij de jachtopziener woont. Hij was heel dapper.'

'Gelukkig maar.' Miss Gumble ging achter Phoebes stoel staan om de knopen van haar katoenen jurk dicht te maken. Sinds Phoebe zichzelf te oud vond voor een nanny, had haar gouvernante dat soort taken overgenomen. Want wat Phoebe ook mocht beweren, een meisje van twaalf had wel degelijk nog iemand nodig die haar een beetje bemoederde. En Lady Esme had het hart op de goede plaats, maar ze was niet echt een moeder, vond Miss Gumble. Het kwam erop neer dat ze haar kinderen min of meer aan hun lot overliet. Ondanks dat hadden alle vijf de dochters zich opmerkelijk goed ontwikkeld.

Miss Gumble glimlachte naar Phoebe. 'Ik zou maar goed ontbijten als ik jou was. Eten doet wonderen wanneer je geschrokken bent, is mijn ervaring. Eten en veel dampend hete, zoete thee.'

Phoebe maakte haar staartjes los en begon haar haar te borstelen. 'Wie zou het zijn? Die arme man in het gras.'

'Vast en zeker een soldaat op een trainingsmissie. Je weet wel, zo'n commando.'

'Er gebeuren zoveel akelige dingen.' Phoebe worstelde met een hardnekkige klit in haar stroblonde haar. 'Alfie vertelde dat hij een dode baby op straat had zien liggen. En er was een vrouw die bloot over straat rende. Al haar kleren waren bij een bombardement van haar lijf gerukt.'

'Arme Alfie. Hij is nota bene hierheen gestuurd om van al dat akeligs verlost te zijn.' Miss Gumble nam de borstel van Phoebe over. 'Geef me je haarlint. Je kunt niet met los haar naar beneden, als een soort Alice in Wonderland.'

Phoebe draaide zich gehoorzaam om zodat haar gouvernante haar haar in een staart kon binden. 'Gumbie... hoelang denk jij dat de oorlog nog gaat duren?'

'Nog heel lang, hoop ik.'

Phoebe draaide zich geschokt om. 'Waarom hoop je dat?'

'Als de oorlog snel afgelopen is, dan zou dat een Duitse zege betekenen.'

'Een Duitse zege? Bedoel je dat de Duitsers dan hebben gewonnen? Dat ze ons land zijn binnengevallen?'

'Ja, daar ben ik bang voor.'

'Zou dat kunnen gebeuren, denk je?'

'Ik denk het wel. We zullen natuurlijk alles doen om dat te voorkomen. We zullen vechten op de stranden en in onze achtertuin, zegt Mr. Churchill. Maar als puntje bij paaltje komt, dan vraag ik me af hoeveel mensen dat ook inderdaad zouden doen.'

'Mijn vader zou doen wat Mr. Churchill zegt.'

'Ja, daar twijfel ik niet aan. Maar er zijn er genoeg die zich niet zouden verzetten. We zijn oorlogsmoe. Het duurt al zo lang. En als het nog veel langer gaat duren… dan vrees ik dat de mensen veel zullen accepteren in ruil voor de belofte dat alles weer normaal wordt.'

Ze legde een strik in Phoebes haarlint. 'Ga maar gauw naar beneden. Voordat je vader al het lekkers opeet.'

HOOFDSTUK 5

In de ontbijtkamer van Farleigh Place
Mei 1941

Phoebe vond het hier veel gezelliger dan in de reusachtige eetkamer met eikenhouten lambrisering waar het gezin voor de oorlog alle maaltijden gebruikte. De voormalige muziekkamer was vrolijk lichtblauw geschilderd met gouden biezen, de openslaande deuren boden uitzicht op het meer, en door de ramen stroomde het zonlicht overvloedig naar binnen. Dat alles bezorgde haar een veilig gevoel. Ook die ochtend was het er heerlijk warm, en daar was Phoebe blij om, want ze had het nog altijd koud. Tot haar teleurstelling was er geen roerei en ze had zichzelf net een bord kedgeree opgeschept toen haar vader binnenkwam, in gezelschap van de honden, die uitbundig om hem heen sprongen.

'Ik hoop dat je nog wat voor mij hebt overgelaten, jongedame.' Hij liep met grote stappen naar het buffet. 'Aan de kant, dekselse beesten! Laat me met rust. Jullie krijgen geen bacon. Het is oorlog.'

'Ik dacht dat u al had ontbeten.' Phoebe nam een grote hap rijst, die weliswaar bijna koud was, maar dankzij de stukjes kipper toch smakelijk.

'Ik werd tijdens mijn ontbijt gestoord. Dat weet je drommels goed.' Lord Westerham nam het deksel van de zilveren schaal met kedgeree. 'Gelukkig! Er is nog meer dan genoeg. De anderen zijn zeker nog niet wakker?'

'Dido wel. Ze wilde dat ik haar het lijk liet zien.'

'Die komt nog eens op een akelige manier aan haar eind als ze niet oppast.' Hij keek op toen Lady Esme binnenkwam met een envelop in haar hand. 'Hoor je dat, Esme? Er is een parachutist op het terrein te pletter gevallen, en die dwaze dochter van je wilde het lijk zien.' Hij ging op zijn vaste plaats aan het hoofd van de tafel zitten, de honden lieten zich vol verwachting naast zijn stoel ploffen.

Lady Esme keek licht verrast. 'Ik dacht al dat ik zoiets hoorde bij mijn eerste kop thee. Ach, ik begrijp dat ze nieuwsgierig is. Dat was ik ook op die leeftijd. Trouwens, wie is het? Dat lijk, bedoel ik.'

'Een militair. Maar volgens de kolonel is het er niet een van hem. Ik vind het behoorlijk verdacht allemaal.'

'En ik heb het lijk gevonden, mammie!' vertelde Phoebe.

Lady Westerham had een stuk toast gepakt en ging naast haar man zitten. 'Is het heus, kindje? Wat spannend.'

Phoebe keek haar moeder aan. Gumbie had meteen gemerkt dat ze toch wel geschrokken was, ook al hield ze zich flink. Maar haar moeder had niets in de gaten en maakte kalmpjes de envelop open. 'O, een brief van Clemmie Churchill.' Nu verried haar stem toch iets van opwinding. 'Ik verwachtte al een uitnodiging. Ze wil volgende maand een tuinfeest geven, op Chartwell.'

'Een tuinfeest?' bulderde Lord Westerham. 'Het is oorlog! Of is Clemmie dat soms vergeten?'

'Nee, natuurlijk niet. Maar Winston mist Chartwell verschrikkelijk, zegt ze. Hij moet dringend worden opgevrolijkt. Vandaar dat feestje. Zo, en nu moet je even niet tegen me praten, Roddy. Dan kan ik in alle rust verder lezen.'

Haar ogen vlogen over de brief. 'Ach, die arme ziel.'

'De vrouw van de premier? Een arme ziel? Daar kan ik me niets bij voorstellen,' mopperde Lord Westerham tussen twee happen door.

'Winston is gruwelijk overwerkt, schrijft ze. Hij doet 's nachts geen oog dicht, en dat komt zijn humeur niet ten goede.'

Lord Westerham snoof. 'Er is maar weinig dat Winstons humeur ten goede komt. Ik ken hem niet anders dan chagrijnig. En zodra de dingen niet gaan zoals hij wil, ontploft hij. Trouwens, dat we de oorlog aan het verliezen zijn, daar zou iedereen chagrijnig van worden.'

Lady Esme was nog verdiept in de brief. 'Je weet hoe dierbaar Chartwell hem is. Ik zou ze wel willen uitnodigen om hier te komen logeren, maar...'

'Esme, we zitten al als haringen in een ton,' mopperde Lord Westerham. 'Of wou je de premier soms in een van de bediendenkamers onderbrengen?' Bij de gedachte begon hij te grinniken.

'Praat toch geen onzin, lieve,' zei Lady Westerham kalm, zonder op te kijken van haar brief. 'Hè, wat jammer!' verzuchtte ze toen.

Lord Westerham trok vragend een wenkbrauw op.

'Ik heb je toch verteld dat hij volgende maand hier in de buurt moet zijn, vanwege die ceremonie op de RAF-basis Biggin Hill, ter ere van onze jongens die in de Slag om Engeland zijn gesneuveld. Clemmie wilde dat ik haar kwam helpen met het tuinfeest, maar Winston heeft er lucht van gekregen, en hij wil het niet hebben. Geen feestjes zolang het oorlog is, heeft hij gezegd. Iedereen moet zuinig zijn, en hij vindt dat zij het goede voorbeeld moeten geven. Het huis is al zo lang niet gebruikt, dus het zou ongepast zijn om er voor één weekend naartoe te gaan. Echt iets voor Winston om dat te zeggen.'

'Daar heb je het weer. Dat afschuwelijke amerikanisme! "Weekend"!' zei Lord Westerham misprijzend. Hij kende Winston Churchill al jaren, maar hij had hem zijn Amerikaanse moeder nog niet vergeven.

'Onderbreek me toch niet steeds, Roddy.' Lady Westerham keek hem geïrriteerd aan. 'O, dat is een goed idee! Briljant! Clemmie vraagt zich af of ze na de ceremonie misschien hier kunnen langskomen. Voor een theevisite op het gazon. Dat zou een verrukkelijke verrassing zijn voor Winston, schrijft ze. We zijn tenslotte bijna buren.'

'De premier hier op de thee? En wat denk je de Churchills voor te zetten? Paardenbloemen? Of nemen ze hun distributiekaarten mee?'

'Je bent onmogelijk, Roddy. Ik weet zeker dat je het heerlijk vindt om de Churchills te zien. En we hebben een moestuin. De aardbeien zijn bijna rijp, we hebben komkommers en tuinkers voor op de sandwiches. Dus we redden het wel. Ik ga haar meteen terugschrijven dat we het een geweldig idee vinden. Akkoord?'

Voordat Lord Westerham kon reageren, ging de deur open en kwam Olivia binnen, de oudste van de zusjes Sutton. Livvy was pas zesentwintig, maar ze zag eruit als een moeke. De coupenaden van haar marineblauwe jurk met een ronde witte kraag benadrukten haar zware boezem, en ze had haar haar bij elkaar gebonden in een rol in haar nek, wat haar vollemaansgezicht nog ronder deed lijken.

'Charlie hoest nogal,' zei ze. 'Ik hoop niet dat hij iets onder de leden heeft. Is de post er al? Zit er een brief bij van Teddy?'

'Nee, alleen maar rekeningen en een brief van Mrs. Churchill voor je moeder,' antwoordde Lord Westerham. 'Je man heeft het veel te goed naar zijn zin om te schrijven. Hij is druk bezig de bloemetjes buiten te zetten.'

'Zulke dingen moet u niet zeggen, pa. Teddy is naar de Bahama's gestuurd om zijn bijdrage aan de oorlogsinspanning te leveren. En plichtsgetrouw als hij is, zal hij zich daar volledig voor inzetten.'

'Nou, het lijkt me bepaald geen straf om daar gestationeerd te zijn.' Lord Westerham keek zijn vrouw aan.

Lady Esme glimlachte verstrooid. 'Teddy boft maar,' zei ze. 'De stranden moeten schitterend zijn, heb ik gehoord.'

Iedereen keek op toen Dido binnenkwam. Ze had kippenvel op haar blote armen, maar haar gezicht gloeide. 'Sjonge! Ze zijn er allemaal! Waarom bent u al op, mammie? Ontbijt op bed is een van de weinige luxes in het huwelijk, zegt u altijd.'

'Ja, toen ik nog een gekookt eitje kreeg en versgebakken brood. Maar voor toast met margarine blijf ik niet in bed liggen.'

'Dido, ik hoor dat je naar het lijk bent gaan kijken.' Haar vader nam haar kritisch op. 'Niet in deze kleren, hoop ik? Denk toch eens wat beter na, kindje! Die verrekte soldaten hangen maar wat rond. Volgens mij vervelen ze zich dood. Dat kan niet anders dan verkeerd aflopen.'

'Nou, ze waren heel aardig tegen me. En trouwens, het lijk heb ik niet gezien. Ik was te laat.' Ze schepte het laatste restje kedgeree op een bord. 'Nee maar, hoera voor de visboer! Het is hem weer gelukt om aan kippers te komen.'

'Wie had dat kunnen denken? Dat een paar armzalige kippers een reden zouden zijn tot juichen,' mopperde Lord Westerham. 'Het is beter dan niets, maar ik mis het wel, mijn twee kippers bij het ontbijt. Helemaal voor mij alleen.' Hij keerde zich weer naar zijn dochter en hief waarschuwend zijn vinger. 'Ik wil niet hebben dat je in je eentje buiten rondhangt, en al helemaal niet in die kleren. Je loopt erbij alsof je nog in pyjama bent.'

'Dit is de nieuwste mode, pa. Of tenminste, dat was het toen de *Vogue* nog verscheen. Ik begrijp trouwens niet waarom ik hier, tussen de boeren en de koeien, nog de moeite neem er modieus uit te zien.' Ze zette haar bord naast dat van Phoebe, aaide een van de setters over zijn kop en pakte een servet. 'Waarom mag ik niet naar Londen, om te werken? Dan hebt u geen last meer van me. En dan heb ik het te druk om bij mannen rond te hangen,' zei ze wrang. 'Ik verveel me hier dood. Maar ondertussen staat de wereld in brand. Ik wil iets doen. Ik wil het meemaken, de spanning, de opwinding!'

'We hebben dit gesprek al eerder gevoerd, Dido,' zei Lord Westerham. 'Je bent te jong om alleen naar Londen te gaan. Ik heb geen bezwaar als je op de boerderij wilt gaan helpen. Desnoods ga je de kinderen op het dorpsschooltje lesgeven. Maar daar blijft het bij. Dit is het laatste wat ik erover zeg. Dus je hoeft er niet nog eens over te beginnen.'

Dido ging zuchtend aan tafel zitten.

Bij het geluid van zware, afgemeten voetstappen keek iedereen opnieuw op. Soames kwam de kamer binnen met een zilveren presenteerblad.

‘Een brief voor u, my lady. Persoonlijk afgeleverd.’

Met een verrast gezicht pakte Lady Esme de brief van het blad. ‘Lieve hemel. Wat een opwinding, al zo vroeg op de dag.’

De rest van de familie wachtte af terwijl ze de envelop openmaakte en glimlachte bij het zien van het wapen op de achterkant. ‘Ach, een brief van Lady Prescott. Wat zou ze schrijven? Ik denk altijd dat ze ons maar een beetje sjofeltjes en ouderwets vinden.’

‘Misschien wil ze een kopje suiker lenen,’ merkte Lord Westerham gnuivend op. ‘Het zijn zware tijden. Zelfs voor de Prescotts.’

‘Nou, volgens mij valt dat wel mee,’ sprak Livvy hem tegen. ‘Wanneer ik met Charlie in de wagen ga wandelen, zie ik de bestelbusjes bij Nethercote af en aan rijden.’

‘Wat staat er in de brief, ma?’ vroeg Dido.

Lady Esme keek op, zichtbaar verheugd, en begon de brief voor te lezen.

Mijn beste Lady Westerham,

Ik wil het goede nieuws met u delen voordat u het via de dorpsroddels verneemt. Onze Jeremy is weer thuis. Tegen alle verwachtingen in. Hij is ernstig verzwakt en herstellende van een schotwond, maar we hebben alle reden om aan te nemen dat hij weer volledig de oude wordt.

Wanneer hij is aangesterkt, zijn we voornemens een dinertje te geven om zijn thuiskomst te vieren, en we hopen van ganser harte dat u en uw familie daarbij aanwezig zullen zijn.

Hoogachtend,

Madeleine Prescott

Lady Esme vouwde de brief dicht en keek stralend de kring rond. ‘Is het niet heerlijk? Ik moet het meteen aan Pamela laten weten. Wat zal ze blij zijn!’

‘Waarom zou Pamma blijer zijn dan wij?’ vroeg Dido.

‘Dido, je weet toch hoe Pamma op Jeremy gesteld is. Sterker nog, als die ellendige oorlog geen roet in het eten had gegooid…' Ze glimlachte raadselachtig.

'U popelt van ongeduld om uw dochters uit te huwelijken. Maar ik heb Jeremy Prescott altijd nogal een rokkenjager gevonden.'

'Ach, dat geldt voor zoveel jongemannen. Totdat ze de ware hebben gevonden,' zei Lady Esme. 'Hoe dan ook, hij is weer thuis. Daar gaat het om. En dat hij weer helemaal de oude wordt.' Ze stond op. 'Ik ga Pamma meteen schrijven.'

Dido keek haar na. 'Waar moet ik ooit een man vinden? Er is hier niet echt veel keus. Dus het zal wel een varkensboer worden.'

Phoebe giechelde. 'Wat zal hij stinken! Maar dan heb je wel altijd de lekkerste bacon.'

'Het was ironisch bedoeld, Feebs,' zei Dido. 'Om jullie er maar weer eens aan te herinneren dat ik niet de kans heb gekregen om te debuteren. Zoals mijn zussen.'

'Ik heb die vervloekte oorlog niet besteld,' zei Lord Westerham. 'En je bent nog jong. Reken maar dat er wordt gefeest en gedanst wanneer de oorlog eenmaal voorbij is. Dan kun je de schade inhalen.

'Tenminste, als je van Duitse volksdansen houdt,' zei Phoebe.

Het gezicht van Lord Westerham liep rood aan. 'Dat is niet iets om grappen over te maken, Phoebe. De Duitsers zullen deze oorlog niet winnen! Nooit!'

Hij smeet zijn servet op tafel en beende de kamer uit.

Later die ochtend kreeg kolonel Pritchard bezoek van zijn adjudant, kapitein Hartley.

'We hebben de identiteitsplaatjes nagetrokken, sir, en ze zijn van niemand in de West Kents. Bovendien was iedereen vanmorgen present bij het appel, behalve Jones. Die heeft twee dagen verlof omdat zijn vrouw is bevallen. En behalve Patterson. Die ligt in het ziekenhuis met een blindedarmontsteking.'

'En dus? Wat stel je voor dat we doen?' Kolonel Pritchard krabde achter zijn oor, waardoor zijn pet scheef op zijn hoofd kwam te staan.

'We zullen erachter moeten zien te komen wie die vent was en waarom hij ons uniform droeg.'

'Het lijkt me niet uitgesloten dat hij een spion was, sir. In het uniform van de West Kents kon hij hier onopvallend rondlopen, zonder argwaan te wekken.'

Kolonel Pritchard zoog lucht tussen zijn tanden. 'Je hoort weleens van die verhalen, maar volgens mij zijn ze uit de lucht gegrepen.'

'Ik ben bang van niet, sir. Volgens mij bestaat er wel degelijk zoiets als een vijfde kolonne.'

'Denk je dat echt?' Kolonel Pritchard keek hem doordringend aan. 'Denk jij dat er landgenoten zijn die de moffen helpen?'

'Ik vrees van wel, sir. En als de vijand contact met ze wil zoeken, dan is het droppen van een parachutist tijdens een donkere maanloze nacht een uitstekende manier.'

Kolonel Pritchard keek langs hem heen, zijn blik ging over de glooiende gazons. Hij kon nauwelijks geloven dat ze hier in Engeland, in het groene, bekoorlijke land van William Blake, niet langer veilig waren. Dat hun vaderland niet alleen werd bestookt met bommen, maar dat er misschien ook spionnen in hun midden waren.

'Stuur de plaatjes naar de militaire inlichtingendienst. En zeg dat ze het lijk komen halen. Wij kunnen verder niets doen.' Hij keek op toen er een soldaat op een drafje naar hen toe kwam. Toen hij hen had bereikt, sprong hij in de houding en salueerde.

'Het spijt me dat ik u stoor, kolonel. Maar ik was een van degenen die het lijk hebben geborgen. Ik had meteen al het gevoel dat er iets niet klopte. En inmiddels weet ik wat het was. De baret van de parachutist zat nog onder zijn epaulet. En het insigne wijkt af van het onze.'

DEEL 2

BEN

HOOFDSTUK 6

Wormwood Scrubs-gevangenis
Acton, West-Londen
Mei 1941

De poort van de gevangenis viel galmend achter Ben Cresswell in het slot. Ook al was hij sinds drie maanden kind aan huis in Wormwood Scrubs, hij voelde nog altijd een merkwaardige huivering wanneer hij naar binnen ging, en een absurd gevoel van opluchting zodra hij weer buiten stond. Een gevoel alsof hij ongezien had weten te ontsnappen.

'Hebben ze je vervroegd vrijgelaten wegens goed gedrag?' vroeg de dienstdoende politieman grijnzend. Het was inmiddels een grap met een baard, maar zelf vond hij hem nog steeds leuk.

'Goed gedrag? Ik? Nee, natuurlijk niet. Ik ben over de muur geklommen. Hebt u dat niet gezien?' reageerde Ben met een uitgestreken gezicht. 'Lijntrekker!'

'Maak dat je wegkomt!' De politieman gaf hem grinnikend een duw.

Dat MI5 om veiligheidsredenen naar Wormwood Scrubs was verhuisd, werd geacht strikt geheim te zijn, maar iedereen die ook maar iets met de gevangenis te maken had, wist waar de nieuwkomers vandaan kwamen die een vleugel van het gebouw hadden overgenomen. Er deed zelfs een verhaal de ronde over een buschauffeur die de bewuste halte had aangekondigd met: 'Passagiers voor MI5, hier uitstappen!' Ze hadden het net zo goed in de krant kunnen zetten, dacht Ben cynisch terwijl hij de straat overstak naar de halte. Tot overmaat van ramp was de gevangenis als onderkomen voor een afdeling van de geheime dienst jammerlijk ongeschikt gebleken. In de cellen die aan MI5 waren toegewezen, was het koud en vochtig, en door het verwijderen van een aantal deuren kon moeiteloos worden meegeluisterd met gesprekken in de aangrenzende ruimte. Bovendien was de bereikbaarheid aanzienlijk slechter dan die van het voormalige hoofdkantoor aan Cromwell Road.

Recentelijk was een deel van de B-divisie, verantwoordelijk voor contraspionage, verplaatst naar Blenheim Palace in Oxfordshire, dat dan wel een voornaam landhuis mocht zijn, maar waar de omstandigheden nog beroerder schenen te zijn dan in de gevangenis. Desondanks had Ben liever daar gezeten, want dan zou hij althans het gevoel hebben gehad een zinvolle bijdrage aan de oorlogsinspanning te leveren. Sinds zijn rekrutering voor MI5, inmiddels een jaar geleden, was het vangen van spionnen wat hem betrof beperkt gebleven tot het natrekken van aanwijzingen en geruchten. Bijna altijd zonder dat het ook maar iets had opgeleverd. Het ging doorgaans om vals alarm of pogingen om oude vetes te beslechten. Een nieuwsgierige oude vrouw had door een kier in haar verduisteringsgordijn een man langs haar achtertuin zien sluipen. Een nazi die ongezien het land was binnengedrongen, aldus het oudje. Maar het bleek de minnaar van de buurvrouw te zijn die zijn kans schoon zag wanneer de buurman van huis was. Of er werd melding gemaakt van Duitse sentimenten omdat de buren voortdurend Mozart draaiden op hun grammofoon. Toen Ben opmerkte dat Mozart een Oostenrijkse componist was, had de aanbrengster geërgerd gesnoven. Alsof dat ook maar iets uitmaakte! Bovendien, Hitler kwam toch ook uit Oostenrijk? En dan nog iets, de buren gebruikten knoflook bij het koken. Als dat niet verdacht was…

Ben draaide zich om naar de rood met witte bakstenen torens van het poortgebouw. Typisch victoriaans, om zelfs van een gevangenis nog een indrukwekkend staaltje architectuur te maken. Hij keerde het gebouw de rug toe en liep Du Cane Road af naar East Acton Station, in de hoop dat hij met de ondergrondse sneller in hartje Londen zou zijn dan met de bus. Maar niets was zeker. Als er die nacht een bom op de lijn was gevallen, reed de ondergrondse misschien niet eens. Hoewel de metalen plaat in zijn linkerknie hem hinderde bij het lopen, wist hij zich prima te redden. Alleen rugby was er niet meer bij, net zomin als *bowlen* bij het cricket. Net toen hij de straat wilde oversteken, kwam er een man uit een sigarenwinkel met een krant onder zijn arm. 'Zeg, jongeman, waarom ben je niet in uniform?' vroeg hij met gefronste wenkbrauwen en dreigend opgestoken wijsvinger. 'Je bent toch niet zo'n vervloekte dienstweigeraar, mag ik hopen?'

Sinds het uitbreken van de oorlog kreeg Ben die vraag maar al te vaak. 'Ik ben neergestort met een vliegtuig. Met een verbrijzelde knie willen ze me niet hebben in het leger.'

De man werd rood. 'Neem me niet kwalijk, jongen. Ik wist niet dat je bij de RAF had gezeten. Het spijt me. Je bent een dappere kerel! Het ga je goed.'

Ben deed allang geen moeite meer om die onjuistheid recht te zetten. Laat ze maar denken dat ik bij de RAF heb gezeten, dacht hij. Zonder dat ellendige ongeluk wás hij misschien wel piloot geworden. En hoe zou het hem dan zijn vergaan? Zou zijn toestel ook door de vijand zijn neergehaald? Zou hij net als Jeremy wegteren in een Stalag Luft? En wat zou hij daarmee aan de oorlogsinspanning hebben bijgedragen? Met zijn huidige werk deed hij tenminste nog iets nuttigs. Of dat zou hij doen als ze hem iets te doen gaven waar hij echt zijn tanden in kon zetten.

Hij zuchtte. Iedereen leefde in angst dat Duitsland elk moment kon binnenvallen. Het hele land was nerveus. Hij kocht een kaartje en beklom de treden naar het perron, want zo ver buiten de stad liep de ondergrondse bóven de grond. De drukte op het perron verried dat er al een tijd geen trein was binnengekomen. Ben baande zich een weg door de mensen en hoopte dat hij niet te lang hoefde te wachten, en dat de trein niet al te vol zou zijn. Hij had haast om naar Londen te komen, want hij had eindelijk een opdracht gekregen die misschien wél iets voorstelde.

'Het bevoegd gezag wenst je te spreken,' had Guy Harcourt, zijn celmaat, hem met een brede glimlach verteld toen Ben terugkwam van de lunch.

'En welk bevoegd gezag mag dat dan wel zijn?'

'Niemand minder dan het grote opperhoofd. Radison was buitengewoon ontstemd dat je het lef had de deur uit te gaan voor de lunch! Dat je niet gewoon een boterham met kaas achter je bureau verorberde.' Guy was het type voorname, languissante jongeman dat je tegenkwam op tuinfeesten bij deftige landhuizen, waar de elite zich vermaakte met een spelletje croquet. Aardig, amusant, maar niet echt briljant. Om de simpele reden dat niemand hem zou verdenken, zou hij een perfecte spion zijn, had Ben weleens gedacht. Ze kenden elkaar uit Oxford, waar Harcourt ogenschijnlijk geen spat had uitgevoerd, maar toch met vlag en wimpel was geslaagd. Dikke vrienden waren ze nooit geworden. Alleen al omdat Harcourt zich als telg uit een rijk, aristocratisch geslacht in volstrekt andere kringen bewoog dan Ben. Die was dan ook verrast geweest toen Harcourt hem aan het begin van de oorlog had gerekruteerd voor een vertrouwelijke functie bij wat MI5 bleek te zijn. Ze waren ondergebracht in een nogal naargeestig kosthuis aan Cromwell Road en konden het goed genoeg met elkaar vinden om bevredigend te kunnen samenwerken.

'Ik zou het nauwelijks een lunch willen noemen,' zei Ben. 'Weet je dat ze tegenwoordig pasteien maken met paardenvlees? Ik eet al drie dagen bloemkool met kaas. Dat is van alle kwaden het minst erge.'

'Ik eet er nooit,' zei Harcourt. 'Ik ga naar de Queen's Head op de hoek. Bier is ook voedzaam. Dus zolang het oorlog is, heb ik me voorgenomen daarop te overleven. Paardenvlees! Alleen iemand die nooit met de meute op jacht is geweest, kan zoiets verzinnen. En over de meute gesproken, nog even en ze zetten ook honden op het menu. En katten.'

'Zei Radison ook waar het om ging?'

'Beste kerel, we worden geacht een strikt vertrouwelijke organisatie te zijn.' Harcourt grijnsde. 'Dus je dacht toch niet dat hij míj vertelt waar hij jou voor nodig heeft? Er moet nog iets te raden overblijven.'

'Had je de indruk dat hij niet tevreden was?'

'Hoezo? Heb je een slechte beurt gemaakt?' vroeg Harcourt, nog altijd grijnzend.

'Niet dat ik weet. Ik ben nogal kortaf geweest toen iemand zijn Joodse buren voor nazi-spionnen uitmaakte en ze achter slot en grendel wilde.'

'Er is maar één manier om erachter te komen wat hij wil. Dus ik zou maar gauw gaan. En mocht je niet terugkomen, mag ik dan jouw stoel? Die is niet zo wiebelig als de mijne.'

'Natuurlijk. Met alle plezier.' Ben probeerde luchtig te klinken. Hij was zich van geen kwaad bewust, maar je kon nooit weten. Bij dit soort instanties ging het erom wie je van vroeger kende – om vriendjespolitiek – en hij beschikte niet over een netwerk waarop hij kon terugvallen.

Mr. Radison had hem wantrouwend aangekeken toen Ben zijn kantoor binnenkwam. 'Dus we zijn de deur uit geweest voor de lunch?'

'Volgens mij heb ik recht op een lunchpauze, sir. Ik was maar heel even weg. Naar de kantine. Daar serveren ze tegenwoordig pasteien met paardenvlees!'

Radison had begripvol geknikt. 'Het hoofdkantoor belde. Je moet je melden in Dolphin Square. Dit is het nummer.'

'Dolphin Square?' Ben had de geruchten gehoord over een kantoor in Dolphin Square. Niemand werd geacht te weten dat MI5 daar een kantoor hád, laat staan wie daar zetelde. Maar Ben was er vrij zeker van dat het ging om een schimmige figuur die werd aangeduid als kapitein King of Mr. K. Iemand die volledig buiten de hiërarchie van de organisatie stond. Opwinding bekroop hem, maar ook angst. Wat zou deze geheimzinnige kapitein King van hem willen? Zijn been mocht hem dan hinderen, dat had tot dusverre geen invloed gehad op zijn functioneren. Hij had zijn werk goed gedaan, hoe saai en simpel de opdrachten ook waren geweest. Sterker nog, hij had zich altijd gretig getoond en tot alles bereid. Dus misschien beloofde de oproep om naar Dolphin Square te komen wel iets goeds. Misschien zou hij eindelijk belangrijk, opwindend werk te doen krijgen.

HOOFDSTUK 7

Londen
Mei 1941

Ben schrok op uit zijn gedachten toen de stem uit de luidspreker de komst van de trein aankondigde en waarschuwde afstand te houden van de rand van het perron en bij het instappen rekening te houden met de kloof tussen perron en trein. Deuren schoven open, de mensenmassa op het perron golfde naar voren en voerde Ben met zich mee. Hij slaagde erin een paal te grijpen terwijl de deuren weer dichtschoven en de trein zich ratelend in beweging zette. Door zijn slechte been kostte het hem soms moeite zijn evenwicht te bewaren, dus hij was dankbaar dat hij iets had om zich aan vast te houden. Op Notting Hill Gate stapte hij over op de Circle Line naar Victoria Station. De hele reis verliep opmerkelijk vlot, en hij slaakte een zucht van verlichting tegen de tijd dat hij Belgrave Street af liep in de richting van de rivier. Het was een zomerse dag, aangenaam warm voor de tijd van het jaar, en op elk stukje groen genoten Londenaren die even uit hun kantoor hadden kunnen ontsnappen, van het zonnetje. Vóór hem verhief zich Dolphin Square, een reusachtige moloch van luxe appartementen. Het was voor het eerst dat Ben het gebouw zag. Hoeveel van de appartementen werden nog bewoond, vroeg hij zich af, en hij vermoedde dat wie zich dat kon veroorloven zijn Londense pied-à-terre was ontvlucht en zich had teruggetrokken op zijn huis buiten de stad, ver weg van de Blitz.

De vier gelijke zijden van het complex omsloten een centrale binnenhof. Hood House nummer 308 was het adres waar Ben moest zijn. Bij het bestuderen van de rij bellen naast de ingang ontdekte hij tot zijn verrassing dat op nummer 308 een Miss Coplestone woonde. Klopte het adres wel dat hij had gekregen? Hadden ze hem bij wijze van grap naar een oude vrijster gestuurd die van niets wist en hem nijdig de deur zou wijzen? Ben zag er Harcourt wel voor aan. Een streek om de sleur te doorbreken. Maar de opdracht kwam van Radison, het toonbeeld van de gortdroge ambtenaar, gespeend van elk gevoel voor humor. Een beetje huiverig drukte Ben op de bel.

'Kan ik u helpen?' vroeg een aristocratisch klinkende stem.

Ben kwam ernstig in de verleiding om rechtsomkeert te maken. 'Ik weet niet of ik hier aan het juiste adres ben,' stamelde hij. 'Cresswell is de naam, en ik heb dit nummer -'

'Mr. Cresswell! Een ogenblikje, dan laat ik u binnen,' klonk het gedecideerd door de luidspreker. 'U neemt de lift naar de vijfde verdieping, en daar slaat u rechts af.'

Dus hij werd verwacht. Terwijl de lift langzaam omhoog ging, was Ben nog altijd ten prooi aan een mengeling van angst en opwinding. Op de vijfde verdieping rook het naar boenwas en pijptabak. De gang was bekleed met tapijt, en op de deur van het appartement waar hij moest zijn, stond COPLESTONE. Ben haalde een keer diep adem, toen klopte hij aan.

Er werd opengedaan door een aantrekkelijke jonge vrouw; haar smaakvolle kleding en aristocratische voorkomen verrieden dat ze onder andere omstandigheden na haar debutantenbal zou zijn uitgehuwelijkt aan een saaie, maar degelijke jongeman van onberispelijke komaf. Voor dit soort jonge vrouwen vormde de oorlog een enorme kans om zich los te worstelen, om te bewijzen dat ze heel wat meer in hun mars hadden dan vrijblijvend converseren en weten wat bij een tafelschikking de juiste plaats was voor een bisschop.

'Mr. Cresswell? Komt u binnen. Mr. Knight verwacht u,' zei ze met de afstandelijke hoffelijkheid van de elite. 'Ik zal zeggen dat u er bent.'

Na een op gedempte toon gevoerd gesprek werd Ben binnengelaten in een grote, lichte kamer met uitzicht op de Theems en de Houses of Parliament. In de lucht boven de parlementsgebouwen deinden versperringsballons om bommenwerpers te verhinderen laag over te vliegen. De man achter het glimmend gewreven eikenhouten bureau zat met zijn rug naar het uitzicht. Hij oogde slank en atletisch, duidelijk een buitenman, en tot Bens verbazing bleek het stukje touw dat hij afwikkelde en weer oprolde, een kleine slang te zijn.

'Cresswell! Goed dat je er bent!' Hij stopte de slang in zijn zak en stak Ben de hand toe. 'Maxwell Knight,' stelde hij zich voor. 'Ga zitten.'

Ben trok een royale leren stoel bij.

'Cambridge?' vroeg Knight.

'Oxford.'

'Jammer. Het is mijn ervaring dat Cambridge mannen voortbrengt die in staat zijn buiten de geijkte kaders te denken.'

'Daar is dan helaas niets meer aan te doen,' zei Ben. 'Bovendien, Hertford College bood me een beurs aan. Cambridge niet.'

'Dus je hebt op een beurs gestudeerd?'

'Inderdaad, sir.'

'En daarvoor?'

'West Kent College in Tonbridge. Ook op een beurs.'

'Toch beweeg je je blijkbaar in de betere kringen. Je kent de Graaf van Westerham.'

'Lord Westerham?' vroeg Ben, volledig overrompeld.

'Ja. Ik heb begrepen dat jullie de beste maatjes zijn. Klopt dat?'

'Nou, zo zou ik het niet willen zeggen. Dat zou wat al te vrijpostig zijn. Maar we kennen elkaar vrij goed. Dat klopt. Mijn vader is de dominee van de All Saints Church in Elmsleigh. Dat is het dorp waar

Farleigh Place vlakbij ligt. Als kind speelde ik met de dochters van de graaf.'

'Je speelde met de dochters van Lord Westerham,' herhaalde Max Knight met een vluchtige glimlach.

Bens gezicht bleef onbewogen. 'Mag ik vragen wat de aanleiding is voor dit gesprek, sir? Bestaat er een verband tussen mijn achtergrond en de kwaliteit van mijn werk?'

'Absoluut. Althans, in dit geval. Het zit namelijk zo. We hebben informatie van binnenuit nodig. Van iemand die de familie kent.'

Ben fronste zijn wenkbrauwen. 'Wat voor informatie?'

Max Knight keek hem met zijn heldere blauwe ogen strak aan.

'Inmiddels drie dagen geleden is er een man te pletter gevallen op het grondgebied van Lord Westerham. Het moet 's nachts gebeurd zijn. We nemen aan dat hij uit een vliegtuig is gesprongen en dat zijn parachute niet openging. Hoe dan ook, hij zat danig in de kreukels. Dat begrijp je. Sterker nog, zijn gezicht was dermate verminkt dat niet meer kon worden nagegaan hoe hij er voor het ongeluk moet hebben uitgezien. Maar hij was in het uniform van de Royal West Kents.'

'De West Kents zijn op Farleigh Place ingekwartierd.' Ben keek bedenkelijk. 'Maar dat zijn infanteristen. Dus vanwaar die parachute?'

'Precies. Volgens hun commandant springen zijn mannen niet uit vliegtuigen. Bovendien zijn ze allemaal present of afwezig met een reden. De identiteitsplaatjes die op de verongelukte parachutist zijn gevonden, waren van een soldaat die bij Duinkerken is gesneuveld. En het insigne op zijn baret bleek verouderd. Dat was het insigne zoals het regiment dat tijdens de Grote Oorlog droeg.'

'Dus het gaat mogelijk om een spion?' Bens hart begon sneller te kloppen.

'Dat zou heel goed kunnen. Een van onze vrouwen die zijn kleren heeft geïnspecteerd – dat kan geen aangenaam karwei zijn geweest – was zo slim om op te merken dat er iets niet klopte met zijn sokken.'

'Met zijn sokken?'

'Ja. Ze breit nogal veel, en volgens haar was de hiel niet gekeerd zoals bij de standaardsokken van het Britse leger. Die hebben blijkbaar een ronde hiel. En toen ze goed keek, kon ze het nummer 42 onderscheiden.'

'Wat wil dat zeggen?'

'Dat is de maat. Volgens het metrieke stelsel.'

'Aha. Ik snap het.' Ben knikte. 'Dus de sokken kwamen van het vasteland.'

'Precies. Ik ben blij dat we met mannen uit Oxford werken. Die zijn snel van begrip.'

Ben kreeg een kleur.

'Dus de vraag is: wat deed hij daar, op het grondgebied van Lord Westerham?' vervolgde Max Knight. 'Was dat een bewuste keuze? Of is hij daar per ongeluk beland?'

'Stond er die nacht misschien veel wind? Is hij uit koers geraakt? Of afgedreven doordat zijn parachute niet goed werkte?'

'Dat hebben we nagetrokken. De wind was maar twee knopen. Bovendien drijf je niet af als je parachute niet opengaat. Dan val je gewoon loodrecht naar beneden.'

'Het kan toeval zijn geweest dat hij op het grondgebied van Lord Westerham is terechtgekomen. Waarschijnlijk had hij instructies om ergens dicht bij Londen neer te komen, of in de buurt van de RAF-basis Biggin Hill.'

'Waarom droeg hij dan geen RAF-uniform?' Max Knight haalde zo diep adem dat het klonk als een zucht. 'Ik neem aan dat je beseft dat dit een heel delicate zaak is. Als de landing bewust was, als het gaat om een Duitse spion, en daar lijkt het sterk op, dan moet hij opdracht hebben gehad contact te zoeken met iemand in de omgeving. In een gebied waar het uniform van de West Kents geen aandacht zou trekken.'

'Wat had hij in zijn zakken? Zat daar iets in wat meer duidelijkheid werpt op de zaak?'

'Zijn zakken waren leeg. Op een fotootje in zijn borstzak na.'

'Een foto?' vroeg Ben, zowel geïnteresseerd als enigszins huiverig.

'Ja, van een landschap. De foto zat natuurlijk onder het bloed, maar het lab heeft het eraf kunnen krijgen. We hebben hem bijna letterlijk uit de handen van de militaire inlichtingendienst moeten trekken. Die was er niet happig op informatie te delen. Trouwens, dat geldt voor iedereen tegenwoordig.' Hij trok een la open en haalde er een map uit die hij opensloeg. Ben ging staan om de inhoud beter te kunnen bekijken. De foto was waarschijnlijk nooit echt scherp geweest. Het soort kiekje dat toeristen maken in hun zomervakantie. En door de reinigingsoperatie in het lab was de afbeelding nog onduidelijker geworden. Voor zover Ben dat kon zien, was het een vrij algemeen kiekje van een Engels landschap met glooiende weilanden, van elkaar gescheiden door hagen, en een steile heuvel bekroond door een groepje bomen. Daartussen waren vaag wat huizen te onderscheiden en iets wat op een vierkante kerktoren leek die boven de bomen uit stak. Ben keek er aandachtig naar. 'Het komt me niet bekend voor. En zo te zien is de foto niet in Kent genomen. Het landschap is ruiger, alsof het er altijd waait. En dan die steile heuvel met die bomen. Wat zijn het? Grove dennen? Het ziet er met die vierkante kerktoren meer uit als het zuidwesten. Misschien Cornwall?'

Max Knight knikte. 'Dat zou heel goed kunnen. Maar waarom had hij die foto bij zich? Werd hij geacht daarheen te gaan? En waarom hebben ze hem dan boven Kent gedropt? Of was het de bedoeling dat hij die foto aan iemand gaf, als aanwijzing voor een ontmoetingsplek?'

'Of misschien zit de aanwijzing in de naam van het dorp,' opperde Ben. 'Welk dorp het ook mag zijn.'

Knight haalde opnieuw diep adem. 'Ook dat is een mogelijkheid. Heb je die cijfers gezien? Ze zijn bijna weggespoeld, maar de indruk in het papier is er nog.' Hij keek Ben aan. 'Je mag hem wel beetpakken.'

Voorzichtig nam Ben de foto tussen twee vingers en hield hem tegen het licht. 1461. 'Veertien eenenzestig. Zijn er in dat jaar misschien belangrijke veldslagen uitgevochten?'

Knight keek hem doordringend aan. 'Dat is een vraag die jij zult moeten beantwoorden, Cresswell. Ik draag deze kwestie aan jou over. Je bent snel en gretig, heb ik gehoord. En je houdt er niet van om met je duimen te draaien. Normaliter zou ik deze opdracht aan iemand met wat meer ervaring hebben gegeven. Maar jij hebt iets wat niemand hier in de gelederen heeft. Ze kennen je, daar op Farleigh. Je hoort erbij.

HOOFDSTUK 8

Dolphin Square, Londen
Mei 1941

Ben verschoof ongemakkelijk in zijn stoel. 'Neemt u me niet kwalijk dat ik het vraag, sir, maar wat verwacht u nu van mij? Is het de bedoeling dat ik achterhaal waar de foto is gemaakt?'

'Dat heeft geen haast. Op dit moment wil ik dat je voor een paar dagen naar huis gaat.'

'Hoe bedoelt u, geen haast? Wanneer de Duitsers iemand droppen boven Kent, dan gaat het om een dringende missie, lijkt me.'

'De boodschapper is dood, Cresswell. En met hem is zeer waarschijnlijk ook de boodschap gestorven. De vijand zal moeten hergroeperen voordat hij een tweede poging doet. En waarschijnlijk proberen ze het dan op een andere manier, in de verwachting dat we van nu af aan extra alert zijn op parachutisten. Waar het om gaat, is dat we erachter moeten zien te komen voor wie de boodschap bedoeld was. En daar kom jij in beeld. Ga naar huis. Stel vragen. Maar vertel niemand wat je opdracht is.'

'Wat voor vragen?'

Max Knight keek hem aan alsof Ben onnozel was. 'De vondst van het lijk is ongetwijfeld het gesprek van de dag. Het kan niet anders of iemand komt met de suggestie dat het om een Duitse spion gaat. Let goed op hoe iedereen daarop reageert.'

'Wat wilt u daar precies mee zeggen?'

'We moeten ervan uitgaan dat de parachutist niet per ongeluk op het grondgebied van Farleigh is terechtgekomen. Als het inderdaad om een Duitse spion gaat, en ook daar moeten we van uitgaan, waarom is hij dan uitgerekend boven het landgoed van Lord Westerham gedropt?'

'Misschien omdat het terrein daar gunstig was en omdat het redelijk dicht bij Londen ligt.'

'Waarom had hij dan geen geld bij zich? Hij zou niet ver zijn gekomen. En papieren had hij ook niet. Alles wijst erop dat degene aan wie hij zijn boodschap moest afleveren, vlakbij woonde. Of dat er ergens in de buurt een schuilplaats voor hem was geregeld. Hij had ook geen radio bij zich, helemaal niets waarmee hij met zijn opdrachtgever had kunnen communiceren. Dus ik gok erop dat hij die foto aan iemand moest afgeven. De vraag is, aan wie?'

Ben grinnikte een beetje ongemakkelijk. 'U wilt toch niet suggereren dat Lord Westerham of een van zijn buren met de moffen heult?'

Max Knight schonk hem een doordringende blik. 'Je weet ongetwijfeld dat er in bepaalde aristocratische kringen pro-Duitse sentimenten bestaan. De Hertog van Windsor is daar een goed voorbeeld van. Die liet er geen gras over groeien om Hitler in zijn hol op te zoeken. Waarom denk je dat ze hem tot gouverneur van de Bahama's hebben benoemd? Hij is gewoon weggepromoveerd. Daar kunnen de Amerikanen een oogje in het zeil houden en een mogelijk complot oprollen om hem als marionettenkoning op de troon te zetten.'

'Jeetje. Maar het feit dat iemand Duitse connecties heeft, of zelfs pro-Duitse sentimenten koestert, wil toch niet zeggen dat zo iemand ook actief met de Duitsers zou samenwerken? Zelfs de Hertog van Windsor zou niet voor de vijand zwichten als hij werd benaderd door afgevaardigden van Hitler. Hij zou er nooit mee instemmen om zijn broer af te zetten.'

'Denk je dat nou echt?' Max Knight keek hem nog altijd strak aan. 'Hm. Laten we het hopen. Maar hij heeft al laten zien hoe zwak hij is, hoe gevoelig voor sturing. Toen het erop aankwam, heeft hij zijn land in de steek gelaten voor een vrouw. Een vrouw van bedenkelijke zeden, ook dat nog. Onze huidige koning mag dan niet zo charmant en charismatisch zijn als zijn broer, hij heeft wel ruggengraat. Als iemand ons door deze oorlog heen kan loodsen, dan is hij het.'

'Dus u wilt dat ik naar Farleigh ga om pro-Duitse sentimenten te ontmaskeren?'

'Ik wil dat je naar huis gaat en dat je je ogen en oren goed de kost geeft. En niet alleen bij Lord Westerham en zijn familie, ook bij zijn buren. Laten we zeggen, binnen een straal van acht kilometer. Wie vallen daar allemaal binnen?'

'Inclusief de twee of drie dorpen?'

'Ja, waarschijnlijk wel. Al zullen de dorpelingen niet aarzelen je te vertellen wie er net is komen wonen, wie zich vreemd gedraagt, wie naar Duitsland, Zwitserland of Oostenrijk op vakantie is geweest. Zelfs iemand die van Beethoven houdt, zullen ze verdacht vinden. Nee, het gaat mij om het serieuze werk. Mensen die een gevaar zouden kunnen vormen. Wie wonen er tegenwoordig allemaal op Farleigh Place?'

Ben schoot in de lach. 'Om te beginnen een hele brigade van het Royal West Kent Regiment.'

Max Knight glimlachte. 'Daar hebben we de militaire inlichtingendienst op gezet. En die heeft tot dusverre geen enkele aanwijzing gevonden dat er iets niet in de haak zou zijn. Het hele regiment sliep toen die parachutist uit de lucht kwam vallen. En volgens hun commandant gold voor al zijn manschappen dat ze voor de oorlog een volstrekt normaal – om niet te zeggen saai – leven leidden. Het zout der aarde. De ruggengraat van het land. Slagers, bakkers, kruideniers. Maar ik heb het over de familie.'

'Wie er op dit moment op Farleigh woont?' Ben dacht even na. 'Nou, Lord en Lady Westerham natuurlijk. Olivia, hun oudste dochter. En Diana en Phoebe, de twee jongsten. Olivia is getrouwd, maar ze is met haar zoontje weer thuis komen wonen toen haar man op een militaire missie naar het buitenland werd gestuurd.'

'En heeft Lord Westerham nog meer kinderen?'

'Ja, nog twee dochters. Margot zit in Parijs, voor zover ik weet. Vanwege de oorlog kan ze niet naar huis komen. Trouwens, dat wil ze ook helemaal niet, want ze is verliefd op een Fransman.'

'Wat deed ze daar? Zat ze op kostschool?'

'Nee, Margot was al aan het hof gepresenteerd. Ze wil de mode in, en ze kon in de leer bij Gigi Armande. Het schijnt dat ze het heel goed doet.'

Max Knight krabbelde iets op zijn blocnote. 'En de andere dochter?'

'Pamela. Die werkt in Londen. Een administratieve functie, geloof ik, in het kader van de oorlogsinspanning.'

Ben was zich ervan bewust dat Max Knight hem opnieuw doordringend aankeek. Zijn blik had iets heel dwingends, bijna alsof hij gedachten kon lezen, en Ben voelde dat er een blos op zijn wangen kwam.

Max Knight wendde zijn blik af. 'Het klinkt allemaal keurig. Een onberispelijke Engelse familie. En er zijn geen nieuwe dienstmeisjes afkomstig van het vasteland, geen Zwitserse butlers?'

Ben grijnsde. 'Nee, het personeel is teruggebracht tot een minimale bezetting, begreep ik van mijn vader. Alle livreiknechten zitten aan het front. Bovendien heeft de familie nog maar één vleugel tot haar beschikking. Dus zoveel personeel is ook niet nodig. De kok en Soames, de butler, zijn al zolang ik me kan heugen, bij de familie in dienst.'

'En de buren?'

'Ik neem aan dat u de betere kringen bedoelt, niet de boeren in de omgeving?'

Max Knight glimlachte vluchtig. 'Laten we het er maar op houden dat ik vooral geïnteresseerd ben in de betere kringen.'

'Mijn vader is de dichtstbijzijnde buurman. Het terrein van de kerk grenst aan het landgoed. En ik kan u verzekeren dat mijn vader nooit enige andere interesses heeft gehad dan vogels en geschiedenis.'

'Vogels?'

'Ja, hij is een hartstochtelijke vogelaar. Echt een plattelandsdominee. Oerdegelijk, op het saaie af, met een hart van goud. Mijn moeder is gestorven toen ik nog een baby was. In 1920, aan de Spaanse griep. En mijn vader is nooit hertrouwd.'

'En zijn er nog andere buren?' Max Knight vond Bens vader duidelijk volstrekt onverdacht.

'Kolonel Huntley en zijn vrouw wonen op Simla. Ze zijn halverwege de jaren dertig teruggekomen uit Brits-Indië. Hij zou zijn vaderland nooit verraden. Verder is er nog Miss Hamilton, een al wat oudere vrijgezelle dame. En natuurlijk de Prescotts. Sir William en zijn vrouw. Ze wonen op het landgoed Nethercote. Sir William is een belangrijke figuur in de financiële wereld. Maar dat weet u ongetwijfeld.'

'En ze hebben een zoon.'

Ben knikte. 'Inderdaad. Jeremy en ik hebben samen in Oxford gezeten. Hij is piloot geworden bij de RAF. De Duitsers hebben zijn toestel boven Frankrijk neergehaald, en nu zit hij in een krijgsgevangenenkamp.'

'Wat een pech,' zei Max Knight met een blik in zijn ogen die Ben niet kon peilen. Bijna alsof hij een binnenpretje had. 'En jij hebt er nooit over gedacht om je bij de RAF te melden?'

Ben kleurde. De vraag overviel hem. 'Ik had het graag gedaan, sir. Maar ik ben voor de oorlog bij een vliegtuigongeluk betrokken geweest. Daarbij is mijn rechterknie nogal beschadigd. Ik kan hem niet goed meer buigen. In elk geval niet goed genoeg om in en uit vliegtuigen te klimmen.'

'Over pech gesproken...' Max Knight knikte meelevend. 'Maar het werk dat je hier doet is ook nuttig. En net zo belangrijk.'

'Ik hoop het,' zei Ben met een uitgestreken gezicht.

'Begrijp ik goed dat het op jou tot dusverre niet als belangrijk is overgekomen?' Er speelde een vluchtige glimlach om Knights lippen.

Had hij dat opgemaakt uit zijn dossier, vroeg Ben zich af. En wat stond daar nog meer in? Hij keek op. 'Was dat alles, sir?'

'Op dit moment wel, ja. Ik zal Mike Radison een memo sturen dat ik je een tijdje leen. Van nu af aan breng je uitsluitend en alleen verslag uit aan mij. Is dat duidelijk? En ik hoef je er niet aan te herinneren dat alles wat hier wordt besproken, binnen deze vier muren moet blijven.'

'Uiteraard, sir.'

'En dat het van het grootste belang is dat je buren in Kent niets in de gaten hebben.'

'Volgens mij hebben ze geen idee wat ik doe, sir. Ze denken dat ik met mijn slechte knie ergens op een ministerie op kantoor zit.'

'Laat ze dat vooral blijven denken. Je zou zelfs kunnen laten doorschemeren dat het werk je wat te veel werd en dat je het advies hebt gekregen om even rust te nemen.'

'Ik heb al een fysieke handicap, maar u wilt me ook nog psychische problemen in de schoenen schuiven?' vroeg Ben. Zijn stem klonk plotseling scherp.

Max Knight grijnsde. 'Het doel heiligt de middelen, zeg ik altijd maar. Je zou versteld staan als je wist welke dekmantels sommige mensen die ik rekruteer voor zichzelf verzinnen.'

Ben dacht aan wat hij had gehoord over kapitein King of Mr. K., de meesterspion in Dolphin Square, en besefte met een schok van opwinding dat hij zojuist als spion was gerekruteerd, zij het dan ook als spion aan het thuisfront.

Hij stond op, en Max Knight stak hem opnieuw de hand toe. 'Het was me een genoegen, Cresswell. Volgens mij ben jij precies de man die we nodig hebben voor deze klus.'

Terwijl ze elkaar de hand schudden, herinnerde Ben zich de slang die Knight in zijn zak had gestopt. 'Die slang, sir... Is dat een soort huisdier? Of een talisman? Brengt hij geluk?'

'Ik ben een natuurliefhebber, Cresswell. En ik hou van dieren.

Deze arme stakker heb ik gered uit de handen van een stelletje dorpskinderen. Die blagen zouden hem om zeep hebben geholpen. En blijkbaar heeft hij het hier op kantoor goed naar zijn zin.'

'Bent u niet bang dat hij ontsnapt?'

'In dat geval wens ik hem alle goeds. Maar volgens mij weet hij waar zijn belang ligt. Ik hoop dat jij dat ook weet, Cresswell.'

Ben aarzelde. 'Nog één vraag, sir. Hoe neem ik contact met u op?'

'Door hier langs te komen. Of je stuurt me een telegram met een nummer waarop ik je kan bereiken. Om voor de hand liggende redenen maken we geen gebruik van de telefooncentrales. Trouwens, dat vliegtuigongeluk,' vervolgde Knight toen Ben naar de deur liep. 'Klopt het dat Jeremy Prescott aan de stuurknuppel zat? Volgens mij is hij er zonder een schrammetje vanaf gekomen. Dat heeft niet tot rancune geleid, hoop ik?'

Ben draaide zich om. 'Ik prijs me gelukkig dat ik hier ben, sir. En niet in een Duits stalag. Nog los van de vraag hoe ernstig zijn verwondingen waren toen hij werd neergehaald.' Hij zweeg even. 'Het was een ongeluk, sir. Dus van rancune is nooit sprake geweest. We zijn altijd dikke maatjes geweest, en dat zijn we nog steeds.'

Pas toen hij even later in de lift stond, besefte hij dat Maxwell Knight al vóór het gesprek volledig op de hoogte was geweest van al zijn vrienden en zijn buren. Dat alle vragen die Knight hem had gesteld, tot doel hadden gehad hém door te lichten.

Na terugkeer in Wormwood Scrubs had Ben zich net weer achter zijn bureau geïnstalleerd toen Harcourt kwam binnenslenteren. 'Je bent er weer. Dus geen ontslag op staande voet? Geen "wegwezen en laat ik je nooit meer zien"?'

'Nee, ik ben er nog.'

'Verdorie. Dus ik kan je stoel niet inpikken? De mijne piept buitengewoon ergerlijk. Bovendien wiebelt hij.'

'Je kunt hem volgende week van me lenen. Ik heb te horen gekregen dat ik een poosje vrijaf moet nemen.'

'Echt waar? Waarom?'

'Blijkbaar heb ik te hard gewerkt.' Ben kreeg het nauwelijks over zijn lippen.

'Allemachtig! En ik had niks in de gaten. Ik heb helemaal niet gemerkt dat je op de rand van een inzinking balanceerde.' Harcourt ging op de rand van Bens bureau zitten. 'Wat erg,' zei hij met een berouwvol gezicht. 'Het spijt me vreselijk.'

'Je moet niet overdrijven. Zo erg is het nou ook weer niet.' Ben zou het liefst hebben gezegd dat hem niets mankeerde. 'Het leek de dokter gewoon verstandig als ik een paar weken vrij nam. Dat is alles.'

'Ik wou dat hij dat ook tegen mij zei. Ik snak naar aardbeien, naar thee met melk, naar een lekker partijtje dorpscricket.'

'Ik denk niet dat je een team bij elkaar krijgt. Alle mannen zijn naar het front.'

'Tja, misschien heb je gelijk.'

'Ik heb het je nooit gevraagd,' begon Ben, die had besloten dat de aanval de beste verdediging was, 'maar waarom heb jij je eigenlijk niet aangemeld voor het leger?'

'Dat zal ik je vertellen. Op voorwaarde dat je het tegen niemand zegt. Want het is verschrikkelijk gênant. Ik heb platvoeten. Doorgaans zeg ik dat ik een zwak hart heb. Ik mankeer niks, maar de dokter weigerde me goed te keuren. Terwijl ik dolgraag naar het front was gegaan. Ergens in een ver en exotisch buitenland. In plaats daarvan moet ik aan iedereen die ik tegenkom, verantwoording afleggen.'

'Praat me d'r niet van.'

'Jij kan tenminste je broekspijp optrekken en je been laten zien. Maar als ik zeg dat ik het aan mijn hart heb, gelooft niemand me. Dat zie ik aan hun gezicht. En als ik zou zeggen dat ik platvoeten heb, zouden ze me uitlachen.'

Er viel een ongemakkelijke stilte. 'Dus je gaat een tijdje naar huis?' vroeg Harcourt.

'Ja, een paar weken.'

'Wat een genot! Kent in het voorjaar. Appelbloesem, wilde hyacinten. Je boft maar. Vind je het goed als ik je kom opzoeken? Mijn ouders wonen in Yorkshire. Dat is veel te ver om in mijn vrije weekeinden naartoe te gaan.'

'Natuurlijk,' antwoordde Ben verrast. 'Je bent altijd welkom. Mijn vader heeft een goede kok. Daar komt geen paardenvlees op tafel. Dat kan ik je beloven.'

'Dus je gaat vandaag al weg? Moet je je bureau leeghalen?'

'Dat klinkt naar vroeger. De laatste dag voor de schoolvakantie. Trouwens, zoveel zit er niet in mijn laden. Alleen wat potloden en dat soort dingen.'

'Maar ik heb gehoord dat we misschien ook naar Blenheim Palace verhuizen. De rest van de B-divisie zit daar al tenslotte. En in dat geval...'

'In dat geval krijg jij waarschijnlijk een nieuwe stoel.'

Harcourt richtte zich op en rekte zich uit als een kat. Hij wilde de deur al uit lopen toen hij zich omdraaide. 'Dus het had niets met Dolphin Square te maken?'

Ben keek hem aan. 'Dolphin Square?' herhaalde hij verbaasd.

'Ja, je uitstapje vandaag.'

'Is dat niet die lelijke appartementenkolos waar rijke mensen hun Londense pied-à-terre hebben?'

'Ja, dat klopt. Maar het schijnt dat daar ook...' Harcourt haalde zijn schouders op. 'Laat maar. Ik heb het blijkbaar verkeerd begrepen.'

'Waarom dacht je dat ik naar Dolphin Square was geweest?'

'Nou, ik kwam toevallig langs Radisons kantoor, en je weet hoe gehorig het hier is, en toen hoorde ik hem zeggen: "Dus hij moet zich melden in Dolphin Square? Nu meteen?" En even later kwam hij de gang in, op zoek naar jou. Dus ik heb één en één bij elkaar opgeteld -'

'En er drie van gemaakt. Wat zit er in Dolphin Square? Wat gebeurt daar? Is het een dekmantel voor een afdeling speciale operaties?'

'Hoe moet ik dat weten? Ik ben maar een loopjongen, net als jij. Maar ik heb gehoord...' Hij liep naar de deur en deed hem dicht. 'Het schijnt dat er in Dolphin Square iemand zit... Hij opereert onder verschillende namen, en de enige aan wie hij verantwoording aflegt, is Churchill. En de koning.'

'Jeetje. Staat hij aan onze kant?'

'Dat mag ik wel hopen. Anders zijn de gevolgen niet te overzien.'

'Laten we maar blij zijn met onze ouwe trouwe Radison.' Ben haalde een stel potloden, een schrift met lijntjespapier, een zakje ingedroogde winegums en een kaart van de ondergrondse uit zijn laden en stopte alles in zijn attachékoffer. 'Tot over een paar weken. En pas goed op jezelf.'

'Jij ook, kerel. Ik hoop dat je snel weer de oude bent.' En tot Bens grote verrassing schudde Harcourt hem de hand.

HOOFDSTUK 9

Bletchley Park
Mei 1941

'Ga je met verlof?' vroeg Trixie bijna verontwaardigd. 'Wanneer?'

Bij thuiskomst had Pamela haar in hun kamer getroffen, waar ze de laatste hand legde aan haar make-up. Haar late dienst begon die middag om vier uur. De andere meisjes droegen een praktisch mantelpakje of een katoenen jurk naar hun werk, maar Trixie kleedde zich alsof ze naar een voorname lunchafspraak ging. Vandaag had ze gekozen voor een middagjapon van gebloemde zijde.

'Zodra dit dienstrooster afloopt,' antwoordde Pamela.

'Het is niet eerlijk!' Trixie schudde zo nijdig haar hoofd dat haar krullen dansten. Anders dan Pamela, die haar sluike asblonde haar in een pagekapsel droeg, liet Trixie haar donkere haren permanenten in de stijl van Shirley Temple. 'Ik heb vorige week om verlof gevraagd, maar dat verzoek is afgewezen. Omdat ik met Kerstmis een week vrij had gehad, kwam ik op zijn vroegst in juli weer voor verlof in aanmerking, zeiden ze.'

'Blijkbaar ben jij belangrijker dan ik.'

'Is er een speciale reden dat je zo plotseling naar huis gaat? Geen slecht nieuws, hoop ik? Je krijgt toch geen verlof wegens familieomstandigheden?'

'In zekere zin wel. Geen familie, maar een goede vriend. Hij zat in een Duits krijgsgevangenenkamp, en we hadden in geen maanden iets van hem gehoord. Dus we wisten niet of hij nog leefde. Toen ik in de krant las dat hij heeft weten te ontsnappen, dat hij weer veilig thuis is, was ik zo geëmotioneerd dat ik bij de kiosk in elkaar ben gezakt. Ik voel me vreselijk onnozel. Dat is me echt nog nooit gebeurd. Hoewel, dat is niet helemaal waar. Ik ben een paar keer flauwgevallen toen ik zonder ontbijt naar de vroegmis was gegaan. Als tiener ben ik een tijdje behoorlijk religieus geweest.'

'Gossie. Daar heb ik nooit last van gehad. Maar dat flauwvallen begrijp ik wel. Wanneer ik nachtdiensten draai, heb ik soms ook het gevoel dat ik van mijn graatje ga. Je kunt je slaap nooit inhalen. En van dat getuur met slecht licht krijg je hoofdpijn.' Trixie sloeg een arm om Pamela's schouders. 'Maar je hebt het slim aangepakt. Je valt flauw, waardoor ze hier denken dat je op instorten staat en een tijdje rust nodig hebt, en je hebt precies bereikt wat je wilde. Je gaat naar huis, om je vent te zien.'

'Dat weet ik niet zeker. Of hij mijn vent is.' Pamela bloosde. 'We zijn als kinderen samen opgegroeid. Later gingen we weleens dansen, en we zijn een paar keer samen uit geweest. Maar het was nooit echt serieus. Hij heeft me niet om verkering gevraagd voordat hij zich aanmeldde bij de RAF. Schrijven deed hij bijna nooit, en ik weet zeker dat ik niet de enige vrouw was in zijn leven. Hij is vreselijk knap en schatrijk.'

'Misschien kom ik je wel opzoeken, diep in de binnenlanden van Kent.' Trixie grijnsde ondeugend. 'Vreselijk knap en schatrijk. Dat klinkt onweerstaanbaar.'

Pamela schoot in de lach. 'Afblijven. Hij is van mij. Tenminste, dat hoop ik. We zullen zien. Over een paar dagen weet ik het.' Ze sloeg haar handen om haar gezicht. 'Sjonge, ik vind het zo spannend! En ik verlang er zo naar om hem te zien!'

‘Het weerzien kan schokkend zijn, lieverd. Daar moet je je op voorbereiden,’ zei Trixie zacht. ‘Hij is waarschijnlijk gewond geraakt toen zijn toestel werd neergehaald. En misschien is hij wel voorgoed verminkt.’

Het was duidelijk dat die gedachte nog niet bij Pamela was opgekomen. Ze aarzelde, maar dat duurde niet lang. ‘Hij was blijkbaar sterk genoeg om uit dat kamp te ontsnappen,’ zei ze vastberaden. ‘En om veilig dwars door Frankrijk naar huis te komen. Dat vind ik zo moedig van hem.’

‘Je zou het ook dwaas kunnen noemen. Als ik gevangen was genomen en ik had het niet al te slecht, zou ik de oorlog liever daar uitzitten. Beetje dobbelen, beetje kaarten. Alles liever dan dat je na thuiskomst opnieuw naar het front wordt gestuurd.’

‘Bij piloten ligt dat anders. Voor hen is het één groot spel. Een soort schaken in de lucht. Jeremy deed niets liever.’

‘Jeremy? Bedoel je Jeremy Prescott?’

‘Ja. Hoezo? Ken je die?’

Trixies ogen begonnen te stralen. ‘Schat, hij was de droom van alle meisjes in het jaar dat ik debuteerde. De meest begeerde vrijgezel. Je bent een bofkont als je die weet te strikken.’

‘Daar ga ik in elk geval mijn uiterste best voor doen.’ Pamela bukte zich om haar koffer onder het bed vandaan te halen.

De reis van Bletchley naar huis leek een eeuwigheid te duren. De trein werd diverse keren op een zijspoor geleid om goederen- en troepentransporten te laten passeren. Tegen de tijd dat ze Londen binnenreden, was duidelijk te zien hoeveel schade de bombardementen hadden aangericht. Veel gebouwen waren nog slechts zwartgeblakerde hulzen, bij een huis waarvan de explosie één muur had weggeblazen, was nog een volledig ingerichte slaapkamer te zien met een koperen ledikant, met een quilt van roze rozen en in een hoek een porseleinen wasbekken. In een andere straat was een hele rij huizen met de grond gelijkgemaakt, maar een fish-and-chipszaak had het bombardement doorstaan. Op de deur hing een bordje met WE ZIJN OPEN. Pamela sloot haar ogen, als om de beelden te verjagen. Ze was van haar werk rechtstreeks naar het station gegaan, maar hoe uitgeput ze ook was, zelfs het ritmische wiegen van de trein had haar niet in slaap kunnen sussen. Sinds ze de avond tevoren onbedoeld flarden van een gesprek had opgevangen, had een knagende onrust bezit van haar genomen.

De langgerekte hut waarin ze werkte, was met scheidingswanden onderverdeeld in kantoortjes, aan weerskanten van een centrale gang. Toen ze tijdens haar dienst naar het eind van die gang liep, waar zich de toiletten bevonden, besefte ze halverwege dat ze had vergeten haar zaklantaarn mee te nemen. Gezien de verduistering had ze die nodig als ze naar de wc wilde. Terwijl ze zich terug haastte, ving ze een gesprek op van twee mannen die op gedempte toon met elkaar praatten.

'Ben je van plan het tegen haar te zeggen voordat ze met verlof gaat?'

'Ik pieker er niet over. Volgens mij vergissen ze zich. Dus ik ga proberen het de commandant uit zijn hoofd te praten.'

'Maar ze is verduveld goed. Dat weet je net zo goed als ik. Geknipt voor die klus.'

'Vind je? Ze is een van hen.'

'Dat zou weleens van pas kunnen komen.'

'Dat hangt ervan af waar haar loyaliteit ligt. Bij ons of bij hen. Als je het mij vraagt, is het risico te groot.'

Daarop deed een van de twee mannen de deur dicht. Het gesprek was niet voor haar oren bestemd. Dat wist Pamela zeker. Net zoals ze zeker wist dat ze het over haar hadden.

Maar waarom? In welk verband? Twijfelden ze aan haar loyaliteit? Had ze daar aanleiding toe gegeven? En bij wie dachten ze dat haar loyaliteit dán lag? Ze zouden toch niet denken dat ze voor de Duitsers spioneerde? Vol ongeduld keek ze uit naar het moment waarop de trein Euston Station binnenreed.

Op Charing Cross Station heerste de gebruikelijke chaotische drukte toen Pamela uit de ondergrondse kwam, die haar van Euston Station naar de andere kant van de stad had gebracht. Militairen kwamen langs marcheren, op weg naar een nieuwe stationering. Of misschien waren ze met verlof en gingen ze naar huis, voordat ze op de boot naar Afrika of naar het Verre Oosten stapten. Een groep kleine kinderen met een kaartje om hun nek stond te wachten op evacuatie; vanachter een hek keken hun moeders angstig toe. De trein aan het tegenoverliggende perron stond op het punt te vertrekken. Uit bijna alle ramen hingen militairen die afscheid namen van hun moeder of hun verloofde. Een meisje ging op haar tenen staan om haar vriend te zoenen. ‘Pas goed op jezelf, Joe!’

‘Maak je over mij geen zorgen. Ik red me wel. Dat weet je. Ik heb negen levens, net als een kat.’

Pamela had met hen te doen. Hoeveel jongemannen hadden dat gezegd en waren nooit meer thuisgekomen? Tegelijkertijd benijdde ze de geliefden om de manier waarop ze elkaar aankeken, alsof ze alleen op de wereld waren. Haar trein stond er ook al, en ze stortte zich in het gedrang om aan boord te gaan. Eenmaal in de trein werkte ze zich door de gang langs de coupés waar soldaten zich met hun plunjezakken hadden geïnstalleerd en stonden te kletsen en te roken alsof ze op een plezierreisje gingen.

Sommige flirtten onschuldig. ‘Kom hier zitten, schat.’ Een jonge militair klopte op zijn plunjezak. ‘Wij zullen wel zorgen dat je je niet verveelt. Wil je een Woodbine?’

Ze wimpelde hen vrolijk af, in het besef dat ze zich stoerder voordeden dan ze zich voelden en dat een meisjesglimlach precies was wat ze op dat moment nodig hadden. Toen ze een coupé vond waar nog een plekje vrij was, ging ze dankbaar zitten. Haar medepassagiers waren een moeder met een peuter op schoot, die tevreden op zijn duim zoog, een jonge Wren in uniform en twee mollige dames van middelbare leeftijd die mopperden over het feit dat er in de trein geen rijtuigen meer waren uitsluitend voor dames. ‘Het is een schande dat we ons langs die mannen moeten worstelen,' zei de dikste van de twee. 'Weet je wat een van die lui zei? "Maak je niet druk, moeders. Ik zal me heus niet aan je vergrijpen."'

'Schokkend. De hele wereld is gek geworden.'

Ze keken Pamela aan, in de hoop op bijval. 'Ik hoop niet dat ze jou hebben lastiggevallen, kindje?'

'Ach, ik kan wel wat hebben.' Pamela glimlachte.

Er klonk een fluitsignaal, gevolgd door het geluid van rennende voeten en deuren die dichtsloegen. Toen zette de trein zich hortend en stotend in beweging en reed het station uit. Reizigers die net waren ingestapt, liepen door de gang langs de coupé. Pamela wendde zich af en keek uit het raampje. De trein reed via de spoorbrug over de Theems. De Londense City strekte zich voor haar uit, met de koepel van de St. Paul fier overeind tussen de ruïnes. Toen ze Waterloo Station binnenreden op de zuidelijke oever, zag ze dat er iemand tegen de deur van de coupé leunde. Een jongeman in een tweed jasje. De manier waarop zijn donkere haar over zijn boord krulde kwam haar vertrouwd voor. Met een ruk trok ze de deur van de coupé open, waarop de jongeman haastig een stap opzij deed.

'Ben!' Er verscheen een brede glimlach op haar gezicht. 'Ik wist wel dat jij het was.'

'Pamela?' Hij keek haar ongelovig aan. 'Wat doe jij hier?'

'Hetzelfde als jij, neem ik aan. Ik ga een paar dagen naar huis. Kom hier zitten. Er kan nog net iemand bij.'

'Weet je dat zeker? Ik dacht dat het misschien een coupé voor dames was. Maar als de andere reizigers geen bezwaar hebben...'

'Natuurlijk niet.' Pamela klopte op de zitplaats tegenover haar en Ben zette zijn tas in het bagagerek.

'Wat toevallig dat we tegelijk naar huis gaan,' zei ze, nog altijd met een brede glimlach. 'En wat heerlijk om je weer te zien. De laatste keer lijkt wel een eeuwigheid geleden.'

'Ik heb met Kerstmis vluchtig een glimp van je opgevangen. In de kerk. Trouwens, je ziet er goed uit.'

'Jij ook. Dus ze laten je niet te hard werken?'

'Welnee. Het is allemaal nogal saai. Veel van hetzelfde, maar het zal wel ergens goed voor zijn.' Hij glimlachte bescheiden.

'Je werkt bij een van de ministeries, is het niet?'

'Ja, indirect wel. Ik doe research. Wat inhoudt dat ik een hoop nutteloze informatie bij elkaar zoek. En jij? Ik dacht dat jij ongeveer hetzelfde deed.'

'Ja, iets vergelijkbaars. Administratief werk. Ook erg saai. Archiveren en dat soort dingen. Maar ja, iemand moet het doen.'

'Zit je in de stad?'

'Nee, we zijn naar Berkshire geëvacueerd. Of liever gezegd, iets daarbuiten. Om te voorkomen dat de archieven oorlogsschade oplopen door de bombardementen. En jij?'

'Ik zit in Londen, maar ik weet nog niet of ik daar blijf. Volgens mij sturen ze iedereen op het moment de stad uit, naar het platteland.'

Er viel een stilte, waarin ze elkaar glimlachend aankeken.

Toen schraapte Ben zijn keel. 'Is er nog nieuws van Jeremy?'

Pamela begon te stralen. 'Dus je weet het nog niet? Dan heb je de laatste tijd blijkbaar geen kranten gelezen.'

'Die lees ik nooit. Er staat toch alleen maar slecht nieuws in.'

Ze boog zich naar hem toe. 'Hij is thuis! Ontsnapt uit het kamp. En daarna heeft hij via Frankrijk de kust weten te bereiken. Is het niet geweldig?'

'Dat is het zeker! Ongelooflijk! Maar ook typisch Jeremy. Die staat voor niets.'

'Precies.' Ze slaakte een zucht van geluk. 'Ik kon het bijna niet geloven toen ik het in de krant las. Dus ik heb meteen naar huis gebeld. Hij is terug. Op Nethercote. Om weer op krachten te komen na alle ontberingen. Ik wil zo snel mogelijk bij hem langs. Waarom ga je niet mee?'

'Weet je zeker dat je mij erbij wilt hebben?'

'Natuurlijk. Jeremy wil ons allebei zien. Dat weet ik zeker. En als hij… Nou ja, misschien is hij wel gewond, of verminkt… en dan vind ik het fijn als jij erbij bent.'

'Goed. Ik ga met je mee.'

'Kom naar Farleigh als je eenmaal bij je vader bent geweest. Ze zullen het allemaal leuk vinden om je te zien.'

'Hoe is het met ze?'

'Ik ben sinds Kerstmis niet meer thuis geweest, maar voor zover ik uit de brieven van mijn moeder heb begrepen, loopt pa zich voortdurend op te winden omdat hij zich "moet behelpen" met maar één vleugel.' Ze schoot in de lach. 'En het zit hem ook helemaal niet lekker dat hij te oud is om zijn steentje bij te dragen, zoals hij het noemt. Hij heeft dienst genomen bij de plaatselijke afdeling van de burgerbescherming. Maar volgens mij hebben ze daar alleen maar last van hem. Al was het maar omdat hij ongetwijfeld de lakens zal willen uitdelen. Mijn moeder gaat gewoon haar gangetje alsof er niets aan de hand is, lief en verstrooid als altijd. Livvy heeft de bovenverdieping geconfisqueerd en er een kinderkamer van gemaakt voor de kleine Charles. Ze is erg ouwelijk geworden. Om niet te zeggen saai.'

'En Margot? Hebben jullie daar nog iets van gehoord?'

Pamela's gezicht betrok. 'Nee, al heel lang niet. We maken ons de grootste zorgen. Misschien is ze ergens ondergedoken, samen met haar Franse graaf. Maar je hoort de vreselijkste verhalen over de situatie daar.'

'En de twee jongsten zijn nog thuis? Of heeft Dido ergens werk gevonden?'

'Dat zou ze dolgraag willen. Maar volgens pa is ze nog te jong om het huis uit te gaan. Ze vindt het allemaal erg frustrerend. Je weet hoe ze is. Geen type om thuis te zitten en te oefenen op de piano. Trouwens, ik begrijp haar wel. Het is zo oneerlijk. Wij hebben allemaal ons debutantenbal gehad. En zij loopt dat allemaal mis. Geen bals. Geen kans om leuke mannen te ontmoeten. De laatste keer dat ik haar sprak, wilde ze van huis weglopen om in een fabriek te gaan werken.'

'Ik hoor het haar zeggen! Ze had altijd al gevoel voor drama. Maar ze kan vast wel iets anders vinden. Is er waar jij werkt geen baantje voor haar? Volgens mij hebben ze voortdurend jonge vrouwen nodig voor kantoorwerk. En dan kan ze bij jou worden ingekwartierd.'

'Ik deel al een kamer met een collega. Hoe zit het bij jou op het ministerie? Misschien is daar wel werk voor Dido. Als ze een baan had, zou ze met de trein op en neer kunnen reizen. Misschien dat mijn vader daar geen bezwaar tegen zou hebben.'

'Het probleem is dat we in ploegendienst werken. Midden in de nacht gaat er geen trein naar Londen. En je vader zou niet willen dat ze tijdens de verduistering nog over straat moest. Het is voor mij al geen pretje, en ik hoef niet verder dan het station van de ondergrondse.'

Pamela vertrok haar gezicht. 'Praat me er niet van. Wij werken ook in ploegendienst. Afschuwelijk, dat is het. Je lijf raakt nooit gewend aan die nachtdiensten. En ik kan heel slecht tegen te weinig slaap.'

'Precies. Het is verschrikkelijk. Dat is ook de reden dat ik met verlof ga. Ze zeiden dat ik te hard had gewerkt.'

Een van de twee vrouwen bij het raam snoof. 'Te hard gewerkt,' herhaalde ze minachtend, met een woedende blik op Ben. 'Mijn kleinzoon staat in de woestijn tegenover Rommel! Dat is nog eens wat anders dan een kantoorbaantje.'

'Tessie. Hou je een beetje in.' De andere vrouw legde sussend een hand op die van haar vriendin. 'Haar enige zoon is net opgeroepen. Op zijn negenendertigste nota bene,' zei ze tegen Ben en Pamela. 'Daar is ze erg van geschrokken.'

'Begrijpelijk,' zei Ben. 'Maar...'

Pamela nam het voor hem op. 'Mr. Cresswell heeft een ernstig vliegtuigongeluk overleefd. Laat je been zien, Ben.'

De vrouw die op hem had gemopperd werd vuurrood. 'O, neemt u me niet kwalijk. Dat had ik niet mogen zeggen. Maar mijn vriendin heeft gelijk. Ik ben erg van streek. Trouwens, dat zijn we allemaal, door die ellendige oorlog.'

Er viel een ongemakkelijke stilte.

'De jongens met wie ik werk, krijgen vaak dezelfde reactie,' zei Pamela op gedempte toon tegen Ben. 'Het is zo oneerlijk. Niet iedereen hoeft met een geweer rond te lopen. Om de oorlog te winnen zijn er ook mensen achter de schermen nodig.'

'Ik heb soms de neiging een uniform te kopen. Dat zou het een stuk makkelijker maken.'

'Totdat ze je naar je identiteitsplaatjes vragen.'

Identiteitsplaatjes. De parachutist zou onmiddellijk door de mand zijn gevallen wanneer hij was aangehouden en zijn identiteitsplaatjes had moeten laten zien, dacht Ben. Dus het kon niet anders of hij was niet van plan geweest ver te gaan. Max Knight had gelijk. Zijn contactpersoon moest zich in de directe omgeving van Farleigh bevinden.

In Sevenoaks namen ze het boemeltje. Het eerste station waar het stopte, was Hildenborough. Daar stapten ze uit.

'Het is tegenwoordig een eind lopen,' zei Ben. 'Sinds station Farleigh Halt is opgeheven.'

Pamela schoot in de lach. 'We kunnen moeilijk verwachten dat de spoorwegen alleen voor ons een halte in stand houden. In tijden van oorlog stelt een adellijke titel niets voor. En terecht. We zijn ineens allemaal gelijk.'

'Komen ze je halen?' Ben keek om zich heen.

Pamela schudde haar hoofd. 'Nee, ik heb tegen niemand iets gezegd. In een tijd als deze kan iedereen wel een leuke verrassing gebruiken af en toe. En daar ga ik voor zorgen. Ik ga ze verrassen.'

'Ik heb ook niks tegen mijn vader gezegd. Kun je dat hele stuk wel lopen met een koffer? Als je dat wilt kan ik hem wel voor je dragen.'

'Welnee, jij hebt je eigen bagage. En er mankeert niets aan mijn conditie. Waar ik werk, zit ik vaak op de fiets. Een wandeling door de vrije natuur zal me goeddoen.'

'Het is inderdaad heerlijk om eindelijk weer eens frisse lucht in te ademen,' zei Ben terwijl ze op weg gingen. 'In Londen krijg je vooral rook en stof binnen, door de bombardementen.'

'Ik heb geboft dat ik buiten de stad werk. Midden tussen de velden en de bossen.'

'Waar zei je ook alweer dat je zat?'

'Ongeveer een uur ten noorden van Londen. In een groot landhuis. Maar bij lange na niet zo mooi als Farleigh.'

'Sommigen van onze jongens worden naar Blenheim Palace gestuurd.'

'Sjonge! Ze zullen hun ogen wel uitkijken.'

Ben schoot in de lach. 'Voor zover ik heb begrepen valt het nogal tegen. Het is met triplex onderverdeeld in afschuwelijk kleine hokjes, op de bovenste verdieping wemelt het van de vleermuizen, en er is geen verwarming.'

'Klinkt verrukkelijk.' Ze keek naar hem op, en hun blikken kruisten elkaar. Wat heeft hij leuke ogen, dacht ze plotseling. Zo prachtig groenblauw, als de oceaan. Merkwaardig dat haar dat nooit eerder was opgevallen. 'Wat ben ik toch blij om je weer te zien. Je bent in al die jaren niets veranderd. Een goede vriend. Een rots in de branding. Ik kon altijd op je rekenen.'

'Tja. Die goeie ouwe Ben.' Hij had meteen spijt van zijn sarcastische toon. 'Maar je hebt gelijk, je kunt altijd op me rekenen.'

Ze legde haar hand in de zijne. Zwijgend liepen ze verder. Leeuweriken stegen op van de hooilanden en barstten los in gezang. Boven de velden hing de geur van appelbloesem.

Uiteindelijk verbrak Pamela de betovering. 'Ga je vanmiddag mee naar Jeremy?'

'Natuurlijk. Dat heb ik al gezegd. Waarom gaan we niet eerst even langs bij mijn vader. Dan drinken we daar wat, en dan gaan we vandaar naar Farleigh. Het laatste stuk zal ik je koffer dragen.'

'Ja, goed plan.' En opnieuw schonk ze hem haar verblindende glimlach.

HOOFDSTUK 10

In de pastorie van de All Saints Church,
Elmsleigh, Kent
Mei 1941

De pastorie lag aan de rand van het kerkhof; een groot victoriaans huis, opgetrokken uit rode baksteen.

Pamela en Ben liepen langs de verweerde zerken naar de voordeur, die nooit op slot zat.

'Nee maar! Mr. Ben!' Mrs. Finch, die uit de keuken kwam bij het geluid van de deur die open- en weer dichtging, gooide verrast haar handen in de lucht. Toen ze Pamela zag maakte haar verrassing plaats voor verbazing. 'Your ladyship! Bent u er ook? Wat fijn om u te zien.'

'Mrs. Finch!' begroette Pamela haar vrolijk. 'Hoe is het met u?'

'Ik mag niet klagen, your ladyship. We kunnen ons naar omstandigheden goed redden. Heel wat beter dan die stakkers in de stad, waar het elke nacht bommen regent. En we hebben genoeg te eten. Ik heb een kleine moestuin achter het huis en de twee kippen zorgen voor eieren. Tenminste, als de ratten of de vossen ons niet vóór zijn. Bovendien is de dominee erg geliefd, dus het gebeurt regelmatig dat we een stukje vlees of een paar visjes op de stoep vinden. Het zou me niet verbazen als het illegaal was, of misschien zelfs afkomstig van de zwarte markt. Maar dat zeg ik natuurlijk niet tegen de dominee. Wat niet weet, wat niet deert.'

Ze grinnikte. 'U boft. We hebben gisteren een stel duiven gekregen, en daar heb ik pastei van gemaakt. Ik wilde de dominee net voor zijn twaalfuurtje aan tafel roepen. Waarom eet u niet mee, your ladyship?'

Ze zei nog altijd 'twaalfuurtje', ook al had de dominee geprobeerd haar te leren dat het tegenwoordig 'lunch' werd genoemd.

'Ik moet echt naar huis, Mrs. Finch. De familie zal blij zijn om me te zien,' antwoordde Pamela.

Ben pakte spontaan haar hand. 'Blijf toch nog even. De duivenpastei van Mrs. Finch is verrukkelijk, dat weet ik zeker. Als manna uit de hemel! Zeker na wat we gewend zijn. Tenminste, ik neem aan dat het eten bij jullie net zo bedroevend slecht is als bij ons.'

Pamela trok haar hand niet terug. 'Tja, die verleiding kan ik niet weerstaan,' zei ze glimlachend. 'Dank u wel, Mrs. Finch.' Ze keek om zich heen naar de versleten eiken meubels, die door Mrs. Finch en de huishoudsters vóór haar altijd goed in de was waren gezet en glommen van ouderdom. Door het raam kon ze, voorbij de weilanden en boven de bomen, een glimp opvangen van Farleigh. Hier ben ik thuis, dacht ze. Hier voel ik me veilig.

Dominee Cresswell kwam aanlopen vanuit de kerk, net op het moment dat Mrs. Finch de tafel had gedekt. Er gleed een glimlach over zijn vermoeide gezicht. 'Nee maar, jongen! Wat een verrassing. We hadden geen idee dat je zou komen.'

'Nee, het ging allemaal nogal plotseling.' Ben schudde zijn vader de hand. 'Mijn baas besloot dat ik recht had op verlof. Dus daar ben ik dan.'

'En Pamela! Kindje, wat heerlijk om jou weer te zien.' Hij nam haar onderzoekend op. 'Je ziet wel een beetje pips.'

'Dat komt door de nachtdiensten. Het lukt me niet om overdag mijn slaap in te halen.'

'Nee, dat begrijp ik. Maar na een paar dagen hier op het platteland ben je vast en zeker weer helemaal uitgerust. Goed eten. Frisse lucht. In Elmsleigh kun je de oorlog even vergeten. Hier is alles bij het oude gebleven.'

'Behalve dan dat er een regiment soldaten bij ons is ingekwartierd,' hielp Pamela hem herinneren.

'En behalve dat lijk op het grondgebied van het landgoed,' zei Mrs. Finch, terwijl ze de pastei op een treefje zette.

'Een lijk?' herhaalde Pamela.

'Ja, van een parachutist. Zijn parachute ging niet open.' Het was duidelijk dat Mrs. Finch genoot van het smeuïge verhaal. 'Hij zag er verschrikkelijk uit, heb ik gehoord. Helemaal onder het bloed.'

'Wat vreselijk. Wie is het?'

Mrs. Finch boog zich dichter naar haar toe. 'Hij droeg een uniform, maar volgens mij was het een Duitse spion. Die zitten tegenwoordig overal, zeggen ze. Soms zelfs vermomd als nonnen!'

'Mrs. Finch, wat heb ik nou gezegd over roddels en geruchten?' Dominee Cresswell klonk streng. 'Denk aan wat er op de affiches staat: PRATEN ZONDER NADENKEN KOST LEVENS. We hebben geen enkele reden om aan te nemen dat die arme man een spion was. Het ligt meer voor de hand dat hij het slachtoffer is geworden van een mislukte trainingsmissie. Ik heb protest aangetekend toen hij werd weggehaald, want ik vond dat hij een fatsoenlijke begrafenis verdiende.'

Voor hem was de zaak daarmee afgedaan, en hij boog zich over de tafel om de pastei aan te snijden. Bij de rijke kruidige geur die eruit opsteeg, knikte hij tevreden. 'Dat noem ik nog eens een goede maaltijd. Geef me je bord, jongedame. Zo lekker heb je vast in lange tijd niet gegeten.'

Ze deden de maaltijd eer aan. Het vlees van de jonge vogels was in de smakelijke jus onder de luchtige korst mooi sappig gebleven. Als groente had Mrs. Finch bloemkool met een witte saus gemaakt. Het toetje was custardpudding met gestoofde appels.

'Nu moet ik er echt vandoor.' Pamela schoof haar stoel naar achteren. 'Maar ik ben zo nieuwsgierig naar Jeremy. Dus ik neem aan dat ze het me thuis niet kwalijk nemen als ik eerst langs Nethercote ga. En wat doe jij?' Ze keek Ben smekend aan. 'Je zei dat je met me mee zou gaan.'

'Als jij dat wilt, dan ga ik met je mee.' Hij stond op en legde zijn servet op tafel. 'Vindt u dat goed, vader? Dat ik even met Pamma meeloop naar Nethercote?'

'Maar, jongen! Dat hoef je toch niet te vragen? Je bent een volwassen vent. En als Pamela wil dat je meegaat om haar aanstaande op te zoeken, dan ga je natuurlijk mee.'

Haar aanstaande. Ben had het gevoel alsof hij in zijn maag werd gestompt. Want het was maar al te waar. Al zolang hij zich kon heugen. Toch was hij altijd blijven hopen. Zeker toen Jeremy als vermist was opgegeven. Maar nu wilde Pamela dat hij met haar meeging, op bezoek bij zijn rivaal. Zou ze ook maar enig idee hebben van zijn gevoelens voor haar?

De hoofdstraat van het dorp lag er zo goed als verlaten bij. Bij Markham's rinkelde de deurbel toen een vrouw de dorpswinkel annex postkantoor uit kwam met een mand onder haar arm. Ze knikte beleefd. 'Lady Pamela. Mr. Ben. Lekker weertje voor de tijd van het jaar, vindt u niet?' Ze vervolgde haar weg, volstrekt niet verbaasd over hun plotselinge terugkeer. Sevenoaks lag al ver voorbij haar belevingswereld, om over Londen maar te zwijgen. Uit de school klonk het geluid van kinderstemmen die de tafel van vier opzegden. Er kwam een boerenkar aanhobbelen met een lading mest.

Sinds hun vertrek uit de pastorie hadden ze nog niets gezegd. Nu verbrak Pamela de stilte. 'Hier verandert nooit iets, lijkt het wel.'

'Behalve dat alle jongemannen zijn verdwenen.'

Ze knikte.

Eenmaal voorbij het dorp versmalde de weg zich tot een pad omsloten door wallen met uitbundig bloeiende wilde bloemen. Bij de indrukwekkende smeedijzeren hekken van Nethercote bleef Pamela abrupt staan.

'Het zal toch wel goed zijn dat we onverwacht langskomen? Zomaar, zonder uitnodiging? Of denk je dat we eerst hadden moeten bellen?'

Ben schoot in de lach. 'Jeremy heeft ons toch nog nooit uitgenodigd om langs te komen. Dat gaat altijd spontaan.'

'Ja, maar nu is alles anders.' Er verschenen zorgelijke rimpels in haar voorhoofd. 'Hij heeft gevangengezeten. Misschien... Misschien wil hij ons helemaal niet zien.'

Ben haalde diep adem. 'Natuurlijk wel. Al vanaf het moment dat hij piloot werd, heeft hij gedroomd van het weerzien met jou. Dat weet ik zeker.'

Ze glimlachte nerveus.

'En als ze zeggen dat hij geen bezoek wil, dan gaan we gewoon weer weg.'

'O Ben, wat zou ik zonder jou moeten beginnen? Ik was er al bijna als een haas vandoor gegaan. En daarmee zou ik alles hebben bedorven.'

'Daar geloof ik niks van. Je bent de sterkste van ons allemaal. Kom! Dan gaan we Jeremy verrassen.'

Ze liepen het hek door, de brede met grind belegde oprijlaan over. Vóór hen verhief zich het voorname negentiende-eeuwse landhuis, opgetrokken uit rode baksteen en met witte sierlijsten. Aan weerskanten van de laan lagen de uitgestrekte, geometrisch aangelegde tuinen. In de bloembedden bloeiden tulpen. Blauwe regen woekerde welig over fraai latwerk. De gazons waren zorgvuldig onderhouden. Hier waren duidelijk nog tuinmannen aan het werk. Daar had de oorlog niets aan veranderd.

Toen ze bij het huis kwamen, zagen ze naast de treden naar de voordeur een oude fiets staan. Hij oogde misplaatst, omringd door al die perfectie. Ben wilde er al iets over zeggen toen de deur opengging en Lady Diana Sutton naar buiten kwam.

'Natuurlijk! Dat doe ik. Heel erg bedankt. Dag!' Ze stak haar hand op naar een onzichtbare persoon in de hal en haastte zich de treden af.

Toen kreeg ze Pamela en Ben in de gaten. 'Nee maar! Dat is een verrassing.'

'Dido! Wat doe jij hier?' vroeg Pamela kortaf.

'Ja, ik ben ook heel erg blij om jou te zien, lieve zus,' antwoordde die hatelijk.

'Natuurlijk ben ik blij om je te zien.' Pamela was duidelijk uit haar evenwicht gebracht. 'Ik vroeg me alleen af...'

'Ik vertegenwoordig de familie door Jeremy af en toe een bezoekje te brengen om hem op te vrolijken.' Ze pakte de fiets. 'Iemand moet het doen.'

Zonder nog een woord te zeggen stapte ze op de fiets en reed weg. Het grind knarste onder haar banden.

DEEL 3

MARGOT

HOOFDSTUK 11

Parijs
Mei 1941

Ze had nooit geweten dat angst een geur had. Honden konden het ruiken als je bang was, maar dat mensen dat ook konden, dat wist ze niet. Toch rook ze het nu duidelijk, een akelige, weeïge geur, terwijl ze daar zat, op een stoel in een donkere kamer. Ze wist niet of het haar eigen angst was die ze rook, of dat de geur uit de muren kwam. Of het gebouw was doordesemd van de angst, de wanhoop van al degenen die er gevangen hadden gezeten. Ze was er met de auto naartoe gebracht, maar ondanks de blinddoek wist ze precies waar ze was. In het hoofdkwartier van de Gestapo. En om haar verzet te breken lieten ze haar hier zitten, alleen en in het donker.

Lady Margot Sutton zat roerloos, met haar ogen wijd open, op de rechte houten stoel. Om haar heen was alles donker. Ze had geen idee hoelang ze hier al zat, of het buiten al licht begon te worden. De ruimte had geen ramen. Dat wist ze omdat ze anders een streepje licht had moeten zien, zelfs als de ramen verduisterd waren geweest. Ze was midden in de nacht van haar bed gelicht. 'We komen u halen. Gaat u mee, alstublieft,' hadden de twee mannen gezegd, in het Engels.

Haar opvoeding verloochende zich niet. 'Hoe bedoelt u? Waarom zou ik met u meegaan? Ik peins er niet over. Het is midden in de nacht.'

'U gaat met ons mee, *Fräulein*. We geven u twee minuten om iets fatsoenlijks aan te trekken.' De man wierp een minachtende blik op haar kanten nachthemd.

Fräulein. Toen wist ze het. De mannen droegen geen uniform, maar ze spraken Duits. Dat kon maar één ding betekenen. Ze waren van de Gestapo. En tegen de Gestapo was elke vorm van verzet zinloos. Maar ze zou niet laten merken dat ze bang was. Haar afkomst was haar enige troef. De Duitsers respecteerden de Engelse aristocratie. Daar waren ze diep van onder de indruk sinds ze hun eigen adelstand hadden opgeheven.

'Dit is hoogst ongebruikelijk.' Ze besefte zelf dat ze klonk als een nijdige koningin Victoria. 'Wie heeft u hiertoe opdracht gegeven? Wat wilt u van me?'

'Daar komt u snel genoeg achter, Fräulein.'

'Ik ben geen Fräulein. Ik ben Lady Margaret Sutton, dochter van Lord Westerham.'

'Dat weten we,' zei een van de twee mannen onbewogen. 'Nogmaals, Lady Margaret. U krijgt twee minuten om iets anders aan te trekken. Doet u dat niet, dan zullen we u in nachtkleding moeten meenemen.'

Ze vluchtte de slaapkamer in, terwijl ze ondertussen koortsachtig nadacht. Wat moest ze meenemen? Het pistool dat Gaston haar had gegeven? Nee, ze maakte de meeste kans om uiteindelijk weer vrij te komen door de gekwetste onschuld te spelen. Trouwens, ik bén onschuldig. Ik weet helemaal niks, dacht ze. Van mij zullen ze niets wijzer worden.

Een beetje gerustgesteld trok ze haar zwarte mantelpakje aan van het Huis Armande, met een witte blouse en een snoer parels. Ze zou die schoften niet laten merken hoe doodsbang ze was. Maar stel nu eens, bedacht ze, dat Gaston thuiskomt en ik er niet ben? Hoe maak ik hem duidelijk wat er aan de hand is?

'Lady Margaret?' riep een stem aan de andere kant van de deur.

'Ik moet alleen nog even mijn haar borstelen! Trouwens, kan ik straks meteen weer naar huis of moet ik een tandenborstel meenemen?'

'Dat moet u zelf weten.'

Terwijl ze haar lippen stiftte, viel haar oog op het kaartje van Madame Armande dat op haar kaptafel lag. Met de lippenstift schreef ze BEL HAAR op de achterkant en legde het kaartje terug. Gaston was snel van begrip, en Armande kende iedereen in Parijs. Zij zou een spoorloos verdwenen Engelse wel weten te vinden. Als ik dan nog leef, dacht Margot.

Het was koud en vochtig in de donkere ruimte waar ze haar op een stoel hadden gezet, en ze moest dringend plassen. Maar ze dwong zichzelf er niet aan toe te geven. Volgens de verhalen hadden sommige leden van de koninklijke familie hun lichaam dusdanig getraind dat ze, bijvoorbeeld tijdens buitenlandse reizen, de hele dag niet naar de wc hoefden. Ergens klonk geschreeuw. Of was het gehuil? Ze wist niet waar het vandaan kwam. Uit het gebouw of ergens buiten. Bij het geluid van naderende voetstappen – het zware gedreun van laarzen – verstijfde ze. Toen de voetstappen haar deur passeerden, slaakte ze een zucht van verlichting. Ze probeerde krampachtig aan leuke dingen te denken. Farleigh in de zomer. Tennissen op het gras. Aardbeien met slagroom. Haar vader met rode wangen en met die belachelijke slappe witte hoed op zijn hoofd. Haar moeder die het nooit warm leek te hebben en die altijd kalm bleef, wat haar kroost ook uithaalde. 'Farleigh,' fluisterde ze. 'Ik wil naar huis.'

Ze schrok toen de deur openging en er een straal licht naar binnen viel. In de deuropening verscheen een lange man in het uniform van een Duitse officier. Hij draaide aan de schakelaar van het licht, en Margot knipperde met haar ogen tegen de plotselinge felle gloed. Ze keek om zich heen. De kleine ruimte had inderdaad geen ramen. De muren waren kaal en in de hoek stond een emmer. Als ze had geweten dat die er was, had ze er gebruik van kunnen maken. De officier trok een stoel bij en ging tegenover haar zitten.

'Lady Margaret, ik moet u mijn verontschuldigingen aanbieden voor de weinig hoffelijke, om niet te zeggen ruwe manier waarop u bent behandeld. Mijn opdracht om iemand voor een ondervraging hierheen te brengen, wordt soms verkeerd uitgelegd, ben ik bang. Wilt u misschien een kop koffie?'

Echte koffie was in Parijs een zeldzaamheid geworden. 'Heel graag,' hoorde ze zichzelf zeggen, nog voordat ze had kunnen besluiten of ze hooghartig en afstandelijk moest blijven. Misschien zoek ik er te veel achter, dacht ze. Misschien willen ze me alleen maar een paar vragen stellen. Bijvoorbeeld waarom ik niet naar huis ben gegaan maar nog steeds in Parijs zit. De koffie werd gebracht. Met melk en suiker. Het smaakte verrukkelijk. Het lekkerste wat ze in tijden had geproefd. 'Dank u wel,' zei ze. 'Dat is erg aardig van u.'

De officier knikte. 'Laat ik me eerst even voorstellen. Dinkslager is de naam. Baron Von Dinkslager. Dus u ziet, maatschappelijk gezien zijn we elkaars gelijke. We willen u alleen maar een paar vragen stellen. Dan kunt u weer naar huis.' Hij sprak uitstekend Engels, met slechts een heel licht accent. En hij was buitengewoon aantrekkelijk om te zien. Een combinatie van Hollywood en Duitse militaire arrogantie. 'U bent Lady Margaret Sutton, dochter van Lord Westerham, klopt dat?'

'Dat klopt.'

'Waarom bent u hier nog? Waarom bent u niet naar huis gegaan toen dat nog kon? Voordat Parijs werd bezet?'

'Ik wil modeontwerper worden en ik had het geluk dat ik bij Madame Armande in de leer kon. Misschien ben ik naïef geweest, maar ik dacht dat het leven in Parijs gewoon op de oude voet zou doorgaan.'

'Dat is ook zo.'

'Niet echt. Bijna niemand heeft nog genoeg te eten, en we hebben al in geen maanden meer echte koffie kunnen krijgen.'

'Dat is de schuld van de Engelse bommenwerpers. En van het verzet. Als de aanvoerlijnen worden vernietigd, dan kunt u ons niet verwijten dat er een voedseltekort ontstaat.'

Hij sloeg zijn benen over elkaar. Zijn hoge zwarte laarzen waren glimmend gepoetst. 'Dus dat was de enige reden dat u besloot te blijven? Uw ambitie om modeontwerpster te worden?'

'Nee,' gaf ze eerlijk toe, want ze zag geen reden erom te liegen. 'Ik ben verliefd op een Fransman.'

'Gaston de Varennes. Ook een aristocraat.'

Ze knikte. 'Dat klopt.'

'En waar is de graaf nu?'

'Dat weet ik niet. Ik heb hem in geen maanden gezien.'

'Wanneer was de laatste keer?'

'Net na Kerstmis. Toen zei hij dat hij uit Parijs weg moest.'

'Heeft hij ook gezegd waarom?'

'Blijkbaar vereisten zijn bezittingen in het zuiden van het land zijn aandacht. Bovendien ging het niet goed met zijn grootmoeder die nog op het familiechateau woont. Hij wilde poolshoogte gaan nemen, om te zien of hij iets voor haar kon doen.'

'Zijn grootmoeder.' Von Dinkslager glimlachte vluchtig. 'Of u bent inderdaad erg naïef, Lady Margaret, of u kunt liegen alsof het gedrukt staat. Zijn grootmoeder is al vijf jaar dood.'

'Dan ben ik blijkbaar erg naïef. Als we vroeger jokten moesten we van onze nanny onze mond spoelen met zeep. Dat heeft indruk gemaakt.'

'Is de vraag nooit bij u opgekomen of uw minnaar zich misschien had aangesloten bij het verzet?'

'Dat heb ik me inderdaad weleens afgevraagd,' zei ze uitdagend. 'Maar Gaston heeft me nooit iets verteld. Dat was beter, zei hij. Dan kon ik naar waarheid zeggen dat ik niets wist, mocht ik ooit worden ondervraagd.'

'En u hebt hem sinds Kerstmis niet meer gezien?'

'Dat klopt.'

'Verbaast het u als ik u vertel dat hij sindsdien diverse keren in Parijs is geweest?'

Margot deed haar uiterste best haar gezicht in de plooi te houden.

'Ja, dat verbaast me. Maar misschien wilde hij mij niet in gevaar brengen. Hij is erg zorgzaam.'

'Of misschien heeft hij een nieuwe liefde,' opperde Von Dinkslager. Er verscheen een zweem van een grijns om zijn mond.

'Misschien. Gaston is een buitengewoon aantrekkelijke man.'

'En als dat zo is? Als hij inderdaad een nieuwe liefde heeft?'

'Dan zal ik alleen verder moeten. Ik zal me weer aan de mode wijden en moeten wennen aan een leven zonder hem.'

Hij grinnikte nu. 'Ik moet zeggen, Lady Margaret, ik heb bewondering voor jullie Britten. Een Frans meisje zou zich volledig laten gaan en tranen met tuiten huilen als ze haar geliefde verloor.'

'Dan is het maar goed dat ik geen Française ben.'

Hij glimlachte nog steeds. 'Ik mag u wel, Lady Margaret. U bent een sterke vrouw. Een vrouw met karakter. Wij begrijpen elkaar. Ik ben een aristocraat, net als u.'

'Dan zult u ook begrijpen dat ik de waarheid spreek als ik zeg dat u van mij geen steek wijzer zult worden. Ik weet oprecht van niets. De meeste anderen zouden het leven dat ik hier leid, maar saai noemen. Ik ga elke ochtend naar het atelier. Daar doe ik wat Madame Armande zegt dat ik moet doen, en aan het eind van de dag ga ik weer naar huis. Naar mijn piepkleine appartement in het 9e arrondissement. Ik maak iets te eten voor mezelf, en daarna ga ik al vroeg naar bed.'

'Maar diep in uw hart wilt u terug naar huis. Dat weet ik zeker. Terug naar Engeland. Als dat zou kunnen.'

Ze aarzelde even. Natúúrlijk wil ik naar huis, idioot, dacht ze. Ze kon het wel uitschreeuwen. Maar in plaats daarvan zei ze: 'Ik heb begrepen dat het leven daar ook geen pretje is. Londen wordt bijna elke nacht gebombardeerd, en dan is er nog de dreiging van een invasie.'

Hij zette zijn voeten naast elkaar en helde zijn stoel naar achteren. 'U zegt dat u in geen maanden iets van Gaston de Varennes hebt gehoord.'

'Dat klopt.'

'Dus u wist ook niet dat we hem hebben opgepakt? Dat hij achter slot en grendel zit?'

Ze slaagde er niet in haar geschoktheid te verbergen. Het kon niet anders of hij zag de angst oplaaien in haar ogen. 'Nee, daar had ik geen idee van.'

'En daar schrikt u van?'

'Natuurlijk schrik ik daarvan.' Haar stem kreeg een scherpe klank. 'Herr baron, ik hou van Gaston de Varennes. Ongeacht of hij nog van mij houdt.'

'En u staat achter zijn werk in het verzet?'

'Zoals ik al zei, ik wist tot op dit moment niet dat hij zich had aangesloten bij het verzet. Maar ik begrijp dat hij als rechtgeaarde Fransman de indringers zijn land uit wil jagen. Als de Duitsers Engeland binnenvielen, zou ik van mijn familie hetzelfde verwachten.'

Hij liet de poten van zijn stoel luidruchtig op de grond neerkomen en boog zich naar haar toe. 'Gaston de Varennes is erg koppig, Lady Margaret. U zult begrijpen dat zijn leven geen *sou* waard is' – hij knipte met zijn vingers, en het geluid echode verrassend krachtig in de kleine ruimte – 'tenzij hij ons vertelt wat hij weet.'

'En u wilt dat ik hem overhaal om dat te doen? Dat is belachelijk. Ik voel me gevleid dat u me zoveel invloed toedicht, maar ik moet u teleurstellen.'

'U beseft, hoop ik, dat ik maar met mijn vingers hoef te knippen of u wordt de trap af gesleept naar een kamer die aanzienlijk minder aangenaam is dan deze? En dat ze u daar zullen dwingen alles te vertellen wat u weet, tot in de kleinste bijzonderheden?'

Opnieuw dwong ze zichzelf haar gezicht in de plooi te houden. 'Ik heb de verhalen gehoord over wat hier gebeurt, Herr baron. Maar nogmaals, ik kan u niets vertellen wat voor u ook maar enigszins de moeite waard zou kunnen zijn.'

'Dan vergist u zich, Lady Margaret. Als we u meenemen naar beneden, hebt u wel degelijk iets te vertellen. Sterker nog, u zou zelfs dingen verzinnen om ons te vriend te houden. U zou uw geliefde verraden, uw moeder, u zou tot alles bereid zijn om het er levend vanaf te brengen.'

Margot schonk hem een ijzige blik. 'Als u me wilt vermoorden, doet u dat dan maar meteen. U draagt een revolver, zie ik. Dus schiet me maar dood.'

'Liever niet. Levend bent u meer waard. Maar uw reactie verbaast me. U wilt niet vechten voor uw geliefde? U laat hem sterven zonder een vinger uit te steken? Wat zijn jullie Britten toch kil en koud.'

'Dat ben ik helemaal niet. En als dat zin had, zou ik vechten voor Gaston! Maar wat ik ook zeg, wat ik ook doe, ik heb niet de illusie dat ik u daarmee van gedachten kan doen veranderen.' Terwijl ze het zei, begreep ze ineens wat hij van haar wilde. 'U weet allang dat u van mij niets wijzer wordt. U wilt me gebruiken om Gaston onder druk te zetten. Om hem aan de praat te krijgen.'

'Inderdaad. Maar of dat lukt... dat hangt van hem af. Van zijn gevoelens voor u. Of u belangrijker voor hem bent dan zijn vaderland.' Hij keek verrast op. In de gang achter de deur klonken luide stemmen, waarvan er een onmiskenbaar aan een vrouw toebehoorde. Von Dinkslager was net opgestaan toen de deur openvloog en Gigi Armande kwam binnenstormen. Haar make-up was tot in de puntjes verzorgd, om haar schouders was nonchalant een zwarte bontstola gedrapeerd. Zelfs als Margot haar niet had gekend, zou ze onmiddellijk hebben geweten wie ze voor zich had.

'Wat heeft dit te betekenen?' vroeg Von Dinkslager in het Frans. 'Wie heeft u binnengelaten?'

'Kindje toch!' Zonder hem ook maar een blik waardig te keuren, haastte Gigi Armande zich naar Margot en kuste haar op beide wangen. 'Wat denken ze wel! U moest zich schamen, baron! Om een onschuldig jong meisje de stuipen op het lijf te jagen. Een Engelse lady nog wel! Het lieve kind heeft niets misdaan. Ze werkt bij mij op het atelier. Misschien kent u me niet – trouwens, dan bent u in heel Parijs de enige – maar ik ben Madame Armande! En ik kan u verzekeren dat uw hoogste superieuren maar al te goed weten wie ik ben. Het is niet voor niets dat ik nog altijd toestemming heb om in het Ritz te wonen.'

'Madame Armande! Natuurlijk weet ik wie u bent. Maar deze jongedame is niet zo onschuldig als ze lijkt. Ze is de minnares van een van de voormannen van het verzet. We hebben hem opgepakt, maar hij werkt niet echt mee. Dus we hopen dat Lady Margaret ervoor kan zorgen dat hij zijn mond opendoet.'

'Ik begrijp heel goed dat ze daar niets voor voelt.' Gigi Armande sloeg beschermend een arm om Margot heen. 'Zelfs al zou hij doorslaan, dan vermoordt u hem alsnog. Of niet soms? Of hij wordt geliquideerd door zijn kameraden in het verzet, in het onwaarschijnlijke geval dat u hem zou laten gaan.'

'Misschien kunnen we het op een akkoordje gooien, madame. Want deze jongedame zou voor ons weleens meer waard kunnen zijn dan een verzetsstrijder.'

'In welk opzicht?'

Hij keerde zich weer naar Margot. 'Ze beweegt zich in de hoogste kringen. Als mijn informatie klopt is uw familie bevriend met de Churchills, met de Hertog van Westminster en met een aantal leden van het Hogerhuis.'

'Dat klopt. Maar ik begrijp niet -'

'Ik doe u een voorstel. Als u iets voor mij doet, laat ik Gaston de Varennes vrij.'

'Wat zou dat dan moeten zijn?' vroeg ze wantrouwend. 'En welke garantie heb ik dat u Gaston inderdaad vrijlaat? Dat hij niet allang dood is?'

'Die garantie hebt u niet.' Hij hief in een machteloos gebaar zijn handen. 'Maar ik geef u de kans om hem te redden. Dat lijkt me beter dan de zekerheid dat hij een pijnlijke dood zal sterven. Net als u.'

'Hoe durft u het te zeggen?' tierde Madame Armande. 'Ik neem haar mee. Ze gaat met mij mee naar het Ritz, en reken maar dat ik protest zal aantekenen bij uw superieuren!'

Von Dinkslager haalde zijn schouders op. 'U staat bekend als nuchter en zakelijk, madame. Akkoord, u kunt haar meenemen. Maar ik vertrouw erop dat u haar de redelijkheid van mijn voorstel doet inzien. Als ze bereid is iets voor ons te doen, dan zal ik er persoonlijk voor zorgen dat ze naar huis kan.' Hij keek Margot aan. 'U kunt gaan. Over een paar dagen spreken we elkaar opnieuw. Denk goed na over mijn voorstel. Maar bedenk wel dat ik De Varennes niet eeuwig in leven kan houden. En dat ik u niet te lang op vrije voeten kan laten. Doe geen rare dingen. Probeer niet te vluchten. Want we houden u in de gaten. En u mag Madame Armande wel dankbaar zijn.'

Margot stond op, stijf en verkrampt van het lange zitten, en werd door Gigi Armande de kamer uit geloodst. Bij de deur draaide die zich nog even om naar Von Dinkslager.

De baron glimlachte.

En Madame Armande glimlachte terug.

HOOFDSTUK 12

Nethercote, Elsmleigh, Kent
Mei 1941

Jeremy zat op een chaise longue in de serre, ondersteund door kussens en met een witte chenille deken over zijn benen. De serre, met een glazen koepel, was aan de achterkant aangebouwd, bij wijze van uitbreiding van de ontbijtkamer die 's morgens als eerste de zon kreeg. Witte rieten meubels en tropische planten zorgden voor een zomerse sfeer. Rondom stonden potten met orchideeën, en het rook er heerlijk naar jasmijn. De ramen keken uit op het gazon, met daarachter de tennisbaan. Witte wolken schoven langs de hemel en wierpen schaduwen over het zorgvuldig gemaaide gras. Aan de berceau bloeiden de eerste rozen, die ook de bakstenen muur van de moestuin overwoekerden. Bij het geluid van voetstappen draaide Jeremy zich om. Op slag klaarde zijn gezicht op.

'Pamma! Ben! Wat heerlijk dat jullie er zijn! Als je eens wist hoe ik jullie heb gemist!'

'Je ziet er goed uit,' zei Pamela, ook al was hij erg bleek en afschuwelijk vermagerd. In zijn witte overhemd met open kraag – of misschien was het een pyjamajasje – en met zijn ingevallen wangen en donkere krullen had hij wel iets van een romantische dichter. Lord Byron op zijn sterfbed. 'Wat heerlijk dat je weer thuis bent! Ik las het in de krant, maar ik kon het gewoon niet geloven!' Pamela haastte zich naar hem toe. 'Het voelt als een wonder.'

'Niet zo dramatisch, Pamma. Kom, geef me een kus.'

Ben hield zich op de achtergrond terwijl Pamela zich over Jeremy heen boog en hem op zijn voorhoofd kuste.

'Sjonge, ik had wel een iets minder preutse zoen verwacht!' Jeremy schoot in de lach. 'Maar dat zal wel door Ben komen. Hoe is het ermee, maatje? Goed dat je er bent.' In zijn ogen lag oprechte warmte te lezen terwijl ze elkaar de hand schudden.

'Welkom thuis, kerel,' zei Ben. 'En ik ben het met Pamma eens. Het voelt als een wonder dat je weer thuis bent.'

'Tja, als je er goed over nadenkt is het inderdaad wonderbaarlijk,' moest Jeremy toegeven. 'Bizar gewoon, gezien de omstandigheden.'

'Vertel! Hoe is het je gelukt?' vroeg Pamela. 'Ik weet alleen wat er in de krant stond.'

'Ach, zoveel meer valt er niet te vertellen.' Jeremy keek een beetje gegeneerd. 'Het plan was om uit te breken uit dat vervloekte kamp. Maar iemand moet ons hebben verraden. We hadden een gang gegraven, maar toen we daaruit kwamen stonden ze ons tussen de bomen op te wachten. Ze openden meteen het vuur, en iedereen werd neergemaaid.'

'Allemachtig!' Pamela wisselde een blik met Ben. 'En jij? Ben jij ook geraakt?'

'Nee, ik heb geluk gehad. Althans, ik ben wel geraakt, maar de kogel is door mijn schouder gegaan. Ik heb me in de rivier laten vallen en gedaan alsof ik dood was. En toen heb ik me door de stroming laten meevoeren. Een eindje verderop heb ik me tussen het riet verstopt. Na een tijdje hoorde ik ze weglopen. Ze lachten! Toen ben ik gaan zwemmen, en ik kon me vastklampen aan een stuk hout om me verder stroomafwaarts te laten drijven. De rivier voegde zich uiteindelijk bij een andere. Er lagen boten langs de kant afgemeerd en ik heb me in het donker aan boord gehesen van een lage schuit. Ik had opnieuw geluk. De schuit was geladen met groenten, en toen het licht werd vertrok hij stroomopwaarts. Ik had me verstopt tussen de kolen. Het enige probleem was dat de wond in mijn schouder begon te ontsteken. Volgens mij heb ik liggen ijlen van de koorts.'

'Arme jongen.' Pamela legde teder een hand op zijn schouder.

'Het was inderdaad geen pretje. We voeren een paar dagen stroomopwaarts, en toen hoorde ik Frans spreken. Blijkbaar waren we in Frankrijk. Of in België. Hoe dan ook, het was beter dan Duitsland. Dus ik ben midden in de nacht tussen de kolen vandaan gekropen, en ik heb zo goed en zo kwaad als het ging koers gezet naar het westen. Een paar keer scheelde het niet veel of ik was erbij geweest, maar het geluk bleef me toelachen. Ik kwam een vent tegen die bij het verzet zat. Hij heeft contact gezocht met zijn mensen, en die hebben me Frankrijk door geholpen naar de kust. Daar lag een boot te wachten.'

Jeremy keek van Pamela naar Ben.

'Wat een avontuur,' zei die.

'Ik zou het niet graag nog eens doen. Maar angst is een krachtige drijfveer. Als ze me te pakken hadden gekregen, dan was ik er geweest.'

'En nu? Ga je weer vliegen?' vroeg Ben.

'Voorlopig krijg ik een bureaubaan. Totdat ik voldoende ben aangesterkt. De kogel heeft de spieren in mijn rechterarm beschadigd, en ik ben vel over been. Voordat ik weer kan vliegen, zal ik ook eerst weer wat spek op mijn botten moeten hebben. Maar dat zal hier wel lukken. Je kent mijn moeder. Die vertroetelt me. En Mrs. Treadwell is een geweldige kok. God, ik heb in het kamp van haar gedroomd! Daar kregen we alleen maar zwart brood en waterige soep.'

Zijn blik gleed langs hen heen naar buiten. 'Maar ik ben bang dat ik geduld zal moeten hebben voordat ik weer echt aan het werk kan. Het herstel gaat wel even duren. Ondertussen moet ik steeds aan mijn maten in het kamp denken. De jongens die het niet hebben gered, die na de uitbraak zijn neergemaaid. En aan hun familie. Die weten nog van niks en vragen zich af hoe het met ze gaat.'

Hij keerde zich weer naar hen toe en deed zijn best vrolijk te kijken. 'Maar ik ben weer thuis. En jij bent bij me, Pamma. Nog mooier dan in mijn dromen. Rijper.'

'We zijn inmiddels twee jaar verder. Ik ben eenentwintig. Dus ik hoor nu ook eindelijk officieel bij de volwassenen.'

Bij het zien van de blik waarmee ze elkaar aankeken, ging Ben ongemakkelijk verzitten. 'Jullie hebben vast en zeker nog heel veel te bepraten. Dus ik moest maar weer eens gaan.'

'Goed idee, kerel. Dank je wel. Want ik snak ernaar haar te zoenen.'

'Dat begrijp ik.' Ben probeerde luchtig te klinken. 'Ik kom binnenkort wel weer eens langs.'

'Dat moet je doen! Ik ben razend benieuwd om te horen wat jij tegenwoordig uitspookt. En ik zal blij zijn als alles weer normaal is. Het afgelopen jaar was een nachtmerrie.'

'Ach, zo opwindend is het allemaal niet wat ik doe. Hoe dan ook, ik ben blij dat je weer thuis bent.'

'Ben, je hoeft voor mij niet...' riep Pamela hem na, maar hij was al in de schaduwen van de kamer achter de serre verdwenen.

Onmiddellijk schoof Jeremy een eindje op om ruimte te maken op de chaise longue. 'Kom eens bij me, heerlijke vrouw.'

'Wat is je zere schouder?' Pamela ging voorzichtig naast hem zitten. 'Ik wil je geen pijn doen.'

'O, ik ben alweer zo goed als nieuw. Kom!' Hij sloeg een arm om haar hals en trok haar tegen zich aan. 'God, wat heb ik hiernaar verlangd!' Hij kuste haar hard, dwingend, en ze moest zich beheersen om geen kreet van pijn te slaken, zo ruw drukte hij zijn lippen op de hare. Terwijl hij ongeduldig naar de knopen van haar blouse tastte, duwde hij zijn tong in haar mond. Doordat hij zo wild tekeerging, raakte er een knoop los die over de grond stuiterde. Hij trok zich er niets van aan. Zijn hand verdween onder haar blouse. Toen ze zijn vingers over haar borst voelde glijden, op zoek naar de tepel, rukte ze zich los.

'Niet doen! Iedereen kan ons zien.' Ze lachte nerveus. 'Ik heb hier net zo naar verlangd als jij, maar...'

Zijn ogen schitterden begerig. 'Alleen het personeel kan ons zien. Die houden hun mond wel. Daar worden ze voor betaald.'

Ze ging rechtop zitten. 'Sorry. Het gaat me allemaal een beetje te snel. Ik vind het heerlijk om je weer te zien, maar zo ver zijn we nog nooit gegaan, en... Nou ja, het is al zo lang geleden.'

'Verdorie, Pamma! Ik ben ook maar een mens. Weet je wel hoe vaak ik hiervan heb gedroomd, in dat helse kamp?'

'Het spijt me. Ik voel me gewoon een beetje overrompeld.'

'Dus ik moet me leren beheersen. Is dat het? Ik moet me als een brave jongen gedragen.' Hij grijnsde ondeugend. 'Zodra ik niet langer aan mijn stoel gekluisterd ben, ontvoer ik je. Dan lopen we samen weg.'

'Bedoel je... naar Gretna Green?' Pamela wist niet goed of ze daar blij mee moest zijn.

'Ach, kindje,' zei hij geamuseerd. 'Nog altijd even naïef en romantisch. Het is oorlog! Hoe kun je dan aan trouwen denken? Ik ontvoer je naar Londen. Naar een hotel waar niemand ons kent. Ik wil met je naar bed.'

'O.' Pamela's gezicht begon te gloeien.

'Je zei het net zelf. Je bent volwassen.' Hij keek haar plagend aan. 'Of is er misschien een ander? Dat zou ik begrijpen. Ik ben lang weg geweest, en al die tijd wist je waarschijnlijk niet eens of ik nog leefde.'

'Nee, er is geen ander. Jij bent de enige. En dat ben je altijd geweest.'

'Mooi zo.' Hij klonk tevreden.

Ze haalde diep adem. Toen stelde ze de vraag die op haar lippen brandde. 'Ik begrijp dat mijn zus je regelmatig komt opzoeken.'

'Ja, dat klopt. Het is een vermakelijk kind, vind je ook niet? Erg grappig.'

En Pamela slaakte onopvallend een zucht van verlichting.

Op het moment dat Ben naar buiten kwam, stopte er een Rolls-Royce voor het huis. Het portier aan de bestuurderskant ging open, en Sir William Prescott stapte uit. Hij streek met zijn hand over zijn jasje om eventuele kreukels glad te strijken en zag er zoals altijd onberispelijk uit. Tot in de puntjes verzorgd, in een maatpak van Savile Row en de grijze accenten in zijn donkere haar maakten hem zo mogelijk nog gedistingeerder. Voor de oorlog had het gerucht de ronde gedaan dat hij overwoog zich kandidaat te stellen voor het parlement. Maar als dat gerucht klopte, dan had de oorlog zijn politieke ambities in de kiem gesmoord. Hij liep om de auto heen en opende het portier aan de bijrijderskant.

Voor de oorlog zou er een livreiknecht zijn toegesneld om dat te doen, dacht Ben terwijl hij Lady Prescott zag uitstappen. Ook zij was zoals altijd een toonbeeld van smaak en elegantie, maar haar stijl was landelijker. De verschijning van Sir William verried een carrière in de Londense City, die van zijn vrouw riep de sfeer op van kerkbazaars, inzamelingen voor het goede doel en het kweken van rozen die op de jaarlijkse bloemenshow steevast in de prijzen vielen. Lady Prescott zag Ben als eerste. 'Ben!' zei ze stralend. 'Ben je met verlof? Wat een verrassing. Dus je had het al gehoord? Is het niet heerlijk? Ik heb weleens gedacht dat ik hem nooit meer zou zien. En toen kwam dat telegram. Het voelt als een wonder dat hij weer thuis is.'

Sir William stak Ben de hand toe. 'Goed je te zien, Cresswell. Hoe gaat het? Houden ze je nog een beetje aan het werk?'

'Ik mag niet klagen, sir. En hoe is het met u?'

'Ik heb het razend druk, kerel. We proberen tot een afspraak te komen met de yankees. Het lijkt erop dat ze deze keer buiten de oorlog willen blijven, maar we hebben hun hulp hard nodig. Churchill is de enige die kan zorgen dat ze over de brug komen. Zonder financiële steun van Amerika zijn we verloren.'

'En gaat dat lukken, denkt u? Krijgen we dat geld?'

Sir William lachte vreugdeloos. 'We krijgen niks, jongen. We zullen het moeten lenen. Tegen een rente waar ze bepaald niet slechter van worden. Maar we zijn wanhopig. We hebben het hard nodig. Niet alleen geld, ook materieel. En dat zullen we allemaal moeten terugbetalen als we die vervloekte oorlog ooit winnen.'

Lady Prescott was minder geïnteresseerd in Amerikaanse leningen. 'Je bent zeker bij Jeremy geweest. Wat is hij mager, hè? Ik kan me gewoon niet voorstellen hoe hij heeft weten te overleven na zijn ontsnapping. Hij had soms dagen niets te eten, vertelde hij. En dan ook nog die akelige ontstoken schouder. Hoe vond jij hem?'

'Hij is duidelijk aan de beterende hand.' Ben dacht aan de smeulende blik waarmee Jeremy naar Pamela had gekeken. Even was hij in de verleiding om niet te zeggen dat zij nog bij hem was, zodat ze misschien werden betrapt. Maar hij schraapte zijn keel. 'We zijn samen gekomen, Pamela en ik. Zij is nog bij Jeremy.'

'Dus Pamela is er ook? Wat heerlijk.' Lady Prescott straalde helemaal. 'Haar moeder zal haar wel gebeld hebben met het goede nieuws. En toen is ze natuurlijk meteen naar huis gekomen. Hoe is het met haar? We hebben haar zo gemist.'

'Ze maakt het prima,' antwoordde Ben. 'Een beetje moe. Maar we maken allemaal te veel uren, als brandwacht en in de nachtdienst.'

'Jullie dragen in elk geval je steentje bij, en daar gaat het om,' verklaarde Sir William tevreden.

'Hoelang blijf je nog?' vroeg Lady Prescott.

'Dat hangt ervan af. Misschien een week.'

'Voordat je teruggaat, moet je komen eten. Het is zo lang geleden dat we een dinertje hebben gegeven. Dan nodig ik Lord Westerham en zijn gezin ook uit. En je vader, natuurlijk.'

'Dat zou leuk zijn.' Ben knikte ernstig. 'Nou, dan moet ik er nu maar eens vandoor.'

'Goed je te zien, jongen,' zei Sir William nogmaals. Hij pakte de arm van zijn vrouw en samen beklommen ze de treden naar de voordeur.

Ben beende driftig naar de pastorie, terwijl hij uit alle macht probeerde zijn stijgende woede te beheersen. Hij had beter niet mee kunnen gaan. Het was maar al te duidelijk dat Jeremy en Pamela alleen wilden zijn; ze hadden hem min of meer de deur uitgekeken. Hij knipperde met zijn ogen in een poging het beeld te verdringen, de herinnering aan de manier waarop ze elkaar aankeken.

Je hebt het helemaal verkeerd aangepakt, zei hij tegen zichzelf. Als ik slim was geweest, had ik mijn kans gegrepen toen Jeremy werd vermist, toen iedereen dacht dat hij dood was. Dat was mijn kans geweest om haar te troosten, om de schouder te zijn waarop ze kon uithuilen. Misschien zou ze dan haar vertrouwen in mij hebben gesteld, en misschien -

Hij kapte de gedachte af, in het besef dat hij Jeremy nooit zou hebben verraden. Pamela mocht dan de liefde van zijn leven zijn, Jeremy was zijn vriend. En nu hij weer veilig thuis was, zouden ze ongetwijfeld trouwen en samen heel gelukkig worden. Het werd tijd dat hij Pamela uit zijn hoofd zette. Dat hij vergat wat hij ooit voor haar had gevoeld en accepteerde dat ze geen deel zou uitmaken van zijn toekomst.

HOOFDSTUK 13

In de pastorie van de All Saints Church,
Elmsleigh, Kent
Mei 1941

Dominee Cresswell staarde uit het raam van zijn studeerkamer, zo diep in gedachten dat hij de merel die op de van wilgenteen gevlochten schutting zat te zingen, niet zag of hoorde. Hij schrok op uit zijn overpeinzingen toen er beleefd op zijn deur werd geklopt.

Het was Ben. 'Neem me niet kwalijk dat ik u stoor, vader.'

'Hè? O! Nee, jongen, natuurlijk stoor je niet. Ik probeer te bedenken waar ik het zondag over zal hebben.' Hij slaakte een zucht. 'Het valt niet mee tegenwoordig. Nu de hel is losgebroken, kun je geen hel en verdoemenis meer preken. Wat ik van de kansel verkondig, moet bemoedigend zijn. Inspirerend. Maar hoe kan ik de gemeente voorhouden dat God aan onze kant staat, wanneer mijn ambtsgenoten in Duitsland precies hetzelfde doen? Daniël in de leeuwenkuil, dat lijkt me wel geschikt. Tegen alle verwachtingen in blijven vertrouwen op God. Wat vind jij?'

Ben knikte. Sinds zijn studie in Oxford kostte het hem steeds meer moeite te blijven geloven in de God van zijn vader. Niet dat hij daar ooit iets over had gezegd, maar door het ongeluk met het vliegtuig, gevolgd door het uitbreken van de oorlog, was hij zich serieus gaan afvragen of God wel bestond.

'U had toch altijd een stafkaart van de omgeving?'

'Ja, die zou hier nog ergens moeten liggen. Misschien in de tweede la van het bureau.' Dominee Cresswell keek toe terwijl Ben de la opendeed, die tjokvol papieren bleek te zitten. 'Heb je wandelplannen?'

'Ja, misschien.' Ben legde de rommelige stapel paperassen op de tafel. 'Die moeten nodig worden uitgezocht, vader. Zal ik het doen nu ik hier toch ben?'

'Dat zou geweldig zijn. Ik kom er maar niet aan toe. Mrs. Finch zou dolgraag ook mijn studeerkamer onderhanden nemen. Je weet hoe ze is. Maar ze mag hier alleen maar stofzuigen, heb ik gezegd. Als zij het voor het zeggen had, zou ze alles opruimen, keurig op alfabetische volgorde, met als gevolg dat ik niets meer zou kunnen vinden.'

Ben keek glimlachend de paperassen door. Een orde van dienst voor een belijdenis, een lijstje met de voorbereidingen van de kerkbazaar, inmiddels een jaar geleden, een programma voor een avond met muziek van Gilbert en Sullivan, uitgevoerd door de D'Oyly Carte Opera Company, stapels brieven, een wegenkaart van Frankrijk, van Zwitserland, en uiteindelijk vond hij de kaart die hij zocht. 'Daar isie! Mooi zo! Ik zal de boel later voor u uitzoeken, vader. Maar eerst wil ik me in deze kaart verdiepen.'

'Mocht je gaan wandelen, dan zul je merken dat er hier en daar wat is veranderd. Het oude eesthuis, voorbij de boerderij van Broadbent, is verkocht. Aan een stel artistieke types uit Londen, heb ik begrepen. Ze hebben zich nog niet in de kerk laten zien, maar dat had ik ook niet verwacht.' Hij glimlachte. 'Ik heb ook gehoord dat ze het wandelpad over hun terrein wilden afsluiten. Dat mag niet, en dat is hun duidelijk te verstaan gegeven. Het dorp heeft van oudsher het recht van overpad naar Hildenborough. Maar ik geloof niet dat ze zich er ook maar iets van aantrekken. En vanwege de oorlog is niemand bereid een rechtszaak aan te spannen.'

'Ik zal er geen last van hebben, vader. Er zijn genoeg andere routes die ik kan nemen. Hebt u de nieuwe bewoners al ontmoet?'

'Nee, ik heb ze nog niet gesproken. Het schijnt dat ze weleens in de pub komen. Twee mannen uit Londen. De ene is een bekende kunstenaar. Dokter Sinclair heeft een glaasje sherry bij ze gedronken, en de schilderijen waren afschuwelijk, zei hij. Een en al rode en zwarte klodders. De bekende kunstenaar heeft een Russische naam. Stravinsky, of zoiets. En die andere heet Hansen. Dat klinkt Deens.'

Terwijl zijn vader aan het woord was, spreidde Ben de kaart uit op de tafel. Hij pakte een liniaal en draaide die in een straal van acht kilometer in het rond. Richting Tonbridge was het terrein zo goed als vlak, met meer dan genoeg gelegenheid om te landen. Dus ervan uitgaande dat de parachutist bewust voor het landgoed van Lord Westerham had gekozen, moest zijn contactpersoon zich binnen loopafstand bevinden. Op het landgoed zelf of in het dorp; in een cottage of in een villa aan de brink, in de pastorie, het huis van dokter Sinclair, het huis van Miss Hamilton, of op Simla, de villa van kolonel Huntley en zijn vrouw. Binnen een straal van acht kilometer lag ook een aantal boerderijen, onder andere Highcroft en de boerderij van de Broadbents. En ten slotte was er nog Nethercote, het landgoed van de Prescotts, even buiten het dorp.

Ben slaakte een zucht. Hij kende iedereen hier al zijn hele leven, tenzij er, behalve de 'artistieke types' in het eesthuis, nog meer nieuwe mensen waren komen wonen. Van kolonel Huntley wist hij zeker dat die zijn vaderland nooit zou verraden, en hetzelfde gold voor de bewoners van Nethercote en Farleigh. Allemaal vurige patriotten die geen vinger zouden uitsteken om de Duitsers te helpen.

Het kon niet anders of hij zat op het verkeerde spoor. De omgekomen parachutist was geen spion met een boodschap voor een contactpersoon. Er moest sprake zijn van een vergissing. De parachutist was op de verkeerde plek gedropt, op het verkeerde moment.

Ben vouwde de kaart weer op, zich ten volle bewust van de machtige positie van zijn opdrachtgever. Knight had hem niet voor niets hierheen gestuurd. Hij wilde dat de zaak tot op de bodem toe werd uitgezocht. 'Vindt u het goed dat ik deze kaart even bij me houd?'

Dominee Cresswell keek verstrooid op. Toen knikte hij. 'Natuurlijk, jongen. Neem hem gerust mee.' Er kwam een onderzoekende blik in zijn ogen. 'Vertel me nou eens eerlijk, wat kom je hier doen?'

'Hoezo? Bent u niet blij om me te zien?'

'Natuurlijk wel. Maar ik vroeg me af of dat been je toch te veel last bezorgt. Of je daardoor misschien niet goed -'

'U denkt dat ze me eruit hebben geschopt? Uit een kantoorbaan? In oorlogstijd?' vroeg Ben scherp. 'Ik mag dan een stuk metaal in mijn knie hebben, maar ik red me prima! Sterker nog, Pamela en ik zijn vanaf het station komen lopen. Mét onze koffers. Ik heb alleen wat moeite om mijn knie te buigen. Dus als wicketkeeper ben ik niet veel meer waard. Maar dat is dan ook alles.'

'Neem me niet kwalijk, Benjamin.' Zijn vader was zichtbaar geschokt door de uitbarsting. 'Zo bedoelde ik het niet. Ik vroeg me gewoon af waarom je zomaar ineens naar huis mocht. Want ik begrijp dat verlof moeilijk te krijgen is. Voor iedereen.'

Ben haalde diep adem, zijn gezicht verried zijn afkeer van wat hij moest zeggen. 'Goed, ik zal er niet omheen draaien. Ik had te hard gewerkt, zeiden ze. En dus vonden ze dat ik een paar dagen vrij moest nemen. De nachtdienst is slopend, en dan lopen we ook nog dienst als brandwacht.'

'Zit je nog steeds midden in de stad? Wordt er bij jou in de buurt ook gebombardeerd?'

'Ja, voortdurend.'

'En je werkt op een van de ministeries?'

'Hm-m.'

'Is het werk een beetje interessant?'

Ben glimlachte. 'Het is oorlog, vader. Dus zelfs al had ik het saaiste werk van de wereld, dan nog zou ik er niets over mogen zeggen.'

'Natuurlijk. Ik begrijp het. Je hebt gelijk. Afijn, het is heerlijk dat je thuis bent, jongen. Gebruik die tijd om weer op krachten te komen.

Zorg dat je genoeg frisse lucht krijgt en geniet van de kookkunsten van Mrs. Finch.'

'Reken maar.' Hij liep al naar de deur toen de stem van zijn vader hem tegenhield.

'Trouwens, wat doet Lady Pamela hier? Is ze ook met verlof?'

'Ja, volgens mij om dezelfde reden als ik. Te hard gewerkt. Te veel nachtdiensten gedaan.'

'Ze laten vrouwen toch niet 's nachts werken?'

'We moeten allemaal werken, vader. De klok rond.'

'Maar archiveren hoeft toch niet per se 's nachts te gebeuren? Waar zei je dat ze werkte?'

'Dat heb ik niet gezegd. Maar ze werkt voor een overheidsinstelling. En ze zijn van de stad naar het platteland verhuisd.'

'Ze heeft een helder verstand,' zei dominee Cresswell. 'Ik weet zeker dat ze in Oxford hoge ogen zou hebben gegooid. En dat heb ik ook tegen haar vader gezegd. Maar die wilde er niets van weten. Zijn dochters moeten zo snel mogelijk trouwen, vindt hij. Dan heeft hij niet langer de verantwoordelijkheid voor ze. Middeleeuws, dat is het!'

Die laatste opmerking herinnerde Ben aan het tweede mysterie dat hij moest zien op te helderen. 'Zegt het jaar 1461 u iets? U bent goed thuis in de geschiedenis. Is er in dat jaar iets belangrijks gebeurd?'

Dominee Cresswell keek langs Ben heen het raam uit. Buiten kwam een groot boerenpaard voorbij. Het trok een kar mest voort. '1461? Dat was in de tijd van de Rozenoorlogen.'

'De Rozenoorlogen?' Ben probeerde zich te herinneren wat hij daarover op school had geleerd. De jaartallen en veldslagen waren er eindeloos in gestampt. Tot het eindexamen. En toen was hij ze prompt vergeten. 'Dat was het Huis Lancaster tegen het Huis York? En York won?'

'Hendrik VI leed aan vlagen van waanzin. Hij werd afgezet door Edward IV. Als ik me goed herinner in 1461. Er vonden dat jaar twee bloedige veldslagen plaats. De ene aan de grens met Wales, bij Mortimer's Cross. De andere in Yorkshire. De Slag bij Towton. Een van de bloedigste veldslagen uit onze geschiedenis. Er vielen duizenden doden, en Edward kwam als overwinnaar uit de strijd.'

'Vond een van die veldslagen toevallig plaats op een vlakte aan de voet van een steile heuvel?'

'Dat zou ik je niet kunnen vertellen.' Dominee Cresswell klonk verrast. 'Ik wist niet dat je in veldslagen geïnteresseerd was. Althans, veldslagen in het verre verleden.'

'Het was een vraag die ik kreeg op mijn werk. Op de afdeling onderzoek krijgen we wel meer vreemde vragen.'

'Nou, de Welsh Marches zijn behoorlijk heuvelachtig. En in Yorkshire heb je de Dales en de Moors. Maar daar is het landschap eerder glooiend als ik me goed herinner van de trektochten in mijn studententijd.'

'Bedankt.' Ben glimlachte. 'Het is fijn om een vader te hebben die zo veel weet. U bent een bron van kennis.'

'Ach, dat zou ik niet durven beweren.' Dominee Cresswell kuchte bescheiden. 'Maar geschiedenis heeft nu eenmaal mijn interesse. En ik lees graag. Dat doe ik liever dan naar de radio luisteren. En de avonden zijn 's winters lang en soms eenzaam. Dan leest een mens heel wat af.'

Ben keek hem aan, vervuld van dankbaarheid. Zijn vader had al zo jong zijn vrouw verloren en was daarna altijd alleen gebleven. Toch had hij zijn zoon naar kostschool gestuurd, omdat hij hem een goede opleiding niet wilde ontzeggen.

'U hebt niet toevallig een stafkaart van heel Engeland?'

'Nee, daar kan ik je niet aan helpen. Daarvoor moet je in de bibliotheek zijn. In Sevenoaks of Tonbridge.' Hij nam Ben onderzoekend op. 'Ik ben blij dat je zulke grote plannen hebt. Het is goed om aan je conditie te werken.'

'Eerlijk gezegd gaat het me om die veldslagen. Bij Mortimer's Cross en Towton.'

'Nogmaals, je interesse in die oude oorlogen verbaast me. Zeker nu, midden in een moderne oorlog. Maar daar zul je je redenen wel voor hebben. Het is altijd goed om je hersens aan het werk te zetten en je ergens in te verdiepen. Zo, en nu is het hoog tijd dat ik met mijn preek aan de slag ga.'

Hij boog zich weer over zijn bijbel.

Ben liep naar de zitkamer, spreidde de kaart uit op de tafel en bestudeerde hem nogmaals. Vervolgens haalde hij zijn vulpen en opschrijfboekje uit zijn borstzak. *Nieuwe bewoners eesthuis*, noteerde hij. *Nog meer nieuwkomers in het dorp? Kaart Mortimer's Cross en Towton.* Hij kon zich nauwelijks voorstellen wat het verband zou kunnen zijn tussen de huidige oorlog en twee veldslagen in het verre verleden. Misschien was er nog iets anders gebeurd in 1461. Misschien een kleinere veldslag, die de kansen in de Rozenoorlogen had doen keren. Hij zou naar de bibliotheek moeten, of naar zijn oude school in Tonbridge, om te zien of ze daar iets hadden waar hij wat mee kon. Het voelde als een puzzel die hij moest oplossen, en daar zag hij naar uit.

HOOFDSTUK 14

Farleigh Place, Kent
Mei 1941

Het grind van de oprijlaan knarste onder de banden van de Rolls-Royce. Pamela was blij dat ze Sir Williams aanbod om haar naar huis te brengen had aangenomen. Na al die maanden op Bletchley was ze het niet meer gewend om zo ver te lopen. Ze was opgelucht geweest toen Lord en Lady Westerham thuiskwamen. Jeremy had haar doen schrikken door de hartstocht, de gretigheid waarmee hij haar tegen zich aan had getrokken. Ze begreep het wel, na al die maanden in het kamp, maar hij had haar overrompeld. Niet dat ze volledig naïef was. Tijdens de debutantenbals had ze maar al te vaak handtastelijke jongemannen van zich af moeten houden, en ze was ook een paar keer bijna aangerand in een taxi. Maar ze wachtte op Jeremy. Zo was het altijd al geweest. Jeremy was de man aan wie ze zich zou geven. Toch had hij haar geschokt met zijn openhartigheid. Hij wilde met haar naar bed, had hij gezegd. En natuurlijk was dat iets waar ook zij naar verlangde. Maar wanneer ze zich voorstelde dat ze de liefde bedreven, dan ging daar nog iets aan vooraf. Een lange witte jurk met een sluier, een romantische huwelijksreis in een lieflijke villa in Italië. O liefste, eindelijk alleen, zou hij fluisteren wanneer hij haar in zijn armen nam.

'Hoe ben je hier gekomen?' had Sir William gevraagd toen ze bij Nethercote wegreden.

'Ben en ik zijn komen lopen. We zaten in dezelfde trein. Hoe is het mogelijk, hè? Wat een toeval!'

'Aardige kerel, die Cresswell. Ik heb een beetje met hem te doen. Hij is veroordeeld tot kantoorwerk. Alle pret gaat aan zijn neus voorbij.'

'Meent u dat? Zien de jongens aan het front de oorlog als een verzetje, denkt u?'

'Ze weten in elk geval dat ze iets nuttigs doen. Dat ze een bijdrage leveren aan de verdediging van hun land. Op die manier kunnen ze laten zien dat ze uit het juiste hout zijn gesneden. En dat is heel veel waard. Helaas is Ben die kans ontnomen. De kans om zich te bewijzen. En dat is de schuld van mijn zoon. Die waaghals! Met zijn eeuwige opschepperij. Hij neemt altijd te veel risico. Dat is de aard van het beestje, ben ik bang. Afijn, laten we hopen dat hij van dit laatste avontuur iets heeft geleerd.'

Ze kwamen bij de hoge bakstenen muur rond Farleigh en sloegen de oprijlaan in, tussen de stenen zuilen met de leeuwen erop. Pamela keek uit het raampje naar de dierbare, vertrouwde omgeving. De kastanjebomen zaten vol met stralend witte kaarsen, maar de bloembedden boden een verwilderde aanblik, en de gazons waren bij lange na niet zo zorgvuldig onderhouden als op Nethercote. Ze leunde naar voren, gretig om een eerste glimp op te vangen van het huis. Maar toen ze er bijna waren, kwam hun een stoet legertrucks tegemoet. Het konvooi blokkeerde het zicht op Farleigh en herinnerde Pamela eraan dat de familie het rijk niet alleen had op het landgoed.

'Ik hoop dat die verrekte militairen er geen puinhoop van maken,' mopperde Sir William terwijl de eerste truck hen passeerde.

'Ik heb mijn vader nog niet horen klagen, dus ik neem aan dat het meevalt.'

'Je hoort de vreselijkste verhalen. Dat ze op het tapijt wateren en doelschieten op voorouderportretten. Je reinste vandalisme.'

'Sjonge, laten we het niet hopen. Mijn vader draait ze hoogstpersoonlijk de nek om als ze ook maar iets zouden beschadigen. Gelukkig hebben we al het antiek en dat soort dingen weggeborgen toen we te horen kregen dat de West Kents op Farleigh werden ingekwartierd.'

Op het plein aan de voorkant moest Sir William om de militaire voertuigen heen manoeuvreren. 'Ik kan niet dichter bij de voordeur komen, ben ik bang.'

'O, dat geeft niet. Zet u me er hier maar uit. Dat laatste stukje loop ik wel.'

Sir William stopte bij het meertje. 'Weet je dat zeker? Red je het verder wel?'

'Ja hoor. Maakt u zich geen zorgen. Heel erg bedankt voor de lift. Ik zal mijn oude fiets maar weer tevoorschijn halen, want ik denk niet dat er benzine is voor de auto.'

'Nee, die is er alleen voor mensen zoals ik.' Sir William glimlachte zelfingenomen. Hij stapte uit en liep om de auto heen om Pamela's portier open te doen. 'Fijn dat je er bent, kindje. Als iemand Jeremy's herstel kan bespoedigen, dan ben jij het. Hij heeft in het kamp al die tijd een fotootje van jou bij zich gehad. Wist je dat? En hij vond het verschrikkelijk dat hij het tijdens zijn ontsnapping is kwijtgeraakt.'

Pamela wist niet goed wat ze moest zeggen.

'Tussen ons gezegd en gezwegen,' vervolgde Sir William op gedempte toon, 'zijn moeder hoopt vurig dat ze hem niet meer de lucht in laten gaan. Hij wil niets liever, natuurlijk. Maar je weet hoe hij is. Zodra hij weer in zo'n vervloekte kist zit, jaagt hij de Messerschmitts en de Junkers tot boven Duitsland achterna.'

Pamela glimlachte ondanks zichzelf. 'Ja, dat denk ik ook. Vliegen is zijn grote passie.'

'En telkens weer kijken tot hoever hij kan gaan. Hij zoekt voortdurend zijn grenzen op. Dat is altijd al zo geweest.' Hij pakte haar hand. 'Kom maar vaak langs. Afgesproken?'

'Dat doe ik. En nogmaals bedankt voor de lift.'

Hij liet haar hand los, en Pamela rende de treden op naar de voordeur.

Er klonken stemmen uit de ontbijtkamer, die tegenwoordig als zitkamer werd gebruikt, aan de voorkant van het huis met uitzicht op het meer en de oprijlaan. De hele familie zat aan de thee, op tafel stond een blad met het zilveren theeservies, een bord met kleine sandwiches, een schaaltje koekjes, een stuk vruchtencake en iets onder een zilveren cloche. Ongetwijfeld ook iets lekkers. Livvy liet haar zoontje dansen op haar knie, terwijl de nanny vanuit de deuropening nerveus toekeek. De honden lagen aan de voeten van Lord Westerham. Missie, de meest waakse van de twee, spitste haar oren bij het geluid van voetstappen. Toen ze Pamela zag schoot ze overeind en begon enthousiast te kwispelen.

'Pamma!' Phoebe was de eerste die haar in de gaten kreeg. Haar stralende glimlach bezorgde Pamela een warm gevoel vanbinnen.

'Nee maar, kindje! Welkom thuis.' Ook Lord Westerham begon te stralen bij het zien van zijn dochter en strekte zijn armen naar haar uit.

'Dag, pa.' Pamela gaf hem een zoen op zijn wang. Toen keek ze de kring rond. 'Dag, Feebs. Dag, ma. Dag, Livvy. Jou heb ik al dag gezegd.' Dat laatste zei ze tegen Dido.

'Ja, en ook zo buitengewoon hartelijk.' Lady Diana Sutton droeg opnieuw een broek – deze keer een koningsblauwe – met een witte katoenen blouse waarvan ze de voorpanden ter hoogte van haar middel in een knoop had gelegd. Ze zag eruit als een nogal wulpse oorlogsvrijwilligster die zich op het land inzette.

'Sorry. Maar ik had je daar niet verwacht. En ik wist ook niet dat Jeremy en jij met elkaar omgingen.'

'Het was een daad van naastenliefde.' Diana grijnsde. 'Op ziekenbezoek bij een arme gewonde buurman.'

'Daar is hij je erg dankbaar voor. Hij vond je een vermakelijk kind,' vertelde Pamela poeslief. Ze liep naar de tafel en schonk zichzelf een kop thee in.

'En je raadt nooit wat er onder de cloche zit, Pamma!' zei Phoebe. '*Crumpets!* 'Mrs. Mortlock is een engel!'

Pamela glimlachte naar haar kleine zusje. Phoebe was sinds Kerstmis behoorlijk gegroeid. Ze zat in die ongemakkelijke fase tussen kind en jonge vrouw, maar Pamela vermoedde dat ze weleens tot een schoonheid zou kunnen uitgroeien. Haar frisse gezichtje straalde van enthousiasme. Pamela keek onder de cloche. Er was nog precies één crumpet.

'Ze smaken natuurlijk niet hetzelfde met margarine,' zei Lady Esme. 'Maar gelukkig had Mrs. Mortlock een hele voorraad jam gemaakt, nog net voordat de suiker op de bon ging. Als we zuinig zijn, kunnen we er een jaar mee doen. En laten we hopen dat de oorlog tegen die tijd voorbij is.'

'Gumbie hoopt dat de oorlog nog lang gaat duren,' verkondigde Phoebe.

'Wat?' Lord Westerham schoot overeind. 'Esmé! Je hebt toch geen nazi als gouvernante in dienst genomen?'

'Een nazi?' herhaalde Lady Westerham verstrooid. 'Welnee. Natuurlijk niet. Ze komt uit Cheltenham.'

'Nee, natuurlijk is Gumbie geen nazi,' verklaarde ook Phoebe. 'Maar als de oorlog snel voorbij zou zijn, dan zou dat betekenen dat Duitsland heeft gewonnen, zegt ze. Als we van Duitsland willen winnen, dan gaat dat nog heel lang duren.'

'Daar heeft Gumbie gelijk in,' zei Pamela. 'En die crumpet smaakt verrukkelijk! Jullie zouden het brood eens moeten zien dat ik in mijn kosthuis te eten krijg. Dat kun je als deurstopper gebruiken! Mijn hospita kan echt niet koken.'

'Ik moet zeggen, onze kok doet het goed, de omstandigheden in aanmerking genomen.' Lord Westerham nam nog een koekje. 'Ook al heb ik natuurlijk in geen tijden meer een fatsoenlijk stuk rundvlees op mijn bord gehad. Maar dat kunnen we in oorlogstijd ook niet verwachten. Hoe is het met je, Pamma? En hoe gaat het met je werk?'

'Met mij gaat het prima. Maar het werk is slopend. Lange werkdagen. Nachtdiensten. Hoe dan ook, ik heb in elk geval het gevoel dat ik mijn steentje bijdraag. En als we een dag vrij hebben, is er van alles te doen. We kunnen sporten. Er zijn concerten en clubs waar we naartoe kunnen.'

'Wat houdt het werk precies in?' vroeg Diana. 'En kun je voor mij geen baantje regelen?'

'Het is gewoon secretaressewerk. Typen, archiveren, dat soort dingen. Nee, ik kan geen baantje voor je regelen. Dat zou pa niet goedvinden.'

'Precies,' bulderde Lord Westerham. 'Dat heb ik je een- en andermaal duidelijk gemaakt, Dido. Je bent nog te jong om het huis uit te gaan.'

'En al die jongens dan, die op hun achttiende in het leger mogen?' protesteerde Diana. 'En al die jongens van amper achttien die in de Grote Oorlog zijn gesneuveld?'

'Precies,' bulderde Lord Westerham opnieuw. 'Dat bewijst dat ik gelijk heb.' Hij hief dreigend zijn vinger. 'Je denkt toch niet dat ik mijn dochter al zo jong het gevaar tegemoet laat gaan? Ik wil je beschermen. Trouwens, niet alleen jou, mijn hele gezin!'

'Je hebt nog geen dag gezegd tegen Charles,' zei Livvy gepikeerd. 'Hij kan zich al optrekken, en volgens mij zei hij laatst "Pa-pa". Ma, u hebt het toch ook gehoord?'

'Hij maakte wel een geluidje, ja,' antwoordde Lady Esme.

Pamela constateerde geamuseerd dat haar moeder, net als voor de oorlog, een middagjapon droeg. Pastelkleurig chiffon met een rok die uitwaaierde in punten.

'Maar of hij wist wat hij zei, dat is een ander verhaal,' vervolgde Lady Esme.

'Nou en of hij dat wist. Hij mist Teddy verschrikkelijk. En ik ook. Ik heb al in geen weken meer iets van hem gehoord. Ik hoop maar dat alles goed is.'

'Hij zit toch op de Bahama's? Met de Hertog van Windsor?' vroeg Pamela.

'Ja, maar denk eens aan al die Duitse onderzeeërs. En al die complotten. Spionnen. Moordenaars.'

'Over spionnen gesproken, we hadden hier een paar dagen terug een hele toestand,' vertelde Lord Westerham. 'Er was een kerel uit de lucht komen vallen. Bij ons in een weiland.'

'Uit de lucht komen vallen?' herhaalde Pamela.

'Ja, letterlijk. Uit een vliegtuig. En zijn parachute was niet opengegaan.'

'Sjonge! Wat afschuwelijk!'

'En ik heb hem gevonden, Pamma!' verklaarde Phoebe trots. 'Of eigenlijk had die jongen uit Londen hem gevonden. Je weet wel, die bij de jachtopziener in huis is. Die man zat helemaal onder het bloed. En volgens mij had hij al zijn botten gebroken. Hij zag er verschrikkelijk uit.'

'Wat gruwelijk, Feebs.' Pamela keerde zich weer naar haar vader. 'En wie was het? Weet u dat al?'

'Nee, maar er zit een luchtje aan de hele zaak. We dachten dat die kerel bij de West Kents hoorde. Maar volgens de kolonel was het niet een van zijn mannen. Hoe dan ook, het zou me niks verbazen als het zo'n verdomde Duitse spion was. Maar er is niemand poolshoogte komen nemen.'

'Niet vloeken waar de kinderen bij zijn, Roddy,' mopperde Lady Esme.

'Het zijn geen kinderen meer. En trouwens, als het niet erger wordt dan dat hun vader een keertje vloekt, dan mogen ze, verdomme, hun handjes dichtknijpen.'

Phoebe giechelde. Pamela wisselde een grijns met Livvy, maar haar gedachten gingen naar de Duitse spion. Dankzij haar werk wist ze dat de Duitsers gecodeerde boodschappen naar Engeland stuurden; boodschappen waarvan werd verondersteld dat ze waren bedoeld voor sympathisanten of voor spionnen die in de Engelse maatschappij waren geïnfiltreerd. Toch wilde het er bij haar niet in dat een spion geïnteresseerd zou zijn in dit landelijke deel van Kent, ver weg van de stad, van fabrieken of van wat dan ook dat de moeite van het bombarderen waard was.

Phoebe deed alsof ze geïnteresseerd naar Pamela keek, maar ondertussen dacht ze koortsachtig na, en ze schoof onrustig heen en weer op haar stoel, popelend van ongeduld tot het theedrinken voorbij was.

Lord Westerham had het in de gaten. 'Wat is er met jou?' vroeg hij streng. 'Zit je op hete kolen?'

'Nee... of nou ja, eigenlijk wel. Ik heb mijn thee op en er is nog van alles wat ik wil doen.'

'Wil je geen cake?' vroeg haar vader. 'Dat is niks voor jou.'

'Mijn buik zit vol met crumpets,' antwoordde Phoebe, waarop Diana begon te grinniken. 'Ben ik geëxcuseerd?'

'Vooruit dan maar. En denk erom dat je geen domme dingen doet. Dingen die ik je heb verboden of waarvan je weet dat ik ze niet zou goedkeuren.'

'Nee, pa, natuurlijk niet,' zei Phoebe onschuldig. 'Ik wil gewoon naar buiten. Het is zulk lekker weer. Zal ik de honden meenemen?'

'Prima. Maar hou ze bij die lui van het leger vandaan. Ik kreeg vorige week klachten dat ze tussen de manschappen door renden bij het exerceren.'

'Ik zal ver uit de buurt blijven,' beloofde Phoebe.

'En denk erom dat je niet alleen gaat rijden.' Lord Westerham hief waarschuwend zijn vinger. 'Ik weet heus wel dat je Snowball stiekem uit de stal haalt.'

'Ik ga niet rijden, pa.' Ze liep naar de deur. 'Missie! St. John! Gaan jullie mee?'

De honden schoten gretig overeind en stormden de kamer uit, woest kwispelend met hun glanzende zijdezachte staart.

Om geen soldaten tegen te komen in de grote hal liep Phoebe door de openslaande deuren van de eetkamer naar buiten. De honden joegen over het grind voor haar uit, luid blaffend tegen een stel eenden die het meer uit kwamen waggelen. Terwijl ze onder wild vleugelgeklapper opvlogen, wachtten de honden met hun tong uit de bek totdat Phoebe hen had ingehaald. Ze liepen langs het water en staken het grasveld over naar het eerste groepje bomen. Daarachter lag het weiland waar de parachutist was neergekomen. Phoebe tuurde nerveus naar de grond, benieuwd of er nog bloed te zien was. Maar blijkbaar had de regen van die nacht alles weggespoeld.

Aan het eind van het weiland sloeg ze het ruiterpad in dat door het bos slingerde. Tussen de bomen ving ze een glimp op van de damherten. De honden spitsten hun oren en keken haar vol verwachting aan.

'Nee! Baasje wil niet dat jullie achter de herten aan gaan.'

Aan de andere kant van het bos verhief zich de muur die rondom het hele landgoed liep. Tegen die muur genesteld stond een kleine cottage. Phoebe liep erheen en klopte op de deur. Het duurde niet lang of er werd opengedaan door een vrouw met een gebloemde schort voor. Ze zette grote ogen op toen ze zag wie er op de stoep stond.

'Dag, Mrs. Robbins,' zei Phoebe stralend.

'Nee maar, your ladyship. Wat een verrassing. Het spijt me, Mr. Robbins is er niet.'

'Ik kom niet voor uw man, maar voor Alfie. Is die er wel?'

'Jazeker, your ladyship. Hij is net uit school, dus hij zit aan zijn thee. Komt u binnen…' Ze deed de deur verder open.

'Zit!' zei Phoebe streng naar de honden. 'Blijf!'

Via de kleine hal kwam ze in de keuken. Het was er donker, want het raam keek uit op de muur, maar de koperen pannen boven het ouderwetse fornuis glommen, en het rook er naar versgebakken brood. Alfie zat aan de keukentafel. Hij wilde net een hap nemen van een snee brood met jam. Toen hij Phoebe zag liet hij de boterham zakken, maar de jam had een glimlach op zijn wangen geschilderd. Hij veegde hem weg met de rug van zijn hand.

'Hallo, Alfie.'

'Hallo.' Het was hem aan te zien dat hij zich slecht op zijn gemak voelde.

'Ik moet je spreken.'

'Wilt u misschien ook een kop thee, your ladyship?' vroeg Mrs. Robbins. 'En een snee brood? Het komt net uit de oven.'

Ondanks twee crumpets, een stel sandwiches en een koekje kon Phoebe de verleiding niet weerstaan. 'Heerlijk. Dank u wel.' Ze trok een stoel naar achteren en ging naast Alfie zitten.

Mrs. Robbins hield het brood tegen haar schort en begon te snijden. Phoebe was bang dat het mes zou uitschieten, maar Mrs. Robbins sneed een keurige boterham af en legde die op een bordje dat ze voor Phoebe neerzette, samen met een schaaltje boter. Phoebe proefde. 'Echte boter!'

'Ja, natuurlijk.' Mrs. Robbins schoot in de lach. 'Mr. Robbins vertikt het om margarine op zijn brood te smeren. Dus ik heb iets geregeld met de boerin op Highcroft. Maar denk erom dat u het aan niemand vertelt.'

'Nee, natuurlijk niet.' Phoebe smeerde eerst boter op het brood, toen aardbeienjam.

'Je boft maar dat je zo goed te eten krijgt,' zei ze tegen Alfie.

'Dat weet ik. Lekker, hè? Maar waarom wilde u me spreken?'

'Dat vertel ik je straks.' Phoebe keek op toen Mrs. Robbins een grote mok thee voor haar neerzette. Ze had er al melk en suiker in gedaan. De thee was sterk, bijna zwart.

'Zo, en dan laat ik jullie alleen,' zei Mrs. Robbins. 'Roep maar als u iets nodig hebt. Ik ben achter het huis om de pronkers op te binden.'

Alfie keek Phoebe vol verwachting aan.

'Ik heb net iets gehoord...' begon ze bijna fluisterend, voor het geval dat Mrs. Robbins haar nog kon horen.

'Over ons lijk?'

'Ja. Volgens mijn vader klopte er iets niet aan zijn uniform. Hij denkt dat het misschien wel een spion was.'

'Dat zeggen ze in het dorp ook,' vertelde Alfie, trots dat hij dat al wist. 'Op school hebben ze het er allemaal over. En zelfs de grote jongens zijn jaloers op me, omdat ik hem heb gevonden.'

'Weten ze in het dorp ook wat die spion hier kwam doen? Volgens mij om hier contact te zoeken met iemand. Wat denk jij?'

Alfie schudde zijn hoofd. 'Ze zeggen dat de Duitsers overal parachutisten droppen.'

'Nou, volgens mij zou hij hier iemand ontmoeten,' hield Phoebe vol. 'Dus we moeten erachter zien te komen wie die iemand is. En wat die spion tegen hem moest zeggen.'

'Sjonge! Meent u dat nou? Gaan we op spionnenjacht?'

'Waarom niet? Kinderen trekken geen aandacht. Er is niemand die ons zou verdenken. Hoe laat gaat je school uit?'

'Om vier uur.'

'Goed. Dan zie ik je morgen. En dan maken een lijstje van verdachte personen.'

'Ik kom niet naar het grote huis.'

'Nee, natuurlijk niet. Ze mogen thuis niet weten wat ik doe. We spreken af in het dorp. Bij het oorlogsmonument op de dorpsbrink.' Ze grijnsde naar hem. 'Het wordt een avontuur! En dan kunnen wij ook eindelijk iets nuttigs doen.'

Ze keken op toen de honden begonnen te blaffen, gevolgd door het zware, ploffende geluid van een motorfiets.

'Wie zou dat zijn?' Phoebe liep naar het raam. Er stapte een jongeman in uniform van de motor. Belaagd door de honden, die speels maar ook waaks tegen hem opsprongen, liep hij naar Mrs. Robbins. Phoebe haastte zich naar buiten, riep de honden bij zich en gaf ze een standje. De motorrijder overhandigde Mrs. Robbins een telegram en vertrok weer. Phoebe wachtte geduldig terwijl Mrs. Robbins roerloos naar het papier staarde. Ten slotte kon Phoebe zich niet langer inhouden.

'Is er iets, Mrs. Robbins?'

De vrouw van de jachtopziener keek op, met een geschokte blik in haar ogen. 'Onze George... Zijn schip is getorpedeerd, en hij wordt vermist. Ze gaan ervan uit dat hij is omgekomen.' Verward, verbijsterd keek ze om zich heen. 'Mijn man. Ik moet het mijn man vertellen. Maar ik weet niet waar hij is.'

'Ik zal hem voor u gaan zoeken, Mrs. Robbins,' zei Alfie. 'Blijft u maar hier.' Hij voegde de daad bij het woord en zette het op een rennen. Phoebe bleef alleen achter met Mrs. Robbins.

'Dit zal zo'n klap voor hem zijn... Daar komt hij nooit meer overheen.' Ze keek Phoebe aan. 'Zijn zoon was alles voor hem. Alles! Niks was te goed voor onze George. Mijn man wilde niet dat hij zich vrijwillig meldde. En dat had ook niet gehoeven. Door zijn werk was hij vrijgesteld van dienstplicht. Maar hij was eigenwijs, onze George. Dom en eigenwijs. Hij wilde zijn steentje bijdragen, zei hij. Hij ging bij de marine, want hij wilde iets van de wereld zien.' Ze begon te huilen. Dikke tranen biggelden over haar wangen. 'Hij was pas achttien.' Ineens leek ze te beseffen tegen wie ze het had. 'O, your ladyship, neemt u me niet kwalijk. Ik mag u niet lastigvallen met mijn -'

'Dat doet u niet, Mrs. Robbins.'

Maar die schudde haar hoofd. 'Ik moet flink zijn. Ik ben niet de enige moeder die slecht nieuws heeft gekregen. We zullen het moeten accepteren. En ermee leren leven.' Ze sloeg een hand voor haar mond en rende naar binnen.

Phoebe wist niet goed wat ze moest doen. Moest ze ook naar binnen gaan om te proberen Mrs. Robbins te troosten? Of zou die liever met haar verdriet alleen willen zijn? Voordat ze een besluit kon nemen, kwam Mr. Robbins aanrennen, zwetend, rood aangelopen, met Alfie in zijn kielzog.

'Waar is ze?' vroeg de jachtopziener.

Phoebe wees naar de deur. Mr. Robbins stormde naar binnen. Alfie bleef buiten en keek aarzelend naar Phoebe.

'Ik kan maar beter naar huis gaan,' zei die. 'Want ik zou toch alleen maar in de weg lopen.'

Alfie knikte.

'Dus we zien elkaar morgen? En trouwens, zeg maar "je", hoor.'

Alfie knikte opnieuw.

Toen Phoebe thuiskwam, hoorde ze aan de stemmen uit de voormalige ontbijtkamer dat de rest van de familie nog steeds aan de thee zat. Ze sloop stilletjes de trap op naar haar kamer.

Miss Gumble nam haar onderzoekend op toen ze binnenkwam. 'Phoebe? Is er iets?'

'George Robbins wordt vermist. De zoon van de jachtopziener. Ze denken dat hij dood is.' Phoebe wendde zich af. 'Die stomme oorlog! Er gaan mensen dood, ik kan niet naar school, het is allemaal afschuwelijk! Er gebeurt nooit meer iets leuks.' Ze pakte het pluchen konijn van haar bed en smeet het tegen de muur. Toen gooide ze zich snikkend op het bed.

Miss Gumble ging naast haar op het bed zitten en legde aarzelend een hand op haar schouder. 'Stil maar, lieverd. Het valt ook allemaal niet mee. Huil maar eens lekker uit.'

'Volgens pa moeten we sterk zijn en het goede voorbeeld geven,' bracht Phoebe snikkend uit, terwijl ze probeerde haar tranen terug te dringen.

'Hier mag je net zoveel huilen als je wilt. Ik vertel het aan niemand. Hier. Snuit je neus.' Ze gaf Phoebe een zakdoek.

Die slaagde erin een waterige glimlach te produceren. 'Weet je, Gumbie, soms zou ik bijna willen dat de Duitsers die stomme oorlog wonnen. Laat ze maar komen. Dan is het afgelopen met vechten. Zo erg zou dat toch niet zijn? Pamela is weleens in Duitsland wezen skiën, en toen heeft ze het heel leuk gehad. En onze koning had toch Duitse voorouders?'

Miss Gumbles gezicht verstrakte. 'Phoebe Sutton, laat ik dat nooit meer horen!' zei ze op een toon die Phoebe niet van haar kende. 'Als de Duitsers het hier voor het zeggen krijgen, dan wordt alles anders. O, mensen zoals jullie laten ze waarschijnlijk ongemoeid, zolang je vader maar “Heil Hitler” zegt en de nazivlag groet. Maar de rest van het volk zal het moeten bezuren. Om nog maar te zwijgen over mensen zoals ik. Mijn moeder was Joods. Haar familie is al vóór de Grote Oorlog uit Duitsland weggevlucht vanwege de anti-Joodse sentimenten. En het is sindsdien alleen maar erger geworden. Veel erger. Eerst werden de Joodse winkels vernield, toen moesten alle Joden een gele ster dragen en mochten ze niet meer naar school, niet meer studeren. Tegenwoordig worden ze op straat in elkaar geslagen. Volgens mij zal Hitler niet rusten voordat hij alle Joden heeft uitgeroeid.’

Nadat ze koud water in haar gezicht had gespetterd, zodat niemand zou zien dat ze had gehuild, ging Phoebe weer naar beneden. Lord Westerham keek op toen ze binnenkwam. ‘En? Lekker gewandeld? Hebben de honden zich gedragen?’

Maar Pamela zag aan het gezicht van haar zusje dat er iets was. ‘Wat is er, lieverd? Je ziet een beetje witjes.’

‘Ik was bij de jachtopziener,’ vertelde Phoebe. ‘En toen kwam er een telegram. Het schip van hun zoon is getorpedeerd. Hij wordt vermist. En ze denken dat hij dood is.’

‘O, wat afschuwelijk,’ verzuchtte Lady Westerham. ‘Hun enige zoon en ze waren zo trots op hem.’

‘We moeten iets doen, ma,’ zei Phoebe. ‘Een kerkdienst, of een herdenking of zoiets. Om te laten merken dat we met ze meeleven.’

‘Voorlopig wordt hij alleen nog maar vermist,’ temperde Lady Westerham haar voortvarendheid. ‘Misschien is er nog hoop.’

‘Zijn schip is getorpedeerd, en hij wordt vermist, midden op de oceaan. Dan is de kans dat hij nog wordt gevonden erg klein. Zelfs als hij de beschieting heeft overleefd.’ Dido keek op van haar tijdschrift.

‘Misschien. Maar er ís nog een kans. Hij kan zijn afgedreven met een reddingsboot. Er zijn wel meer verhalen van zeelui die onder de meest barre omstandigheden hebben weten te overleven.’

‘Toch vind ik dat we iets moeten doen,’ drong Phoebe aan.

‘Ik zou even wachten, lieverd,’ zei Lord Westerham verrassend mild en geduldig. 'Laten we ze zo lang mogelijk de kans geven om nog hoop te koesteren.'

Pamela staarde uit het raam, overvallen door een knagende angst. Iemand had de U-bootcode voor die dag moeten kraken. Dan was het konvooi gewaarschuwd geweest en waren er vliegtuigen gestuurd om het te beschermen. Tot op dat moment had haar werk een bijna vrijblijvend, academisch gepuzzel geleken, zonder enige relatie met de werkelijkheid. Maar door het lot van George Robbins drong ineens het belang van wat er in de hutten gebeurde, ten volle tot haar door.

Ze schoot overeind. 'Ik zou weer aan het werk moeten,' zei ze. 'Ik kan hier niet aan de thee zitten, terwijl er schepen tot zinken worden gebracht. Denk toch eens aan al die mensen die de dood vinden op zee. Jonge mensen, zoals de zoon van de jachtopziener.'

Lady Esme stond ook op en legde een hand op de schouder van haar dochter. 'Je bent van streek, kindje. Dat zijn we allemaal. George Robbins was een goed mens. Maar jij zit niet aan het front. Jouw kantoorwerk zal niet het verschil maken tussen leven en dood. Dus ik stel voor dat je rustig hier blijft en nog een kopje thee neemt.'

Vanwege haar geheimhoudingsplicht kon Pamela haar moeder niet tegenspreken. Dus ze ging weer zitten en liet zich nog eens thee inschenken.

HOOFDSTUK 15

Parijs
Mei 1941

Die ochtend gluurden de bewoners van de Rue des Beaux-Arts angstig tussen hun gesloten luiken door naar de grote zwarte Mercedes die stilhield voor nummer 34. Vanaf de Seine kwam mist in sluiers aanrollen. Wie met zijn baguette van de bakker op weg was naar huis, stak voor alle zekerheid de straat over en vervolgde zijn weg langs de andere kant. En wie de deur uit kwam om naar kantoor te gaan, of naar het eerste ochtendcollege op de École des Beaux-Arts, haastte zich met gebogen hoofd voorbij. Oogcontact kon doorgaans beter worden vermeden. De auto zag er Duits uit, en die indruk werd bevestigd toen de chauffeur uitstapte en een militair uniform bleek te dragen. Alle bewoners slaakten een zucht van verlichting toen er geen Duitsers bij hen aanbelden. In plaats daarvan kwam er een slanke jonge vrouw uit de auto, en ze bleek in gezelschap te zijn van iemand die een opmerkelijke gelijkenis vertoonde met Madame Armande, de modeontwerpster.

Al snel nadat ze een verhouding kregen, had Gaston de Varennes een appartement voor Margot gekocht in Rue des Beaux-Arts. Zelf woonde hij in de voorouderlijke stadsvilla aan de Rue Boissière, in het deftige 16e arrondissement tussen de Champs-Élysées en de Seine. In sommige opzichten was hij verrassend behoudend, en hij vond het niet gepast dat Margot bij hem introk. Temeer daar zijn moeder soms onaangekondigd van het chateau naar de stad kwam. Van trouwen kon geen sprake zijn. Margot was protestant, en Gastons grootmoeder had een hekel aan de Engelsen. Omdat hij niet tegen zijn familie in wilde gaan als het ging om de keuze van zijn echtgenote, had hij het appartement aangeschaft, vlak bij de Boulevard Saint-Germain in het 6e arrondissement. Wanneer Margot zich uit het raam boog kon ze een glimp opvangen van de Seine en de Notre-Dame. Ze woonde er prettig, de buurt was plezierig, ook al waren de studenten en de levendigheid die ze met zich meebrachten, inmiddels zo goed als verdwenen.

Toen Hitler Frankrijk binnenviel, hadden de Duitsers zowel de stadsvilla als het chateau op het platteland gevorderd. Gaston had zich vrijwel onmiddellijk aangesloten bij het verzet en was bij Margot ingetrokken. In de studentenwijk met zijn bohémienachtige sfeer voelden ze zich allebei thuis. Bovendien trok het komen en gaan van Gaston er geen aandacht.

Toen Margot binnenkwam, stak de conciërge haar hoofd uit haar kantoortje naast de voordeur. 'Bonjour, mademoiselle. Het belooft een mooie dag te worden, denkt u ook niet?'

'Laten we het hopen, madame.' Margot trok de metalen harmonicadeur van de lift open. 'U hoeft echt niet mee naar boven,' zei ze toen Gigi Armande aanstalten maakte haar te volgen. 'Ik ben zo klaar. Een paar minuten, meer heb ik niet nodig. Ik hoef alleen maar wat kleren en mijn toiletspullen in een tas te stoppen.'

'Ik heb die onaangename Duitser beloofd dat ik je niet uit het oog zou verliezen,' mopperde Gigi Armande. 'En bij Duitse officieren kun je maar beter doen wat je belooft. Bovendien wil ik zeker weten dat je niet in een vlaag van wanhoop uit het raam springt.'

'Ik beloof u dat ik niet uit het raam spring.'

'Of dat je probeert te ontsnappen over de daken.' Madame Armande duwde Margot de lift in. Er was net genoeg ruimte voor hen tweeën, en Margot was zich sterk bewust van het verrukkelijke, bedwelmende parfum van haar werkgever. De stalen kooi begon pijnlijk langzaam, knarsend en kreunend te stijgen. Ondertussen dacht Margot koortsachtig na, maar ze kon geen uitweg bedenken. Op de derde verdieping gekomen ging ze Madame Armande voor naar de deur van haar appartement en stak de sleutel in het slot. Binnen voelde het kil en leeg. Behalve de ruime woonkamer en een slaapkamer was er een piepklein keukentje en een badkamer met wc.

In het vierkante halletje bleef ze aarzelend staan. 'Vindt u het goed als ik een kopje koffie maak? Ik ben bijna de hele nacht op geweest en ik heb barstende koppijn.'

'Pak je spullen nou maar, kindje. En maak een beetje voort. Dan ontbijten we in het Ritz. Daar krijg je echte koffie en niet dat afschuwelijke surrogaatbrouwsel.' Madame Armande liep naar de woonkamer en ging op de bank zitten. Voornaam als altijd en volmaakt ontspannen.

Margot geneerde zich een beetje voor de rommel. Haar kleren van de vorige dag slingerden nog op de grond. Ze raapte ze haastig op.

'Doe geen moeite,' zei Madame Armande ongeduldig. 'Ik geloof niet dat je het beseft, maar je zit serieus in de problemen, *chérie.* Je staat officieel onder arrest. Dat betekent dat de Duitsers je elk moment naar de kelder van dat gebouw kunnen slepen. En over wat daar gebeurt, doen de gruwelijkste verhalen de ronde.'

Haar blik werd iets toegeeflijker. 'Je moet leren om het spelletje mee te spelen, chérie. Dat doe ik ook, en zo komt het dat ik in het Ritz kon blijven wonen. Geef ze de indruk dat je doet wat ze willen. Dat je met hen sympathiseert. Ze zijn ver van huis, een meelevend woord van een mooie vrouw doet wonderen. Als ze je om een tegenprestatie vragen, wanneer je straks terug bent in Engeland, doe dan alsof je geïnteresseerd bent. Alsof je het serieus overweegt.'

'Dat zou ik niet kunnen!'

'Ook niet om het leven van je geliefde te redden?'

Margot aarzelde. 'Zelfs dan niet. Ik kan omwille van Gaston mijn eigen land toch niet verraden? Bovendien, hoe weet ik dat ze woord houden? Stel dat ik zou doen wat ze van me willen, hoe verachtelijk dat ook zou zijn, en ze vermoorden Gaston alsnog?'

'Ik ken genoeg hoge officieren die ik zover zou weten te krijgen om hem naar neutraal gebied te laten vertrekken.'

'Tenzij hij al dood is,' zei Margot cynisch.

'Tja...' Madame Armande gebaarde onverschillig met haar hand, gestoken in geitenleer. 'Maar een mens moet doen wat hij kan. En je wilt toch dat hij blijft leven? Of begon je al genoeg van hem te krijgen?'

'Natuurlijk wil ik dat hij blijft leven,' verklaarde Margot hartstochtelijk. 'Maar ik zou zelfs voor Gaston mijn land niet kunnen verraden.'

Madame Armande zuchtte. 'Ach, dat klinkt zo nobel, maar ook zo naïef, kindje. Om te overleven zul je moeten leren nuchter en zakelijk te zijn. Daar heb ik altijd mijn voordeel mee gedaan.' Ze ging ongeduldig verzitten, haar zijden kousen glansden terwijl ze haar benen over elkaar sloeg. 'Toe, wees een brave meid en maak een beetje voort.'

'Ik heb nog wat groente en kaas in huis,' zei Margot. 'Wat moet ik daarmee doen? Ik kan ze onmogelijk weggooien met de huidige schaarste.'

'Waarom geef je het niet aan dat oude mens beneden?' Madame Armande gebaarde opnieuw onverschillig. 'Ze zal je eeuwig dankbaar zijn.'

Margot liep naar de keuken en keek somber naar haar karige voorraad. Een kwart kool, twee uien, een aardappel en een stuk harde kaas. De rantsoenen waren hoe langer hoe beperkter geworden, en op de markt vond alles wat er nog te krijgen was gretig aftrek. De conciërge zou blij zijn met het eten, en misschien kon ze haar op die manier een boodschap doorgeven. Ze stopte de spullen in een zak met een koord, deed er een halve fles goedkope wijn bij en het laatste stukje brood van de vorige dag. Omdat ze niets had om het restje melk in te doen, dronk ze dat op en spoelde de fles om boven de gootsteen. Als er niets te eten in huis was, zou Gaston of een van zijn vrienden begrijpen dat ze was vertrokken. Ze probeerde uit alle macht te bedenken hoe ze hem kon duidelijk maken wat er was gebeurd, waar ze haar konden vinden. Niet dat ze ook maar iemand kon bedenken die haar zou kunnen helpen. Als Gaston inderdaad door de Duitsers was opgepakt, was alles verloren. Tot op dat moment had ze daar niet aan willen denken, maar nu begonnen haar ogen te prikken. Haastig knipperde ze de tranen weg.

Toen liep ze naar de slaapkamer. 'Mijn koffer staat op zolder,' riep ze naar Madame Armande.

'Je gaat niet op een cruise, chérie!' riep die terug. 'Zoveel hoef je niet mee te nemen. En desnoods kom je later nog een keer terug om meer kleren te halen.'

Dus in plaats van naar de zolder te gaan, pakte Margot het kleine koffertje dat boven op de kast stond. Ze had het ter ere van haar eenentwintigste verjaardag van haar vader gekregen. Toen ze het opendeed, rook ze de geur van Engels leer. Een geur die haar herinnerde aan zadels, aan de tuigkamer op Farleigh. Haastig deed ze wat ondergoed in de koffer, een kasjmier vest, een lange broek, kousen, nog een blouse en een katoenen jurk. Ze droeg platte schoenen. Hoge hakken zou ze niet nodig hebben. Bovendien moest ze ruimte vrijhouden voor haar toiletspullen.

Toen ze naar haar kaptafel liep, zag ze het kaartje van Gigi Armande waarop ze met lippenstift BEL HAAR had geschreven. Het lag niet meer op de plek waar zij het had neergelegd, dus blijkbaar was het appartement al doorzocht. Gelukkig was het een onschuldige boodschap. Zelfs de Duitsers zouden begrijpen dat ze haar vrienden had willen laten weten dat ze haar werkgever moesten bellen. Ze liet het kaartje liggen waar het lag.

'Ben je nou eindelijk klaar?' vroeg Madame Armande.

'Alleen nog even mijn toiletspullen pakken.'

'Chérie, ik heb in het hotel een badkamer vol zeep en badzout. Make-up, tandenborstel en een washandje, meer heb je niet nodig.'

'Ik moet nog wel even naar de wc. Ze hebben me midden in de nacht uit bed gehaald, en ik ben al die tijd niet meer geweest.'

'Vooruit dan maar. Als je maar opschiet. Anders krijgt de chauffeur argwaan. Alles wat je doet, wordt gerapporteerd.'

Margot ging naar de badkamer en stopte wat spullen in haar toilettas: een tandenborstel en tandpoeder, hoofdpijnpillen, een schoon washandje, dagcrème. Ze was zich bewust van het absurde van de situatie. Dat ze er goed uit wilde zien terwijl ze waarschijnlijk gemarteld ging worden, misschien wel vermoord. Toen ze naar de wc was geweest, draaide ze de kraan open en liet het water lopen terwijl ze het bidet optilde en de tegel daaronder weghaalde. Gelukkig had Gaston haar de kleinste van zijn twee radio's gegeven, met een bereik van niet meer dan achthonderd kilometer, maar compact genoeg om in een aktetas te passen. Of onder een bidet.

Wat zou ze ermee doen? Ze kon geen betere plek bedenken om hem te verstoppen. Als het appartement echt grondig werd doorzocht, zouden de Duitsers de radio vinden. En ze kon hem niet gebruiken, met Madame Armande in de woonkamer. Ze zou geduld moeten hebben. Als ze het spel meespeelde, mocht ze misschien nog een keer terug naar het appartement om iets te halen wat ze was 'vergeten'. Met die gedachte haalde ze de hoofdpijnpillen uit haar toiletzak en legde ze terug. Toen ze het bidet weer had laten zakken, zette ze de kraan uit.

'*Mon Dieu*, je moest echt nodig!' Madame Armande grinnikte.

'Zeg dat wel. Mijn blaas stond op springen, al die uren dat ik daar op die stoel heb gezeten.' Er kwam een idee bij haar op. 'Ik kan zeker niet nog even snel onder de douche?' De straal maakte genoeg lawaai om de radio te overstemmen als ze een morsebericht stuurde.

'Straks. In het Ritz kun je in bad! Aan warm water geen gebrek. Werkelijk hemels!'

Margot probeerde enthousiast te kijken. 'Volgens mij red ik het hier de komende dagen wel mee.' Ze stopte de toilettas in het koffertje. 'En misschien is dat ook lang genoeg.'

Margot wilde niet vragen wat ze bedoelde. Dat de Duitsers haar na een paar dagen weer zouden laten gaan? Of dat ze haar tegen die tijd hadden opgesloten, of misschien wel vermoord? Ze liep met het koffertje naar de deur. 'Ik ben zover.'

HOOFDSTUK 16

Dolphin Square, Londen

Joan Miller, Maxwell Knights secretaresse en rechterhand, klopte op de deur en kwam zijn kantoor binnen. Haar gezicht stond ernstig.

'Er is een bericht binnengekomen, sir. Van de Hertog van Westminster,' vertelde ze enigszins verbluft.

'O? Wat had hij te melden?'

'Madame Armande heeft contact met hem gezocht.'

'De Parijse modeontwerpster? Ach, natuurlijk! Is ze niet ooit zijn maîtresse geweest? Een eeuwigheid – en ongetwijfeld vele minnaars – geleden? Wat wilde ze? Een opdracht voor het ontwerp van nieuwe uniformen?'

'Ze liet weten dat de Duitsers een van de onzen hebben gearresteerd.'

'Deksels, dat is niet best. Wie is het?'

'Lady Margaret Sutton, sir. De dochter van de Graaf van Westerham.'

'Wel verdraaid!'

Het zat zelfs Max Knight niet lekker, dat was duidelijk. 'Het moment waarop is op zijn zachtst gezegd opmerkelijk. Of denk je dat het toeval is?'

‘Ik geloof niet in toeval, sir,’ verklaarde Miss Miller nuchter.

‘Ik ook niet.’

‘Denk je dat ze het weet? Madame Armande, bedoel ik?’

‘Ze biedt haar hulp aan,’ antwoordde Miss Miller. ‘Als we Lady Sutton daar weg willen halen, zal ze doen wat ze kan om ons te helpen.’

‘Dat is fideel van haar. In hoeverre wordt ze daar zelf beter van, vraag je je af.’

HOOFDSTUK 17

Farleigh Place

Eenmaal op haar kamer slaakte Pamela een zucht van verlichting. Eindelijk alleen! Ze deed haar jasje uit en gooide het op het bed. Het was allemaal nogal overweldigend geweest, de hereniging met haar familie na al die maanden, en daarvoor het onstuimige weerzien met Jeremy. Een stralende middagzon scheen door de ramen op het westen. Een stel wilde eenden landde sierlijk op het meer. Alleen het geknars van grind onder de banden van militaire voertuigen herinnerde aan de veranderingen die Farleigh had ondergaan. Ze keek om zich heen, haar blik gleed bijna liefkozend over haar spulletjes. De koeienbel en de Zwitserse poppen die ze had meegenomen na haar jaar op kostschool, de foto waarop ze aan het hof werd gepresenteerd, de bijna stukgelezen boeken in de witte kast: *Black Beauty*, *Anne van het groene huis*. Het was allemaal zo vertrouwd, zelfs de geur was die van thuis: boenwas waarmee opeenvolgende generaties dienstbodes de meubels hadden opgewreven en een vage rooklucht van de open haarden die alleen in de winter werden gestookt.

Thuis. Hier had ze tijdens al die sombere eenzame nachten in Hut 3 naar verlangd. Maar nu ze er was, kon ze een gevoel van onbehagen niet van zich af zetten. De gedachte dat ze nodig was op Bletchley liet haar niet met rust. Als ze door haar afwezigheid met te weinig mensen waren, kon het gebeuren dat cruciale informatie onopgemerkt bleef. Zou de zoon van de jachtopziener nog leven als er tijdig Duitse U-bootinstructies waren onderschept? Ze zat niet op de marine-afdeling, maar misschien had een zoon van een ándere moeder het overleefd door een bericht dat zíj had vertaald. Niet overdrijven, zo belangrijk was ze niet, hield ze zichzelf voor. Maar om de grote oorlogsmachine soepel te laten draaien telde ook het kleinste radertje.

Haar blik viel op een porseleinen hondje op de schoorsteenmantel. Het zat kaarsrecht, had belachelijk lange oren en een smekende blik in zijn verdrietige oogjes. Jeremy had het voor haar gekocht toen hij dienst nam bij de RAF. Ze hadden het hondje in de etalage van een antiekwinkel in Tonbridge zien staan, en zij had erom moeten lachen. Jeremy had haar op het hart gedrukt om elke dag naar het hondje te kijken, zodat ze het lachen niet zou verleren. Maar toen het bericht kwam dat zijn toestel was neergehaald en hij krijgsgevangen was gemaakt, viel er weinig meer te lachen. Als door een wonder was hij inmiddels weer thuis. Ze zou zielsgelukkig moeten zijn. Waarom was ze dat dan niet?

'Dat ben ik wel,' zei ze hardop. 'Ik heb alleen wat tijd nodig om aan het idee te wennen.'

Ze liet zich op het bed zakken, haar hand ging onbewust naar haar blouse, naar de plek waar de ontbrekende knoop had gezeten. Opnieuw werd ze overweldigd door een mengeling van angst en opwinding. Ze begreep dat hij naar haar verlangde, dat hij met haar naar bed wilde. Dat hij daar al die eenzame maanden in het kamp naar had gehunkerd. Dus het was geen wonder dat hij zich door begeerte had laten meeslepen. Sterker nog, dat was niet meer dan normaal. Bovendien waren ze in de tijd dat hij gevangen had gezeten, allebei volwassen geworden. En voor volwassen mensen was seks iets vanzelfsprekends. Althans, in de kringen waarin zij zich bewogen. Daar gold het blijkbaar als een sport om van het ene bed in het andere te springen. Behalve voor haar ouders, natuurlijk. Haar moeder had geen idee wat er in de wereld te koop was, en haar vader werd vuurrood en begon snel over iets anders wanneer het gesprek op een ongewenste zwangerschap kwam. Maar Pamela wist dat Trixie allang geen maagd meer was. Haar kamergenootje deed ongegeneerd verslag van haar erotische avonturen.

Niet dat de gedachte aan seks Pamela tegenstond. Integendeel, ze was zelf verrast geweest te ontdekken dat die haar opwond. Jeremy was gewoon te hard van stapel gelopen. Daarmee had hij haar overrompeld. Hij had ronduit gezegd dat hij met haar naar bed wilde, maar haar uitgelachen toen ze over trouwen was begonnen. Met als gevolg dat Pamela zich afvroeg of ze misschien een van de velen was, of Jeremy wel echt om haar gaf, of hij net zoveel van haar hield als zij altijd van hem had gehouden.

Bij de pastorie keek Ben ondertussen in de achtertuin om zich heen. Waar het gazon, met in het midden een schuilkelder, ophield schoten de bonenstaken de hoogte in. Het beloofde een rijke oogst aan pronkers te worden. Ben streek het haar uit zijn gezicht, als om het beeld te verdrijven dat hem maar bleef achtervolgen: Jeremy's stralende gezicht toen hij Pamela zag, die op haar beurt ook begon te stralen. Natuurlijk, ze was ook blij geweest bij hun weerzien in de trein, maar toen hadden er geen lichtjes in haar ogen gedanst. 'Verdorie,' mompelde hij. Echt iets voor Jeremy om als door een wonder aan de Duitsers te ontsnappen. Op slag voelde hij zich schuldig. Wat had hij dan gewild? Dat Jeremy nooit meer thuis was gekomen? Jeremy was zijn beste vriend. Ze waren samen opgegroeid. En Jeremy kon er niets aan doen dat Pamela verliefd op hem was.

Hij moest het achter zich laten, zei hij streng tegen zichzelf. Het was oorlog, hij had een opdracht uit te voeren, en het werd tijd dat hij daarmee aan de slag ging. Hij liep naar de schuur. Het kostte enige moeite om zijn oude fiets tussen de bloempotten en de tuinstoelen vandaan te krijgen. Toen hij hem buiten in de zon inspecteerde, slaakte hij een zucht. Het was al een oud karretje geweest toen hij het van een parochiaan had gekregen, maar nu zag het er wel erg haveloos uit. Roestig, met een gebarsten zadel. Hij maakte de fiets zo goed mogelijk schoon, oliede de ketting en reed een beetje wiebelig een rondje op het plein tussen de kerk en de pastorie. Het duurde even voordat hij de slag weer te pakken had. De fiets was nog bruikbaar, maar doordat hij zijn knie niet kon buigen, weinig praktisch. Als Maxwell Knight wilde dat hij de omgeving verkende, had hij hem op zijn minst een vervoermiddel ter beschikking kunnen stellen, dacht hij nijdig. Of misschien gingen mensen zoals Knight ervan uit dat iedereen een auto had. Anderzijds, bezitters van een auto konden die vaak niet gebruiken omdat ze geen benzinebonnen hadden.

Hij besloot de fiets voor langere expedities te bewaren en het dorp lopend te verkennen. Overigens zonder te weten wat hij zocht. Het eerste huis waar hij langs kwam, was Simla. De Huntleys hadden het huis zo genoemd als herinnering aan hun tijd in Brits-Indië. De vrouw van de kolonel was bezig de rozen te snoeien, zag Ben, en hij bleef staan om de perfect onderhouden tuin te bewonderen. Blijkbaar had ze hem horen aankomen, want ze keek op en wuifde. 'Hallo, Ben. Welkom thuis! Hoelang blijf je? Mijn man probeert een cricketteam bij elkaar te krijgen, maar dat wil nog niet echt lukken. Ze zijn allemaal te jong of te oud, zegt hij. Dus hij klaagt steen en been.' Ze kwam naar hem toe lopen, met de snoeischaar in de hand, en veegde haar handen af aan haar schort.

'Ik blijf maar een paar dagen.' Hij gaf geen nadere toelichting. Als hij haar vertelde dat hij het een tijdje rustig aan moest doen, zou hij in het hele dorp over de tong gaan. *Heb je het al gehoord? Ben Cresswell is ingestort, zonder dat hij ook maar één schot heeft gelost.* Ze keken toch al op hem neer omdat hij geen uniform droeg.

Mrs. Huntley glimlachte. 'Wat zul je blij zijn, even weg uit Londen. Is het heel erg, met al die bombardementen?'

'Ach, je went eraan.'

'Ik heb soms het gevoel dat we hier in ons eigen kleine wereldje amper weet hebben van de oorlog. We hebben genoeg te eten, we worden niet gebombardeerd, en als we uit het raam kijken, zien we nog steeds hetzelfde als altijd. Een stukje van het paradijs.'

Ben knikte. 'Uw tuin is echt prachtig.'

'We hadden laatst een kerel aan de deur die zei dat we hem moesten omspitten om kolen of aardappels te verbouwen,' vertelde Mrs. Huntley. 'Nou, je kunt je voorstellen hoe mijn man heeft gereageerd. Dat we hier, anders dan in Duitsland, vrij waren om te doen wat we wilden met onze grond. Dat we al een moestuin hadden die meer opleverde dan wij konden opeten. Dat zijn vrouw troost vond bij haar bloemen, dus dat hij er niet over piekerde haar dat te ontnemen.' Ze glimlachte bij de herinnering.

Ben liet zijn blik in het rond gaan. 'Het is nauwelijks te bevatten dat we hier in het dorp op amper een uur van Londen zitten. Dat het leven gewoon op de oude voet verdergaat.'

De vrouw van de kolonel fronste somber haar voorhoofd. 'Ja, maar toch blijven we ook hier niet helemaal buiten de oorlog. Farleigh Place is gevorderd door het leger. Er rijden dag en nacht van die kolossale militaire trucks af en aan, we hebben bijna elke avond dronken soldaten in de pub, en die zoeken vervolgens ruzie met de jongens uit het dorp. En dan was er natuurlijk die commotie over dat lijk. Heb je dat gehoord? Dat er een lijk is gevonden op het grondgebied van Farleigh?'

'Mrs. Finch had het erover. Was het geen parachutist? Een ongeluk met een parachute die niet openging?'

Ze boog zich naar hem toe. 'Als je het mij vraagt, was het niet zomaar een ongeluk. Ze hebben het lijk meegenomen in een legertruck. Het is niet naar het mortuarium gebracht. Nou, dan weet je het wel. Er zit een luchtje aan die zaak. Volgens mijn man zou het weleens een Duitse spion kunnen zijn geweest. En was hij gedropt om de Spitfires op de basis van de RAF onklaar te maken.' Ze keek om zich heen, als om zeker te weten dat niemand haar hoorde. 'Maar ik vergeet helemaal je iets aan te bieden! Heb je trek in een kop thee? Ik wilde net even pauzeren.'

'Nee, dank u wel. Dat is erg aardig van u, maar ik moet weer eens verder. Ik zit de hele dag opgesloten op kantoor, dus ik krijg veel te weinig beweging. Een rondje door het dorp zal me goeddoen. Ik ben benieuwd of er nog iets is veranderd.'

'Niet veel. Heb je gehoord dat het eesthuis is verkocht? Aan twee mannen. En het schijnt dat de oorlog de Baxters geen windeieren legt. Er klinkt voortdurend gehamer in de werkplaats, maar er is niemand die het naadje van de kous weet.'

'Dat klinkt geheimzinnig, Mrs. Huntley. Leuk u even gesproken te hebben. Doe mijn hartelijke groeten aan de kolonel.'

'O, en dokter Sinclair heeft een Duitser in huis genomen,' riep ze hem na toen Ben al doorliep.

Hij draaide zich om. 'Een Duitser?'

'Nou ja, zo klinkt hij. Dus dat denken we. Hij is gevlucht, zegt hij. Maar dat weet ik nog zo net niet. Misschien is hij wel gestuurd in de aanloop naar de invasie. Om de Duitsers de weg te wijzen.'

'Maar dokter Sinclair zou toch nooit...'

De vrouw van de kolonel schudde haar hoofd. 'Nee, daar is hij veel te aardig voor. Maar sinds de dood van zijn vrouw is hij ook eenzaam. We zijn hier veel te goed van vertrouwen. De dokter zou niet de enige zijn die zich in de luren laat leggen.'

Ze liep terug naar het huis en knipte onderweg een grote roos af. Gele bloemblaadjes dwarrelden op het gras. Met zijn gedachten nog bij wat hij zojuist had gehoord, rondde Ben de dorpsbrink. Het zou hem niet verbazen als de Baxters goed geld verdienden op de zwarte markt. Billy was als jochie al niet te vertrouwen geweest. Ze hadden samen in het kerkkoor gezongen, en Ben herinnerde zich dat er een portemonnee was verdwenen. Zijn vader vermoedde dat Billy Baxter de dief was. Maar de waarheid was nooit boven tafel gekomen, net zomin als de portemonnee.

Hoe dan ook, hij kon de kolonel en zijn vrouw schrappen van zijn lijstje, besloot Ben. Niet dat ze daar ooit op hadden gestaan. Maar ze waren duidelijk erg geïnteresseerd in de geheimzinnige parachutist. En de kolonel had zich in Brits-Indië jarenlang voor het vaderland in het zweet gewerkt. Sinds zijn terugkeer waren Simla en Elmsleigh zijn idee van het paradijs.

Maar dat de dokter een Duitse vluchteling in huis had genomen, was het natrekken waard.

Hij liep langs de fraaie victoriaanse villa van Miss Hamilton. Haar vader was fabrikant geweest in het noorden, en toen hij zijn schaapjes op het droge had, was hij met zijn gezin naar voornamere streken in het zuiden getrokken, ver weg van de rook en de stank uit de fabrieksschoorstenen. Van het gezin was alleen Miss Hamilton nog over, en ook zij werd inmiddels een dagje ouder. Ben liet zijn blik over het grote huis gaan. Zouden er evacués uit Londen zijn ingekwartierd, of woonde Miss Hamilton er nog altijd alleen, samen met Ellen, haar dienstmeisje, die bijna net zo oud was als zij. Staande voor het smeedijzeren hek kon hij geen goede reden bedenken om haar op dat moment een bezoekje te brengen.

En dus wandelde hij door naar het oorlogsmonument, met daarop de namen van hen die in de Grote Oorlog waren gevallen. Zestien doden. Dat was veel voor zo'n klein dorp. Drie broers uit één gezin. Hoe lang zou de lijst na deze oorlog zijn? Met een zucht liep hij verder.

De nieuwe bungalow van de Baxters stond naast het erf van hun bouwbedrijf. De hoge hekken van het erf waren dicht, daarachter klonk gehamer. Wie ging er in 's hemelsnaam verbouwen in tijden van oorlog, vroeg Ben zich af. Toen bedacht hij dat er in de steden een hoop herstelwerk te doen zou zijn vanwege de schade die de bombardementen hadden aangericht. Dus het was geen wonder dat het bedrijf van de Baxters floreerde.

De school ging uit, kinderen stroomden duwend en dringend naar buiten. Een stel grote boerenjongens viel een mager klein jochie lastig dat Ben nooit eerder had gezien. Hij liep erop af.

'Hou op! Bewaar je krachten liever voor als je tegen de Duitsers moet vechten.'

De grootste van de jongens nam hem minachtend op. 'Dat moet u nodig zeggen. U zit helemaal niet in het leger. Mijn broer wel.'

'Ik heb een stuk metaal in mijn knie, maar dat wil niet zeggen dat ik je geen pak op je sodemieter kan geven, Tom Haslett! Ik ben jarenlang bokskampioen bij de junioren geweest, dus ik sla je met één stoot knock-out. Niet dat ik dat zal doen, want ik vecht niet tegen zwakkere tegenstanders. En dat zou jij ook niet moeten doen. Vooruit! Wegwezen.'

De jongens wierpen hem een schichtige blik toe en maakten zich uit de voeten. 'Ik heb jou nog niet eerder gezien,' zei Ben tegen het magere jochie.

'Ik ben Alfie. Uit Londen.'

'O, dus jij hebt het lijk gevonden!'

'Ja, dat was ik.'

'Wat zul je geschrokken zijn.'

'Ach...' Alfie schudde zijn hoofd. 'Ik heb in Londen wel ergere dingen gezien.'

'Je bent een dapper joch. Maar je moet meer voor jezelf opkomen. En je niet door die grote lummels laten koeioneren.'

Alfie zuchtte. 'Het is met z'n allen tegen één. En ze zijn veel groter dan ik.'

'Ik kan je wel een paar bokslessen geven.'

'Echt waar?' Alfies gezicht klaarde op.

'Ook al zou ik dat als domineeszoon eigenlijk niet moeten doen,' zei Ben met een knipoog.

Alfie schonk hem een brede grijns.

'Wat zeggen ze op school over die parachutist?' vroeg Ben terwijl ze samen opliepen.

'Tja, niemand weet er het fijne van. Er zijn mensen die denken dat hij een Duitse spion was. Ze zeggen dat de moffen overal parachutisten droppen, door het hele land. Om de invasie voor te bereiden. Telefoonkabels doorsnijden, dat soort dingen.'

‘Dus ze denken dat de Duitsers elk moment kunnen binnenvallen?’

‘Nou en of. Die deftige kerel, die lord op Farleigh laat ons al exerceren. En hij leert ons hoe we met scheppen en hooivorken moeten vechten. Maar volgens mij haalt dat weinig uit tegen tanks en bommenwerpers.’

‘Laten we hopen dat het zover niet komt. En als het toch gebeurt…’ Ben maakte zijn zin niet af.

Nadat hij afscheid van Alfie had genomen, dacht hij na over wat het kind had gezegd. Dat de parachutist de invasie had moeten voorbereiden. Maar hij had niets bij zich gehad, geen gereedschap om telefoonkabels door te knippen. Dat moest wel betekenen dat hij dat van zijn contactpersoon ter plekke zou krijgen. En dat die hem ook onderdak zou bieden. Ben bleef staan bij het huis van de dokter. Toen schudde hij zijn hoofd. Hij kende dokter Sinclair al zijn hele leven. Die zou zijn land nooit verraden. Daar stak hij zijn hand voor in het vuur.

Na een bescheiden maaltijd van sla met een gekookt ei besloot Ben dat hij niet de hele avond thuis kon blijven om bij te praten met zijn vader. Hij was hier tenslotte voor zijn werk. ‘Ik denk dat ik even naar de pub ga, vader. Eens kijken of ik nog oude vrienden tegenkom.’

‘Goed idee.’ Dominee Cresswell knikte.

‘Hebt u geen zin om mee te gaan?’

Zijn vader keek geamuseerd op. ‘Ik? Nee, dank je. Ik ben geen type voor de pub. Met mijn ene glaasje sherry zou ik bij de drinkers op weinig waardering kunnen rekenen. Maar ga gerust, jongen. Veel plezier. Alleen de Heer weet hoe lang we nog op de kleine geneugten des levens zullen moeten teren.’

Ben knikte. Hij wilde iets bemoedigends zeggen, maar kon niks bedenken. Er was weinig reden voor optimisme. Zouden ze volgend jaar om deze tijd Duits bier drinken? Zouden ze hongerlijden, dwangarbeid verrichten, zouden ze opgesloten zitten in gevangenenkampen? Hij durfde er nauwelijks over na te denken.

Buiten begon het al te schemeren. Vleermuizen zwenkten langs de avondhemel die roze kleurde, en in de grote bomen achter de pastorie installeerden roeken zich krassend voor de nacht terwijl Ben langs de dorpsbrink naar de Three Bells liep. Hij ging naar binnen en een gezellig geroezemoes kwam hem tegemoet. Aan de bar stond een groep mannen met een groot glas bier in de hand. Allemaal keken ze naar de deur.

'Goeienavond, Mr. Cresswell,' zei de barkeeper. 'Goed om u weer eens te zien.'

Ben bestelde een biertje.

'Blijf je nu een tijdje hier?' vroeg een van de mannen. 'Of kom je alleen maar even langs om je vader te zien?'

'Ik had recht op een paar dagen verlof,' antwoordde Ben. 'Het is fijn om Londen even te kunnen ontvluchten.'

'Heb je veel bombardementen meegemaakt?' vroeg een ander.

'Tja, ze wisten ons wel te vinden. Maar je went eraan. Tijdens het werk kijkt niemand meer op als het luchtalarm begint te loeien.'

'Wat voor werk doe je?'

'Ik zit bij een van de ministeries.'

'Maar wat doe je precies?'

Ben grijnsde. 'Daar mogen we niet over praten. Dat weet je best.'

'O nee? Mag je daar niet over praten?' klonk een stem achter hem. Toen hij zich omdraaide stond hij oog in oog met een magere kerel met vuurrood haar. Billy Baxter, de zoon van de aannemer. Als vanzelf balde Ben zijn vuisten. Vroeger, op de lagere school, had Billy er plezier in gehad hem te treiteren.

'Dus het is allemaal diep geheim wat je doet, Ben?' vroeg Billy grijnzend.

'Hij zegt toch dat hij er niet over mag praten,' snauwde een al wat oudere man.

Ben keek weer naar de roodharige Billy. 'Jij bent ook niet in uniform, zie ik.'

'Dat klopt. Ik heb vrijstelling dankzij mijn werk.'

‘Om erkers te bouwen voor het vaderland?’ vroeg Ben hatelijk. ‘Ik zag dat je vader een nieuwe bungalow heeft laten bouwen. Dat moet wat gekost hebben.’

‘Tja, hard werken loont.’

Ben sloeg hem gade terwijl hij een biertje bestelde. Billy Baxter zou desnoods zijn eigen oma verkopen. Maar of hij voor de Duitsers werkte… Ben dacht niet dat hij daar het lef voor had. Billy was een lafaard met een grote bek. Dat had hij bewezen door huilend naar huis te rennen toen Ben hem eindelijk lik op stuk gaf en hem een bloedneus stompte. In de pastorie had zijn vader hem een preek gegeven dat hij moest leren zich te beheersen, maar het was Ben niet ontgaan dat hij trots was op zijn zoon.

Toen hij zijn biertje half ophad vloog de deur open en kwam er een luidruchtig groepje soldaten binnen, druk pratend en lachend. Ze baanden zich nogal onbehouwen een weg naar de bar, en Ben merkte dat de mannen uit het dorp zich terugtrokken. De sfeer was op slag gespannen. ‘Wat wilt u drinken, miss?’ vroeg een van de soldaten. Pas op dat moment ontdekte Ben dat ze Lady Diana bij zich hadden. In haar rode broek en met een rode zakdoek om haar haar gebonden zag ze eruit als de meisjes die de handen uit de mouwen staken op het land nu de boerenknechten naar het front waren vertrokken. Haar lippen waren vuurrood gestift.

‘Je mag haar geen “miss” noemen. Ze is de dochter van een graaf. Je moet “my lady” zeggen,’ beet een van de soldaten zijn makker toe.

Dido schoot in de lach. ‘Doe me een plezier, ik ben gewoon Diana. Of Dido. Van dat formele gedoe moet ik niets hebben. Voor mij een kleine shandy, Ronnie.’

Ze keek om zich heen, en toen ze Ben in de gaten kreeg schonk ze hem een brede glimlach. ‘Hé, hallo! De jongens vroegen of ik meeging naar de pub. Aardig, hè? Echt heerlijk! Even eruit.’ Ze lachte nog steeds, maar haar ogen spraken een andere taal. *Denk erom dat je je mond houdt!*

De barkeeper leek slecht op zijn gemak. ‘Dit is het publieke gedeelte, my lady. Wilt u niet liever naar de privébar, hiernaast? Daar kunt u zitten. En het is er minder druk en onrustig.'

'Welnee.' Dido wierp een snelle blik op Ben, in de hoop op bijval. 'Ik zit de hele oorlog al thuis opgesloten. Dus ik wil mensen om me heen. Leven in de brouwerij. Een beetje plezier maken.' Ze keek achterom naar de soldaat die haar een drankje had aangeboden. 'Maak er maar een biertje van, Ronnie.' Ze liep naar Ben toe.

'Hoe is het?' vroeg die. 'Dus je woont nog thuis?'

Ze zuchtte dramatisch. 'Ja, ik zit nog steeds thuis. Pa wil niet dat ik me nuttig maak. En dat terwijl ik zo graag ook mijn steentje zou willen bijdragen! Hebben ze bij jou geen baan voor me? Op dat ministerie waar je werkt?'

'Vast wel, maar je bent minderjarig. Dus je vader heeft het laatste woord. Trouwens, je kunt je in Sevenoaks of Tonbridge vast ook wel nuttig maken.'

'Door op het land te werken? Of bij een varkensfokkerij? Dat vind ik niet spannend genoeg. Ik zoek iets opwindends. De volgende keer dat ik hem zie vraag ik het aan Mr. Churchill. Pa en hij kennen elkaar. En als Mr. Churchill een baan voor me heeft, kan pa geen nee zeggen.'

'Wat voor werk zou je willen doen?' vroeg Ben. 'Kun je typen? Steno?'

'Nee, niet echt.' Ze kauwde op haar lip, waardoor ze er ineens nog heel jong, bijna kinderlijk uitzag.

'Dat is wat de meeste vrouwen doen. Typen. Kantoorwerk.'

'Het klinkt afschuwelijk saai. Ik word liever chauffeur op een ambulance. Of telegrafiste. Of ik ga het leger in.'

'Vrouwen worden niet ingezet bij gevechtshandelingen. Zelfs in uniform zou je waarschijnlijk nog steeds administratief werk doen.'

'Het is niet eerlijk.' Ze stak pruilend haar onderlip naar voren. 'Ik kan net zoveel als al die jongens. En ik ben net zo dapper.'

'Toch zouden we niet willen dat u dienst nam, miss,' zei een van de soldaten. 'Wij zijn er om dames zoals u te beschermen. Daarom zijn we in het leger gegaan. Als we overzee worden gestuurd willen we zeker weten dat u veilig thuiszit, dat u daar op ons wacht.'

‘Wanneer is het zover?’ vroeg Ben. ‘Dat jullie naar het vasteland gaan?’

De jonge soldaat fronste zijn wenkbrauwen. ‘Ik heb geen idee. Ze hebben ons uit Duinkerken weten terug te halen, maar daar hebben we zware verliezen geleden. Toch verwacht ik dat het niet lang meer zal duren. Maar voorlopig zitten we hier niet slecht. Vooral niet met zulk aangenaam gezelschap.’ Hij grijnsde naar Dido.

Ben had net besloten dat nog langer blijven geen zin had, toen dokter Sinclair binnenkwam, in gezelschap van een man van middelbare leeftijd. Een buitenlander, dat sprak uit alles, van zijn gelaatstrekken tot de snit van zijn jasje. De geheimzinnige Duitser, dacht Ben, en hij liep naar hen toe. De dokter begroette hem hartelijk en stelde hem voor aan zijn metgezel. ‘Dit is dokter Rosenberg. Hij helpt me in de praktijk. En dat doet hij geweldig.’

Dokter Rosenberg boog beleefd. ‘Hoe maakt u het?’ vroeg hij in perfect, zij het enigszins krampachtig Engels.

‘U komt uit Duitsland?’ vroeg Ben vriendelijk.

‘Oostenrijk. Ik gaf college aan de medische faculteit van de universiteit van Wenen. Totdat de oorlog uitbrak.’

‘Dokter Rosenberg gold daar als een van de meest vooraanstaande hoogleraren,’ vertelde dokter Sinclair. ‘Gelukkig heeft hij nog net op tijd weg kunnen komen.’

‘Mijn grootvader was Joods. Maar het was nooit bij me opgekomen dat ik me zorgen moest maken. Ik zie er niet Joods uit en ik genoot alom respect. Maar toen de Duitsers binnenvielen, werd ik ontslagen en kreeg ik te horen dat ik een gele ster moest dragen. Dat opende me de ogen. Ik heb alles achtergelaten en de eerste de beste trein naar Italië genomen. Vandaar ben ik naar Frankrijk gereisd, en uiteindelijk hierheen.’ Hij pakte het glas bier aan dat de dokter hem voorhield. ‘Ik mag van geluk spreken dat ik het heb gered. Mijn familie en veel van mijn vrienden hadden minder geluk. Mijn collega-hoogleraren moesten de straat schrobben en werden door voorbijgangers bespuugd. De meeste anderen waren van de ene op de andere dag verdwenen. Niemand wist waarheen, maar er deden geruchten de ronde over kampen...' Hij schudde zijn hoofd. 'Soms voel ik me schuldig omdat ik hier ben, in dit mooie land. En ik kan hier zelfs mijn vak uitoefenen.'

'Je hebt de juiste beslissing genomen, kerel,' zei dokter Sinclair. 'Door niet af te wachten, maar in actie te komen. De meeste mensen denken dat het wel zal meevallen, dat zij niets te vrezen hebben, totdat het te laat is.'

Tegen de tijd dat Ben naar huis liep, was hij met zijn gedachten nog bij dokter Rosenberg. Die zag er met zijn blonde haar en zijn lichte, groene ogen inderdaad niet Joods uit. Hij zou een infiltrant kunnen zijn. Dokter Sinclair was de vriendelijkheid zelve. Een eenzame man die zich gemakkelijk liet inpalmen. Misschien had de parachutist erop gerekend dat hij onderdak zou vinden in het doktershuis.

HOOFDSTUK 18

Farleigh Place

De volgende morgen zorgde de ochtendpost in een aantal huishoudens voor grote opwinding. Lady Esme keek verrast op en zwaaide met een velletje papier naar het gezelschap rond de ontbijttafel. 'Is het niet enig? We zijn uitgenodigd bij de Prescotts, voor een etentje om Jeremy's thuiskomst te vieren.'

'Alleen pa en u, of wij ook?' vroeg Dido.

'"U en uw familie" staat er,' antwoordde Lady Esme. 'Behalve Phoebe natuurlijk.'

'Waarom mag ik niet mee?' Phoebe keek op van haar bord pap. 'Het is niet eerlijk!'

'Je bent nog te jong, kindje,' antwoordde Lady Esme. 'Je bent nog niet aan het hof gepresenteerd.'

'Dido ook niet. Trouwens, door de oorlog geldt dat voor een heleboel meisjes,' protesteerde Phoebe.

'Hou maar op!' zei Dido nijdig. 'Over oneerlijk gesproken! Dat ik mijn presentatie aan het hof misloop, dat is pas oneerlijk! Geen bals. Geen feestjes. Helemaal niets. Zo kom ik nooit aan de man en -'

'Een etentje? Hoe denken ze dat te doen? We eten hier meelworst en pastei met aardappels,' kapte Lord Westerham haar af. 'Prescott krijgt altijd alles voor elkaar. Die ellendeling. Als je hem met die Rolls ziet rondrijden, zou je bijna vergeten dat de benzine op de bon is.'

'Hij zit in allemaal belangrijke comités, lieve,' zei Lady Esme. 'Dus hij moet regelmatig naar Londen.'

'Wat mankeert er aan de trein?' snauwde Lord Westerham. 'Ik probeer zuinig te zijn met mijn benzine.'

'Ja, volgens mij heb je de auto niet meer gebruikt sinds de chauffeur is opgeroepen,' zei Lady Esme. 'Maar je bent dan ook hopeloos achter het stuur.'

'Helemaal niet! Ik zou een uitstekende chauffeur zijn als ik dat zou willen. Maar het is nooit nodig geweest. Bovendien worden we geacht het goede voorbeeld te geven en geen benzine te verspillen. Trouwens, kennelijk heeft niemand me nodig, alleen de plaatselijke burgerbescherming, dus ik kan het gebruik van de auto niet rechtvaardigen.'

'Waarom leert u mij niet chaufferen?' vroeg Dido. 'Dan kan ik de familie rondrijden.'

'Jij? Ik moet er niet aan denken! Ook niet als de benzine níét op de bon was. Je zou een gevaar voor het land zijn. Daar zouden de Duitsers bij verbleken. Je zou ons allemaal doodrijden.'

'Niet!' Dido kreeg een vurige blos op haar wangen. 'Ik zou een uitstekende chauffeur zijn. Dat weet ik zeker. Er zijn tegenwoordig heel veel meisjes van goede familie die een ambulance of een vrachtwagen besturen om hun steentje bij te dragen aan de oorlogsinspanning. En ondertussen zit ik hier thuis opgesloten. Ik mag niks! En ik verveel me dood.'

'Hoe dan ook, je zult de auto toch uit de garage moeten halen om ons naar de Prescotts te rijden, Roddy.' Lady Esme bleef onverstoorbaar. 'We kunnen niet op de fiets.'

'Het is nog maar de vraag of ik ga,' zei Lord Westerham. 'Ik heb iets tegen die Prescott. Volgens mij is hij niet te vertrouwen. En dan nog eens wat, de Prescotts zijn niet ons soort mensen.'

‘Hoe kunt u dat nou zeggen?’ Pamela had er tot op dat moment het zwijgen toe gedaan, maar nu keek ze op van haar toast met marmelade.

‘Omdat ik gelijk heb! Hij mag dan een deftige baan hebben en een prachtig huis met alles erop en eraan, maar hij blijft nouveau riche. Opgeklommen uit de middenklasse.’

‘Onzin,’ zei Pamela. ‘Hij heeft een titel. Net als u.’

‘Een titel erf je. Maar je kunt hem ook kopen. En dat heeft Prescott gedaan. Bovendien heb ik mijn twijfels over de manier waarop hij zijn geld heeft verdiend. Hij is mij te glad.’

‘U bent gewoon jaloers.’ Dido grijnsde. ‘Maar wilt u me echt niet leren chaufferen? Want dan kan ik ons morgen naar de Prescotts brengen. Alleen de oprijlaan af. Dat kan nauwelijks verkeerd gaan.’

‘Wel verdraaid, je hebt toch gehoord wat ik zei? Ik pieker er niet over!’ tierde Lord Westerham.

‘Maar wat kan ik dán doen om me nuttig te maken?’

‘Thuisblijven en je moeder helpen. Sokken en mutsen breien voor de soldaten.’

‘Breien? Alleen omdat ik een meisje ben! Als u een zoon had, dan mocht die op zijn achttiende wél in dienst! Sterker nog, dan zou u trots op hem zijn.’

Lord Westerham was zichtbaar pijnlijk getroffen. ‘Maar ik héb geen zoon. Ik heb alleen dochters. En het is aan mij om jullie te beschermen.’

‘Pas maar op! Misschien loop ik wel van huis weg om met een zigeuner te trouwen. En dan hebt u spijt.’ Dido stond op, smeet haar servet op tafel en stormde de kamer uit.

‘Ik merk het wel als je met schoenpoets en kleerhangers langs de deur komt!’ Lord Westerham grinnikte.

‘Je zult haar toch ooit moeten loslaten, Roddy,’ zei Lady Esme. ‘Ik begrijp zo goed hoe ze zich voelt. Het is niet eerlijk dat zij thuiszit terwijl iedereen om haar heen zijn steentje bijdraagt aan de oorlogsinspanning.’

'Als ze eenentwintig is kan ze doen wat ze wil. Tot die tijd ben ik verantwoordelijk en bepaal ik wat ze wel en niet mag. Je weet hoe ze is, Esme. Als we haar naar Londen laten gaan, komt ze binnen de kortste keren terug met een onwettig kind.'

'Roddy! Soms ga je echt te ver.' Lady Esme bloosde. 'Afijn, ik moet zorgen dat we allemaal iets fatsoenlijks hebben om aan te trekken. Lady Prescott ziet er altijd zo chic uit. Ik heb mijn avondkleding al in geen eeuwigheid meer uit de kast gehaald.' Ze keek Pamela aan die van tafel was opgestaan. 'Heb jij een nette jurk bij je voor 's avonds, lieverd?'

'Ik heb bijna niets meegenomen. In de nachtdienst heb ik geen avondkleding nodig.'

'Wil jij de uitnodiging aan Livvy doorgeven? Ik weet zeker dat ze ook mee wil.'

'Ik weet het niet, Esme,' hoorde Pamela haar vader zeggen terwijl ze de kamer uit liep. 'Hoe langer ik erover nadenk, hoe meer het me tegenstaat. Prescott met zijn dikdoenerij en zijn dure whisky.'

'We kunnen de uitnodiging niet afslaan.' Lady Esme dempte haar stem. 'Alleen al omwille van je dochter.'

Pamela bleef staan, net buiten de deur.

'Mijn dochter? Welke dochter?'

'Pamma natuurlijk. Het etentje is om te vieren dat Jeremy weer thuis is. En Jeremy en Pamela… Nou ja, dat weet je toch?'

'Ik weet van niks. Heeft hij haar ten huwelijk gevraagd?'

'Nee, maar dat is een kwestie van tijd. Dat weet ik zeker.'

Pamma luisterde niet langer en liep vurig blozend de trap op. Iedereen ging ervan uit dat Jeremy en zij zouden trouwen. Iedereen, behalve Jeremy. Boven op haar twijfels kwam een gedachte die haar niet losliet. Dido had Jeremy blijkbaar regelmatig opgezocht. En de vorige avond…

Dido stond haar boven aan de trap op te wachten. 'Kan ik echt niet bij jou komen wonen, Pamma? Hier word ik stapelgek. Ze hebben vast wel wat voor me te doen waar jij werkt. Desnoods saai archiefwerk. Ik ben tot alles bereid.'

'Dido, pa wil het niet hebben. Dat weet je. Bovendien deel ik een kamer met een ander meisje. In een afschuwelijk kosthuis. En we zitten net zo ver buiten Londen als hier. Midden op het platteland waar nooit iets gebeurt. Dus je zou je daar ook vervelen.'

'Maar je werkt samen met mannen.'

'Dat klopt. Maar dat is niet zo spannend als jij denkt. Want óf ze zijn te oud, óf het zijn slungelachtige jongens met pukkels.' Ze wilde al doorlopen, maar draaide zich nog even om. 'Ik weet het! Waarom vraag je niet aan pa of de kolonel van de West Kents misschien kantoorwerk voor je heeft? Dan doe je alvast wat ervaring op.'

'Ja! Dat zou in elk geval een begin zijn.' Dido's gezicht klaarde op. 'Wat een goed idee, Pamma. Je bent de kwaadste nog niet.'

'En jij bent gisteravond uit geweest,' zei Pamela terwijl ze langs haar zusje liep. Ik hoorde de vloer kraken, en ik heb je uit je kamer zien komen. Waar was je?' Misschien wel bij Jeremy. En anders dan zij was Dido niet terughoudend als het om seks ging. Integendeel. Had Jeremy bij Dido géén bot gevangen? Had zij hem wél gegeven wat hij wilde?

Dido grijnsde. 'In de pub. Die soldaten met wie ik laatst een praatje heb gemaakt, hadden me uitgenodigd.'

Pamela slaakte heimelijk een zucht van verlichting. 'Wees in 's hemelsnaam voorzichtig. Pa vermoordt je als hij erachter komt! Met een stelletje soldaten naar de pub! Wat bezielde je?'

'Hoezo? Het was geweldig. En ze hebben me keurig behandeld.'

'Dat is ze geraden ook! Ze zitten bij ons ingekwartierd. Je bent de dochter van de heer des huizes. De dochter van een graaf!'

'Daar ging het niet om. Ze waren gewoon aardig. We hebben gepraat en gelachen. Het was leuk om hetzelfde te zijn als iedereen. Om niet anders te worden behandeld, alleen omdat ik nou toevallig van adel ben. Is dat bij jou ook zo, waar je werkt? Of moeten ze "my lady" zeggen en dat soort malligheid?'

Pamela schoot in de lach. 'Nee, natuurlijk niet. En er is niemand die me anders behandelt omdat ik de dochter ben van een graaf.'

'Precies. Dat wil ik ook. Ik wil gewoon onder de mensen zijn, zonder dat het iemand kan schelen wie ik ben.'

Pamela legde aarzelend een hand op haar arm. 'Jouw tijd komt nog. Echt waar. En als de oorlog nog lang gaat duren, dan ben ik bang dat niemand er meer aan ontkomt om zijn steentje bij te dragen.'

'Sjonge, ik hoop het! Bedankt, Pamma. En je zegt niks tegen pa, hè?'

'Nee, maar er wordt ongetwijfeld over gepraat in het dorp. Je weet hoe de mensen zijn.'

'Je bent de kwaadste nog niet,' zei Dido nogmaals.

'Bedankt voor het compliment.' Pamma liep glimlachend door naar haar kamer.

Phoebe beende zo nijdig de kamer binnen dat haar gouvernante opkeek van haar boek.

'Kindje! Is er iets?'

'Iedereen is uitgenodigd voor een etentje bij de Prescotts, behalve ik!'

'Nou, daar zou ik maar niet te rouwig om zijn.' Miss Gumble glimlachte bij het zien van haar boze gezicht. 'Ik ben ook niet uitgenodigd.'

'Nee, natuurlijk niet, Gumbie. Jij bent de gouvernante maar.' De gekwetste blik van Miss Gumble ontging haar.

'Nou moet je eens goed naar me luisteren, Phoebe Sutton. Ik ben in min of meer dezelfde omstandigheden opgegroeid als jij. Ons huis was niet zo groot en zo deftig als dit, en mijn vader had geen titel, maar we woonden wel op een landgoed. Toen mijn vader overleed, studeerde ik in Oxford. Mijn broer erfde alles, en zijn vrouw maakte me meteen duidelijk dat ik niet langer welkom was in mijn ouderlijk huis.'

'Echt? Wat gemeen!' zei Phoebe verontwaardigd.

Miss Gumble knikte. 'Dus wat moest ik doen? Zonder geld, zonder een dak boven mijn hoofd had ik geen andere keus dan mijn studie af te breken en werk te zoeken als gouvernante.'

'Waarom ben je nooit getrouwd? Volgens mij was je vroeger best knap.'

'Dat zal ik maar als een compliment beschouwen.' Miss Gumble glimlachte weemoedig. 'Ik had kennis aan een jongeman. Maar hij is gesneuveld in de Grote Oorlog. Omgekomen in de loopgraven. Zoals zovelen. Er is een hele generatie jongemannen weggevaagd. Met als gevolg dat er voor vrouwen van mijn leeftijd nauwelijks nog mannen waren om mee te trouwen.'

'Sjonge, wat erg. Gaat dat nu ook gebeuren, denk je? Zijn er na de oorlog voor mij ook geen mannen meer om mee te trouwen?'

'Laten we hopen van niet. Na de vorige oorlog waren we gelukkig nog een vrij land. En we hadden gewonnen, hoe gruwelijk de prijs voor die vrijheid ook was.'

HOOFDSTUK 19

In de pastorie van de All Saints Church

Dominee Cresswell reageerde verrast bij het openen van de ochtendpost. 'Nee maar, kijk eens aan. Een uitnodiging voor een etentje, morgenavond bij de Prescotts.'

'Bij de Prescotts?' herhaalde Ben verbaasd. 'Dat zal dan wel puur uit beleefdheid zijn.'

'Dat geldt dan alleen voor mij. Jij bent Jeremy's oudste vriend. Dus natuurlijk hebben ze je uitgenodigd.'

'We hoeven er niet naartoe.'

'Nou en of! In deze tijden van schaarste lijkt het me heerlijk weer eens goed te eten. De verhalen die over de tafel van de Prescotts de ronde doen, wekken hoge verwachtingen.'

Ben wenste dat hij een goede reden kon bedenken om thuis te blijven. Lord Westerham en zijn gezin zouden er ook zijn. Daar was hij van overtuigd. En dat betekende dat hij opnieuw zou moeten toekijken hoe Jeremy en Pamela elkaar met hun blikken verslonden. Wen er maar aan, hield hij zichzelf nijdig voor. Bovendien was hij niet zonder reden naar huis gekomen. Het etentje zou de perfecte gelegenheid zijn om de notabelen uit de omgeving te observeren.

'Nou, vooruit dan maar. Ik wil u de kans op een lekkere maaltijd niet ontzeggen.' Hij stond op. 'Ik zal Lady Prescott schrijven dat ze op ons kan rekenen.'

Na het ontbijt haalde hij zijn fiets uit de schuur. Het was fris, winderig, en er zat regen in de lucht, dus hij liep weer naar binnen om zijn windjack aan te trekken. 'Ik ga een eindje fietsen,' zei hij tegen zijn vader.

De dominee nam hem onderzoekend op. 'Overdrijf het niet, Benjamin. Al dat sportieve gedoe. Je hoeft niets te bewijzen. Het is opmerkelijk hoe je je hebt hersteld na dat ongeluk.'

Ben slikte een geërgerde repliek in. 'Nee, maakt u zich geen zorgen. Ik maak gewoon een rondje door het dorp. Onder andere langs het oude eesthuis. Wie weet, misschien willen de kunstenaars me hun werk laten zien.'

'Succes!' De dominee glimlachte. 'Voor zover ik heb begrepen zijn ze niet bepaald gastvrij. Sterker nog, ze hebben gedreigd te schieten op iemand die gebruikmaakte van het openbare voetpad. De politie moest eraan te pas komen om uit te leggen dat het dorp recht van overpad heeft.'

'Nou, dat zou dan weleens een boeiende visite kunnen worden.' Ben liep naar de deur.

Nog geen kilometer buiten het dorp kreeg hij al spijt van zijn bravoure. De krachtige wind vanuit de riviermond van de Theems trof hem van opzij, waardoor hij bij elke bocht met fiets en al onderuit dreigde te gaan. Tussen de hoge hagen ging het goed, maar zodra de weg langs het open gerstveld liep had hij het zwaar. Toch vertikte hij het om af te stappen en te gaan lopen. Als eerste bracht hij een bezoekje aan de boerderij van Broadbent. De oude boer stond een varkenshok uit te mesten. Belaagd door keffende honden fietste Ben het erf op.

'Nee maar! Kijk eens wie we daar hebben.' De boer veegde zijn handen af terwijl hij kwam aanlopen. Hij nodigde Ben uit om binnen te komen, waar ze onder het genot van een kop thee het tekort aan boerenknechten bespraken en de vrouwelijke vrijwilligers die het werk op het land hadden overgenomen.

'Sommigen werken echt hard,' vertelde de boer. 'Maar er zijn er ook, daar heb je helemaal niks aan. Die maken zich drukker over hun haar en hun lippenstift dan over het werk. Ik heb er zelfs een paar betrapt die achter de hooiberg stonden te roken. Achter de hooiberg, nota bene! Als die in de hens gaat hebben mijn beesten niks te vreten deze winter, en dan komen we allemaal om van de honger, heb ik tegen ze gezegd.' Hij schudde zijn hoofd. 'Stadskinderen. Ze weten nergens van!'

Ben had tot op dat moment geen rekening gehouden met de mogelijkheid dat de contactpersoon van de omgekomen parachutist weleens een vrouw zou kunnen zijn.

'Zitten er ook meisjes bij uit het buitenland?' vroeg hij.

'Trudi komt uit Oostenrijk. Ze is een van mijn beste krachten. Haar ouders hebben ook een boerderij. Ik heb haar de leiding gegeven over de hopeloze gevallen, en ze laat ze keihard werken.'

Ben bracht de parachutist ter sprake, maar de boer had slechts zijdelings van hem gehoord en leek niet echt geïnteresseerd. 'In een oorlog gebeuren er nu eenmaal af en toe ongelukken.' Hij bood Ben een stuk varkenspastei aan.

Voordat hij weer op de fiets stapte maakte Ben een praatje met een paar van de vrijwilligsters. Trudi was niet bepaald populair, kreeg hij te horen. Ze liet hen veel te hard werken, en wat nog meer kwaad bloed zette, was dat ze het had aangelegd met een van de soldaten die op Farleigh gestationeerd waren. Een knappe kerel voor wie Trudi 's avonds het erf af glipte. De meisjes waren er als de kippen bij om haar te verklikken. Tegen de tijd dat Ben wegfietste, had hij, behalve een volle maag, een nieuwe naam aan zijn lijstje van verdachten toegevoegd: de Oostenrijkse Trudi. Het was wel erg toevallig dat ze uitging met een van de soldaten.

Tijdens de rit naar het eesthuis piekerde hij over de vraag hoe hij de nieuwe bewoners het best kon benaderen, die volgens de verhalen zo vijandig tegenover pottenkijkers stonden dat ze hadden gedreigd te schieten op iedereen die van het pad over hun terrein gebruikmaakte. De twee mannen waren allebei kunstenaar. Dat was het enige wat hij van hen wist. Misschien kon hij zijn voordeel doen met wat hij dankzij zijn collega van kunst had opgestoken. Guy Harcourt was een liefhebber van moderne kunst en had, tevergeefs, geprobeerd Ben er ook enthousiast voor te maken.

Het eesthuis werd nog altijd omringd door uitgestrekte velden met hoog opgeschoten hopplanten. Maar er was inmiddels wel een houten hek omheen gezet, met daarin een poort die toegang gaf tot de tuin waarin de rozen uitbundig bloeiden. Rond de voordeur welfde zich een rozenboog. Aan de lieflijke, landelijke sfeer werd nogal afbreuk gedaan door het bordje dat aan het hek was bevestigd: VERBODEN VOOR ONBEVOEGDEN. AAN DE DEUR WORDT NIET GEKOCHT.

Enigszins op zijn hoede deed Ben het hek open en liep met zijn fiets aan de hand naar de voordeur. Op de koperen klopper zat een saterkop. Ben aarzelde even, toen liet hij de klopper op het hout neerdalen. Even later werd er opengedaan door een mollige man. Hij was volledig in het zwart, van zijn visserstrui – veel te warm voor een zomerse dag in mei – tot zijn wijdvallende broek. Hij had een rond, dik gezicht en stroblond haar, in zijn mondhoek hing een sigaret. Ben registreerde de geur van buitenlandse tabak.

'Wat kom je doen? We hebben geen flessendoppen. En ook geen oude kranten. We geven niet aan goede doelen.' Hij had een vaag buitenlands accent dat Ben niet kon thuisbrengen.

'Ik eh... Ik ben de zoon van de dominee -'

'En naar de kerk gaan we ook niet,' kapte de man hem af. 'We geloven niet in dat soort onzin.'

'Ik kom u niet bekeren. Maar ik heb begrepen dat u allebei kunstenaar bent, en als liefhebber van moderne kunst vroeg ik me af...'

'Nee maar! Een liefhebber! Welke kunstenaars bewonder je zoal?'

Ben probeerde zich te herinneren wat Guy hem had verteld. Toen de galeries nog open waren, had zijn collega hem regelmatig meegesleept. 'Karl Schmidt-Rottluff. En Paul Klee, natuurlijk. Ook al mogen we waarschijnlijk geen bewondering meer koesteren voor Duitse kunstenaars.'

'Kom binnen! Het werk van Serge wordt vergeleken met dat van Schmidt-Rottluff.' De mollige man ging Ben voor. 'Serge! Waar zit je? We hebben bezoek! Eindelijk een beschaafd iemand!' riep hij met een hoge, zangerige stem.

Vanuit een kamer aan de achterkant van het huis verscheen een lange, donkere man. Slank, met scherp getekende gelaatstrekken. Zijn schilderskiel zat onder de verfspatten.

'Serge, deze jongeman is een bewonderaar van Schmidt-Rottluff. Ik heb hem verteld dat jouw werk met dat van hem wordt vergeleken.'

'Is dat zo?' De slanke donkere man nam Ben sceptisch op. 'U bewondert de Duitse expressionisten?'

'Nou en of.' Ben hoopte dat hij niet dieper op het onderwerp hoefde in te gaan. Hij keek om zich heen. De muren waren behangen met afschuwelijke schilderijen: verwrongen gedaanten, neergezet in dikke klodders verf in primaire kleuren. Guy zou ze waarschijnlijk prachtig hebben gevonden. 'Is dat jouw werk, Serge?'

De donkere man knikte. 'Vind je het mooi?'

'Het is buitengewoon krachtig.'

De man knikte opnieuw. 'Dank je wel.'

Bens blik bleef rusten op een langgerekte paarse vrouwenfiguur. Hij wist zeker dat hij het schilderij eerder had gezien. Had Guy er niet een ansichtkaart van, die hij aan de muur van zijn kamer had geprikt? 'Exposeert u regelmatig?'

'Af en toe, ja.' Serge haalde zijn schouders op.

'Komt u uit Rusland?' Het accent intrigeerde Ben.

'Dat klopt. Maar toen ik alleen nog welgedane boerenvrouwen op tractors mocht schilderen, ben ik het land uit gevlucht. In Rusland is de kunst vogelvrij verklaard.'

'En u?' vroeg Ben aan de mollige man. 'Is dat ook de reden dat u hierheen bent gekomen? Omdat u in uw artistieke vrijheid werd beknot?'

'Ik kom uit Denemarken.' De mollige man glimlachte. 'Daar kan en mag doorgaans alles. Maar toen de Duitsers op het punt stonden het land binnen te vallen, heb ik mijn koffers gepakt. En daar heb ik geen spijt van. Ik deug niet als nazi. Salueren gaat me niet goed af, net zomin als het opvolgen van bevelen.' Hij grijnsde. 'Sinds we hier zijn komen wonen, ben jij de eerste die althans enig gevoel voor kunst heeft. Verder zijn het allemaal cultuurbarbaren. Waar of niet, Serge?'

Die knikte. 'Cultuurbarbaren.' Hij keek Ben onderzoekend aan. 'En wat doe jij hier?'

'Mijn vader is dominee in het dorp. Ik ben een paar dagen met verlof.'

'Als wat? Soldaat? Zeeman?'

'Als burger. Helaas. Ik ben blijvend gehandicapt geraakt bij een vliegtuigongeluk.'

'Daar hoef je je niet voor te verontschuldigen. Wees blij dat je geen deel hebt aan de slachting. Wij prijzen ons gelukkig dat er nog geen mannen boven de veertig worden opgeroepen. Of niet soms, Hansi?'

De mollige man knikte. 'Wil je misschien een glas wijn? We hebben hem zelf gemaakt. Pastinaakwijn. Maar ik moet je wel waarschuwen. Het is sterk spul.'

Toen Ben knikte kreeg hij een glas in de hand gedrukt. Voorzichtig nam hij een slok. Hijgend hield hij zijn adem in. De wijn brandde in zijn keel. 'Waar woonde u hiervoor? In Londen?'

De twee mannen knikten. 'Ja. In Chelsea,' antwoordde Hansi. 'Toen er drie huizen verder een bom insloeg kwam de oorlog wel erg dichtbij. We waren hier meteen weg van. Het huis heeft karakter, vind je ook niet?'

'Absoluut. Ik weet nog dat de hop in de toren te drogen werd gehangen. Bent u ook schilder?'

'Beeldhouwer. Ik werk met metaal. Werkte, moet ik zeggen. Er is geen metaal meer te krijgen. Ik maakte grote objecten voor buiten.

Maar vanwege de oorlog wordt elk stuk schroot omgesmolten tot bommen of vliegtuigen. Dus ik heb moeten overstappen op klei. Dat is er nog volop.'

Ben keek van de een naar de ander. Van de zwaarmoedige Serge uit Rusland zou hij zich nog kunnen voorstellen dat die met de nazi's heulde. Maar de beminnelijke Hansi? Anderzijds, de beeldhouwer werkte met metaal, dus hij had ongetwijfeld al het gereedschap dat een gedropte Duitse parachutist nodig zou kunnen hebben.

Toen hij een half uur later vertrok, hadden ze als goede vrienden afscheid genomen. En had Ben de uitnodiging op zak om vooral nog eens langs te komen wanneer hij weer in de buurt was. Enigszins zwalkend ging hij op weg. De wind was aangewakkerd, maar bovendien voelde hij het effect van de wijn.

Terwijl hij vermoeid naar huis fietste, besefte hij dat hij nog niets wijzer was geworden. Het had er alle schijn van dat de twee kunstenaars voor een tiranniek regime waren gevlucht, op zoek naar rust en artistieke vrijheid. Anderzijds, ze hadden zich wel erg ver van de wereld teruggetrokken, en Hansi zou niet de eerste Duitser zijn die beweerde dat hij Deen was.

Onder de boeren in de omgeving was er niemand die Ben van Duitse sympathieën verdacht. Het waren allemaal degelijke kerels, mannen uit één stuk, die hij al zijn hele leven kende. En ook de vrouwelijke vrijwilligers leken hem niet verdacht, behalve misschien de Oostenrijkse Trudi die het met een soldaat had aangelegd.

Toch moest hij ervan uitgaan dat de verongelukte parachutist met een reden boven het land van Lord Westerham was gedropt. Zijn hoop was gevestigd op het etentje bij de Prescotts. Misschien zou dat meer duidelijkheid scheppen.

HOOFDSTUK 20

Nethercote
Het etentje

Ben was blij dat het nog zo lang licht bleef terwijl hij met zijn vader de oprit op liep naar Nethercote, het landgoed van de Prescotts. En hij was ook blij dat die oprit zich kaarsrecht voor hen uitstrekte. Want tegen de tijd dat ze naar huis gingen, zou het donker zijn en zouden ze zich moeten behelpen met een zaklantaarn, afgedekt met een zwarte lap. De verduistering stond niet toe dat er ook maar een streepje licht uit de huizen naar buiten viel. Dus op de terugweg hadden ze misschien alleen de maan als gids. Hij vroeg het aan zijn vader.

'De maan staat in het laatste kwartier,' luidde het antwoord. 'Dus daar hebben we niks aan, tenzij we het heel laat maken. En dat zal niet gebeuren. Ik verheug me op de maaltijd, maar ik zie er ook een beetje tegen op. Nou ja, als de Suttons en wij de enige gasten zijn, wordt het vast een gezellige avond. Weer net als vroeger.'

Ben knikte. Weer net als vroeger, dacht hij. Ze duwden de hoge smeedijzeren hekken open die nog niet waren gevorderd om te worden omgesmolten. Het zorgvuldig aangeharkte grind knarste onder hun schoenen. Ben verbaasde zich over de perfecte staat waarin de tuinen verkeerden, en op hetzelfde moment viel zijn vader hem bij. 'Ze hebben de gazons niet omgespit om aardappels te verbouwen. Het is bijna schandalig, zo schitterend als alles erbij ligt. Blijkbaar hebben ze hun tuinmannen nog.'

'Dat klopt. Ze waren aan het werk toen ik met Pamela bij Jeremy op bezoek ging. Volgens mij was ze bang dat hij misschien verminkt zou zijn. Maar zo te zien was hij weer helemaal de oude. Hoogstens wat bleek en sterk vermagerd.'

'Hij moet in een vorig leven een kat zijn geweest. Maar inmiddels heeft hij de meeste van zijn negen levens wel opgebruikt.'

Ben knikte.

'En zodra hij weer mag vliegen, tart hij het noodlot opnieuw,' vervolgde de dominee. 'Dat weet ik zeker.'

'Ja, dat denk ik ook.'

Net toen ze de treden naar de voordeur wilden beklimmen, hoorden ze een auto aankomen. Het was de stokoude Rolls van Lord Westerham, met de graaf zelf achter het stuur. Hij stopte voor het bordes, stapte uit en liep om de auto heen om het portier open te doen voor zijn vrouw en zijn dochters, die haastig de kreukels uit hun avondjurk streken. Ben had alleen maar oog voor Pamela. Ze zag er prachtig uit in een bleekblauw Grieks gewaad dat perfect kleurde bij haar lichte teint en haar asblonde haar.

'Goedenavond, dominee. Ben!' groette Lady Esme. 'Wat heerlijk om elkaar weer te zien. En wat een verrukkelijke avond. We treffen het zo met het weer. Alsof het de spot wil drijven met de oorlog.'

Bens vader boog hoffelijk zijn hoofd. 'Goedenavond, Lady Westerham. Ja, we treffen het inderdaad. En dat is ook goed voor de oogst.'

'Het spijt me. De auto zat vol,' merkte Lord Westerham op. 'Anders hadden we u een lift kunnen geven.'

'Lopend waren ze er een stuk sneller, pa. Met dat slakkengangetje van u.' Dido stapte als laatste uit de auto. In haar lichtroze japon leek ze nog erg jong en kwetsbaar. Ben besefte dat de meisjes vanwege de rantsoenering al sinds het begin van de oorlog niets nieuws meer hadden kunnen kopen en dat de jurk van Dido waarschijnlijk ooit door Pamela was gedragen.

Die schonk Ben een brede glimlach terwijl de meisjes hun ouders volgden, de treden op naar de voordeur. Ben en zijn vader sloten de rij. Een dienstmeisje deed open en ging hun voor naar de smaakvol ingerichte salon. Daar ontdekte Ben tot zijn verrassing dat ze bepaald niet de enige gasten waren. En dat gold blijkbaar ook voor Lord Westerham. 'Je had het over een bescheiden etentje,' hoorde Ben hem tegen zijn vrouw mopperen. 'Als ik dit had geweten, dan was ik niet gegaan.'

Lady Westerham pakte haar man bij de arm en sleepte hem kordaat mee, alsof ze bang was dat hij ertussenuit zou knijpen. Maar daarvoor was het al te laat. Sir William en Lady Prescott kwamen hun laatste gasten begroeten. Lady Prescott in goudlamé, Sir William onberispelijk in rok.

'Wat heerlijk dat jullie konden komen!' Lady Prescott stak Lady Esme haar beide handen toe.

'Maar natuurlijk! Dank je wel voor de uitnodiging,' zei Lady Esme met haar handen in die van Lady Prescott. 'Het lijkt wel een eeuwigheid geleden dat we voor het laatst ergens zijn uitgenodigd. We zitten al zo lang in huis opgesloten. Dus het is verrukkelijk om weer eens de deur uit te kunnen.'

'Precies, en we konden het niet laten om Jeremy's thuiskomst te vieren. Het voelt nog steeds als een wonder.' Ze gebaarde naar de andere gasten. 'Ik weet niet of jullie iedereen kennen. Aan de kolonel en Mrs. Huntley hoef ik jullie niet voor te stellen. En aan Miss Hamilton ook niet. Trouwens, dat geldt ook voor kolonel Pritchard. Jullie wonen tenslotte onder hetzelfde dak.'

Er werd geknikt en gegroet.

'Maar Lord en Lady Musgrove kennen jullie volgens mij nog niet. Ze wonen sinds kort op Highcroft Hall. Lord Musgrove heeft het landgoed geërfd.'

Terwijl Ben het jonge, modieus geklede echtpaar begroette, probeerde hij zich Highcroft Hall voor de geest te halen. En de afstand tussen Highcroft Hall en Farleigh Place.

'Ach, dat wisten we niet. We hadden wel gehoord dat de oude Lord Musgrove was overleden. Maar dat is alweer een tijdje geleden.' Lord Westerham keek zijn vrouw aan.

'Dat klopt,' viel Lady Esme haar man bij. 'We zijn blij dat het huis weer bewoond is.'

De jonge landheer wisselde een blik met zijn vrouw en stak Lord Westerham toen hoffelijk de hand toe. 'Aangenaam kennis te maken. Frederick Musgrove, en dit is Cecile. Op het moment van overlijden woonden we in Canada, dus het heeft even geduurd voordat ze ons hadden gevonden. Het was nogal een schok, de brief van de notaris, met de mededeling dat ik Highcroft had geërfd, én de titel. Ik wist, eerlijk gezegd, niet wat me overkwam. Als zoon van een jongere zoon had ik er niet op gerekend ook maar iets te erven. Vandaar dat ik naar Canada ben vertrokken. Maar alle andere erfgenamen zijn omgekomen in de Grote Oorlog. Dus ik bleef als enige over.' Hij grijnsde jongensachtig. 'Tot voor kort heb ik me, net als iedereen, in het zweet moeten werken voor een eerlijke boterham.'

'Nou, "in het zweet". Dat valt wel mee, Freddie.' Zijn vrouw keek met een ondeugende glimlach de kring rond. 'Hij werkte op een bank in Toronto.'

'Op een bank? Echt waar? Fascinerend,' zei Lord Westerham. Het leverde hem een por op van zijn vrouw.

'Mag ik jullie voorstellen aan onze buren,' vervolgde Lady Prescott. 'Lord en Lady Westerham, en hun dochters, Olivia, Pamela en Diana. En hier hebben we onze gewaardeerde voorganger, dominee Creswell, met Ben, zijn zoon. Ben was in de box al bevriend met onze zoon. Trouwens, over Jeremy gesproken, waar zit die jongen?' Ze keek om zich heen, en haar gezicht begon te stralen. 'O, daar is hij! De man die een wonder heeft verricht.'

Er werd geklapt. Jeremy grijnsde schaapachtig vanuit de deuropening. In zijn zwarte smoking leek hij nog bleker, nog sterker vermagerd. 'Is hij niet geweldig?' Zijn moeder trok hem de kamer in om hem aan de gasten voor te stellen. 'Het is gewoon niet in woorden uit te drukken hoeveel het voor ons betekent dat hij weer thuis is. Dat hadden we niet durven dromen.'

'Moeder, toe...' Jeremy glimlachte gegeneerd.

'Het is verdraaid moedig, kerel, wat je hebt geflikt,' zei kolonel Huntley bewonderend. 'Daar was een hoop lef voor nodig. Zo zie je maar weer. Wij Britten zijn taaier dan de moffen. Want ik zie het een Duitser nog niet doen. Duitsers doen alleen wat ze wordt opgedragen.'

Jeremy tekende protest aan. 'Dat ben ik niet met u eens, kolonel. De Duitse Luftwaffe is een formidabele tegenstander met uitstekende gevechtspiloten.'

'Genoeg over de oorlog,' mengde Sir William zich in het gesprek. 'Er zijn belangrijker zaken te bespreken. Wat mag ik jullie te drinken aanbieden? Voor jou een whisky, kerel?' Hij keek Lord Westerham aan. 'Ik heb een single malt onder de kurk.'

'Nou, daar zeg ik geen nee tegen. Ik kan me niet heugen wanneer ik voor het laatst een fatsoenlijk glas whisky heb gedronken.'

Sir William knipte met zijn vingers naar de livreiknecht die bij de tafel met drankjes stond. 'En u, lieftallige dames? Wat mogen we u inschenken? Misschien een cocktail? Of liever een glas sherry?'

'O, ik heb geen verstand van cocktails.' Lady Esme begon te blozen. 'Dus laat ik me maar bij sherry houden.'

'Voor mij graag een sidecar,' zei Dido. 'Jij ook, Pamma?'

Pamela voelde Jeremy's blik op zich gericht en ze aarzelde. 'Welja,' zei ze toen. 'Waarom ook niet? Dat lijkt me heerlijk.'

De livreiknecht serveerde de drankjes, en ondertussen kwam Jeremy naar haar toe. Ben was inmiddels ook bij haar komen staan.

'Wat fijn dat je weer op bent,' zei ze tegen Jeremy.

'Ja, en het gaat heel goed. Ik hoop dat de medicijnmannen me snel toestemming geven om weer aan het werk te gaan.'

‘Nee toch?’ Pamela keerde zich verschrikt naar Ben, in de hoop op bijval.

‘Nou, van vliegen zal het voorlopig nog wel niet komen. Maar ik kan me in elk geval nuttig maken in een kantoorbaan, net als Ben. Op het luchtmachtministerie kunnen ze me wel gebruiken, schijnt het. Ik heb al met mijn vader overlegd en ik kan in zijn appartement.’

‘O? Ik wist niet dat jullie nog een appartement in de stad hadden,’ zei Ben.

‘Ja, in een zijstraat van Curzon Street. Mijn vader houdt het aan als pied-à-terre. Vroeger, toen hij nog regelmatig in de City moest zijn, zat hij daar van maandag tot vrijdag. Dus dat komt mooi uit. En ik hoop dat jullie allemaal bij me langskomen.’ Hij keek van Ben naar Dido, maar zijn blik bleef uiteindelijk rusten op Pamela. ‘Ik weet wat! Zodra ik op orde ben, geef ik een feestje.’

‘Een feestje? In Londen?’ Dido’s ogen schitterden van opwinding.

‘Verwacht er niet te veel van,’ zei Pamela zacht. ‘Pa vindt het vast niet goed.’

‘Maar als ik zeg dat jij en Ben me chaperonneren, dan kan hij er toch niks op tegen hebben?’

‘Er gaan zo laat geen treinen meer,’ dempte Pamela haar enthousiasme.

‘Jullie kunnen allemaal blijven slapen. We feesten de hele nacht door, en ’s ochtends bak ik eieren met bacon. Net als vroeger,’ stelde Jeremy voor. ‘Jullie zijn allemaal uitgenodigd. Jij ook, Livvy.’

Die schudde haar hoofd. Ze had zich enigszins afzijdig gehouden van het groepje. ‘Nee, dank je. Teddy is uitgezonden om zijn land te dienen, dus het zou niet gepast zijn als ik de bloemetjes ging buitenzetten.’

Jeremy schoot in de lach. ‘Zit hij niet op de Bahama’s? Met de Hertog van Windsor? Hij boft maar!’

‘Het is anders deksels gevaarlijk om een lid van de koninklijke familie te moeten beschermen!’ verklaarde Livvy vol vuur. ‘De Duitsers zouden de hertog maar al te graag ontvoeren en op de troon zetten.’

'Begrijp ik goed dat uw man op de Bahama's zit, bij de Hertog van Windsor?' Lord Musgrove voegde zich bij het groepje.

Livvy knikte. 'Teddy was geschokt toen zijn regiment zonder hem naar Afrika vertrok. Maar de hertog had specifiek om hem gevraagd. Ze hebben vroeger samen polo gespeeld.'

'Eerlijk gezegd vind ik dat de arme hertog een betere behandeling had verdiend.' Lord Musgrove nam een grote slok whisky. 'Hij is gewoon verbannen, net als Napoleon.'

'Voor zijn eigen veiligheid,' merkte Livvy op.

'Om te voorkomen dat hij zich met de ontwikkelingen in Europa bemoeit,' zei Sir William. 'Tenslotte stond zijn vrouw erg sympathiek tegenover Hitler. Daar maakte ze geen geheim van.'

'Ik blijf erbij dat het een schande is,' hield Lord Musgrove vol. 'Ik heb de hertog altijd een fatsoenlijke kerel gevonden. Hij zou een bemiddelende rol hebben kunnen spelen als we ooit met Duitsland tot een schikking zouden moeten komen.'

'Schikken met de Duitsers?' Lord Westerham keerde zich woedend naar Lord Musgrove. 'Over mijn lijk.'

'Wie weet?' Lord Musgrove glimlachte.

Pamela nam een slok van haar cocktail. De alcohol brandde in haar keel. Meestal dronk ze niets sterkers dan bier en cider, en voor de oorlog af en toe een glas wijn. Maar ze wilde niet onderdoen voor Dido, die met cocktails blijkbaar wel raad wist. Terwijl haar moeder het gesprek haastig op een minder controversieel onderwerp bracht, kwam Jeremy dichter bij Pamela staan.

'Jij komt toch ook op mijn feestje?' vroeg hij fluisterend.

'Ik weet niet of ik vrij kan krijgen,' antwoordde ze ontwijkend.

'Je hoeft 's avonds toch niet te werken?'

'Ik zit momenteel in de nachtdienst.'

'In de nachtdienst? Wat doe je in 's hemelsnaam voor werk? Ben je soms brandwacht?'

'Nee.' Pamela grinnikte nerveus. 'Maar er zijn nu eenmaal de klok rond mensen nodig.'

'Voor welk ministerie zei je ook alweer dat je werkte?'

'Dat heb ik niet gezegd. We werken voor alle overheidsdiensten. Research. Feiten controleren.'

'Ik vind het kranig van je.' Hij legde een hand op haar arm. 'Dat feestje geef ik voor jou,' zei hij toen zacht. 'Omdat ik jou het appartement wil laten zien.' Hij verstevigde zijn greep en loodste haar bij de groep vandaan. 'Het spijt me van die ongelukkige start. Dat was stom van me. Stom en onbeschoft. Maar ik verlangde zo naar je... Nou ja, dat begrijp je vast wel. Ik had al die maanden van je gedroomd, over je gefantaseerd. En toen liet ik me meeslepen door mijn gevoelens. Kunnen we alsjeblieft doen alsof het nooit is gebeurd en weer met een schone lei beginnen? We hebben geen haast, we kunnen er rustig de tijd voor nemen om elkaar beter te leren kennen.' Zijn ogen stonden ernstig.

'Vooruit dan maar.'

'Dank je wel!' Zijn blik bleef de hare vasthouden.

HOOFDSTUK 21

Nog steeds op Nethercote

Toen er op de gong werd geslagen, begaf het gezelschap zich naar de eetzaal. Ben werd gevraagd Dido te escorteren, helemaal achteraan in de rij. Zijn vader bood Miss Hamilton zijn arm, en Jeremy liep uiteraard naast Pamela. Ben zag dat ze in de lach schoot toen Jeremy haar blijkbaar iets grappigs in het oor fluisterde.

'Wij tellen blijkbaar niet mee,' mopperde Dido, ontevreden dat ze achteraan moesten aansluiten.

In de eetzaal flonkerden kroonluchters boven een glimmend gewreven tafel. Een dienstmeisje en een livreiknecht stonden al te wachten, klaar om de stoelen naar achteren te trekken. Ben zat tussen de vrouw van kolonel Huntley en de commandant van de Royal West Kents, die hij nog niet had ontmoet. Jeremy en Pamela zaten tegenover hem. Lady Prescott troonde aan het hoofdeinde van de tafel, geflankeerd door Lord Westerham en Lord Musgrove. Haar japon van goudlamé glinsterde in het licht van de kroonluchters, net als de diamanten om haar hals. Tevreden liet ze haar blik de kring rondgaan.

'Voordat we aan de maaltijd beginnen, zouden we een toost moeten uitbrengen, William,' zei ze. 'Het glas heffen op de terugkeer van onze zoon, waarop we al niet meer durfden te hopen -' Haar stem haperde, en ze drukte haar servet tegen haar mond om een snik te smoren.

'Rustig aan, kindje,' suste Sir William. 'Onze zoon is weer thuis, en dat is zeker een toost waard. Dus laten we drinken op Jeremy! Maar ook op onze goede vrienden! En laten we dankbaar zijn dat we zelfs in deze donkere tijden nog van elkaars gezelschap kunnen genieten.'

'Bravo!' klonk het van alle kanten waarderend. De champagnekurken knalden, de glazen werden gevuld.

'Hoe hebben jullie in 's hemelsnaam nog champagne weten te krijgen?' vroeg Lady Esme.

'Tja, dat was een gelukje,' antwoordde Sir William met een brede grijns. 'Die komt bij een kleine wijnwinkel vandaan, om de hoek bij Covent Garden. De eigenaar raakte in paniek toen er een bom viel op het pand ernaast. Ik heb voorgesteld zijn winkel te kopen, inclusief de voorraad. Hij blij, en ik had een verdraaid mooie verzameling wijnen. Daar kom ik de oorlog wel mee door.'

'Dat hangt ervan af hoe lang die nog duurt,' merkte Miss Hamilton stijfjes op.

'Het kan niet lang meer duren! We kunnen zo niet doorgaan. Het moet afgelopen zijn!' verklaarde Sir William. 'Als Amerika ons niet te hulp komt, zijn we verloren. Op eigen kracht zullen we een invasie uiteindelijk niet kunnen voorkomen.'

'Het lijkt er nog niet op dat Amerika naar ons luistert.' Kolonel Huntley snoof misprijzend. 'De Amerikanen zijn alleen geïnteresseerd in het uitlenen van hun materieel. Tegen een exorbitant hoge prijs. Ze zien er geen been in om een slaatje te slaan uit onze ellende.'

'Dat materieel hebben we dringend nodig. Waar het ook vandaan komt,' merkte kolonel Pritchard op. 'Als we dat niet krijgen, kunnen we de strijd net zo goed staken. Mijn mannen moesten aanvankelijk exerceren met stokken in plaats van geweren. Wist u dat? Wist u dat de situatie zo ernstig was? En het tempo waarin we Spitfires verliezen is onrustbarend...'

‘Ik denk weleens dat we er misschien verstandiger aan zouden doen om tot een schikking te komen met Mr. Hitler,’ zei Lady Musgrove. ‘Want ik ben bang dat de oorlog anders doorgaat totdat we, half verhongerd, op de knieën worden gedwongen. Dan komt Hitler hier alsnog binnenmarcheren. En wat hebben we dan bereikt?’

‘Het komt allemaal door Churchill, die oorlogsstoker,’ viel haar man haar bij. ‘De macht is hem naar het hoofd gestegen. Volgens mij geniet hij ervan.’

‘Lariekoek! Vervloekte onzin!’ bulderde Lord Westerham. ‘Als we Churchill niet hadden, waren we nu de slaven van Duitsland.’

‘Geen slaven. Gelijken. Ariërs onder elkaar,’ protesteerde Lord Musgrove.

‘Vraagt u maar eens aan de Denen en de Noren hoe die gelijkheid eruitziet,’ zei kolonel Pritchard.

Er viel een ongemakkelijke stilte.

‘Laten we op een avond als deze niet over zulke sombere dingen praten,’ smeekte Lady Prescott. ‘We hebben iets te vieren. Onze zoon heeft uit dat beestachtige krijgsgevangenenkamp weten te ontsnappen. Hij is half Europa door getrokken en weer thuisgekomen. Dat bewijst dat de Duitsers niet onoverwinnelijk zijn. Als we ons moedig blijven verzetten, zullen ze ons er niet onder krijgen.’

‘Zo mag ik het horen, Lady Prescott.’ Kolonel Huntley knikte waarderend. ‘We mogen niet opgeven. We zullen de moffen in het zand laten bijten. We zijn niet voor niets het land van hoop en glorie!’

‘Is dit het teken om in gezang los te barsten?’ vroeg Jeremy geamuseerd. ‘“There’ll always be an England!” en “Rule Britannia”?’ Hij knipoogde naar Pamela.

‘Het is het teken dat we gaan eten,’ verklaarde zijn vader. Hij knikte naar de bedienden, waarop die met grote terrines de ronde langs de gasten maakten.

‘Oesterstoofpot?’ vroeg Lord Westerham verbaasd. ‘Waar vindt een mens in een tijd als deze nog oesters?’

‘In de zee.’ Sir William glimlachte. ‘Ik heb een mannetje in Whitstable die ze nog kan leveren. Niet genoeg voor een dozijn per gast, wel voor een smakelijke stoofpot.'

'Maar de kust is verboden terrein voor niet-militairen.'

Sir William glimlachte nog steeds. 'Officieel wel. Maar ik hoop dat u het me niet kwalijk neemt, kolonel… kolonels moet ik zeggen… maar in tijden van nood moeten we de regels wat oprekken. En het zou toch zonde zijn geweest om die oesters niet te oogsten en ze te laten doodgaan.'

Hij tastte genietend toe, en de anderen volgden zijn voorbeeld. Na een tijdje werden de kommen afgeruimd en vervangen door borden met gegrilde forel. Sir William glimlachte opnieuw. 'Voordat u het vraagt, de vis is hier gekweekt. Ik heb ze in het meer uitgezet.'

Na de forel kwam er varkensbraadstuk op tafel, in dunne roze plakken gesneden, met een smakelijk korstje en een vulling van ui en salie.

'U wilt me toch niet vertellen dat u ook zelf varkens fokt,' zei kolonel Huntley.

'Nee. Deze varkenspoot komt van een mannetje, en die kent weer een mannetje… Als je weet waar je moet zijn, is er nog van alles te krijgen. En als je er goed voor wilt betalen, natuurlijk.'

'Op de zwarte markt, bedoel je?' Lord Westerham zag er opnieuw uit alsof hij elk moment kon ontploffen.

'Je hoeft het niet te eten, kerel,' antwoordde Sir William. 'Maar ik ben er volkomen legaal aangekomen. Er was een bom op een varkensstal gevallen. Voor zover de varkens al niet dood waren, moesten de beesten uit hun lijden worden verlost.'

'Dat hebben ze hem wijsgemaakt, en hij houdt vast aan dat verhaal,' merkte Lord Musgrove op, tot hilariteit van het hele gezelschap. Het varken werd geserveerd met asperges en krokant gebakken aardappels. 'Uit onze eigen groentetuin,' vertelde Lady Prescott trots. 'We hadden een goede oogst dit jaar.'

Er werd rode wijn ingeschonken. Ben had het gevoel dat hij droomde. Na de soberheid in zijn kosthuis en het sombere leven in Londen werd het hem bijna te veel: de feestelijk gedekte tafel, het verrukkelijke diner, de flonkerende rode wijn, Pamela die tegenover hem zat. Hij verwachtte elk moment wakker te schrikken van de sirenes van het luchtalarm.

'Hebt u op Highcroft Hall het rijk alleen, Lord Musgrove?' vroeg Lady Esme. 'Of zijn er bij u ook evacués ondergebracht?'

'Tot dusverre hebben we het rijk alleen. Het huis is in slechte staat. Er moet een hoop aan gedaan worden. We hebben maar een paar kamers die geschikt zijn voor bewoning. Daar was die ouwe dragonder die gaat over de huisvesting trouwens niet van onder de indruk. Ze heeft ons duidelijk te verstaan gegeven dat we toch een aantal evacués zullen moeten opnemen.'

'We hebben ook een evacué op Farleigh,' vertelde Lady Westerham.

'Dat is niet helemaal waar, ma. U hebt hem doorgeschoven naar de jachtopziener,' merkte Livvy op.

'Voor zijn eigen bestwil. Farleigh was veel te groot voor dat arme joch. Hij voelde zich als een kat in een vreemd pakhuis. En bij de jachtopziener heeft hij een goed kosthuis.'

'Heeft hij niet dat lijk gevonden? Bij u op het terrein?' Ben greep zijn kans om het onderwerp ter sprake te brengen, zodat hij de reacties van de aanwezigen kon observeren.

'Een lijk?' herhaalde Lady Prescott.

'Ja. Van een pechvogel met een parachute die niet openging,' verduidelijkte Lord Westerham. 'De jongen die bij de jachtopziener woont, heeft hem gevonden. Samen met onze jongste dochter. Kranige kinderen. Allebei. Want die kerel zag er niet bepaald fraai uit, dat kunt u zich voorstellen.'

'Is het tijdens een oefening gebeurd?' vroeg Lady Musgrove.

'Geen idee. Ze hebben hem onmiddellijk weggehaald. Hij droeg het uniform van de West Kents, maar hij behoorde niet tot het regiment van kolonel Pritchard.'

'Bovendien was er van alles wat niet klopte,' vulde die aan. 'Zoals zijn baretinsigne. Dat was een verouderde versie en voor het laatst gedragen in de Grote Oorlog.'

'Een spion! Als ik het niet dacht!' zei Miss Hamilton. 'Gedropt door de Duitsers om de invasie voor te bereiden.'

'Dat zou heel goed kunnen,' viel kolonel Pritchard haar bij. 'Niet dat ze er veel mee opgeschoten zijn. En ik vrees dat we misschien wel nooit achter de waarheid zullen komen.' Na het varkensgebraad kwam het dessert op tafel: chocoladesoesjes in chocoladesaus.

'Chocolade!' Lady Musgrove slaakte een zucht van genot. 'Hoe hebt u nog aan chocolade weten te komen?'

'Er zal wel een bom op een cacaoplantage zijn gevallen,' zei Jeremy. 'En toen heeft mijn vader zich over de bomen ontfermd.'

Iedereen begon te lachen, mede onder invloed van de rijkelijke hoeveelheid wijn. Ben keek de kring van vrolijke gezichten rond. Ze stonden allemaal zo ontspannen, zo tevreden. Het was bijna niet voor te stellen dat iemand van het gezelschap contact onderhield met de vijand.

Nog altijd in een jolige stemming brak het gezelschap uiteindelijk op.

'Hoe zijn jullie gekomen?' vroeg Jeremy aan Ben.

'Lopend.'

'Dan breng ik jullie naar huis.'

'Dat hoeft niet. Het is een prachtige avond, en we zijn er zo.'

'Ik doe het graag. Blijf nog even tot de rest weg is, dan haal ik de auto uit de garage.' Zonder het antwoord af te wachten voegde Jeremy zich bij zijn ouders om afscheid te nemen van de andere gasten. Kolonel en Mrs. Huntley stapten in de stokoude Bentley van Miss Hamilton, met een al even oude chauffeur achter het stuur. De Rolls van Lord Westerham was niet veel jonger. Jeremy hielp Lady Westerham bij het instappen en hield vervolgens het achterportier open voor Livvy. Voordat Pamela ook kon instappen legde hij glimlachend een hand onder haar kin. Hij trok haar naar zich toe en kuste haar. 'Als ik de auto meekrijg kom ik morgen naar je toe,' hoorde Ben hem zeggen. 'Dan gaan we picknicken.'

Wat Pamela antwoordde, kon Ben niet verstaan, maar ze glimlachte. Even later kwam hij met een tevreden grijns naar hem toe. In de verte klonk het gebulder van naderende vliegtuigen.

'Duitse bommenwerpers.' Jeremy luisterde gespannen. 'God, ik hoop zo dat ik binnenkort weer kan vliegen!'

Zich bewust van zijn tactloosheid keerde hij zich naar Ben. 'Zodra ik bij het ministerie kan beginnen, probeer ik ook iets voor jou te vinden, kerel,' zei hij op gedempte toon.

'Hoezo? Ik heb al een baan.'

'Interessanter werk. Niet zo saai. Iets uitdagends. Een baan waarbij je niet de hele dag achter een bureau zit...'

Ben verkeerde serieus in de verleiding om te zeggen dat zijn werk niet saai was, dat hij niet de hele dag achter een bureau zat. Dat het werk dat hij deed van cruciaal belang was voor de nationale veiligheid. Maar daar mocht hij niet over praten. 'Ik draag mijn steentje bij. En ik heb geen behoefte aan een uitdaging,' was alles wat hij zei.

'Maar ik zou je zo graag willen helpen,' hield Jeremy vol. 'Ik vind de gedachte dat je aan een bureau gekluisterd zit, onverdraaglijk.'

'Hou op je schuldig te voelen. Het is gebeurd. En het was een ongeluk. Je deed het niet expres. We hebben het overleefd. Laten we daar dankbaar voor zijn. En wat mijn baan betreft, ik ben echt niet -' Hij zweeg toen het gebrul van de vliegtuigen zijn woorden overstemde.

'Ze vliegen erg laag!' schreeuwde Jeremy. 'Ik wed dat ze het op Biggin Hill gemunt hebben. Dat de Spitfires opdracht krijgen op te stijgen. God, ik wou dat ik erbij kon zijn.'

Het was nog niet helemaal donker. Ben kon de contouren onderscheiden van de vliegtuigen die overkwamen, zwerm na zwerm. Plotseling klonk er gedreun, vergezeld van vurige flitsen die de hemel deden oplichten. De Spitfires bestookten de vijand met hun boordgeschut. Een enorme knal, een explosie, en een vliegtuig stortte neer in een spiraal van vuur.

'Dat is er een van ons!' riep Jeremy boven het geraas uit. 'Arme drommel.'

De vliegtuigen vlogen door. Het geluid ebde weg. 'Ik ga de ouwe brik uit de garage halen,' zei Jeremy.

'Dat hoeft echt niet,' zei dominee Cresswell. 'Het is maar een klein eindje. We kunnen makkelijk lopen. Bovendien moeten we geen benzine verspillen.'

'Onzin.' Jeremy schoot in de lach. 'Ik ben blij dat ik een goed excuus heb. Het is zo lang geleden dat ik achter het stuur heb gezeten. Ik hoop dat ik het niet ben verleerd.'

Maar toen hij naar de achterkant van het huis wilde lopen, riep zijn moeder hem terug. 'Waar ga je naartoe? Je hebt nog geen afscheid genomen van de Musgroves.' Ze gebaarde naar het jonge echtpaar dat op het punt stond te vertrekken in een fonkelnieuwe, gestroomlijnde Lagonda. De Musgroves hebben blijkbaar geen last van de rantsoenering, dacht Ben. 'Ik ga de auto halen om Ben en zijn vader naar huis te brengen,' zei Jeremy tegen zijn moeder.

Die pakte hem bij de arm. 'Doe niet zo gek. Je mag nog niet achter het stuur. Het is eigenlijk al veel te laat voor je. Je bent amper uit het ziekenhuis. En je was bijna dood geweest. Papa kan Ben wel naar huis brengen. Toch, William?'

'Wat is er, lieve?' vroeg Sir William joviaal. Het was hem aan te zien hoezeer hij had genoten van de succesvol verlopen avond.

'Jij kunt de Cresswells wel even thuisbrengen. Ik vind niet dat Jeremy al achter het stuur zou moeten kruipen. Hij is pas een paar dagen uit het ziekenhuis, en ze zeiden dat hij het rustig aan moest doen.'

'O, moeder...' begon Jeremy, maar zijn vader hief een hand om hem het zwijgen op te leggen.

'Je moeder heeft gelijk, jongen. Als je straks weer de lucht in wilt, moet je doen wat je kan om weer op krachten te komen. Je bent al langer opgebleven dan goed voor je is. En we willen geen terugval.'

'U doet, verdorie, alsof ik invalide ben.'

'Luister nou maar naar je moeder,' zei Sir William op besliste toon, en Jeremy keerde hem nijdig de rug toe.

'Het is echt niet nodig om ons te brengen, Sir William,' zei Ben.

'Kan ik u misschien een lift geven?' vroeg kolonel Pritchard van de West Kents. 'Mijn stafauto is weliswaar een eenvoudige Humber, geen Rolls. Maar u zou samen op de achterbank kunnen.'

'Dat lijkt me een prima oplossing,' antwoordde dominee Cresswell opgewekt. 'We nemen uw aanbod graag aan, waar of niet, Ben?'

'Inderdaad. Dank u wel. En wij gaan binnenkort samen wel een eindje rijden, Jeremy.' Hij schonk zijn vriend een glimlach, maar kreeg er een nijdige frons voor terug. Jeremy kon er niet tegen als hij zijn zin niet kreeg, besefte Ben niet voor het eerst. Dat was vroeger al zo geweest, toen ze nog kinderen waren, en blijkbaar had hij daar nog steeds last van.

Ze klommen in de Humber en wuifden toen de auto zich in beweging zette. Door het open raampje van de bestuurder kwam koele lucht naar binnen die langs hun gezicht streek. Toen ze de oprijlaan achter zich lieten en koers zetten naar het dorp, werden ze zich bewust van een scherpe, branderige geur. En van een angstaanjagende gloed, in de verte achter de bomen. Het duurde niet lang of ze konden vlammen zien die naar de donkere hemel reikten.

'Het is Farleigh!' riep Ben. 'Ze hebben Farleigh gebombardeerd!'

HOOFDSTUK 22

Farleigh Place

De kolonel trapte het gaspedaal diep in en de Humber schoot naar voren. Bij het hek van het landgoed gekomen zagen ze dat Ben gelijk had. De vlammen stegen boven de bomen uit en sloegen uit het dak van de westelijke toren. Het leek een eeuwigheid te duren voordat ze bij het huis waren. Bens hart bonsde in zijn keel, ook al wist hij dat Pamela en haar familie nog niet in hun slaap verrast konden zijn. Ze waren waarschijnlijk net een paar minuten eerder thuisgekomen. Was het toeval, vroeg hij zich af. De verongelukte parachutist en een paar dagen later een bom op het huis? Voor het eerst kwam de mogelijkheid bij hem op dat de verongelukte parachutist contact had willen zoeken met iemand van de familie.

Toen de auto eindelijk het voorplein op reed, zagen ze dat er al koortsachtig werd gewerkt om de brand meester te worden. Het huis was een bijenkorf van bedrijvigheid. Mannen in uniform droegen emmers met zand aan. Weer anderen probeerden een slang te bevestigen aan een pomp bij het meer. Al voordat de auto volledig tot stilstand was gekomen, sprong Ben eruit. Terwijl hij naar het huis rende, kwam Lady Westerham hem op de treden tegemoet, gevolgd door de wild blaffende honden. In haar ogen stond doodsangst te lezen.

'Charlie is in de kinderkamer!' Ze pakte Ben bij zijn arm. 'Livvy en Pamma zijn naar boven om hem te halen. Maar waar is Phoebe? Ik zie haar nergens. Ze zal toch niet door alles heen slapen? En ik weet ook niet waar mijn man is gebleven. Stil toch!' Dat laatste zei ze tegen de honden. 'O, Ben! Wat verschrikkelijk! Ons mooie huis! Waarom moesten ze uitgerekend ons bombarderen?'

'Maakt u zich geen zorgen. Het zal niet lang duren of de soldaten hebben de boel onder controle.' Ben deed zijn best kalm en vol vertrouwen te klinken. Hij legde zijn hand op die van Lady Westerham, iets wat hij onder andere omstandigheden nooit zou hebben gedurfd.

'Ik moet Phoebe gaan zoeken,' zei ze, maar Ben legde sussend zijn andere hand op haar schouder. 'Dat doe ik wel. Blijft u maar hier. Het komt allemaal goed. De brand woedt in de toren, de vlammen zijn bij lange na nog niet in de buurt van de verdiepingen daaronder.' Hij stormde de treden op. In de hal was het halfdonker, en hij wist niet precies in hoeverre de indeling van het huis was veranderd door de inkwartiering van de West Kents. Mannen in uniform renden langs hem heen.

'Opzij, sir!' riep een van hen. 'U kunt beter naar buiten gaan. Daar bent u veilig.'

'Er is nog een baby in de kinderkamer op de bovenste verdieping!' riep Ben terwijl hij zich langs hen heen werkte. 'En er wordt een klein meisje vermist.' Zijn stijve knie forcerend stormde hij de eerste trap op. In tegenstelling tot wat hij tegen Lady Westerham had gezegd, zag hij het somber in. Hoe zouden ze de brand tijdig kunnen doven? Hoe moesten ze met een slang helemaal boven op het dak zien te komen? Angst dreigde zijn keel dicht te snoeren. Op de eerste overloop was Phoebe nergens te zien. Blijkbaar sliep ze door alle commotie heen, en hij wist niet wat haar kamer was, of die van de andere gezinsleden, nu een deel van het huis door het leger was gevorderd.

Hij veronderstelde dat de familie op de eerste verdieping sliep, en hij deed aarzelend een deur open. Inderdaad, een slaapkamer. De gang lag er vredig bij, maar hij rende erdoorheen en bonkte op alle deuren. 'Brand! Brand!'

Aan het eind van de gang ging een deur open, en daar stond Phoebe in een witte nachtpon. 'Ben! Lieve hemel! Wat doe jij hier? Wat is er aan de hand?'

'Volgens mij is het huis gebombardeerd. De bovenste verdieping staat in brand. Ze zijn al aan het blussen. Vooruit, naar beneden! Je moeder staat al buiten.'

'En Gumbie dan?' vroeg ze met grote angstige ogen.

Ben dacht dat ze het over een knuffelbeest had. 'Liggen laten. Je kunt niets meenemen.'

'Maar haar kamer is in de toren!' Phoebe probeerde zich langs hem heen te werken. 'Ik moet naar haar toe!'

Toen pas besefte Ben dat ze het over een mens had. Hij pakte haar bij de arm. 'Jij gaat naar beneden. En ik zorg dat Gumbie veilig het huis uit komt.'

'Ik ga mee. Arme Gumbie. We moeten haar helpen!' riep Phoebe, buiten zinnen van angst.

Ben legde ferm een hand op haar schouder. 'Ik heb je moeder beloofd dat ik je in veiligheid zou brengen. Ze staat doodsangsten uit. Je moet meteen naar haar toe. En ik beloof jou dat ik Gumbie ook in veiligheid zal brengen.' Hij moest haar min of meer de gang door slepen en de trap af dwingen. Toen stormde hij de trappen op naar de hoogste verdieping. Bedienden in nachtkleding kwamen hem tegemoet. Dienstmeisjes die zich aan elkaar vastklampten, Mrs. Mortlock met krulspelden in het haar, een snikkende keukenmeid met een gezicht vol zwarte vegen.

'Mr. Soames is met his lordship het dak op om te blussen!' riep de kok in het voorbijgaan. 'Ik hoop dat het ze lukt, maar ik heb er een hard hoofd in. En Mr. Soames is ook de jongste niet meer.'

'Mijn plafond kwam naar beneden,' vertelde de keukenmeid snikkend. 'Ik had wel verpletterd kunnen worden. Of levend kunnen verbranden.'

'Hou op met dat gesnotter, Ruby! Maak liever voort!' Mrs. Mortlock gaf haar een duw. 'Een paar stukken pleisterwerk, dat was alles.'

Ben joeg langs hen heen. Inmiddels kon hij het geknetter van de vlammen al horen. Hij trok zich aan de trapleuning omhoog. Zijn slechte been begon moe te worden en bezorgde hem steeds meer last. Rook wervelde hem tegemoet, en hij slaakte een zucht van verlichting toen hij de stem van Livvy hoorde. 'Vooruit, Nanny. Niet bang zijn. Het komt allemaal goed.'

Ze hield haar zoontje op de arm. Het kleintje huilde niet, maar klampte zich stevig aan haar vast, met grote angstige ogen. Nanny, in flanellen kamerjas, drukte hijgend een hand tegen haar weelderige boezem in een vergeefse poging haar paniek onder controle te krijgen.

'Ben!' Livvy was duidelijk dolblij hem te zien. 'Is het niet vreselijk?'

Hij knikte. 'Is er nog iemand boven?'

'Geen idee. Ik heb de bedienden naar beneden zien gaan. Maar waar pappie is, dat weet ik niet. Ik denk het dak op om te helpen met blussen. Als hij maar geen domme dingen doet!'

'Waar is Pamma?' Bens hart ging plotseling als een razende tekeer. 'Was ze niet bij jou?'

Livvy keek om zich heen. 'Volgens mij ging ze kijken of iedereen hier weg is. Laten we hopen dat ze niet óók het dak op is gegaan. Ik heb nog zo gezegd dat ze dat niet moest doen. Maar naar mij luistert ze niet.'

'Toe, your ladyship. We moeten voortmaken!' Nanny trok Livvy aan haar mouw. 'Nog even, en het hele huis vliegt de lucht in.'

'Gaan jullie maar naar beneden,' drong Ben aan. 'Ik ga Pamma zoeken.'

'Wees voorzichtig!' riep Livvy hem na.

Hij werkte zich de laatste treden op. De gang op de bovenste verdieping vulde zich met rook, het geknetter van de vlammen was aangezwollen tot een bulderend geraas.

'Pamma!' Hij kwam niet verder dan een schor gekras. Het bleef doodstil. Pamela was nergens te bekennen. Met wild bonzend hart keek hij in alle kamers – sommige deuren stonden al open, andere waren nog dicht – maar er was niemand. Aan het eind van de gang gekomen zag hij een stenen wenteltrap die in het donker verdween. 'De torenkamer,' mompelde hij. Met een zakdoek voor zijn neus, in de hoop dat het althans iets zou helpen, beklom hij de smalle treden. Terwijl hij met zijn handen langs de muur tastte, voelde hij dat de stenen warm waren. Eenmaal boven kon hij vaag een deuropening onderscheiden met daarachter een vurige gloed, als de toegangspoort tot de hel.

Hij haalde diep adem en liep naar binnen. De kamer was gevuld met rook en werd verlicht door de rode weerschijn van de vlammen op het dak. Hij keek vluchtig om zich heen. Boeken, overal boeken. Op de planken langs de muur, op de tafel bij het raam. Daar lagen ook papieren, alsof iemand er had zitten werken. Tot zijn verrassing stond er ook een telescoop. De kamer leek verlaten. Het bed was leeg, de dekens teruggeslagen.

'Hallo! Is hier nog iemand?'

Vanachter het bed richtte iemand zich op. Het ging zo plotseling dat hij onwillekeurig een stap naar achteren deed, waardoor hij bijna in het trapgat viel. Toen herkende hij haar, ondanks de rook. 'Pamma!'

'Ben! O, wat ben ik blij dat je er bent. Miss Gumble ligt op de grond, en ik kan haar niet tillen.'

Ben baande zich een weg door het puin en zag dat de gouvernante half onder het bed lag, met een stuk van het plafond boven op haar. 'Is ze dood?'

'Nee, volgens mij niet. Maar ik krijg haar in mijn eentje daar niet weg.'

Ben greep het brok pleisterwerk en gooide het aan de kant. Samen probeerden ze de gouvernante onder het bed vandaan te trekken. 'Neem jij haar voeten,' zei Ben. 'Dan pak ik haar onder haar armen.'

Voordat ze Gumbie konden optillen klonk er boven hun hoofd een luid gekraak. 'Pamma!' Ben besefte dat er iets naar beneden kwam en hij schoot op haar af. Net op tijd. Ze sloegen samen tegen de grond, terwijl er een smeulende balk naar beneden kwam en op het bed belandde. 'Is... Is alles goed met je?' stamelde hij, in het besef dat hij boven op haar lag. Haar gezicht bevond zich vlak onder het zijne.

'Ja. Ik geloof van wel.'

'Sorry, het was niet de bedoeling -'

'Zonder jou was ik er geweest!' Ze klonk net zo buiten adem als hij.

Hij werkte zich op zijn knieën, richtte zich op en hielp haar overeind. 'Vooruit! We moeten hier zo snel mogelijk weg.'

Half slepend, half dragend brachten ze de bewusteloze gouvernante in veiligheid. Brandende sintels dwarrelden op hen neer. Bens ogen brandden van de rook. Hij kon amper een hand voor ogen zien en had geen idee waar de deur was.

'Deze kant uit!' riep Pamela.

Wankelend daalden ze de treden af. Voor zo'n magere, benige vrouw was Miss Gumble verrassend zwaar. Onder aan de trap legden ze haar even neer om op adem te komen.

'Goddank dat hier geen tapijt ligt,' zei Pamela. 'Nu kunnen we haar naar de trap slepen.'

'Maar misschien is ze wel gewond. Stel je voor dat ze haar rug heeft gebroken!'

'Ze moet hier hoe dan ook weg. En snel ook. Pak jij haar nachtjapon, en dan trekken.' Half rennend sleepten ze de gouvernante achter zich aan. Halverwege de gang wierp Pamma grijnzend een blik in de richting van Ben. 'Jeremy zal woest zijn dat hij er niet bij is!'

'Hij wilde ons met de auto naar huis brengen, maar dat vonden zijn ouders niet goed.' Ben grijnsde terug. 'En terecht. Dat blijkt maar weer. De rook zou hem misschien wel fataal zijn geworden.'

'Ons ook. Als we Gumbie niet snel beneden weten te krijgen. Wat denk je? Kun je haar dragen, of zullen we haar tree voor tree de trap af slepen?'

'Nogmaals, ik ben bang dat we haar verwondingen op die manier erger maken. Dus laten we proberen haar te dragen.'

'En je been dan?'

'Ik red me wel.' Hij schoof zijn handen onder de schouders van de gouvernante, Pamela tilde Gumbies benen op, en zo begonnen ze aan een moeizame afdaling. Het ging tergend langzaam, en Ben vroeg zich net af hoe lang hij het nog zou volhouden, toen er dreunende voetstappen klonken. Een groepje soldaten kwam met emmers zand de trap op rennen.

'Een gewonde, sir?' vroeg de bevelvoerend officier.

'Ja, we hebben haar bewusteloos uit haar kamer gehaald.'

'Juist, ja. Ward, Simms, emmer neerzetten. Jullie brengen deze dame naar beneden. En daarna kom je als de sodemieter weer naar boven,' blafte de officier. De soldaten namen Miss Gumble over en droegen haar de trap af alsof ze niets woog. Ben en Pamela volgden iets langzamer.

'Je had geen minuut later moeten komen. Het lijkt wel een wonder,' zei Pamela. 'Hoe wist je waar ik was?'

'Phoebe maakte zich zorgen om Miss Gumble,' antwoordde hij, want hij wilde niet toegeven hoe wanhopig hij naar haar op zoek was geweest.

Tegen de tijd dat ze buiten stonden, op het bordes bij de voordeur, klonk de bel van een naderende bluswagen. De plaatselijke brandweer was uitgerukt. Ben hoopte vurig dat het nog niet te laat was.

Phoebe rende met een kreet van afschuw naar de twee soldaten die de gouvernante neerlegden. 'O, Gumbie, Gumbie. Is ze dood?'

'Ik denk dat het wel goedkomt, miss,' zei een van de mannen. 'Ze heeft wat rook binnengekregen, maar eenmaal in de frisse lucht...' Hij had het nog niet gezegd, of er kwam beweging in Miss Gumble, en ze hoestte.

Phoebe greep de arm van de soldaat. 'Dank u wel! U hebt haar leven gered!'

'Daar moet u ons niet voor bedanken, miss. Dat hebben de jongeheer en de jongedame gedaan. Wij hebben haar de trap af gedragen. Meer niet.'

Phoebe keek Ben dankbaar en vol bewondering aan. 'Dank je wel! Je bent geweldig!'

'Je zus was er als eerste bij. In ons eentje zou het ons geen van beiden gelukt zijn.' Het was gelukkig donker, want hij voelde dat hij bloosde.

'Jullie zijn helden! Allebei!' zei Phoebe. 'Ik ben jullie eeuwig dankbaar.'

Pamela glimlachte naar Ben. '"Eeuwig dankbaar." Daar zullen we haar aan houden. Ook als ze zegt dat ik alle koekjes heb opgegeten.' Ze zweeg even, haar blik ging naar het dak waar de vlammen nog altijd uit sloegen. 'Wisten we maar of alles goed is met pa.'

'Wil je dat ik naar boven ga?' vroeg Ben.

'Nee! Niet doen.' Pamela hield hem tegen. 'De brandweer is er inmiddels ook.'

'Ik hoop dat ze nog iets kunnen uitrichten,' zei Ben weifelend. Maar terwijl hij opkeek naar het huis leek het alsof de gloed van de vlammen minder werd. Toen hij zich omdraaide zag hij zijn vader aankomen.

'Ik ben blij dat alles goed met je is, jongen.' Hij schudde Ben de hand. 'Het was levensgevaarlijk wat je hebt gedaan. Maar ik ben trots op je.'

Het was absurd, maar Ben voelde zich uitgelaten dat Jeremy deze keer eens niet de held had kunnen uithangen. Dat híj de 'jonkvrouw in nood' had weten te redden.

Miss Gumble zat inmiddels rechtop, met Phoebe naast zich. Ze hoestte nog altijd. 'U bent toch de zoon van de dominee?' vroeg ze. 'Ik heb begrepen dat u naar de toren bent gestormd. Zonder u was ik dood geweest. Ik weet gewoon niet hoe ik u moet bedanken.'

'Dat was echt heel dapper van je, Ben,' zei Phoebe.

'Lady Pamela was als eerste bij u,' zei die tegen Miss Gumble. 'Ik heb alleen maar geholpen om u daar weg te krijgen.'

'Ik weet nog dat ik brand rook. Dat ik probeerde op te staan. Toen werd alles zwart voor mijn ogen.' Miss Gumble keek Ben weer aan. 'Als u er niet was geweest...'

'Phoebe maakte zich ongerust. Zij heeft me naar boven gestuurd.'

'Mijn spullen!' De gouvernante probeerde op te staan. 'Mijn boeken. Mijn papieren. Ik moet ze daar weghalen. Anders verbranden ze.'

Ben legde een hand op haar schouder om haar tegen te houden. 'U kunt niet naar boven. Maar ik denk dat u zich niet al te veel zorgen hoeft te maken. Volgens mij hebben ze het vuur onder controle. Dus laten we er het beste van hopen. Misschien zijn niet al uw spullen verloren gegaan.'

Terwijl Phoebe zich naast Miss Gumble op haar hurken liet zakken en probeerde haar te troosten, kwam er een merkwaardige gedachte bij hem op. Al die boeken, die papieren... en een telescoop. Wat moest een gouvernante met een telescoop?

Iedereen verzamelde zich op het plein voor het huis en keek in angstig stilzwijgen naar boven, en toen naar de voordeur. De bedienden stonden in een groepje bij elkaar. Ook de soldaten die op het terrein bivakkeerden, waren hun tent uit gekomen. Andere stonden klaar om de voertuigen die het dichtst bij het huis stonden, daar weg te halen.

In de eerste uren van de ochtend kwamen de blussers naar buiten. Ze zagen zwart van het roet en de rook, maar de brand was geblust. En de schade viel mee. In een aantal bediendenkamers waren stukken van het plafond naar beneden gekomen, maar het vuur had de lager gelegen verdiepingen niet weten te bereiken.

Tussen de vermoeide brandweermannen stond Lord Westerham, net als zij onder de roetvegen.

'Een verduveld kranig stel mannen hebben we hier op het terrein,' zei hij tegen Lady Esme die hem tegemoet rende. 'Zonder de West Kents was het huis tot de grond toe afgebrand. Verdomd als het niet waar is. Het is een godsgeschenk dat ze hier ingekwartierd zijn.'

Zijn vrouw deed er het zwijgen toe en glimlachte alleen maar. Meteen daarop stapte ze weer in haar rol als de vrouw des huizes. 'Mrs. Mortlock, ik stel voor dat u een grote pan warme chocolademelk maakt. Voor iedereen. Dat kunnen we wel gebruiken.'

'Tot uw orders, my lady. Vindt u het goed als de andere bedienden naar boven gaan, om de schade in hun kamer op te nemen? Ze maken zich zorgen over hun spullen.'

'Natuurlijk,' antwoordde Lady Westerham. 'En zegt u maar dat ze zich niet ongerust hoeven te maken. We zullen ervoor zorgen dat alles wat verloren is gegaan, wordt vervangen. En dat ze een plek hebben om te slapen. Samen komen we hier doorheen.'

'Dank u wel, my lady.' Mrs. Mortlock was hoorbaar aangedaan.

Miss Gumble stond inmiddels overeind. 'Ik wil ook graag naar boven. Om te zien wat er nog over is van mijn spullen.'

Ben keek haar na toen ze naar binnen ging. Was Farleigh per ongeluk gebombardeerd, of was het huis wel degelijk doelwit geweest? Hij dacht aan de vliegtuigen die waren overgekomen. Waarom zouden de Duitsers een landhuis zonder enig strategisch belang en ver van de bewoonde wereld bombarderen?

HOOFDSTUK 23

Parijs

Het eerste wat Margot registreerde toen ze wakker werd was de geur. Een rijke, strelende, bedwelmende geur. Ze snoof. Zelf deed ze nooit meer dan een druppeltje eau de cologne achter haar oren, maar wat ze nu rook, was veel krachtiger. Een muskusachtige geur. Het duurde even voordat ze die herkende. Minuit à Paris. Parijs bij nacht. Het parfum van Gigi Armande. Op slag wist ze weer waar ze was. Ze deed haar ogen open en zag de roze gordijnen, opgebonden met embrasses voorzien van kwasten. Zonlicht stroomde de kamer binnen. Ze lag op een smal veldbed. En ze was niet alleen. Degene die in het grote bed lag, sliep nog, met een masker voor haar ogen om het daglicht buiten te sluiten. Ze waren in het Ritz, in de kamer van Madame Armande.

Geleidelijk aan keerden Margots herinneringen aan de afgelopen vierentwintig uur terug. Aan het totale gevoel van onwerkelijkheid dat was begonnen toen ze midden in de nacht door Duitse soldaten was meegenomen naar het hoofdkwartier van de Gestapo, althans, dat vermoedde ze. Aan de wonderbaarlijke interventie door Madame Armande, die erin had geresulteerd dat de Duitsers haar lieten gaan, dat ze hier was terechtgekomen, in het Ritz. Het ging haar bevattingsvermogen te boven. De overgang van pure doodsangst naar pâté de foie gras, en dan ook nog binnen zo'n korte tijd, leek iets uit het rijk der fabelen.

De livreiknechten bij de ingang van het hotel hadden de deur voor haar opengehouden, ze hadden gebogen en '*Bonjour, mademoiselle*' gemompeld. Een bediende had haar koffertje van haar overgenomen, en ze waren de schitterende lobby overgestoken naar de trap, bekleed met een rode loper. De enigen die ze tegenkwamen, waren Duitse officieren, sommige met een dame aan hun arm. Misschien hun vrouw, maar misschien ook niet. Ten slotte had Madame Armande een dubbele deur geopend en Margot haar suite binnengeloodst. 'Welkom in mijn nederige stulp! Doet het je aan thuis denken?'

Margot liet haar blik over het vergulde meubilair gaan, over het plafond met lofwerk, over de zware gordijnen, het weelderige tapijt. En over de bloemen. Overal stonden bloemen. 'Farleigh voelt meer doorleefd. Dit is een en al luxe.'

'Natuurlijk. Wat had je dan verwacht?' Gigi Armande keek tevreden om zich heen. 'Het is nog vroeg, dat besef ik, maar ik ga een lunch voor ons bestellen. Je rammelt van de honger, dat weet ik zeker. Waar heb je trek in?'

Margot wist niets te zeggen. Ze moest zich al zo lang behelpen met het karige aanbod op de markt. Met soep van restjes groenten, grof brood dat naar zaagsel smaakte. En vlees at ze bijna nooit meer.

'Je kunt bestellen wat je wilt,' zei Gigi Armande. 'Het wordt hoog tijd dat je weer wat spek op je botten krijgt.'

Margot dacht dat ze droomde toen er even later een verrukkelijke soep, een *omelette aux fines herbes*, malse biefstuk met *pommes frites* en een dessert in de vorm van een *île flottante* werd binnengebracht. Ze dronken er een frisse witte wijn bij uit de Elzas. Ondertussen piekerde Margot over de rol die Gigi Armande in dit alles speelde. Was ze een beschermengel, een godsgeschenk, of collaboreerde ze met de Duitsers en probeerde ze haar op deze manier ontvankelijk te maken voor wat die van haar wilden? Wat het ook mocht zijn, Margot had te lang honger geleden om een goede maaltijd te weigeren.

Dus had ze haar angsten verdrongen en dankzij de wijn bij de lunch, en later bij het diner, de hele nacht doorgeslapen. Maar nu, aan het begin van een nieuwe dag, werd ze opnieuw overweldigd door wanhoop. Ze zat gevangen, weliswaar niet achter tralies en onder uiterst comfortabele omstandigheden, maar ze kon zich geen goede afloop voorstellen. De Duitsers probeerden haar milder te stemmen, haar mentaal in slaap te sussen, waardoor ze volledig zou worden verrast wanneer de vijand opnieuw toesloeg. Het was slechts een kwestie van tijd voordat ze weer naar het hoofdkwartier van de Gestapo werd gebracht. Ze kon niet beoordelen of Gigi Armande zoveel gezag genoot bij de Duitsers dat ze haar de gevangene tijdelijk hadden toevertrouwd, of dat Madame Armande actief met de vijand samenwerkte, dat ze in het complot zat. In dit stadium maakte het weinig uit. Het enige wat Margot kon doen, was het spel meespelen.

Ondanks de angst die haar keel dichtsnoerde, wist ze dat ze sterk moest zijn, wat er ook gebeurde, zowel in haar eigen belang als in dat van Gaston. Als er ook maar een schijn van kans was dat ze hem zouden vrijlaten, dan moest ze doen wat ze kon. Ervan uitgaande dat hij nog leefde. Als de Duitsers dachten dat ze van niets wist, dat ze de argeloze geliefde was van een verzetsman, zouden ze haar misschien ongemoeid laten. Maar als ze het appartement binnenstebuiten keerden, zouden ze de radio vinden. Waarschijnlijk niet het boek met de codes. De bladzijden waren verstopt in een goedkoop romannetje, tussen de rest van de boeken op de plank. Maar de vondst van de radio zou al genoeg zijn om haar opnieuw te verhoren. Haar enige troef was dat ze haar blijkbaar liever in leven lieten, om haar voor hun karretje te kunnen spannen. Ze moest hun de indruk geven dat ze met elke opdracht akkoord zou gaan.

Er wás een kans, hoe klein ook, dat haar boodschap de juiste mensen zou bereiken. Ze had de geadresseerde en gefrankeerde envelop moeiteloos onder de restjes voedsel weten te verstoppen die ze naar de conciërge had gebracht. Madame Armande had niets in de gaten gehad toen ze de pastinaken en uien erbovenop legde in de mand. Met potlood had ze *Wilt u deze brief alstublieft voor me op de post doen?* op de envelop geschreven. De oude conciërge haatte de Duitsers. Margot had het medelijden in haar ogen gezien toen ze werd afgevoerd. Dus er was een kans dat de brief was verstuurd. Maar ook dat het adres was ontmaskerd, of dat het niet langer voor clandestiene communicatie werd gebruikt. In een tijd als deze was niets meer zeker.

Madame Armande rekte zich genietend uit en deed haar slaapmasker af. '*Bonjour, ma petite*. Wil je eerst in bad? Dan bestel ik ondertussen het ontbijt?' Ze vroeg het alsof het een willekeurige, doodnormale ochtend was.

Margot nam haar kans waar. Ze liet zich genietend in het warme water zakken en maakte kwistig gebruik van de verrukkelijk geurende zeep. Tegen de tijd dat ze de badkamer uit kwam, zat Gigi Armande aan de telefoon. 'Foei! Stoute jongen,' zei ze lachend. 'Tot straks!' Toen legde ze de hoorn op de haak.

'Het ontbijt komt eraan,' zei ze met een glimlach tegen Margot. 'De croissants van het Ritz zijn zalig.'

Margot liep naar de ramen met daarachter het balkon en raapte al haar moed bij elkaar. 'Het is misschien een brutale vraag, madame, maar waarom mag u hier blijven wonen? De rest van het hotel is in beslag genomen door het Duitse leger.'

'O, dat is heel eenvoudig. Ik zorg dat hun dames er beeldig uitzien. En ik ken iedereen die ertoe doet in Parijs. Dus ze hebben profijt van me. Daarom laten ze me met rust.'

Margot betwijfelde of dat het volledige antwoord was, maar ze ging er niet verder op door. Net toen ze had gesmuld van de croissants, met échte boter en échte jam, om nog maar te zwijgen van de échte koffie, werd er op de deur geklopt.

'*Entrez*,' riep Madame Armande, waarop baron Von Dinkslager binnenkwam, de Gestapo-officier van de vorige dag.

'Goedemorgen, goedemorgen,' groette hij vriendelijk. 'Wat een prachtige dag. Echt een dag om naar buiten te gaan, voor een rit in het Bois de Boulogne. Ik vertrouw erop dat u goed hebt geslapen, my lady?'

'Inderdaad.'

'Ik moet me verontschuldigen voor de primitieve slaapgelegenheid.' Hij wees naar het veldbed. 'Op zo'n korte termijn was dat het beste wat we konden regelen.'

'Het bed was prima, *mein Herr*,' zei ze beleefd.

Von Dinkslager trok een vergulde stoel bij, bekleed met brokaat, en keek haar doordringend aan. Madame Armande deed er het zwijgen toe. 'En wat doen we nu met u? Mijn collega's staan te popelen om u aan de tand te voelen en aan de praat te krijgen. Zelf heb ik er alle vertrouwen in dat we het ook zonder dat eens kunnen worden, als aristocraten onder elkaar.' Hij schonk haar een warme glimlach.

Margot zei niets.

'Het kan bijna niet anders of u gruwt van deze oorlog. Net als ik,' vervolgde hij.

'Wij zijn niet begonnen,' zei Margot koeltjes.

'Dat is zo. Maar Hitler koestert een diep respect en grote waardering voor de Britten. Een Arisch volk, net als het onze. De crème de la crème van de beschaving. We zouden onze krachten moeten bundelen, in plaats van elkaar te vuur en te zwaard te bestrijden. De Führer zou niets liever willen dan vrede met Engeland, en ik weet dat heel veel van uw landgenoten diezelfde wens koesteren. Dus ik neem aan dat u de kans met beide handen zou aangrijpen als u aan het tot stand komen van die vrede zou kunnen bijdragen.'

'U zegt vrede, maar u bedoelt capitulatie, neem ik aan. Een Duitse bezetting.'

'Een vredelievende bezetting.'

'Bestaat dat? Ik heb de verhalen gehoord over uw vredelievende bezetting van Denemarken en Noorwegen.'

'Wie zo dwaas is zich te verzetten, vraagt erom te worden vermorzeld,' antwoordde hij zonder blikken of blozen. 'Maar ik twijfel er niet aan of u zult willen voorkomen dat nog meer van uw landgenoten de dood vinden, u zult willen voorkomen dat er nog meer schade wordt toegebracht aan uw kathedralen, uw monumenten, aan schitterende landgoederen zoals het uwe. Het zou toch verschrikkelijk zijn als al dat kostbare erfgoed tot puin werd gereduceerd?'

'Wat wilt u van me?' vroeg ze kortaf.

Hij keek haar lang en doordringend aan. 'Tallozen in uw land sympathiseren met onze zaak en zouden hun Duitse broeders met open armen ontvangen. We verwachten dat u contact met hen zoekt en uw medewerking verleent aan hun plannen.'

'Wat voor plannen?'

'Het uitschakelen van iedereen die de vrede in de weg staat.'

Margot staarde uit het raam. Op de reling van het balkon zaten duiven. Daarachter schoten witte wolken langs een blauwe hemel. 'En Gaston de Varennes?' vroeg ze ten slotte. 'Maakt hij deel uit van de overeenkomst? Als ik doe wat u wilt, krijgt hij dan vrije doorgang naar neutraal gebied?'

Von Dinkslager helde met zijn stoel naar achteren en deed alsof hij nadacht. 'Ach, natuurlijk. De Franse minnaar. Zijn toegewijde maîtresse is tot alles bereid opdat hij wordt gespaard.'

'Ik moet eerst weten of hij nog leeft.'

'Hij leeft nog, maar hij vertikt het om mee te werken. We zijn ervan overtuigd dat hij over belangrijke informatie beschikt als het gaat om het verzet. Maar tot dusverre houdt hij zijn kaken op elkaar. Ondanks alles wat we hebben geprobeerd.' Zijn lichtblauwe ogen hielden de hare vast. 'Ik zit in een lastige positie, Lady Margaret. We hebben de informatie die De Varennes ons kan geven, hard nodig. En we zullen niet rusten tot we die hebben. Mijn superieuren zullen er nooit mee instemmen hem te laten gaan. Tenzij hij ons alles vertelt wat hij weet. Ook in dat opzicht zou u een rol kunnen spelen...' Hij zweeg, liet zijn stoel naar voren zakken en helde toen weer naar achteren.

Margot concentreerde zich op zijn glimmend gepoetste laarzen die het zonlicht weerkaatsten. 'Denkt u nu echt dat ik hem kan overhalen om door te slaan?' Ze schoot in de lach, ondanks haar angst. 'Dan onderschat u Gaston de Varennes. Hij is trots. En volstrekt onafhankelijk.'

Hij liet zijn stoel abrupt naar voren vallen en bracht zijn gezicht vlak voor het hare. 'Ik hoop dat u beseft wat u te wachten staat als u niet meewerkt. U hebt samengewoond met een van de leiders van het verzet. Het kan niet anders of hij heeft u dingen verteld. De kleinste aanwijzing kan voor ons al van belang zijn. Dingen die hij zich heeft laten ontvallen. Ik hoef maar met mijn vingers te knippen om u te laten martelen. Of executeren. Omdat u een verzetsstrijder in bescherming neemt.'

'Maar blijkbaar ben ik levend meer waard.' Ze klonk kalmer dan ze zich voelde.

Er gleed een vluchtige glimlach over zijn gezicht. 'Dat klopt. Toch zal ik niet aarzelen u te laten executeren als u uw medewerking weigert.'

'Ik heb het u al eerder gezegd, Gaston heeft me nooit iets verteld.' Ze probeerde onbewogen te klinken, maar kon niet voorkomen dat ze steeds harder ging praten. 'Ik wist niet eens dat hij in het verzet zat. De afgelopen maanden heb ik hem amper gezien, en als we samen waren dan hadden we wel wat anders te doen dan praten.'

Ze hoorde Gigi Armande zachtjes gnuiven.

'Maar u had wel uw vermoedens?'

'Ja, ik had mijn vermoedens. Maar meer ook niet. Hij heeft me nooit iets verteld. Geen namen. Geen plannen. Helemaal niets. Waarschijnlijk voor mijn eigen veiligheid. Zodat ik naar waarheid zou kunnen zeggen dat ik van niets wist, mocht een situatie als deze zich voordoen.'

'Dan zitten we in een impasse.' Von Dinkslager hief machteloos zijn handen. 'Zolang hij ons niet vertelt wat hij weet, kan ik hem niet vrijlaten.'

'En ik weiger om zelfs maar te overwegen iets voor u te doen, tenzij ik weet dat hij veilig ver weg zit... in Zwitserland of in Portugal.'

'U begrijpt mijn dilemma, Lady Margaret.' Hij had zijn ogen neergeslagen en keek naar zijn handen. 'Ik sta onder zware druk om de informatie te bemachtigen die uw minnaar weigert te geven. Maar zelf zou ik me liever inzetten voor de vrede. En daarbij zou ik u bij voorkeur als mijn bondgenoot willen hebben. U gaat toch ook liever naar huis? Naar uw familie?'

Voor haar geestesoog doemde het beeld van Farleigh op. De bloeiende paardenkastanjes langs de oprijlaan. Ze zag zichzelf in het zadel. Samen met Pamma en Dido stormde ze in galop over het gras. Wie het hardst kon rijden... Ze rukte zich los uit haar gedachten. 'Natuurlijk wil ik naar huis. Maar ik kan Gaston niet in de steek laten. Dus ik worstel ook met een dilemma, baron Von Dinkslager. Opdat het leven van mijn geliefde gespaard blijft, vraagt u me mijn land te verraden.'

'Ik vraag u uw land te behoeden voor de totale verwoesting. Denk aan uw huis. Aan Westminster Abbey. U wilt toch niet dat ze met de grond gelijk worden gemaakt? Dat er nóg meer doden vallen? Duizenden en nog eens duizenden doden. Dat nóg meer mensen dakloos worden? En uiteindelijk zullen zij met de beschuldigende vinger wijzen naar degenen die hen in de ellende hebben gestort. Ze zullen het Duitse leger verwelkomen wanneer het hun eten brengt, kleding, onderdak, en hoop op een betere toekomst.'

Alles in Margot kwam in opstand tegen zijn redenering, maar als de oorlog nog lang duurde, zou hij misschien weleens gelijk kunnen krijgen. 'Ik wil zeker weten dat Gaston nog leeft. Breng me naar hem toe. Dan zal ik doen wat ik kan.'

'Heel verstandig.' Von Dinkslager knikte. 'Pak uw jas. We vertrekken meteen.'

Margot keek naar haar werkgeefster. Ze wilde vragen of Madame Armande mee mocht, maar die was haar voor: 'Ga maar gauw. Ik heb een pasbeurt met Frau Von Herzhofen.'

Margot liet zich door Von Dinkslager escorteren, de trap af, de lobby door, naar de wachtende auto. De Duitser hield het achterportier voor haar open met een hoffelijkheid alsof ze naar de opera gingen. Zelf schoof hij ook op de achterbank. De auto zette zich in beweging, weg van het veilige Ritz. Margot moest vechten tegen de paniek die dreigde bezit van haar te nemen. Gingen ze naar Gaston? Of naar het hoofdkwartier van de Gestapo? Zou ze worden ondervraagd, gemarteld, misschien zelfs wel vermoord? Waren alle beleefdheden slechts bedoeld geweest om Madame Armande zand in de ogen te strooien?

De bomen langs de Champs-Élysées stonden volop in blad terwijl ze heuvelopwaarts reden naar de Arc de Triomphe. In vredestijd zouden de tafeltjes voor de cafés vol hebben gezeten met Parijzenaren, genietend van hun koffie. Nu lag de straat er zo goed als verlaten bij. Een oude vrouw liep schuifelend over de stoep, met haar hoofd gebogen alsof ze bang was dat iemand haar zou aanspreken. Toen twee Duitse soldaten haar passeerden, deed ze haastig een stap opzij. Bij de Place de l'Étoile, waar de wegen naar alle kanten uitwaaierden, als de spaken van een wiel, sloegen ze de brede Avenue Foch in. Voor de oorlog was dit een gewilde boulevard geweest. De hoge, lichtgekleurde huizen met balkons en vrolijk geschilderde luiken gingen verscholen achter een rij bomen. Je zou verwachten elegante echtparen te zien wandelen met een hondje aan de lijn. Maar in oorlogstijd lag ook de avenue er verlaten bij, op de Duitse stafauto's na die langs de stoeprand stonden geparkeerd. Ze waren bijna bij de Port Dauphine, een van de oude stadspoorten aan het eind van de avenue, toen de auto stilhield. Margot keek naar het huisnummer. 84. Dat moet ik onthouden, dacht ze. Niet dat ze verwachtte dat iemand haar zou komen redden uit wat blijkbaar een pand van de Gestapo was. Ze vouwde krampachtig haar handen om te voorkomen dat ze trilden.

De chauffeur liep om de auto heen en hield het portier voor haar open. Von Dinkslager escorteerde haar naar binnen, opnieuw met een hoffelijkheid die suggereerde dat ze samen uitgingen. De soldaat bij de deur salueerde. Von Dinkslager zei iets tegen een man in een zwart uniform. Die knikte en sprak in de hoorn van zijn telefoon. Ze wachtten zwijgend. Toen rinkelde de telefoon. De man in het zwarte uniform nam op en knikte.

'We kunnen naar boven,' zei Von Dinkslager.

Ze stapten in de ijzeren kooi van de lift. Het hek viel galmend in het slot. Het klonk onheilspellend. De kooi zette zich in beweging, klom van verdieping naar verdieping. Margot had niet beseft dat het gebouw zo hoog was. Ze had verwacht dat ze naar een kelder zou worden gebracht. Of een kerker. Uiteindelijk kwam de lift knarsend en piepend tot stilstand, het hek ging met luid geratel weer open. Von Dinkslager gebaarde naar de deur tegenover de lift. Het geluid van haar hakken op de tegels werd weerkaatst door het dakraam boven haar hoofd. Bij de deur gekomen pakte Von Dinkslager haar bij de arm en duwde haar naar binnen. Margots hart ging zo wild tekeer dat ze bijna geen lucht kreeg, maar ze liep met opgeheven hoofd de kamer binnen.

Twee mannen schoten overeind. De ene was lang en blond en sprong kaarsrecht in de houding, bijna als een karikatuur van een Duitse soldaat. De andere was vel over been, met verwilderde haren, vuile kleren en een akelige blauwe plek op zijn linkerwang. Zijn linkeroog was gezwollen en zat halfdicht.

Margot hield geschokt haar adem in. 'Gaston!'

Vol afschuw keek hij haar aan. 'Margot! Wat doe jij hier in godsnaam?' Hij keerde zich naar de Duitsers. 'Ze weet niets. Ik heb haar nooit iets verteld. Laat haar onmiddellijk gaan.'

'Ze is hier vrijwillig, *monsieur le comte*. In de hoop uw vrijlating te bewerkstelligen naar neutraal gebied. Naar Zwitserland, bijvoorbeeld.'

Gaston keek Margot aan, maar zei niets. Ze kon zijn blik niet peilen. 'Op welke voorwaarden?' vroeg hij toen gebiedend.

'Dat u ons de informatie geeft die we nodig hebben.'

'Ik heb u al eerder gezegd dat u uw tijd verspilt. Wat u ook doet, ik zal mijn kameraden, mijn land nooit verraden.'

'Juist ja.' Von Dinkslager keerde zich naar Margot. 'Wilt u zo goed zijn te gaan zitten, your ladyship.'

Hij wees naar de houten tafel en trok een eenvoudige rechte stoel voor haar naar achteren. Zelf ging hij naast haar zitten.

'Het lijkt erop dat we voor niets zijn gekomen, Lady Margaret. Wat zonde.'

'Had je dat nou echt gedacht? Dat ik mijn kameraden zou verraden?' Gaston keek Margot aan met een kille uitdrukking in zijn ogen.

'Nee. Natuurlijk niet. Ik wilde alleen zeker weten dat je nog leefde.'

'Nou, ik leef nog. Maar daar is ook alles mee gezegd,' snauwde hij. 'Laat haar gaan,' beet hij de Duitsers toe.

Von Dinkslager pakte Margots hand. Ze kromp ineen, maar hij hield hem stevig vast. 'U hebt sierlijke handen, my lady. De handen van een kunstenaar. En zulke lange nagels. Merkwaardige dingen eigenlijk. Nagels. En onnodig nu we niet meer hoeven te jagen om aan eten te komen...'

Zijn stem klonk vriendelijk, fluweelzacht, maar Margots keel werd dichtgesnoerd door angst. Von Dinkslager streelde haar hand, pakte haar vingers een voor een beet.

'Als we ze toch niet meer nodig hebben, moeten ze misschien maar weg.' Hij keek Gaston aan. Margot zou het liefst haar hand terugtrekken, maar ze dwong zichzelf daar niet aan toe te geven. Von Dinkslager mocht niet merken dat ze bang was. De baron stak zijn hand uit naar de jonge soldaat. Die gaf hem iets wat eruitzag als een stukje hout. Zonder iets te zeggen pakte Von Dinkslager het aan en schoof het onder de nagel van Margots wijsvinger. Hij keek vragend naar Gaston. Die verroerde zich niet. Toen duwde hij het stukje hout dieper onder de nagel.

De explosie van pijn was gruwelijk, een gevoel alsof haar vinger in brand stond. De tranen sprongen haar in de ogen. Ze drukte haar lippen op elkaar om het niet uit te schreeuwen.

'Moet ik doorgaan?' Von Dinkslager keek weer naar Gaston. 'Moet uw geliefde lijden voor uw koppigheid?'

Gaston zei nog altijd niets.

'Moet ik haar een voor een haar nagels uittrekken? En dat is nog maar het begin. Deze jongeman hier snakt naar een vrouw. Hij zit al veel te lang zonder.'

Margot zag bloed opwellen vanonder haar nagel en ze keek naar Gaston. De uitdrukking op zijn gezicht was nog altijd onbewogen.

'Ze is mijn geliefde niet,' zei hij ten slotte kil. 'Voor mijn part snijdt u haar aan repen. Het kan me niet schelen. Wat u ook doet, ik weiger mijn kameraden en mijn land te verraden. Maar het getuigt van weinig eergevoel om een ander te martelen, in de hoop dat ik doorsla. Het spijt me als deze… deze vrouw uit een soort misplaatste loyaliteit heeft gedacht dat ze me kon helpen. Maar zelfs al liet u me gaan, zelfs al bracht u me naar Zwitserland, ik zou onmiddellijk terugkomen en me opnieuw aansluiten bij het verzet. Dus u verspilt uw tijd. En de mijne. Vermoord me maar. Dan hebben we het gehad.'

Margot trok het stukje hout onder haar nagel vandaan en stond op. 'Ik wil hier weg. Zegt u maar wat ik moet doen.'

HOOFDSTUK 24

Farleigh Place

De volgende morgen, na het ontbijt, fietste Ben naar Farleigh. Om de schade in ogenschouw te nemen, had hij tegen zijn vader gezegd. Op het eerste gezicht leek er niets aan de hand. De paardenkastanjes stonden nog altijd in bloei, de zwanen zwommen in het meer, en het grote huis verhief zich krachtig, uitdagend naar een winderige hemel. Maar er hing onmiskenbaar een brandlucht, en de wind voerde roetdeeltjes aan, als zwarte regen. Dichterbij gekomen zag Ben dat de ramen op de bovenste verdieping openstonden, de opbollende vitrage leek om hulp te roepen. Hij huiverde bij de gedachte aan wat er met Pamela had kunnen gebeuren als hij er niet was geweest. Dan zou de balk boven op haar zijn gevallen. Ze zou bedwelmd zijn geraakt door de rook en pas veel later gevonden. Hij voelde nóg haar lichaam onder het zijne toen hij zich op haar had geworpen; het eendrachtige kloppen van hun hart.

Toen schudde hij zijn hoofd. *Daar moet je mee ophouden, Cresswell. Met dat gefantaseer.*

Net toen hij zijn fiets tegen de treden naar de voordeur zette, kwam Phoebe aanrennen, in haar rijbroek met daarop een katoenen blouse. De honden volgden haar op de hielen.

'Ben!' riep ze stralend. Hij was duidelijk nog altijd de held van de brand.

'Hallo, Feebs. Ben je wezen rijden?'

'Nee, dat mocht niet van pa. Er wordt onderzoek gedaan naar de bom, en hij was bang dat ik in de weg zou lopen. Dus ik heb Gumbie geholpen haar spullen te verhuizen. Ze wordt tijdelijk boven de stallen ingekwartierd. Nu we alleen de stalmeester nog hebben, staan de kamers van de knechten toch leeg. Niet dat ze er gelukkig mee is. En dat begrijp ik. Dat zou ik ook niet zijn. Er is alleen koud water, en het ruikt er naar paarden.' Ze schopte in het grind, toen keek ze langs het huis omhoog. 'Ik heb nog gezegd dat ze tijdelijk wel in Margots kamer zou kunnen. Die heeft hem toch niet nodig. Maar volgens pa mogen we onze normen niet laten verslappen. Oorlog of geen oorlog, het zou niet juist zijn om personeel op dezelfde verdieping onder te brengen als de familie.'

Ben grijnsde. Echt iets voor Lord Westerham, om vast te houden aan traditie en etiquette, zelfs al schudde de wereld om hem heen op haar grondvesten. Hij bukte zich om de honden te aaien, die uitzinnig kwispelden. 'Los van haar verhuizing, hoe is het met haar?'

Phoebe trok een gezicht. 'Nog een beetje huilerig. Een deel van haar spullen heeft waterschade opgelopen. En haar boeken en papieren zijn nu eenmaal erg belangrijk voor haar.'

'Was ze soms bezig een boek te schrijven?'

'Nee, een soort scriptie, of hoe je het ook mag noemen. Ze heeft in Oxford gestudeerd, want ze is heel erg slim. Maar toen haar ouders stierven heeft ze haar studie moeten opgeven. Haar broer heeft de hele erfenis opgeëist en haar op straat gezet.'

'Arme Miss Gumble.'

'Ja, zeg dat wel. Ik had zo met haar te doen toen ik dat hoorde.'

'Heeft die scriptie iets met astronomie te maken?'

'Geen idee. Hoezo?'

'Omdat ze een telescoop heeft.'

'O, volgens mij is ze een vogelaar.' Phoebe grijnsde. 'De telescoop is niet sterk genoeg om ermee naar de sterren te kijken. Hoe dan ook, die heeft ze weten te redden. En ook een heleboel boeken. Voor zover ze nat zijn geworden, hebben we ze op de tafel in de serre gelegd, samen met haar papieren. Dan kunnen ze daar drogen.'

'En verder maakt ook iedereen het goed?'

'Ja, gelukkig wel. Ma is heel erg boos op pa omdat hij zoveel risico heeft genomen door het dak op te gaan. Maar volgens mij is hij daar zelf nogal trots op. Vooral omdat Farleigh is gered.'

'Ik begrijp nog steeds niet waarom ze het hebben gebombardeerd.'

Phoebe keek hem aan, met haar hoofd schuin, als een vogeltje. 'Misschien heeft het iets met die Duitse spion te maken.'

Ben keek haar verrast aan. Het was gewoon griezelig, een kind van twaalf dat hardop zei wat hij dacht. En dan ook nog doodgemoedereerd, alsof ze het over het weer had. 'Hoe bedoel je? Welke Duitse spion?'

'Nou, die man die hier is neergekomen. Alfie en ik hebben hem gevonden, en wij denken dat het een Duitse spion was.'

'Waarom denken jullie dat?'

'Hij droeg het uniform van de West Kents, maar die springen niet uit een vliegtuig. Dus volgens ons wilde hij naar Biggin Hill, om daar te spioneren. Of naar Londen, om Westminster Abbey op te blazen of zoiets. Maar na die bom op ons huis vraag ik me af of die twee dingen met elkaar te maken hebben. Of er iemand is op Farleigh – of iets – waar de Duitsers van af willen.'

Voordat Ben kon reageren, klonken er voetstappen. Pamela en Livvy kwamen de treden af.

'Ben! Hoe is het?' vroeg Pamela. 'Ben je weer een beetje bijgekomen van alle narigheid?'

'Ja hoor, op een gebrek aan slaap na.' Hij glimlachte. 'Ik was benieuwd hoe het met iedereen ging.'

'Eigenlijk verrassend goed. Pa was opmerkelijk vrolijk aan het ontbijt. Je zou denken dat er iets leuks was gebeurd, dat zijn huis niet bijna in vlammen was opgegaan.'

'Hij is gewoon opgelucht over de goede afloop,' zei Livvy. 'En wat een geluk dat we op tijd thuis waren! Ik moet er niet aan denken wat er met de kleine Charles was gebeurd als we nog langer bij de Prescotts waren gebleven.'

'Dan zou Nanny hem toch in veiligheid hebben gebracht,' suste Pamela.

Livvy schudde nijdig haar hoofd. 'Welnee, je hebt gezien hoe ze reageerde. Ze bibberde als een drilpudding.'

'Nou ja, het is allemaal goed afgelopen,' zei Ben. 'En hoe gaat het met de bedienden?'

'Ruby is nog een beetje huilerig. Ze zijn voorlopig ondergebracht in de bijkeuken en een niet-gebruikte opslagruimte. Daar zijn ze niet gelukkig mee, maar ze hebben tenminste een dak boven hun hoofd,' vertelde Pamela, die Ben nog altijd glimlachend aankeek. 'En trouwens, de mannen van het leger zijn vanochtend al langs geweest om de schade te inspecteren. Ze kunnen de materialen vorderen om het dak te repareren, zeiden ze. Dat is goed nieuws. Bovendien boden ze aan om een paar kamers in hun gedeelte van het huis aan de bedienden ter beschikking te stellen.' Ze grinnikte. 'Maar daar heeft ma voor bedankt. Ze wil haar dienstmeisjes 's nachts niet in de buurt van de soldaten hebben. En gelijk heeft ze. Ons dienstmeisje is niet te vertrouwen met mannen, en Ruby zou maar al te gemakkelijk op het verkeerde pad kunnen worden gebracht.'

'Ik heb net een brief aan Teddy geschreven,' vertelde Livvy. 'Om hem gerust te stellen dat zijn vrouw en zijn zoon de brand ongedeerd hebben overleefd. Ik wou dat hij niet zo ver weg zat. Waarom kon ik niet gewoon mee naar de Bahama's? Ik ben me bewust van zijn verplichtingen jegens de hertog, dus ik zou heus niet in de weg hebben gelopen.'

'Het is oorlog, Livvy,' zei Pamela. 'Er zijn talloos veel mannen die overzee worden gestuurd, met achterlating van vrouw en kinderen. Waarom zou er voor jou een uitzondering worden gemaakt?'

'Omdat we bevriend zijn met de Hertog van Windsor. Dat zou toch wat waard moeten zijn,' antwoordde Livvy stijfjes.

'Op dit moment niet. Integendeel, de hertog is eerder een blok aan ons been. Dus die vriendschap is niet iets om je op te laten voorstaan,' merkte Pamela op.

'Ik vind dat hij erg oneerlijk wordt behandeld,' klaagde Livvy.

'Omdat hij met zijn vrouw bij Hitler op bezoek is gegaan?' vroeg Pamela misprijzend. Toen keerde de glimlach terug op haar gezicht. 'Kijk eens wie we daar hebben!' Ben draaide zich om. De gestroomlijnde Rolls van de Prescotts kwam aanrijden over de oprijlaan.

De auto stopte naast hen en Jeremy stapte uit. 'Mijn god, ik wist niet wat ik hoorde! Ik ben meteen in de auto gestapt. We hebben de vlammen wel gezien vannacht, maar we dachten dat er een vliegtuig was neergestort. Totdat een van de bedienden die in het dorp woont, vertelde wat er was gebeurd. Hoe groot is de schade?'

'Het valt mee,' antwoordde Livvy. 'Een deel van het dak is vernield, en de zolder heeft schade opgelopen. Oma's verzameling victoriaanse wangedrochten is in rook opgegaan. Opgezette vogels, droogbloemen, dat soort dingen. En in een aantal van de bediendenkamers is het plafond naar beneden gekomen. Maar we mogen van geluk spreken dat de West Kents bij ons zijn ingekwartierd. Ze hadden het vuur al snel onder controle.'

'En hoe is het met jullie? Niemand gewond?' Hij keek Pamela aan.

'Nee, met ons is alles goed. En in mijn geval is dat aan Ben te danken. Ik was naar de oostelijke toren gegaan om Phoebes gouvernante naar buiten te helpen. Maar ze lag bewusteloos onder haar bed, en het lukte me niet haar daar weg te halen. De kamer vulde zich al snel met rook, er vielen stukken pleister uit het plafond, en ik wist me geen raad. Maar toen kwam Ben. We hebben haar samen onder het bed vandaan getrokken, net op het moment dat er een grote balk losliet. Hij wierp zich…'

Ben wist zeker dat ze 'boven op me' had willen zeggen.

'Hij duwde me net op tijd weg, en toen hebben we Miss Gumble samen in veiligheid weten te brengen,' vervolgde ze.

Jeremy keerde zich grijnzend naar Ben. 'Goed gedaan, kerel. Dus je krijgt genoeg opwinding. Misschien heb ik je onderschat.'

'Precies,' zei Ben kalm. 'En dat moet je nooit doen.'

'Eind goed al goed. Bravo.' Jeremy keerde zich naar Pamela. 'Heb je zin in een ritje? Ze hebben me eindelijk de auto meegegeven. Ik had natuurlijk een goed excuus, want ik moest weten hoe het met jullie ging.'

Pamela keek Ben aan.

'Ik ga zo naar Londen. Voor overleg op mijn werk,' zei die. 'Ik wilde alleen zeker weten dat hier alles goed was.'

'Kunnen ze niet zonder je op kantoor?' vroeg Jeremy.

'Jeremy, doe niet zo onaardig!' mopperde Pamela. 'Stel je eens voor hoe jij je zou voelen als je nooit meer kon vliegen.'

'O, maar zo bedoelde ik het niet...'

'Ja, zo bedoelde je het wel,' zei Ben. 'Maar ik heb tegenwoordig een dikke huid. Veel plezier samen.' Hij liep naar zijn fiets en wilde al wegrijden toen hij besloot een kijkje bij Miss Gumble te nemen in haar onderkomen boven de stallen. De kamer was, voorzichtig uitgedrukt, spartaans ingericht, met een eenpersoonsbed, een ladekast en wat haken aan de muur voor haar kleren. En overal stonden stapels boeken. Ze was inderdaad nog een beetje huilerig, zoals Phoebe al had gezegd.

'Mr. Cresswell! Wat aardig dat u langskomt. Ik weet gewoon niet hoe ik u moet bedanken. Zonder u was ik er niet meer geweest. Maar veel van mijn kostbare boeken zijn ernstig beschadigd. Het voelt alsof me een stuk van mijn leven is afgenomen.'

'Ach, dat spijt me. Maar misschien valt het mee. Misschien zijn ze nog te redden.'

'Maar mijn papieren... Ik had gehoopt mijn scriptie eindelijk af te maken. Mijn voormalige mentor in Oxford heeft beloofd een verzoek in te dienen zodat ik mijn scriptie aan de examinatoren kan voorleggen. Ik kon mijn studie destijds niet afmaken, weet u. Toen mijn vader stierf, heeft mijn broer de hele erfenis opgeëist en me op straat gezet.'

'Ik heb het gehoord. Van Phoebe. Wat erg!'

Ze knikte. 'Het leven kan soms zo oneerlijk zijn. Waarom moest uitgerekend Farleigh worden gebombardeerd?'

Ben keek de kamer rond. 'Waar is uw telescoop? Ik hoop dat u die wel hebt kunnen redden.'

'Ja, gelukkig wel. Zo'n ding kan wel een stootje hebben. Hij is nog van mijn vader geweest. Gemaakt van degelijk Brits koper.'

'Bestudeert u de sterren?'

Ze schoot in de lach. 'Lieve hemel, nee! Zo sterk is de lens niet. Nee, ik ben een beetje een vogelaar. Dus ik had de telescoop op een merelnest gericht. Het nest zit in een grote eikenboom en het is in beslag genomen door een koekoek. Fascinerende vogels, koekoeken. Vindt u ook niet? Ze leggen hun eieren in het nest van een andere vogel, en doordat hun kuiken veel groter is duwt het de echte uit het nest. En dan moeten die arme merels dat grote koekoekskuiken voeren.' Ze huiverde. 'Het leven is wreed. Ik zet de telescoop nu maar niet op. Hiervandaan kan ik de bossen toch niet zien. Alleen het stalerf.'

Ben was blij dat hij weg kon. Wat ze had gezegd over de telescoop en haar papieren klonk allemaal volstrekt geloofwaardig. Anderzijds, tijdens de briefings was hem verteld dat vrouwen uiterst geschikt waren als spion. Weer op de fiets schoten hem de papieren te binnen die lagen te drogen in de serre. Nu Miss Gumble nog bezig was zich te installeren, zou hij er onbespied een blik op kunnen werpen. Hij reed om het huis heen, naar de serre aan de achterkant. In vredestijd zou er een groepje tuinmannen aan het werk zijn geweest. Maar vanwege de oorlog had de familie twee al wat oudere mannen in dienst genomen die hun best deden de boel althans een beetje bij te houden. Ze waren op dat moment nergens te zien, dus hij liep de serre in. Binnen hing de zoete, vochtige geur van planten. Aan de wijnrank in een hoek hingen al kleine druiven, de tomatenplanten hadden gele bloemen. En op de lange tafel in het midden lagen de boeken en papieren van Miss Gumble. Sommige waren niet alleen drijfnat, maar ook dusdanig beschadigd dat ze niet meer te redden zouden zijn. Bij andere was de inkt doorgelopen. Ben boog zich eroverheen. En verstijfde. *Rozenoorlogen*, las hij. Een jaartal zag hij niet, maar de flarden tekst die hij wist te ontcijferen deden zijn hart sneller slaan. ... *de strijd om een zwakke koning te vervangen door een krachtiger telg van de Plantagenets... twee takken van de koninklijke dynastie... beslissende veldslag... nederlaag van de koning...*

Was het toeval, zijn ontdekking dat de cijfers 1 4 6 1 overeenkwamen met een jaartal in de Rozenoorlogen? Of duidde het op een verborgen boodschap? Twee takken van de koninklijke dynastie... Een nederlaag van de zwakkere telg... Was dat de koning die stotterde? En zich vurig tégen Hitler had uitgesproken? Was hij gestuit op een samenzwering om de koning af te zetten? Hij bekeek de rest van de papieren, maar kon niets vinden wat die verdenking bevestigde. Werkte Miss Gumble misschien voor de vijand door berichten te verzenden en te ontvangen via een verborgen radio? En waarom hadden de Duitsers een parachutist gedropt met uitsluitend en alleen een foto op zak?

Bij terugkomst in de pastorie trok hij zijn kantoorkleren aan en fietste naar het station. Inmiddels had het hele dorp het nieuws gehoord, en toen hij op een groepje vrouwen stuitte dat stond te praten op de stoep voor de bakker, werd hij bestookt met vragen over zijn rol in het drama van de vorige avond.

'Dus het was echt een bom?' riep een van de vrouwen. 'We vroegen ons af of er misschien gewoon brand was uitgebroken.'

'Nee, het was echt een bom,' antwoordde Ben.

'Waarom zouden ze in 's hemelsnaam Farleigh bombarderen?'

'Misschien gewoon omdat het een mooi groot huis is,' opperde een ander. 'Je weet hoe ze zijn, die schoften. Ze proberen ons bang te maken, en dus bombarderen ze alles wat voor ons waarde heeft, om ons op de knieën te krijgen. Maar dan vergissen ze zich. Al wordt de hele wereld om ons heen met de grond gelijk gemaakt, we geven ons niet over.'

Ben keek naar haar verweerde, gerimpelde gezicht. Dit was een vrouw die altijd sober had geleefd en waarschijnlijk nooit verder was geweest dan Sevenoaks of Tonbridge. Toch liet ze zich niet intimideren, hoe somber de toestand, hoe duister de toekomst ook leek.

Misschien is nog niet alles verloren, dacht Ben. Misschien laten we de Duitsers ooit in het zand bijten.

Hij stapte net weer op zijn fiets toen er een bestelbusje naast hem stopte. BAXTERS BOUWBEDRIJF stond er op de zijkant. Billy Baxter draaide zijn raampje naar beneden en leunde naar buiten. 'Waar moet je naartoe?'

'Naar het station. Voor overleg op mijn werk.'

'Stap in. Dan breng ik je.'

'Bedankt, maar dat hoeft niet. Op de fiets ben ik er zo.'

Billy grijnsde. 'Op die ouwe brik? Die ziet eruit alsof hij elk moment door zijn hoeven kan gaan.'

'Nou, hij houdt het al dertig jaar vol. Dus hij gaat nog wel een poosje mee.'

'Kom op. Doe niet zo moeilijk. Ik moet toch die kant uit.'

Ben aarzelde. Hij ging natuurlijk liever met de auto dan op de fiets, maar om nou met Billy Baxter mee te rijden…

'Vooruit, stap in. Ik kan je meenemen tot Sevenoaks. Dan hoef je niet over te stappen.'

'Ik zou het doen als ik jou was,' zei een van de vrouwen. 'Laat die fiets maar hier. Wij zorgen wel dat hij bij de pastorie komt.'

Daarmee verviel zijn laatste excuus om nee te zeggen. 'Fijn. Bedankt!' Hij knikte naar de vrouw, liep om de auto heen en stapte bij Billy in de cabine. 'Waar moet je heen?' vroeg hij.

'Naar de houthandel, helemaal aan de andere kant van Sevenoaks,' antwoordde Billy. 'Om voorraad in te slaan. Alleen al vanwege die toestand gisteravond, op Farleigh Place. Jij was erbij toch? Wat denk je, is er veel werk te doen?'

'Nou en of. Maar volgens mij heeft het leger alles onder controle. De West Kents zijn er ingekwartierd, dus ik hoorde dat ze de materialen zouden vorderen om de schade te herstellen.' Hij genoot toen hij zag hoe Billy's gezicht betrok.

'Maar dan hebben ze nog wel een aannemer nodig. Tenzij ze de boel alleen maar met planken aftimmeren tegen de regen.'

Ben ging er niet op in. 'De oorlog legt jullie geen windeieren, volgens mij.'

'Dat klopt. We doen het helemaal niet slecht. Een mens moet zijn kans grijpen.'

'Jammer dat er hier op het platteland niet meer huizen worden gebombardeerd.'

'Ach, ik heb genoeg werk. En ook nog een aardige bijverdienste.'

'O ja? Wat dan?'

'Ik krijg extra benzinebonnen voor het bouwbedrijf. Om naar mijn klanten te kunnen. Dus ik ben ook een handeltje begonnen. Mocht je vader ooit iets nodig hebben, dan kan hij het bij me bestellen en dan wordt het netjes bij hem thuis afgeleverd.'

'Je hebt het over de zwarte markt?'

Billy grijnsde. 'Ik noem het liever vraag en aanbod. Iedereen gelukkig. Wie spullen te veel heeft kan ze kwijt aan wie erom verlegen zit.'

'Met een vette marge voor jou als tussenpersoon.'

De grijns werd breder. 'Hoe zeggen ze dat ook alweer? Geld stinkt niet.'

Dat sloot Billy Baxter uit als contactpersoon voor de Duitsers. Hij deed zulke goede zaken dat de oorlog wat hem betrof nog wel even mocht doorgaan, vermoedde Ben. En stel dat de Duitsers binnenvielen, dan zou Billy geen scrupules hebben om ook hen op hun wenken te bedienen.

Ben was blij toen het station in zicht kwam.

HOOFDSTUK 25

Dolphin Square

Terwijl Ben in de lobby op de lift stond te wachten, probeerde hij te bedenken wat hij tegen Maxwell Knight moest zeggen. Had hij wel echt iets te rapporteren, behalve de bom op Farleigh Place, de telescoop van Miss Gumble, de twee kunstenaars in het eesthuis... De lift kwam, de deuren schoven open, en Ben hield verbijsterd zijn adem in.

'Cresswell!' zei Guy Harcourt op hetzelfde moment. 'Nee maar. Dat noem ik nog eens een verrassing.'

'Wat doe jij hier?'

'Dat kan ik ook aan jou vragen, kerel. Laten we het er maar op houden dat we voor dezelfde baas werken. Ik vond dat verhaal dat je een tijdje rust moest nemen, meteen al ongeloofwaardig. Je bent net zo fit als ik. En blijkbaar kun jij, net als ik, elk moment bij een zekere kapitein in Dolphin Square binnenvallen.'

'Allemachtig! Jij ook?'

'Desgevraagd fungeer ik met genoegen als boodschappenjongen. En jij? Ben je terug? Zie ik je weer in ons kosthuis?'

'Dat weet ik nog niet. Ik ben ook een soort boodschappenjongen.' Ben stapte grijnzend in de lift.

Eenmaal boven haalde hij diep adem en liep de gang door naar het kantoor.

Maxwell Knight zat in legeruniform achter zijn bureau en keek op van zijn papieren toen Ben binnenkwam. 'Cresswell! Kom erin. Ga zitten.'

'Neemt u me niet kwalijk, kapitein. Ik wist niet dat...' stamelde hij. 'Ik wist niet dat u militair was. Ik had u eigenlijk met uw rang aan moeten spreken.'

'Ik ben ook geen militair. Maar omdat ik mijn stinkende best doe om een eind te maken aan de oorlog, besloot ik dat ik net zoveel recht heb op een uniform als onze gewapende troepen.' Hij grijnsde en zag er plotseling jongensachtig uit. 'Ik heb mezelf ook een paar medailles gegeven.' Hij wees op de strook met gekleurde linten op zijn borst. 'Deze is voor alle dassen die ik heb gered. Deze voor de uitstekende martini die ik maak.' Toen werd hij weer ernstig. 'Heb je al iets te rapporteren?'

'Misschien. Farleigh is gisteravond getroffen door een bom.'

'Asjemenou! Veel schade?'

'Het valt gelukkig mee. De zolder is uitgebrand, en sommige kamers op de bovenste verdieping zijn tijdelijk niet te gebruiken, maar er zijn geen gewonden gevallen, laat staan doden. De West Kents hadden het vuur snel onder controle. Bovendien is het huis natuurlijk voornamelijk opgetrokken uit steen.'

'Is dat alles wat je te melden hebt?' Knights bovenlip krulde in wat waarschijnlijk een sarcastische grijns moest voorstellen.

'Ik heb de omgeving verkend en een lijst gemaakt van personen die misschien interessant zijn. Het is allemaal niet echt veelbelovend, ben ik bang.' Hij gaf de lijst aan Knight die hem aandachtig bestudeerde.

'Olivia, de oudste dochter van Lord Westerham, is getrouwd met Burggraaf Carrington. De burggraaf is bevriend met de Hertog van Windsor en op diens verzoek toegewezen aan de hofhouding van de hertog op de Bahama's. Olivia vindt dat de hertog geen eerlijke behandeling krijgt, maar uit niets blijkt dat ze actief zou kunnen zijn als sympathisant van de Duitsers. Om u de waarheid te zeggen heb ik haar altijd de minst intelligente van de dochters gevonden. En ze raakt bovendien snel in paniek. Dus volgens mij is ze niet uit het goede hout gesneden om spionagewerk te doen.'

Knight grijnsde opnieuw. 'Geen betere acteurs dan vrouwen, Cresswell. Maar je kent haar al je hele leven. Dus je zult wel gelijk hebben.' Hij zweeg even. 'Wie nog meer?'

'Ik heb de gouvernante van Lady Phoebe ook op de lijst gezet. Een ontwikkelde vrouw van goede familie. Ze beweert dat ze aan haar scriptie werkt. Maar er stond een telescoop voor het raam van haar torenkamer. En ze deed erg nerveus over haar papieren. Dus ik vraag me af of ze het vliegverkeer in de gaten houdt en de vliegroutes vanaf Biggin Hill. Of ze die informatie misschien op de een of andere manier weet door te spelen naar Duitsland.'

Knight knikte. 'Interessant. Ja, dat klinkt wel als iemand die ze zouden rekruteren. Ontevreden. Gefrustreerd, omdat ze zich het leven anders had voorgesteld. Misschien koestert ze de wens om het establishment een hak te zetten.'

'Ze maakte op mij een sympathieke indruk. Zeker niet achterbaks. En ze zegt dat ze de telescoop gebruikt om naar vogels te kijken.'

'Zegt ze dat?' Maxwell Knight glimlachte. 'Misschien moet je haar toch in de gaten houden. Een blik werpen op haar papieren als dat lukt. En haar kamer doorzoeken om erachter te komen of ze daar een radio heeft verstopt.'

'Ik heb haar papieren bekeken die bij het bombardement waterschade hadden opgelopen. Het lijkt er inderdaad op dat ze aan een scriptie werkt. Met één interessant detail. De scriptie heeft de Rozenoorlogen als onderwerp. En twee van de belangrijkste veldslagen van dat conflict vonden plaats in 1461. Toeval of een aanwijzing?'

'Interessant,' zei Knight nogmaals. Hij knikte. 'Ik geloof nooit zo in het toeval. Dus ik vind dat je haar spullen moet doorzoeken. Grondiger dan je al hebt gedaan.'

'Dat zal ik doen, sir,' beloofde Ben met tegenzin.

'Verder nog iemand die verdacht is?'

Ben haalde diep adem. 'Er zijn wel wat mensen in de omgeving die het financieel erg goed doen ondanks – of misschien moet ik zeggen dankzij – de oorlog. Dus die hebben er alleen maar baat bij dat de oorlog voortduurt. O, en ik heb gisteravond een echtpaar ontmoet met pro-Duitse sentimenten. Lord en Lady Musgrove. Ze namen het ook op voor de Hertog van Windsor, net als Livvy. Lord Musgrove heeft het landgoed van zijn oom geërfd en is om die reden teruggekomen uit Canada. Ik krijg de indruk dat ze behalve genoeg geld ook genoeg benzinebonnen hebben. Ze wonen hier nog niet zo lang. Tot voor kort kende niemand hen. Dus ik vraag me af of hun verhaal klopt. Of ze zich misschien anders voordoen dan ze zijn. Ze staan op de lijst, maar Musgrove Hall ligt minstens acht kilometer van Farleigh. Dus stel dat zij de contactpersoon zijn, waarom is de parachutist dan niet boven hún terrein gedropt?'

'Tja, dat klinkt inderdaad niet logisch,' viel Knight hem bij.

'Verder hebben we nog de twee buitenlandse kunstenaars in het eesthuis. Die wonen er ook nog maar kort. De ene beweert dat hij de Deense nationaliteit heeft, de andere komt uit Rusland. Ze leken me, eerlijk gezegd, veel te druk met zichzelf bezig om spionagewerk te doen. Dat gezegd hebbende, er hing een doek aan de muur waarvan de Rus beweerde dat hij het had geschilderd. Maar ik herkende het als een werk van een ander, van een bekende kunstenaar.'

'We zullen ze natrekken,' zei Knight. 'Buitenlanders moeten zich laten registreren, dus dat zou niet zo moeilijk moeten zijn. Was dat het?'

'Bijna. Alleen nog een Joodse chirurg uit Wenen. Onze plaatselijke huisarts heeft zich over hem ontfermd. Er wordt over gepraat omdat hij een Duits accent heeft. Maar hij vertelde dat hij in Oostenrijk werd vervolgd. Hij is net als de twee kunstenaars hier nog niet zo lang geleden naartoe gekomen. Dus hij zou gemakkelijk na te trekken moeten zijn. O, en dan is er nog een Oostenrijkse landarbeidster die het heeft aangelegd met een van de soldaten die op Farleigh Place zijn ingekwartierd. Het meisje zou op die manier nuttige informatie kunnen bemachtigen.'

Knight keek op van de lijst. 'En hoe is het met de dorpsroddels? Hebben die nog iets smeuïgs opgeleverd?'

'Iedereen lijkt het erover eens dat de parachutist een Duitse spion was en dat hij het waarschijnlijk op Biggin Hill had gemunt.'

'Goed werk.' Knight vouwde de lijst op. 'En nu?'

'Ik neem aan dat de locatie van de foto nog niet bekend is?'

'Nee, zover zijn we nog niet.'

'Dan heb ik wel een paar suggesties. Nogmaals, de cijfers op de foto zouden naar een jaartal in de Rozenoorlogen kunnen verwijzen. Er zijn in 1461 twee grote veldslagen uitgevochten, de ene op de grens met Wales, de andere in Yorkshire. Misschien dat ik daar maar eens een kijkje zou moeten nemen, om te zien of het landschap overeenkomt met dat op de foto.'

'Goed idee. We moeten alles proberen. Elke mogelijkheid natrekken.'

Ben aarzelde. 'Heb ik dan recht op vervoersbonnen? Een bewijs dat de reis die ik maak noodzakelijk is? Dat soort dingen?'

'Nee. Geen sprake van. Dit kantoor bestaat officieel helemaal niet. Dus niets wat kan worden nagetrokken, mag naar ons te herleiden zijn. Maar als je je onkosten bijhoudt, zullen we die vergoeden.'

Ben stond op. Het gesprek was hiermee afgelopen, dat was duidelijk. Hij had nog naar Guy Harcourt willen vragen, hij had willen laten doorschemeren dat hij wist dat Guy ook tot de contacten van Knight behoorde. Maar het protocol schreef waarschijnlijk voor dat niemand die hier werkte, elkaar kende. Of dat in elk geval niet toegaf.

'O, en Cresswell, je hoeft niet op een penny te kijken. Neem goede hotels en trakteer jezelf af en toe op een fatsoenlijke maaltijd.'

Ben aarzelde in de deuropening. Knight had zijn stoel omgedraaid en keek uit over de Theems.

'Neemt u me niet kwalijk dat ik het vraag, sir, maar wat denkt u? Zou er een verband bestaan tussen die bom op Farleigh en dat andere incident?'

Knight draaide zijn stoel terug. 'Met de parachutist, bedoel je? Wat denk jij?'

'Ik weet het niet. Maar bij twee vijandelijke acties, zo kort na elkaar, vraag je je onvermijdelijk af of er een verband is. Is de parachutist gedropt om iemand te vermoorden? En toen dat misliep, is toen het huis gebombardeerd?' Hij zweeg, en toen Knight niet reageerde vervolgde hij: 'Het klinkt absurd, dat besef ik, maar...'

'Helemaal niet. Wat denk je? Is Lord Westerham of een van zijn dochters zo'n riskante operatie waard? Het droppen van een parachutist om Westerham of een van de meisjes te vermoorden?'

'Eerlijk gezegd kan ik me daar niets bij voorstellen, sir.'

Knight haalde diep adem. 'Het lijkt mij het meest waarschijnlijk dat het huis is herkend als legerbasis. En dat is ook niet zo verwonderlijk. Ik heb van jou begrepen dat het hele voorplein vol staat met militaire voertuigen. Ongetwijfeld gecamoufleerd, maar toch. Dus misschien was het bombardement bedoeld als waarschuwing, om duidelijk te maken dat de West Kents zijn ontdekt. In dat geval komen de bommenwerpers terug.'

'Tot die conclusie was ik ook gekomen, sir.' Ben wilde zich al omdraaien.

'Anderzijds...' klonk de stem van Maxwell Knight achter hem. 'Er is iets wat je moet weten. Het heeft te maken met Lord Westerham en zijn gezin. Niet dat ik een verband vermoed met onze parachutist of de bom, maar... Lady Margot Sutton is in Parijs opgepakt door de Gestapo.'

'Jeetje!' flapte hij eruit, en hij besefte zelf hoe kinderachtig het klonk. Al het bloed trok weg uit zijn gezicht. 'Margot! Waarom is ze opgepakt? Vanwege haar Franse minnaar?'

'Misschien. Of misschien omdat ze er een van ons is.'

'Hoe bedoelt u? Werkte Margot voor u?'

'Ze deed weleens wat, ja. Kleine dingetjes, meer niet. Toen onze ambassade in Parijs nog open was, heeft ze zich aangemeld. Omdat ze niet weg kon, terug naar huis, vroeg ze of ze iets voor ons kon betekenen. We hebben haar een radio gegeven, en daarmee gaf ze berichten door. Als de Duitsers die radio hebben gevonden, zullen ze haar waarschijnlijk martelen en uiteindelijk vermoorden.'

'Gaat u niet proberen haar daar weg te halen?'

'Jazeker. Daar wordt aan gewerkt.'

'Ik zou me graag als vrijwilliger melden, sir.'

Knight grijnsde. 'Ik bewonder je moed en je loyaliteit, maar als je geen stuk metaal in je knie had, dan zat je waarschijnlijk in een Spitfire. Zie je jezelf in Parijs over de daken klauteren? Langs regenpijpen klimmen? Op de vlucht slaan voor Duitse soldaten, terwijl je je revolver afvuurt over je schouder?'

Ben wilde al protesteren, maar Knight gaf hem geen kans. 'En dat is nog niet alles. Zie je jezelf een soldaat die op wacht staat, koelbloedig de keel doorsnijden? Voor dit soort speciale opdrachten is een speciaal soort kerels nodig. Vandaar dat we die aan de commando's overlaten. Mannen die voor dit soort klussen zijn opgeleid.'

'Weet haar familie ervan?'

'Nee, en zolang we nog niet kunnen zeggen dat de missie is geslaagd, wil ik dat je je mond houdt. En mocht de missie mislukken, dan bepalen we wat het juiste moment is om de familie in te lichten.'

Ben knikte. 'Mag ik u vragen het mij als eerste te laten weten? Hoe de missie is verlopen?'

'We zullen zien.' Knight gebaarde naar de deur. 'Vooruit! Aan de slag met je zoektocht.'

Toen Ben het kantoor uit liep, viel het hem op hoe chic Joan Miller, Knights secretaresse, eruitzag. Alsof ze in het Savoy ging dineren. Ze droeg een japon van grijze zijde met een snoer parels, en ze had zich bescheiden opgemaakt.

'Wat ziet u er piekfijn uit vandaag, Miss Miller.'

Ze glimlachte. 'O, dank u wel, Mr. Cresswell. Ik heb een afspraak met een paar belangrijke heren. Dan moet je er toch alles aan doen om er goed uit te zien.'

Eenmaal buiten in de frisse lucht schudde hij zijn hoofd. Een bezoek aan Dolphin Square riep onvermijdelijk associaties op met *Alice in Wonderland*. Bestonden Knight en zijn secretaresse eigenlijk wel echt? En zou de klus die hem was opgedragen, wel iets opleveren?

HOOFDSTUK 26

Bletchley Park

Op zondag nam Pamela de trein terug naar Bletchley, ook al had Jeremy aangeboden haar met de auto te brengen. Ze hadden samen gegeten in een pub aan de oever van de Medway. Het volmaakte decor voor een romantische avond. Helaas stelde het eten teleur. De kabeljauw was taai en droog, de kool grauw en te lang doorgekookt. Ze hadden erom gelachen en de vergelijking getrokken met het eten op Nethercote.

'Moet je weer aan het werk?' had hij gevraagd.

'Ja, natuurlijk. We hebben te weinig mensen, dus ik mag blij zijn dat ik een week vrij kreeg. Maar de nachtdienst begon zijn tol te eisen, en ik was sinds Kerstmis niet meer thuis geweest.'

'Dan breng ik je. Ik moet toch naar de stad. Naar de medicijnmannen in het ziekenhuis, voor controle. De wond is goed genezen, dus ik hoop vurig dat ze me gezond verklaren. Dan kan ik weer aan het werk. Maak je geen zorgen, vliegen is er voorlopig nog niet bij,' zei hij bij het zien van haar verontruste gezicht. 'Ik zou niets liever willen, maar dat duurt nog wel een paar maanden, vrees ik. Ze hebben een baantje voor me op het luchtmachtministerie. Het lijkt me niks. Het klinkt allemaal weinig opwindend, als ik moet afgaan op de verhalen van jou en van Ben. Ik wil geen routinewerk. Ik wil routes bedenken voor bombardementsvluchten of luchtfoto's analyseren.'

'Dat geloof ik graag.' Pamela schoot in de lach. 'Maar het routinewerk moet ook gebeuren. Als dossiers niet netjes op alfabet staan, als informatie niet te vinden is, dan kan dat levens kosten.'

'Natuurlijk. Dat is ook zo.' Hij grijnsde. 'Maar daar ben ik nooit goed in geweest. In het gewone, saaie werk. Op school heb ik vaak genoeg klappen gekregen omdat ik niet genoeg mijn best deed. Maar uiteindelijk mankeerde er niets aan mijn cijfers. Reken maar dat ze dan op hun neus keken! En dat ik daarvan genoot.'

'Er gaat een trein. Dus waarom zou je met de auto naar de stad gaan? Dat is zonde van de benzine,' mopperde Pamela.

'O, benzine is geen probleem. Mijn vader kan de bonnen min of meer zelf uitschrijven. Hij moet voortdurend naar de stad.'

Pamela zag het al voor zich, Jeremy die erop stond haar naar Bletchley te brengen. Dat moest ze tegen elke prijs zien te voorkomen. 'Ik vind het wel fijn als je me naar het station brengt. Maar verder ga ik liever met de trein. Ik heb reisbonnen.'

'Ik zou bijna denken dat je me ontloopt.'

'Helemaal niet. En dat weet je best. Ik vond het een heerlijke dag vandaag. Maar ik eh... Nou ja, ik vind het prettig om mijn gedachten een beetje te kunnen ordenen voordat ik weer aan het werk ga. Want ik sluit niet uit dat ik meteen de nachtdienst in moet.'

'Ze hebben het recht niet om vrouwen nachtdiensten te laten draaien,' protesteerde Jeremy. 'En dat ga ik ze zeggen ook. Ik breng je.'

'Geen sprake van!' Ze sloeg hem op zijn hand.

Hij pakte de hare en trok haar hartstochtelijk naar zich toe. Met zijn lippen op de hare dwong hij haar steeds verder achterover op de bijrijdersstoel van de Rolls. Ze was zich scherp bewust van zijn lichaam op het hare, van zijn tong in haar mond, van zijn knie die haar benen uit elkaar duwde, van zijn hand die op verkenning uitging.

Abrupt schoot ze overeind, en ze duwde hem van zich af. 'Niet hier! Iedereen kan ons zien.'

Hij nam haar onderzoekend op. 'Soms vraag ik me af of je nog wel iets voor me voelt, Pamma. Ik weet dat je van me hield. En mijn gevoelens voor jou zijn niet veranderd. Ik kan er niets aan doen dat ik naar je verlang. Daar ben ik heel eerlijk in. Ik hunker naar je! Maar zodra ik te dicht bij je kom, duw je me weg. Dan voel ik me afgewezen.'

'Ik wijs je niet af. Echt niet. Ik hou van je. Toen je in Duitsland zat, heb ik elke nacht van je gedroomd. Ik sliep met je foto onder mijn kussen. En ik verlang ook naar jou, alleen...' Ze glimlachte verlegen. 'Ik mag dan eenentwintig zijn, maar ik ben nog maagd. Dus misschien is dat het. Misschien schrik ik ervoor terug om de volgende stap te zetten.'

Hij schoot in de lach. 'Dan moeten we daar iets aan doen. Nee, rustig maar. We zullen niets overhaasten. Ik zorg dat alles perfect is. In het appartement worden we door niemand gestoord. De ideale ambiance. Eind van de week ga ik erin. Je komt toch bij me langs?'

'Natuurlijk. Ik weet alleen nog niet wanneer ik weer vrij krijg.'

'Laten we beginnen met mijn feestje, ter ere van de verhuizing. Ik denk erover om het volgende woensdag te doen. Dan heb ik de tijd om op orde te komen. Ben je die avond vrij?'

'Dat hangt van mijn dienst af.'

Hij fronste zijn wenkbrauwen. 'Je kunt vast wel een keer een dienst ruilen. Want ik neem niet aan dat je zeven dagen in de week moet werken.'

'Nee, natuurlijk niet.'

'En je kunt vanaf je werk met de trein naar de stad?'

'Ja, dat is geen probleem.'

Hij pakte haar hand, speelde met haar vingers. 'Goed, dan houden we het op volgende week woensdag. Ik kan me het laatste feestje niet heugen. Nodig je vriendinnen ook uit. Ik weet zeker dat mijn ouweheer genoeg drank in huis heeft. We zullen hem helpen de voorraad erdoor te jagen, vóórdat de Duitsers binnenvallen en alle drank in beslag nemen.'

Pamela ging nog meer rechtop zitten om haar rok glad te strijken. 'Denk je dat echt? Dat de Duitsers zullen binnenvallen?'

'Volgens mij is dat onvermijdelijk. Je hebt gezien hoe het in Frankrijk is gegaan. En in België, in Denemarken, in Noorwegen. Het kostte ze geen enkele moeite. Dus waarom zou het bij ons anders gaan?'

'Er is hier sinds 1066 geen invasie meer geweest. En Napoleon is alle landen die je net noemde, ook binnengevallen, maar bij ons is het hem niet gelukt.'

Hij klopte haar op de knie. 'Zo mag ik het horen. We zullen tegen ze vechten op de stranden! We zullen tegen ze vechten in de pubs, in de openbare toiletten…'

'Dat is niet iets om grapjes over te maken! Het was een briljante toespraak. Churchill is een geweldige spreker.'

'Sorry. Ja, dat is zo. Maar met alle trots en strijdlust van de wereld ontbreekt het ons aan de wapens om de Wehrmacht in het zand te doen bijten. Alleen als Amerika besluit ons te helpen, zou het tij kunnen keren. Maar het kan nog wel jaren duren voordat ze daar de knoop doorhakken.'

Pamela huiverde. 'Laten we het er maar niet over hebben. Jij bent weer veilig thuis, en daar gaat het om.'

'En jij komt naar mijn feestje?'

'Ik doe mijn best.'

In de trein naar Bletchley dacht ze na over hun gesprek. Een feestje, dat kon geen kwaad. Dan waren ze met een heleboel. Maar ze zou toch ooit een besluit moeten nemen over hun relatie. Jeremy wilde met haar naar bed. En ze had altijd gedacht dat zij dat ook wilde. Maar pas als ze getrouwd waren. Voor hem speelde dat blijkbaar geen rol. Maar de verhalen van meisjes die ongehuwd zwanger werden, waren legio. Meisjes die naar het platteland werden gestuurd, en tegen de tijd dat ze terugkwamen werd er nergens meer over gepraat, ook niet over het kind.

Als zij onbedoeld zwanger raakte, zou Jeremy met haar trouwen. Daar twijfelde ze niet aan. Bovendien vermoedde ze dat hij verstand had van zulke dingen en zou zorgen dat het niet gebeurde.

Tegen de tijd dat ze uit de trein stapte, voelde ze zich al een stuk beter en popelde ze van ongeduld om weer aan het werk te gaan. In het kosthuis trof ze haar kamergenoot. Trixie zat op haar bed en trok zorgvuldig haar zijden kousen aan. Toen ze Pamela hoorde binnenkomen keek ze op.

'Je bent er weer! Wacht even, ik moet dit heel voorzichtig doen. Het is mijn enige goede paar kousen. Dus als er een ladder in komt, zal ik net als iedereen een streep op mijn kuiten moeten tekenen.' Ze maakte de kous vast aan de jarretel. 'Heb je het fijn gehad?'

'Ja, heel fijn. Behalve dan dat ons huis is gebombardeerd.'

'Gebombardeerd? Nee! Wat afschuwelijk. En nu? Ligt het in puin?'

'Nee, gelukkig niet. De schade is beperkt gebleven. De West Kents zijn bij ons ingekwartierd, en die kwamen direct in actie. Het was alle hens aan dek, maar daardoor is het gelukt het vuur te doven voordat het zich kon verspreiden.'

Trixie grijnsde. 'Ik moet echt eens bij je langskomen, met al die lekkere kerels in de buurt. En over lekkere kerels gesproken, heb je de verrukkelijke Jeremy Prescott nog gezien?'

'Ja.'

'Hoe ging het met hem? Is hij eh… weer helemaal de oude?'

'Bijna. Sterk vermagerd en nog wat bleekjes, maar het gaat gelukkig de goede kant uit. Hij ziet eruit als een romantische dichter. Een beetje Keats op zijn sterfbed. Maar hij knapt snel op.' Ze dacht eraan hoe hij haar in de auto achterover had geduwd. 'Ja, hij knapt echt opmerkelijk snel op.'

'Dus je hebt het zalig gehad. Vertel! Ik wil alles weten.'

'Er valt niet zoveel te vertellen. We waren meestal met zijn familie. Maar vandaag zijn we samen uit eten geweest, en daarna heeft hij me met de auto thuisgebracht.'

'O, ik weet nog dat ik ooit met hem in een taxi heb gezeten,' vertelde Trixie. 'Na een debutantenbal. Lieve hemel, ik had geen idee wat er allemaal kon op de achterbank van een taxi. Wist ik veel dat hij NVT was.'

'Wat?'

'NVT, schat. Niet te vertrouwen in taxi's. Dat was een code onder debutantes. Kende je die niet? Ik zou bijna denken dat je in een klooster bent opgegroeid.'

'Nou, het scheelt niet veel. Mijn ouders zijn vreselijk preuts. Ik wist echt van niks totdat ik een jaar naar kostschool in Zwitserland ging.'

'Waar je vast en zeker meer hebt geleerd dan hoe je een knicks moest maken, en wat er bij een diner van de gastvrouw wordt verwacht. Bij mij ging het net zo. Zwitserland was een openbaring.' Ze grijnsde veelbetekenend. 'Ach, die skileraren. Wat een mannelijke mannen!' Ze deed alsof ze zichzelf koelte toewuifde.

Pamela schoot een beetje nerveus in de lach.

'En? Heeft Jeremy De Vraag gesteld? Of hadden jullie je al uitgesproken? Wat een heerlijk, ouderwets woord, trouwens.'

Pamela bloosde. 'Hij wil niet over trouwen praten totdat de oorlog voorbij is.'

'En gelijk heeft-ie. Bovendien, wie wil er nou trouwen zolang de kleren op de bon zijn? Je zult mij niet in een tuttig mantelpak naar het altaar zien gaan. Als ik trouw, dan alleen met alles erop en eraan. Een eindeloze sleep van zijde, een sluier. En een uitzet, ook met alles erop en eraan.'

'Dus je gaat in het wit?' Pamela trok een wenkbrauw op.

Trixie giechelde. 'Schat, als alleen maagden dat deden, dan waren er weinig witte bruiden meer.' Ze trok voorzichtig de andere kous aan. Toen stond ze op, ze bekeek zichzelf in de spiegel en knikte goedkeurend.

'Ga je iets leuks doen?' vroeg Pamela.

'Misschien. Maar ik denk het niet. Gisteravond op het concert sprak ik een man uit Hut 6. Hij vroeg of ik met hem naar de film wilde. Eigenlijk denk ik dat hij een beetje te serieus is naar mijn smaak, een beetje te slim. Maar ja, dat zijn ze hier allemaal. Ze komen niet naar Bletchley om de bloemetjes eens lekker buiten te zetten. Afijn, alles beter dan thuisblijven, al was het maar vanwege de jachtschotel van Mrs. Entwhistle. Trouwens, haar kookkunst heeft de afgelopen week een nieuw dieptepunt bereikt. Te lang gekookte kool, aardappelpuree en een plak ham uit blik, en dat drie dagen achter elkaar! Ik moest steeds aan jou denken. Heb je lekker gegeten bij je ouders?'

'Ja, prima. En het diner bij de Prescotts was helemaal geweldig. Oesters, gebraden varkensvlees, chocoladesoesjes met chocoladesaus. En bij elke gang de juiste wijn. Ik waande me in de zevende hemel.'

'Waar halen ze al dat lekkers vandaan?'

'Volgens mij kopen ze het op de zwarte markt. Sir William schijnt overal een dikke vinger in de pap te hebben.'

'Dan kun je maar beter zorgen dat je Jeremy weet te strikken voordat een ander er met hem vandoor gaat.' Ze stiftte royaal haar lippen. 'Wanneer zie je hem weer? Kent is zeker net te ver om op je vrije dag naar huis te gaan?'

'Eind van deze week trekt hij in het appartement van zijn ouders. Hij gaat in Londen werken, bij het luchtmachtministerie. O, en hij wil die woensdag daarna een feestje geven. Om zijn nieuwe huis in te wijden. Ik hoop dat ik dan geen nachtdienst heb. Of dat ik met iemand kan ruilen.'

'Ooo, een feestje! Wat heerlijk! Mag ik mee?'

Pamela aarzelde. Trixie zou niet aarzelen om Jeremy het hoofd op hol te brengen. Maar ze kon met goed fatsoen geen nee zeggen. 'Natuurlijk. Tenminste, als we vrij kunnen krijgen. En dat zal niet meevallen. Ik heb Jeremy al gewaarschuwd.'

'We zullen zien. Trouwens, ik kreeg vrijdag een briefje van de grote baas. Dat je na terugkomst bij hem langs moest gaan.'

'Sjonge. Het voelt alsof ik op het matje moet komen.'

'Hoezo? Je hebt toch niks verkeerds gedaan? Of wel? Heb je staatsgeheimen verraden? Over je werk gepraat?'

‘Nee, natuurlijk niet. Ook al viel dat soms niet mee. Thuis denken ze allemaal dat ik saai kantoorwerk doe op het een of andere ministerie. Het liefst had ik ze verteld dat wat we hier doen, echt belangrijk is.’

‘Denk je dat? Ik vraag het me weleens af. Wat ik doe is saai kantoorwerk. Blijkbaar is jouw werk een stuk opwindender.’

‘Nee, dat denk ik niet,’ zei Pamela haastig. ‘We zijn allebei kleine, maar onmisbare radertjes in het grote geheel. Daar ben ik van overtuigd.’

‘Moet ik nu in de houding springen en het volkslied aanheffen?’ Trixie schoot in de lach.

Pamela gaf haar een kameraadschappelijke por. ‘Ga jij nou maar naar je film. Dan ga ik naar beneden. Op naar Mrs. Entwhistle en haar puree met ham!’

HOOFDSTUK 27

Bletchley Park

De volgende morgen zette Pamela al om acht uur haar fiets tegen het grote huis en liep naar de indrukwekkende voordeur. Het was stralend weer. Zwanen gleden statig over het meer waarin de zon zich flonkerend spiegelde. Duiven fladderden en zwenkten langs de hemel, en overal hing de geur van rozen en kamperfoelie. Een perfecte dag voor een picknick, ergens op de oever van een rivier. Pamela dacht aan de lome zomermiddagen op Farleigh, maar bij het betreden van de schemerige hal dwong ze zichzelf abrupt terug te keren naar de werkelijkheid. Behalve dat ze was flauwgevallen, had ze geen idee wat ze kon hebben misdaan. Misschien kreeg ze te horen dat ze het werk niet aankon en werd ze met oneervol ontslag naar huis gestuurd. Anderzijds, ze wist ook van anderen die waren flauwgevallen of zelfs mentaal ingestort. Dus ze was niet de enige. De lange diensten, de spartaanse, deprimerende omgeving en de voortdurende werkdruk waren slopend.

De receptioniste kwam haar kantoortje uit toen ze Pamela's schoenen hoorde tikken op de marmeren vloer.

'Lady Pamela! U kunt meteen doorlopen naar boven. Ik zal de commandant bellen om te zeggen dat u eraan komt.'

Ze klonk opgewekt. Dat was bemoedigend. Maar misschien kreeg ze, als receptioniste, de reden niet te horen waarom de commandant mensen bij zich riep. Pamela liep de fraai bewerkte houten trap op en klopte op de deur van de commandant.

'Lady Pamela!' begroette Travis haar joviaal. 'Gaat u zitten. Hebt u een prettige tijd gehad bij uw familie?'

Pamela ging op het puntje van de rechte stoel voor het mahoniehouten bureau zitten. 'Heel prettig, sir. Lekker slapen, lekker eten, daar knapt een mens van op.'

'Zo mag ik het horen. Want ik heb u nodig voor een nieuwe opdracht. Een nogal ongebruikelijke, mag ik wel zeggen, zelfs naar Bletchley-maatstaven. En strikt vertrouwelijk. Laat dat duidelijk zijn. U bent inmiddels aan geheimhouding gewend, maar die is in dit geval van zo mogelijk nog groter belang.'

'Duidelijk, sir.'

De commandant boog zich over zijn bureau. 'Wat weet u van het New British Broadcasting Station?'

'Is dat niet een radiostation in Duitsland? Een zender die zich voor Brits uitgeeft en nepnieuws verspreidt?'

'Precies.' Hij hief zijn vinger om zijn woorden te benadrukken. 'Bedoeld om angst en wanhoop te zaaien, om de strijdlust van de Britten te breken, zodat ze de Duitsers met open armen ontvangen wanneer die hier binnenvallen.'

'Ik kan me niet voorstellen dat veel Britten daarin trappen, sir.'

'Dat zou u verbazen. Sommige mensen – en dat zijn er heel veel – geloven alles wat ze op de radio horen. Wij weten wat er in de wereld te koop is, maar dat geldt lang niet voor iedereen. Afijn, daar gaat het nu niet om. U hebt misschien ook gehoord van de zogenoemde vijfde colonne. Dat zijn niet noodzakelijk buitenlanders, maar vooral ook Britse staatsburgers, zowel mannen als vrouwen, die met Duitsland sympathiseren en Herr Hitler maar al te graag behulpzaam zijn.'

'Dat zal toch niet waar zijn? Natuurlijk, ik heb van de vijfde colonne gehoord, maar dan denk ik aan onbetrouwbare Russische immigranten en aan fascisten zoals Mosley.'

'Nogmaals, u zou verbaasd staan. Er zijn talloze Britten die een invasie zouden verwelkomen. Zelfs in onze eigen kring van vrienden en bekenden. En we hebben reden om aan te nemen dat er een complot tegen de koninklijke familie wordt gesmeed. Het valt niet met zekerheid te zeggen, maar we vermoeden dat er plannen zijn om de koninklijke familie uit te schakelen en de Hertog van Windsor opnieuw op de troon te zetten. Hij heeft in elk geval bewezen sterke pro-Duitse sentimenten te koesteren.'

'Maar dat is afschuwelijk!'

'Precies. En dat is ook de reden dat ik u wilde spreken, Lady Pamela. Ik heb van uw teamleiders bijzonder goede berichten over u ontvangen. U bent snel van begrip, er is niets wat u ontgaat en u bent in staat buiten de geijkte kaders te denken. Het werk waar ik u voor nodig heb, is het volgende. Hier vlakbij zit een radiostation waar vrouwen van de WAAF alle Duitse uitzendingen beluisteren en op schrift stellen. U ontvangt dagelijks een transcript van wat het New British Broadcasting Station heeft uitgezonden. Aan u de opdracht om daar uit te halen wat mogelijk een gecodeerde boodschap voor Duitse sympathisanten zou kunnen zijn. Bijvoorbeeld een zin die wordt herhaald, als teken dat wat volgt een boodschap is. Ik kan u niet zeggen waar u op moet letten, want dat weet ik net zomin als u. Maar zoals ik al zei, u bent snel van begrip, u hebt een helder verstand, dus ik denk dat u de juiste persoon bent voor deze opdracht.'

'En waar kom ik te werken, sir? Of blijf ik gewoon in Hut 3?'

'Nee, dat zal niet gaan. Dit is iets wat strikt tussen ons moet blijven. U mag er met niemand over praten. Het is heel goed mogelijk dat er zelfs hier op Bletchley Duitse sympathisanten werkzaam zijn.'

'Echt waar?'

'We moeten met alles rekening houden. De Abwehr gaat uiterst geraffineerd te werk. De Duitsers proberen te infiltreren waar ze maar kunnen. Dus u begrijpt de noodzaak van strikte vertrouwelijkheid.'

'Ja, natuurlijk. Maar wat zeg ik tegen mijn kamergenote? En tegen mijn oud-collega's? Ik kom ze ongetwijfeld weer tegen in de kantine.'

'Dat u door mij bent overgeplaatst omdat ik behoefte had aan een charmante verschijning in het archief.'

Ze schoot onwillekeurig in de lach. 'Dus ik kom hier te werken?'

'Dat klopt. Er wordt een kamer op de bovenste verdieping voor u in gereedheid gebracht. En u rapporteert uitsluitend aan mij. Is dat duidelijk?'

'Duidelijk, sir. Ik hoop dat ik u niet teleurstel. Ben ik de enige met deze opdracht?'

'Nee, u werkt samen met één collega. Een buitengewoon intelligente jongeman die andere Duitse uitzendingen controleert op gecodeerde berichten. Ik hoop dat u elkaar kunt helpen bij het herkennen van verborgen boodschappen. En dat u erin slaagt de codes te kraken.'

Toen Pamela er het zwijgen toe deed, voegde hij eraan toe: 'Ik heb het volste vertrouwen in u. Nogmaals, ik weet zeker dat u de juiste persoon bent voor dit werk.'

'Wanneer begin ik?'

Hij glimlachte, waardoor hij er ineens, heel even aanzienlijk minder streng uitzag. 'Ik zeg altijd maar, stel niet uit tot morgen wat ge heden doen kunt.'

En dus klom Pamela even later de trap op naar de bovenste verdieping. Duidelijk de bediendenetage. De gang had geen lambrisering, en het rook er muf en stoffig, alsof er al heel lang niemand was geweest. Pamela deed de deur open van de kamer die haar was toegewezen en schrok toen een lange slungelige jongeman van zijn stoel overeind schoot.

'Jeetje, ik dacht dat er niemand was,' zei ze lachend. 'De commandant had het over een collega met wie ik ging samenwerken. Ik neem aan dat u dat bent?'

De jongeman liep om de tafel heen waaraan hij had gezeten, en stak zijn hand uit. 'Froggy Bracewaite,' stelde hij zich voor. 'En u bent Lady Pamela Sutton.'

'Klopt. En Froggy is vast en zeker niet uw echte naam.'

'Nee, voor mijn superieuren ben ik Reginald. Op Winchester College noemden ze me Froggy, en die naam ben ik nooit meer kwijtgeraakt. U weet het misschien niet meer, maar we hebben elkaar eerder ontmoet. Volgens mij in het jaar dat u werd gepresenteerd, op een van de bals. Het zou me niet verbazen als u nog steeds blauwe tenen had.'

'U kwam me al zo bekend voor. En u was vast niet de enige die op mijn tenen stond. Meisjes krijgen dansles, maar voor jongens vindt men dat blijkbaar niet nodig. Hoe dan ook, ik ben blij dat we deze klus samen gaan doen. Het klinkt nogal intimiderend, dus ik moet er niet aan denken dat ik er helemaal alleen voor had gestaan.'

'U moet wel razend intelligent zijn, anders hadden ze u als vrouw nooit voor dit werk gevraagd. Alle leuke banen gaan hier naar de mannen, de vrouwen worden afgescheept met administratief werk, zelfs al zijn ze beter gekwalificeerd.'

'Ach, ik heb geen klagen. Het werk dat ik deed, was erg interessant. Maar ik hoefde geen codes te kraken. En ik heb ook geen idee hoe ik dat zou moeten aanpakken. Dus dat zult u me moeten leren, vrees ik.'

Hij wees naar een stapeltje telexuitdraaien op de tafel. 'Dat zijn de eerste transcripten van vandaag, afkomstig van Station Y. Laten we ze samen bekijken. Dan hoop ik dat ik u kan laten zien waar we naar zoeken, ook al is dat niet helemaal duidelijk.'

Ze bogen zich over de tafel. Pamela liet haar blik over het eerste stuk tekst gaan.

Beste vrienden. Het is bedroevend dat onze zelfzuchtige regering ons onnodig laat lijden. De invasie komt er, en er is niets wat we kunnen doen om de Duitse Wehrmacht in zijn opmars te stuiten. Maar wie zich daar niet tegen verzet, wie openstaat voor een nieuwe tijd, zal merken dat de overgang soepel zal verlopen en dat het leven spoedig zijn oude loop zal hernemen. Het licht gaat weer aan, de pubs en de bioscopen gaan weer open, en er zal genoeg te eten zijn, voor iedereen

'Wat een onzin!' verklaarde Pamela onomwonden. 'Er is toch zeker niemand die dat gelooft?'
Froggy grinnikte. 'Dat zou je verbazen. Zeker wanneer je weet dat de luisteraars voortdurend worden bestookt met dit soort nieuws.' Hij wees naar een bericht, lager op de bladzijde.

De Bank of England maakt zich permanent schuldig aan bedrog jegens het Britse volk. Het pond is niets meer waard, maar de regering laat de geldpers gewoon doordraaien...

Ze lazen verder. Berichten over het aantal Britse schepen dat tot zinken was gebracht. Over vrachtschepen geladen met voedsel die de Britse havens nooit zouden bereiken. Over de hongersnood die Groot-Brittannië zou treffen. Over een geheime voedselvoorraad in de kelders onder Whitehall, waardoor de regering en andere machthebbers nog altijd goed te eten hadden, terwijl het volk zich moest behelpen met brood gemaakt van zaagsel.

Na de deprimerende en bedrieglijke nieuwsberichten volgden er boodschappen die afkomstig zouden zijn van Britse militairen die in Duitse stalags gevangen werden gehouden.

Zoals de boodschap van sergeant Jimmy Bolton, ooit gestationeerd op RAF-basis Hornchurch, inmiddels gevangengezet in Stalag 16, aan zijn vrouw Minnie: *Maak je over mij geen zorgen, lieverd. Ik ben gezond en er wordt goed voor me gezorgd. Moed houden! Nog even, dan ben ik weer thuis.*

'Ik zou er maar niet op rekenen als ik zijn vrouw was,' mompelde Froggy.

Pamela schudde haar hoofd. 'Het is allemaal zo doortrapt, zo deprimerend. Maar ik zie nergens iets wat een gecodeerde boodschap zou kunnen zijn. Niets in de trant van "De egel komt om middernacht naar buiten".'

Froggy schoot in de lach. 'De Duitsers coderen buitengewoon geraffineerd. Misschien dat de eerste letters van de zinnen iets opleveren.'

Ze zetten de letters achter elkaar, maar er kwam niets uit. Ze probeerden andere combinaties, zoals de tweede zin van elk bericht, ze keken naar de namen van de zogenaamde gevangenen.

'Ik neem aan dat Bolton een plaats is,' zei Pamela.

Froggy keek bedenkelijk. 'Maar Sims en Johnson niet. Ik zie ook niets wat een gecodeerde boodschap zou kunnen zijn. Geen woorden of zinnen die worden herhaald. Misschien moeten we de transcripten van een aantal dagen naast elkaar leggen, om te kijken of er misschien iets wordt herhaald, elke dag op een vast tijdstip.'

Tegen het eind van de eerste dag was Pamela ervan overtuigd dat Travis haar capaciteiten had overschat en dat het niet lang zou duren of ze werd teruggestuurd naar Hut 3.

Bij thuiskomst werd ze opgewacht door Trixie. 'Wat was er allemaal aan de hand? Vertel! Heb je een standje gekregen?'

'Nee, gelukkig niet. Hij wilde dat ik op een andere afdeling ging werken. In mijn hut waren we met te veel en in het grote huis hadden ze nog iemand nodig voor kantoorwerk. Hij wilde een charmante verschijning in het archief, zoals hij het formuleerde.'

Trixie schudde haar hoofd. 'Mannen! Stel je voor dat een vrouw zoiets zei. "Neem maar een jonge vent in dienst. Ik zie graag stoere, gespierde mannen om me heen".'

Pamela schoot in de lach. 'Er zijn vast vrouwen op hoge posities die dat doen. Hoe dan ook, ik ben blij dat ik uit die hut weg ben. De staf zit er ook, dus ik verwacht dat het grote huis 's winters goed verwarmd zal zijn. En ik zit nog dicht genoeg bij de kantine om in de pauze even langs de wippen.'

'Maar je doet nog steeds saai werk. Net als ik,' mopperde Trixie. 'Wanneer krijgen ze nou eindelijk eens door wat wij vrouwen allemaal kunnen? En dat wij net zo goed codes kunnen kraken als mannen?'

'Pas als ze echt geen andere uitweg meer zien, vrees ik. En de mannen die hier werken zijn zo gruwelijk slim. Het zijn mannen die kunnen goochelen met cijfers. Ik kon redelijk meekomen met wiskunde, maar sommigen van die lui hier doen niks anders dan nieuwe manieren verzinnen om algebravraagstukken op te lossen. Die lopen voortdurend met cijfers in hun hoofd.'

'En sommigen zijn gewoon niet goed snik,' mopperde Trixie. 'Die vent met wie ik naar de film ben geweest, maakte voortdurend een soort neuriënd geluid achter in zijn keel. Heel raar. En hij zat constant met zijn voet te tikken. Verder dan een arm om mijn schouders is hij niet gekomen. Volgens mij zijn wij de enigen hier die normaal zijn.'

Pamela stond op het punt om te vertellen over haar collega met wie ze als debutante had gedanst, maar ze bedacht nog net op tijd dat zelfs dat soort onschuldige informatie vertrouwelijk was.

Er werd op een gong geslagen. 'We moeten naar beneden. Ik durf er nauwelijks aan te denken wat we nu weer te eten krijgen, maar volgens mij rook ik vis.'

'Nee toch?' verzuchtte Trixie. 'Gekookte vis? Aan ham uit blik kon ze weinig bederven. Maar vis... Zullen we ertussenuit piepen voor een biertje en een worstenbroodje in de pub?'

'En ons de woede van Mrs. Entwhistle op de hals halen? Dan krijgen we in het vervolg alleen nog maar vlees vol zeen. Heb je niet in de gaten dat ze Mr. Campion voortrekt? Ze geeft die engerd altijd de beste stukken.'

'Ja, ze valt op hem. Maar het is niet wederzijds. En dat snap ik. Wie zou er nou op Mrs. Entwhistle vallen?' Ze lachte schallend. Toen werd ze weer ernstig. 'Er moeten hier toch betere kamers te vinden zijn. Misschien woont er wel ergens familie van me vlakbij. En die zou ik zeker benaderen, ware het niet dat niemand mag weten dat ik hier zit. Stel je voor, straks kom ik tot de ontdekking dat hier om de hoek een oude oom woont. In een deftig huis. Met drie keer in de week fazant op tafel.' Ze schoof haar arm door die van Pamela. 'Afijn, we gaan naar beneden. En we zien het noodlot, of liever gezegd de gekookte kabeljauw, recht in de ogen. En daarna gaan we een biertje halen in de pub. Ik trakteer.'

HOOFDSTUK 28

Thuis en op reis met Ben

Na zijn terugkeer uit Londen voelde Ben zich ongemakkelijk bij het idee dat hij de kamer van Miss Gumble zou moeten doorzoeken. Niet dat hij moeilijkheden verwachtte. Miss Gumble was in de ochtenduren met Phoebe in het leslokaal. Anderzijds, als hij iemand van de familie tegenkwam, zou hij zijn aanwezigheid moeten verklaren en werd hij misschien wel op de thee gevraagd.

Zijn vader deed hem opschrikken uit zijn gedachten. 'Ben!' De dominee was duidelijk verrast zijn zoon te zien. 'Dus je bent al terug. Ik dacht dat je nog in Londen zat.'

'Ik ging alleen even voor overleg. En de uitkomst is dat ik een paar dagen op reis moet. Naar het noorden.'

'Wat heb je daar in 's hemelsnaam te zoeken? Ik dacht dat je op kantoor zat.'

'Dat is ook zo. Maar ik moet wat papieren afleveren bij een onderzoeksfaciliteit. Je kunt tegenwoordig niet voorzichtig genoeg zijn. Post kan worden onderschept.'

'Meen je dat nou? Daar geloof ik niks van. De Britse posterijen zijn de betrouwbaarheid zelve.'

'Dat weet je maar nooit. Het schijnt dat mensen met pro-Duitse sentimenten in het hele land zijn geïnfiltreerd.'

'Dat is gewoon bangmakerij. Volgens mij wordt dat soort verhalen verspreid door de vijand, om angst en wantrouwen te zaaien. Om ons het gevoel te geven dat de Duitsers elk moment kunnen binnenvallen. Het halve dorp gelooft dat die arme man met zijn kapotte parachute een Duitse spion was. Je reinste lariekoek. Hij droeg een Brits uniform. Ik heb het zelf gezien. Een ongeluk, dat was het. Een tragisch ongeluk.'

'Misschien. Het zou best kunnen. Hoe dan ook, ik ben een paar dagen weg. Daarna kom ik misschien weer thuis, maar misschien ook niet. Afhankelijk van wat mijn afdelingshoofd wil.'

Dominee Cresswell keek om zich heen. 'Wat kwam ik hier ook alweer doen? Mijn hoofd is een zeef. O ja, ik weet het alweer. Mijn vogelboek. Er zit een uilennest in die grote iep, en volgens mij is het een kerkuil. Ik heb een glimp van hem opgevangen in de schemering, maar ik wil het zeker weten.'

Ben kreeg ineens een idee. Briljant! De telescoop van Miss Gumble. Hij kon vragen of zijn vader die mocht lenen. Het perfecte excuus. Hij pakte zijn spullen in een weekendtas en fietste naar Farleigh. Toen hij de oprijlaan opreed, moest hij uitwijken voor een konvooi legertrucks, en terwijl hij stond te wachten tot het voorbij was staken de twijfels de kop op. Als hij aan Miss Gumble vroeg of zijn vader haar telescoop mocht lenen, zou ze die waarschijnlijk zelf gaan halen. Ze zou niet willen dat hij op haar kamer kwam, en al helemaal niet als ze iets te verbergen had. Maar als hij zonder haar toestemming naar haar kamer ging en hij werd betrapt, dan waren de rapen gaar.

'Verdorie,' mompelde hij. Hij deugde niet voor spionnenwerk. Zijn gedachten gingen naar de commando's die naar Frankrijk waren gestuurd om Margaret Sutton uit de klauwen van de Gestapo te bevrijden, en hij besefte hoe onnozel hij moest hebben geklonken toen hij zich aanbood als vrijwilliger. Margot moest wel stalen zenuwen hebben dat ze berichten had durven ontvangen en afleveren in de bezette

Franse hoofdstad. Hij had altijd een beetje naar haar opgekeken. Ze was twee jaar ouder dan Pamela en zelfs als tiener al een vrouw met glamour, een vrouw van de wereld geweest. Op haar beurt was Pamma degene die alles durfde, die in de hoogste bomen klom en voor geen uitdaging terugdeinsde. Goddank was het niet Pamma die nu werd vastgehouden in Parijs. De commando's waren ongetwijfeld voor geen kleintje vervaard, maar hoe groot was de kans dat ze erin slaagden een gevangene te bevrijden uit het hoofdkwartier van de Gestapo, in een land bezet door de Duitsers? Waarschijnlijk zouden ze het geen van allen overleven, Margot noch haar redders. Zouden Lord en Lady Westerham ook maar enig idee hebben van de risico's die hun dochter had genomen? Waarschijnlijk niet. In een tijd als deze had iedereen zijn of haar eigen geheimen.

De laatste truck van het konvooi reed voorbij en Ben vervolgde zijn rit naar het huis. Op het voorplein werden platen multiplex uitgeladen en de treden naar de voordeur op gedragen. Ongetwijfeld voor het herstel van het dak. Overal liepen soldaten, waardoor hij ongemerkt naar het stalerf wist te glippen. Daar liep hij de trap op en klopte op de deur, voor het geval dat Miss Gumble die ochtend geen les gaf. Toen het stil bleef legde hij zijn hand op de deurkruk. Die gaf niet mee. Misschien zat de deur op slot.

'Wel verdorie.' Hij zette zijn schouder ertegenaan, de deur zwaaide open, en hij liep met bonzend hart de kamer in. De telescoop lag op een stapel boeken. Hij keek om zich heen, op zoek naar een radio. En naar belastende papieren. Het duurde niet lang of hij had alle stapels boeken en paperassen, alle spullen van Miss Gumble in het kleine kamertje geïnspecteerd. Van een radio was geen spoor te bekennen.

Zou die nog in de torenkamer zijn? En kon hij het erop wagen daar een kijkje te gaan nemen? Dan moest hij wel een excuus hebben. Hij was die avond in smoking geweest. Natuurlijk! Het perfecte excuus. Hij liep de trap af, stak het stalerf over en liep naar de voordeur van het grote huis. Eenmaal binnen beklom hij de trappen naar de hoogste verdieping. Niemand hield hem tegen, totdat hij bij de wenteltrap kwam die naar de torenkamer leidde. Daar probeerde een groepje soldaten een plaat multiplex naar boven te manoeuvreren. Een van hen draaide zich om naar Ben.

'Kan ik iets voor u doen, sir? We zijn bezig. Dus ik heb liever niet dat u ons in de weg loopt.'

'Ik ben zo weer weg,' zei Ben. 'Maar ik heb tijdens de brand de gouvernante uit de torenkamer gehaald, en toen ben ik een van mijn manchetknopen kwijtgeraakt. Dus misschien kan ik even kijken of hij daar nog ligt. Een gouden manchetknoop, maar voor mij heeft hij vooral grote sentimentele waarde.'

De officier knikte. 'Natuurlijk, sir. Even wachten, mannen. Opzij! U kunt naar boven, sir.'

Ben haastte zich de trap op. De kamer bood een trieste aanblik. De muren waren zwartgeblakerd, de vloer lag bezaaid met brokken pleisterwerk. Er hing nog steeds een brandlucht. Ben baande zich een weg door het puin, keek onder het bed, de vensterbank, controleerde de vloer op losse planken. Maar het leverde niets op. Als Miss Gumble een radio had, dan had ze die goed verstopt. Of ze had hem laten verdwijnen.

Hij had geen andere keus dan verdergaan met de rest van zijn opdracht: het controleren van de locaties waar ooit de veldslagen waren uitgevochten, in de hoop op een aanwijzing. Even later was hij weer op weg naar de pastorie. Daar zette hij zijn fiets neer. Hij liep naar het station en stapte op de trein naar Londen.

Die middag, meteen na de thee, glipte Lady Phoebe de deur uit om naar het huis van de jachtopziener te gaan. Mrs. Robbins zag er ineens heel anders uit. Veel ouder en met een bijna verdwaasde blik in haar holle ogen.

'Hij is binnen, your ladyship.' Haar stem klonk dof. 'Loopt u maar door als u wilt.'

Phoebe was het slechte nieuws over haar zoon even vergeten en vroeg zich ineens af of ze daar iets over moest zeggen. Omdat ze niets kon bedenken glimlachte ze zo hartelijk mogelijk. 'Dank u wel, Mrs. Robbins.'

In de keuken zat Alfie een boterham met jam te eten. Hij grijnsde toen ze binnenkwam.

'Ik moet met je praten,' zei ze. 'Ergens waar niemand ons kan horen. Laat die boterham maar liggen. Die wacht wel.'

Alfie liep met haar mee naar buiten, een eindje bij het huis vandaan. 'We moeten verder met ons speurwerk. Er is van alles gebeurd,' vertelde Phoebe.

'O ja?'

Ze knikte. 'Je hebt toch zeker wel gehoord van die bom op ons huis?'

'Ja, natuurlijk. Wat een narigheid!'

'Ik heb eens nagedacht... over onze parachutist, weet je wel? Waarom zouden ze Farleigh bombarderen?'

'Nou, het stikt er van de soldaten. Dat lijkt me een goeie reden.' Hij grijnsde.

'Akkoord. Dat is zo. Maar stel je nou eens voor dat ze nóg een reden hadden om een bom op ons huis te gooien.'

'O? Wat zou die reden dan moeten zijn?'

'Dat er iets is op Farleigh wat moet worden vernietigd. Of iemand die moet worden uitgeschakeld. Ken je Mr. Cresswell, de zoon van de dominee?'

Alfie knikte.

'Hij was er ook, op de avond van de brand. En hij heeft mij en mijn gouvernante uit het huis gehaald. Dat was verdraaid dapper van hem. Maar het viel me op dat hij erg geïnteresseerd was in Gumbies telescoop. En toen ik vandaag uit het raam van de leskamer keek, zag ik hem om het huis heen lopen naar het stalerf. Miss Gumble woont tijdelijk boven de stallen. Dus ik vroeg me af of hij haar ergens van verdenkt. Of...' Ze zweeg even. 'Of dat hij misschien zelf iets met die parachutist te maken heeft.'

'Hoe bedoel je?' vroeg Alfie.

'Nou, hij is voor de oorlog gewond geraakt bij een vliegtuigongeluk. Daarom zit hij niet in het leger. En misschien is hij wel een van die mensen die hopen dat de Duitsers de boel overnemen. Ben is altijd heel stil, hij laat nooit het achterste van zijn tong zien. Echt zo'n spionachtig type, je weet wel. Dus we moeten aan de slag. Ik heb Ben naar het station zien gaan, maar zodra hij terug is moeten we hem in de gaten houden. En ik zal thuis eens rondneuzen of ik iets zie wat verdacht zou kunnen zijn. Jij doet hetzelfde in het dorp. Denk erom dat je je ogen en oren wijd openhoudt. En laat het me weten als je iets verdachts tegenkomt. Afgesproken?'

'Afgesproken. Maar ik ken de praatjes die in het dorp rondgaan. Sommige mensen denken dat die Duitser die bij de dokter woont weleens een spion zou kunnen zijn.'

'Maar die is Joods, en hij komt uit Oostenrijk. Hij is gevlucht voor de nazi's.'

'Ja, dat zegt hij.' Alfie grijnsde opnieuw. 'Maar ik ga mijn best doen. O ja, ken je de Baxters? Van het bouwbedrijf? Die zijn volgens mij ook niet te vertrouwen. Het hek zit altijd dicht, en de schutting is zo hoog dat je niet naar binnen kunt kijken.'

'Omdat ze niet willen dat hun spullen worden gestolen.'

'Dat ook, maar volgens mij is er meer aan de hand. Ik zag de bestelbus laatst het erf af komen, en iemand deed meteen het hek dicht, zodra de auto erdoorheen was. De jonge Baxter zat achter het stuur. "Wat sta je daar nou?" schreeuwde hij toen hij me zag. "Er is hier niks te zien. Wegwezen!"'

'Goed, dus jij gaat bij Baxter op het erf kijken,' zei Phoebe. 'We gaan dit raadsel tot op de bodem toe uitzoeken. We zullen ze eens wat laten zien!'

HOOFDSTUK 29

Parijs

Margot zat voor het raam en keek naar buiten, naar de straat voor het hotel. Haar vinger bonsde pijnlijk, en er kwam ook nog bloed uit, maar dat was niets vergeleken bij die andere pijn. *Deze vrouw*, had hij haar genoemd. Hij had ontkend dat ze zijn geliefde was en haar volstrekt onbewogen aangekeken. Het was duidelijk dat hij niets om haar gaf. En dat terwijl zij haar leven voor hem had gewaagd door in Parijs te blijven. Tegelijkertijd besefte ze dat ze nooit ook maar een schijn van kans had gehad om te zorgen dat zijn leven werd gespaard. De Duitsers hadden haar gebruikt, ze hadden haar in een positie gemanoeuvreerd om te doen wat ze wilden. Het was allemaal voor niets geweest.

Hoe heb ik zo stom kunnen zijn, vroeg ze zich af. Misschien zouden ze haar op de boot naar huis zetten, maar dan op voorwaarde dat ze haar land verried. Als ze weigerde de Duitsers te helpen, zouden ze haar vermoorden. Of anders zou iemand van haar familie het moeten ontgelden. Ze deinsden voor niets terug. Ook dat was haar duidelijk nu ze hen in actie had gezien. Ze wist nog niet wat ze van haar wilden, maar de Duitsers zouden ongetwijfeld gebruik willen maken van haar aristocratische afkomst, van het feit dat ze zich in de hoogste kringen bewoog. Huiverend drukte ze haar pijnlijke hand tegen haar borst.

'Ik moet u complimenteren met uw moed,' had Von Dinkslager gezegd toen ze van de Avenue Foch vertrokken. 'Niet dat ik anders had verwacht van een telg uit een van de oudste families van Engeland. Ik moet me verontschuldigen voor wat er met uw vinger is gebeurd. Maar u zult er geen blijvende schade aan overhouden. En ik neem aan dat u begrijpt dat ik geen keus had.'

Ze had niets gezegd en uit het raampje van de auto gestaard.

'U zult eerst een training moeten doorlopen,' vervolgde Von Dinkslager. 'Dus voorlopig kunt u wat mij betreft in het Ritz blijven. En als u daar toch bent, kunt u maar beter genieten van de voortreffelijke keuken en de uitstekende wijnkelder.'

Hij praatte luchtig, ontspannen, alsof ze voor een plezierritje de stad uit waren geweest. Uit niets viel af te leiden dat hij nog amper enkele minuten eerder een stukje hout onder haar nagel had geduwd. En dat hij volledig bereid was geweest om dat met al haar nagels te doen. Om haar te laten verkrachten door de jonge soldaat als hij dacht daarmee iets te bereiken. Wat ben je dan voor iemand, vroeg ze zich af. Aan de buitenkant een en al beschaving, maar zonder enige scrupules in staat tot martelen, zelfs doden. Dacht hij nooit aan zijn vrouw, aan zijn kinderen, zijn zussen? Stelde hij zich nooit voor dat zíj zulke gruwelen moesten doorstaan?

De auto stopte voor het Ritz, en Von Dinkslager liep met haar mee naar binnen. De suite van Gigi Armande lag er verlaten bij. 'Ik zal iemand sturen om die vinger te verbinden. Uw training begint morgen.'

Inmiddels was ze weer alleen. Gevangen, opgesloten in een hotelkamer. Ze huiverde bij de gedachte aan wat er ging komen. Ik moet iets dóén, dacht ze. Maar wat? Misschien kon ze ontsnappen via het dak of de personeelsuitgang. Een krankzinnig idee kwam bij haar op. Kon ze niet gewoon de kamer uit lopen, de trap af, het hotel uit?

De vrijheid tegemoet! Ze liep naar de deur. Zodra ze die opendeed, draaide de Duitse soldaat die bij de trap op wacht stond, zich naar haar om. Dus ze moest iets anders bedenken.

Misschien kon ze iets bij de roomservice bestellen, het kamermeisje overmeesteren en haar uniform aantrekken. Het was een intrigerende gedachte. Maar stel nu eens dat het kamermeisje zich verzette? Was ze dan in staat haar te doden? Margot huiverde. Maar ze moest iets doen! Ze pakte de telefoon. Niets. De lijn was dood. Op dat moment kwam Gigi Armande binnen. Margot keek op als een betrapt kind.

'Ik wilde een glas wijn bestellen,' zei ze.

Madame Armande glimlachte. 'De receptionist schakelt de telefoon in zodra ik weer in het hotel ben. Om veiligheidsredenen. Wat zei je? Wat wilde je bestellen?'

'Laat maar. Het doet er niet toe.' Margot deed een paar stappen bij haar vandaan.

'Natuurlijk doet het ertoe. Ik heb gehoord wat er is gebeurd vanmiddag. Hebben ze je een glas cognac gegeven? Dat kalmeert de zenuwen.'

Margot schudde haar hoofd.

'Maar ze hebben je hand wel verzorgd?' Haar blik viel op het verband. 'Arm kind. Het is zo onbeschaafd. En dat zal ik Spatzi, eh… ik bedoel Herr Von Dinkslager heel duidelijk maken. Als hij een nieuwe jurk wil voor zijn vrouw, dan zal hij zich tegenover mijn protegees anders moeten gedragen.'

Ze kwam naar Margot toe en pakte haar verbonden hand. 'Je moet doen wat ze willen, ma chérie. Om te overleven zullen we het spel moeten meespelen. Ik neem aan dat ze je naar huis sturen. Probeer niet de heldin uit te hangen. Doe wat ze zeggen, dan ben je voor je het weet weer thuis, bij je familie.'

Margot knikte alleen maar, bang dat ze in snikken zou uitbarsten als ze iets zei. Nadat ze zich al die tijd flink had gehouden, dreigden Madame Armandes lieve woorden, haar bezorgdheid haar te veel te worden.

Gigi Armande pakte de telefoon en bestelde kalmpjes gerookte zalm, een fles chablis en een groot glas cognac. Terwijl ze de hoorn op de haak legde keek ze Margot glimlachend aan. 'Het komt allemaal goed.'

'Ik zou niet weten hoe,' zei die somber.

Gigi Armande sloeg een arm om haar schouders. 'Het is een held, die Gaston van je. Een nobel mens. Ons land kan trots op hem zijn.'

'Een nobel mens?' Margot hief abrupt haar hoofd op. 'Het kon hem niets schelen als ze me martelden, zei hij. Noemt u dat nobel?'

Madame Armande glimlachte. 'Hij zal zijn kameraden in het verzet nooit verraden, wat er ook gebeurt. Ik heb gehoord wat hij zei. Dat je niets voor hem betekende. Maar leer mij de mannen kennen, chérie. Natuurlijk meende hij dat niet. Hij zei het alleen in de hoop dat ze je dan met rust zouden laten.'

'Hij meende het niet?' herhaalde Margot boos. 'Hij zei dat ze me wat hem betrof aan repen konden snijden. Dat het hem niks kon schelen.'

'Ja, dat zei hij.' Madame Armande haalde haar schouders op met die onnavolgbare Franse onverschilligheid. 'Maar begrijp dat dan! Het was het enige wat hij kon doen om te zorgen dat ze jou verder ongemoeid lieten. Als ze dachten dat hij niets om je gaf, zou het geen zin hebben je te martelen. Anderzijds hebben ze jou zover gekregen om voor hen te gaan werken. En reken maar dat ze je daaraan zullen houden.'

Margot keek haar wantrouwend aan. 'U weet blijkbaar precies hoe ze de dingen aanpakken. Werkt u soms in het geheim met ze samen?'

'Ik werk met niemand samen! Maar je had vast en zeker al begrepen dat ik Spatzi's maîtresse ben. Waarom denk je anders dat ik in het Ritz kan blijven, dat ik kan doen en laten wat ik wil? En voordat je het vraagt, het was inderdaad doorgestoken kaart toen ik je kwam "bevrijden", die eerste keer dat je was opgepakt. Maar dat deed ik omdat ik om je geef.'

'Dan weet u zeker ook wat er van me wordt verwacht als ik straks weer thuis ben.'

Gigi Armande haalde haar schouders op. 'Nee, niet echt. En volgens mij krijg jij dat ook pas te horen van je contactpersoon daar.'

'Maar denkt u niet dat ze me zullen gebruiken om iemand te vermoorden? Iemand die zich in de hogere kringen begeeft? Misschien zelfs iemand van de koninklijke familie?'

Madame Armande haalde opnieuw haar schouders op. 'Ik weet het echt niet. Maar nogmaals, doe alsof je het spel meespeelt. En hou dat vol.'

'Wat ik ook had gedaan, ze zouden Gaston nooit hebben laten gaan, hè?' vroeg Margot verdrietig.

'Nee, dat denk ik niet.'

Margots vermoedens werden bevestigd toen ze de volgende dag naar een schietbaan werd gebracht. Dankzij de fazantenjacht was ze een goede schutter, maar om tijd te rekken deed ze alsof ze zich geen raad wist met een pistool.

'Dat moet echt beter, Fräulein,' zei de Duitse officier die haar instrueerde.

'Mijn vinger doet pijn. Ik kan het pistool niet goed vasthouden. U zult nog even geduld moeten hebben, vrees ik. Tot mijn hand is genezen.'

'Daar hebben we geen tijd voor. Probeert u het nog eens. We gaan hier niet weg totdat u vijf keer achter elkaar midden in de roos hebt geschoten.'

Daarna volgden drie dagen van intensieve training, boordevol instructies en codes die ze in haar hoofd moest stampen, dat alles vergezeld van verkapte – en soms openlijke – dreigementen. Ze zou permanent in de gaten worden gehouden, en hetzelfde gold voor haar familie. Ze had geen idee hoeveel Duitse agenten er in Engeland actief waren, maar er werd haar verzekerd dat ze haar landgenoten een dienst bewees. Alles wat haar werd verteld, kon tot slechts één conclusie leiden. De invasie was onvermijdelijk, maar zij kon eraan bijdragen dat die al op korte termijn plaatsvond, waardoor haar vaderland voor nog meer ellende gespaard bleef.

Aan het eind van de derde dag werd er op de deur van de hotelkamer gebonsd. Margot kwam net terug van de training, Gigi was nog aan het werk. Er stonden twee Duitse officieren in de gang die Margot nog niet eerder had gezien.

'De auto staat voor, Fräulein,' zei een van de twee kortaf in het Engels. 'We komen u halen.'

'Waar gaan we heen?'

'Dat merkt u vanzelf,' beet de officier haar toe. Hij pakte haar hardhandig bij de arm en duwde haar voor zich uit. Tussen de twee mannen in liep ze de gang door, de trap af. Andere Duitse officieren die hun tegemoetkwamen, salueerden of knikten beleefd. Buiten stond een zwarte Mercedes. Een van de mannen opende het achterportier. 'Instappen.'

Ze deed wat haar werd opgedragen, de twee officieren gingen voorin zitten, en de auto reed weg. Margot probeerde uit alle macht haar angst te verdringen. Werd ze opnieuw naar de Gestapo aan de Avenue Foch gebracht? Of waren ze tot de conclusie gekomen dat ze toch niets aan haar hadden en werd ze weggevoerd om te worden geëxecuteerd? Ze drukte haar trillende knieën tegen elkaar.

Tegen de tijd dat ze het centrum van Parijs achter zich lieten, begon het al te schemeren. Er was nog altijd geen woord gesproken in de auto. Totdat een van de twee officieren zich naar de ander keerde. 'Dat ging niet slecht. Wat jij?' Hij sprak Engels. Aristocratisch Engels.

De andere officier draaide zich glimlachend om naar Margot. 'Het komt allemaal goed. De eerste horde is genomen.'

'Maar u… Bent u geen Duitsers?'

'Nee, we zijn Britse commando's, en we hebben opdracht gekregen u hier weg te halen.'

'En de auto dan? En de uniformen?'

'Die waren van twee sukkels die zo stom zijn geweest gisteravond tot laat in het café te blijven hangen.'

'En waar zijn ze nu?'

'Onder een stapel boomstammen.'

‘Dood?’

‘Tja, zo gaat dat in tijden van oorlog. Bovendien zouden ze niet hebben geaarzeld ú te doden. Er ligt een donker kleed op de vloer. Als we bij een controlepost worden aangehouden, gaat u tussen de banken liggen, met dat kleed over u heen. En denk erom dat u zich niet verroert.’

‘Waar gaan we naartoe?’

‘Naar het Kanaal. Als alles volgens plan verloopt ligt daar een motorboot te wachten. Is alles goed met u?’

‘Ja, prima.’

‘Geen wonder. We willen allemaal wel in het Ritz logeren,’ merkte de andere officier op. Hij had een vaag noordelijk accent en klonk minder voornaam dan zijn kameraad. ‘Waarom hadden ze u daar ondergebracht?’

‘Ik werd min of meer bewaakt door Gigi Armande.’

‘Dan hebt u geboft. Dat is beter dan bij de Gestapo.’

‘Daar ben ik wel een paar keer geweest.’ Ze huiverde.

‘Maar u bent er weer uit gekomen. Dat kunnen er niet veel zeggen. Blijkbaar had de vijand er belang bij u in leven te laten.’

‘Ze hebben me gebruikt om Gaston de Varennes zover te krijgen dat hij doorsloeg,’ zei ze, nog altijd enigszins op haar hoede.

‘En is dat gelukt?’

‘Nee.’

‘Nee, natuurlijk niet. Dan is het maar goed dat we u daar hebben weggehaald. Uw tijd was beperkt.’

Ze reden door.

‘Mag ik weten hoe u heet?’ vroeg Margot.

‘Nee. Het is veiliger zo.’

De avond viel, het werd donker. In de stadjes waar ze doorheen reden, was nauwelijks een teken van leven te bekennen. Na ongeveer een uur stuitten ze, zoals gevreesd, op een controlepost.

‘Ga in dekking,’ siste een van de mannen.

Margot maakte zich zo klein mogelijk op de vloer van de auto en trok de deken over zich heen.

De auto stopte. 'Uw papieren, *Herr Leutnant!*' klonk het gebiedend. Margot hoorde geritsel.

'Wat is de reden van uw reis?'

'We hebben een bericht uit Berlijn,' antwoordde de officier die achter het stuur zat, in perfect Duits. 'Het moet aan generaal Von Heidenheim persoonlijk worden afgeleverd. In Calais.'

'De invasie!' riep de soldaat. 'Dat moet wel over de invasie gaan!'

'Dat is niet uw zaak!' snauwde de officier. 'Houdt u ons niet langer op, alstublieft.'

De auto kwam weer in beweging en meerderde snel vaart.

'Komt u maar weer tevoorschijn,' zei een van de twee commando's.

'Hoe komt het dat u zo perfect Duits spreekt?' vroeg Margot.

'Dat was een voorwaarde voor deze opdracht. Mijn moeder was Oostenrijkse. Ik ben tweetalig opgevoed.'

'Verdraaid nuttig. Dat blijkt,' zei de ander. 'Ik heb mijn Duits opgedaan tijdens een jaar aan de universiteit van Heidelberg. Het is niet perfect, maar in geval van nood goed genoeg.'

Na een tijdje stopten ze op een kruispunt om de kaart te raadplegen en een route te kiezen waar ze de minste kans hadden om Duitse troepen tegen te komen. Uiteindelijk werden ze opnieuw staande gehouden bij een controlepost, maar zodra de soldaat hun uniform zag gebaarde hij dat ze konden doorrijden. Na een lange rit verlieten ze de weg en kwamen ze uiteindelijk hobbelend tot stilstand in een soort bos.

'Het laatste stuk moeten we lopen,' zei de voorname commando. 'Dit is het meest riskante onderdeel van de operatie. Alstublieft, een zwarte trui. Trek die aan en doe precies wat we zeggen. Dus als ik zeg "rennen", dan rent u voor uw leven. Is dat duidelijk?'

Margot knikte. De twee commando's trokken hun Duitse uniform uit. Ze legden het in de auto en trokken ook een zwarte coltrui aan, met de col zo hoog mogelijk over hun gezicht getrokken. Margot deed hetzelfde. Een van de mannen haalde een kleine zaklantaarn tevoorschijn, afgedekt met een donkere lap zodat er niet meer dan een vage gloed zichtbaar was. Wolken verduisterden de hemel, er was nergens ook maar een glimpje licht te zien. Margot volgde de commando's door het bos. Doordat ze op haar onpraktische schoenen regelmatig struikelde over boomwortels, viel het niet mee om hen bij te houden. Uiteindelijk kwamen ze bij een huis. Het zag er verlaten uit, maar ze namen geen enkel risico en slopen er geruisloos voorbij, klommen over een hek en renden over het open veld daarachter, totdat een van de mannen zijn hand ophief, ten teken dat ze moesten stilstaan. Margot rook een zilte geur, en in de diepte beneden zich hoorde ze het bruisen en kabbelen van golven op een kiezelstrand.

'Laten we hopen dat de boot er ligt. En dat er niet op is geschoten. Maar dat verwacht ik eigenlijk niet. Zulke kleine, lage bootjes zijn bijna niet te zien op het water.'

Hij haalde de lap van zijn zaklantaarn en flitste een paar keer in de richting van de zee. Vrijwel onmiddellijk knipperde er een lichtje in de duisternis.

'Goed zo. Ze zijn er, en ze hebben ons gezien. Nu hoeven we alleen nog naar beneden te klimmen en het strand over te steken zonder op een mijn te trappen. Eitje.'

Hij liep naar de rand van het klif, keek om zich heen en wenkte de anderen. In de rotswand was een smal pad uitgehakt. Uiterst voorzichtig begonnen ze aan de afdaling. Het pad was amper dertig centimeter breed en het lag bezaaid met stenen. Margot klauterde op handen en voeten naar beneden. Een eind verderop langs de kust streek de straal van een zoeklicht langs de hemel. Hoog boven hen klonk het dreunen van vliegtuigen, maar ze vlogen over. Bommenwerpers op weg naar Londen, dacht Margot.

Onder aan het klif gekomen wachtte ze huiverend af. Ze wilde niet laten merken dat ze bang was, maar ze kon niet ophouden met bibberen. Voorbij de branding kon ze de donkere contouren van een boot zien opdoemen. Blijkbaar voortbewogen door roeiriemen, want ze hoorde geen motor. Toen sprong er iemand over de rand in het water om de boot stil te leggen.

'Rennen!' fluisterde een van de mannen. Margot gehoorzaamde onmiddellijk. Strompelend en glibberend vloog ze over de stenen naar het water. Daar waadde ze de golven in. Bij de boot gekomen werd ze aan boord gehesen, gevolgd door de twee commando's. De boot werd afgeduwd en richting open zee geroeid. Ze waren misschien honderd meter van het strand toen er een zoeklicht over het water gleed. Ze waren ontdekt. Schoten weerklonken. 'Bukken!' Margot werd tegen de bodem geduwd.

'Start de motor!' riep een van de commando's.

De motor sputterde even en kwam toen brullend tot leven. De boot schoot naar voren, terwijl kogels het water om hen heen deden opspatten. Toen ze buiten bereik van het geschut waren, richtten ze zich weer op. De kust lag ver achter hen.

Een van Margots redders keerde zich lachend naar de andere. 'Eitje, of niet, maat? Een routineklus.'

En deze keer kon Margot er ook om lachen.

HOOFDSTUK 30

Bletchley Park

Na drie dagen staren naar de uitgeschreven teksten van de radio-uitzendingen waren Pamela en Froggy nog geen stap verder, maar wel behoorlijk gefrustreerd.

'Misschien was de hele onderneming wel van meet af aan tot mislukken gedoemd,' opperde Froggy.

'Nee, daar geloof ik niks van. Dan hadden ze ons deze opdracht niet gegeven. Blijkbaar verwachten ze dat er iets uitkomt.'

'Hm. Ik weet het niet.' Hij pakte een potlood en brak het doormidden. 'Misschien wilden ze ons gewoon kwijt op onze vorige werkplek.'

Pamela dacht aan de geërgerde reactie van haar sectiehoofd toen de puzzel die ze had opgelost belangrijke informatie bleek te bevatten. Had hij om haar overplaatsing gevraagd? En was dit de manier om dat zonder gezichtsverlies te regelen? 'Er is in ons land een vijfde colonne actief. Dat weten we. En wat is nou gemakkelijker om daar contact mee te onderhouden dan radio-uitzendingen? Iets waar iedereen naar kan luisteren.'

Hij knikte. 'Maar volgens mij hebben we echt alles geprobeerd. En we hebben geen zinnen gevonden die opvallend vaak werden herhaald. Anders dan "En dan nu het nieuws. En dan nu een reportage. En dan nu enkele boodschappen van onze jongens in Duitsland." En die boodschappen hebben we binnenstebuiten gekeerd op zoek naar codes. We hebben letters vervangen, we hebben alle derde woorden achter elkaar gezet, alle vijfde woorden, en ga zo maar door. Maar het heeft niets opgeleverd.'

Pamela staarde naar de transcripten. 'Misschien missen we iets doordat we de teksten alleen op papier zien. Misschien zitten de aanwijzingen in een stembuiging. Of misschien betekent het iets als de nieuwslezer hoest of zijn keel schraapt. Misschien is de tekst die daarop volgt, de verborgen boodschap. Of misschien wordt er van nieuwslezer gewisseld wanneer er iets belangrijks komt.'

Zijn gezicht klaarde op. 'Wie weet! Het is het uitzoeken waard. We zullen ze vragen ons de opnames te sturen. Het beluisteren kost wel heel veel extra tijd, maar dat moet dan maar.'

Hun verzoek stuitte op complicaties. Er was geen opnameapparatuur op het radiostation, er werden alleen transcripten van de uitzendingen gemaakt door jonge vrouwen van de WAAF met koptelefoons op.

'Dus ik vrees dat u zelf een koptelefoon zult moeten opzetten en meeluisteren,' zei commandant Travis. 'En omdat de frequentie en het tijdstip van uitzenden nogal eens wisselen, zult u het werk onderling moeten verdelen. Dat komt erop neer dat u de klok rond in touw bent. Ook al hebben ze tot dusverre tussen middernacht en zes of zeven uur 's ochtends niet uitgezonden. Dus dan zou u althans redelijk aan uw slaap toekomen. Het is een poging waard. Ik stuur u voor een paar dagen naar het radiostation. Het is wel saai werk, ben ik bang. Maar de WAAF's weten tijden en frequenties perfect te vinden, dus daar hebt u geen omkijken naar.'

'Moeten we daar ook overnachten?' vroeg Pamela. 'Is het ver hiervandaan?'

'Nee, dat valt wel mee. We zouden u kunnen halen en brengen, maar ik stel voor dat u er een paar dagen blijft, totdat we zien of het iets oplevert. We sturen twee veldbedden mee, dan hoeft u geen kamer te delen met de WAAF's.'

'Ik zal met je moeten trouwen als we samen de nacht moeten doorbrengen,' zei Froggy plagend terwijl ze terugliepen naar hun werkplek. 'Anders is het gedaan met je reputatie.'

Pamela grijnsde. 'Volgens mij zijn de WAAF's de perfecte chaperonne. En trouwens, ik draai al maanden nachtdiensten in een hut vol mannen. Dus mijn reputatie valt al niet meer te redden, vrees ik.'

'Het is zo verduveld moeilijk om tegen iedereen je mond te houden, vind je ook niet?'

'Zeg dat wel.' Pamela knikte. 'Mijn familie denkt dat ik saai kantoorwerk doe.'

'En als man ben je zonder uniform geen echte kerel. Als ik in Londen ben word ik er voortdurend op aangesproken. Ik heb zelfs overwogen een uniform te kopen in een tweedehandswinkel. Want als je zegt dat je medisch bent afgekeurd, kijken ze je aan alsof je een zwakkeling bent.'

Pamela bleef abrupt staan en sloeg een hand voor haar mond. 'Wat moet ik in 's hemelsnaam tegen mijn kamergenote zeggen?'

'Gewoon. Dat je niks mag zeggen. Dat het vertrouwelijk is. Want dat is het ook.'

Pamela knikte. Zo geformuleerd klonk het erg belangrijk en opwindend. Trixie zou razend zijn.

Toen ze die avond naar huis ging om wat spulletjes te halen, trof ze haar op hun kamer.

'Ga je nou alweer weg?'

'Nee, natuurlijk niet. Ze willen een paar van ons ook 's nachts in het grote huis hebben. Zodat we de klok rond beschikbaar zijn als de knappe koppen iets nodig hebben. Dus er worden veldbedden neergezet.'

'Bofferd! In het grote huis is het vast en zeker een stuk aangenamer dan in een tochtige, koude hut.'

'Misschien. Maar een veldbed klinkt niet echt uitnodigend, en al helemaal niet als ik om drie uur 's nachts moet opdraven om thee rond te brengen.'

'Misschien niet. Maar er rijden daar geen treinen onder je raam langs, en je bent verlost van Mrs. Entwhistles kookkunsten.'

'Dat is zo.' Pamela grijnsde. 'Maar jij hebt nu wel de hele kamer voor jou alleen.'

'Ja, en dat zou geweldig zijn als ik wist hoe ik een vent mee naar binnen kon smokkelen. Niet dat de mannen hier zo leuk zijn. Ik ben ze tenminste nog niet tegengekomen. Een man met hersens die ook nog aantrekkelijk is.' Ze zweeg even, toen keek ze Pamela aan. 'Ik hoop wel dat je vrij kunt krijgen voor Jeremy's feestje. Je hebt geen idee hoe ik me dáárop verheug. Het enige lichtpunt in de duisternis van mijn bestaan.'

'Ik hoop het ook. Ze hebben niks gezegd over vrije dagen. We zullen zien. Maar ik neem niet aan dat ik zeven dagen per week moet werken. Dat is slavenarbeid.' Ze klapte haar koffertje dicht. 'Tot over een paar dagen dan maar.'

'Stel dat je niet kunt, zou je het dan vervelend vinden als ik wel ga?'

Pamela aarzelde. Trixie had er geen geheim van gemaakt dat ze Jeremy leuk vond. Maar het was een feestje, een huis vol mensen. 'Nee, natuurlijk niet,' antwoordde ze luchtig. 'Ik zal je het adres geven. En het je zo snel mogelijk laten weten hoelang ik wegblijf en of ik kan.'

Met die woorden liep ze de kamer uit. Buiten stond een militaire auto te wachten om Froggy en haar naar het radiostation te brengen.

'Windy Ridge. Het klinkt niet echt uitnodigend, hè?' zei Froggy. 'Het doet me denken aan *Woeste hoogten*.'

'Ik denk niet dat er veel woeste hoogten zijn in Buckinghamshire,' antwoordde Pamela. 'Bovendien zitten we binnen. En het is zomer.'

'Zo mag ik het horen. Een stoere meid, op alles voorbereid. Je hebt zeker geen zin om een avondje met me uit te gaan wanneer je een keer vrij hebt?'

Ze keek hem aan. Hij was niet onaantrekkelijk, zeker naar Bletchley-maatstaven. En hij had gevoel voor humor. Maar ze was al voorzien. Ze had Jeremy. Wat kon een meisje nog meer wensen dan een dynamische, knappe, rijke man als hij? 'Bedankt voor de uitnodiging. Maar ik heb verkering met een RAF-piloot.'

'Dat heb ik weer. Alle leuke meisjes zijn al voorzien. Nou ja, het is waarschijnlijk ook maar beter dat onze relatie strikt professioneel blijft.'

De Humber reed een heuvel op en stopte bij een omheining van prikkeldraad. Daarachter waren nissenhutten en hoge antennes te zien. De wacht liet hen door en even later betraden ze een grote ruimte vol WAAF's, voorzien van een koptelefoon. 'Het is net een grote telefooncentrale,' fluisterde Froggy.

Een behulpzame vrouwelijke sergeant wees hun waar ze kwamen te zitten, en ze liet hun de voorraadruimte naast de keuken zien waar hun veldbedden zouden komen te staan. 'En nu u hier toch bent, kunt u net zo goed meteen beginnen.'

Pamela zette de koptelefoon op. Het ding drukte zwaar op haar hoofd. Ze ging zitten, krabbelde wat op haar blocnote en deed haar best zich te concentreren. De eerste uitzending begon om halfacht 's avonds. Na de beroemde eerste maten van Beethovens Vijfde Symfonie volgde de aankondiging: 'U luistert naar het New British Broadcasting Station. We zenden uit op een frequentie van 5925 kilocycle en een golflengte van 50.63 meter.' Pamela werd bekropen door een ijzige kilte, en ze vroeg zich af hoeveel huishoudens op de uitzending hadden afgestemd. Na een aantal nieuwsberichten over geallieerde schepen die tot zinken waren gebracht, klonk er een andere stem. 'Hebt u weleens nagedacht over het lot van uw kinderen? Bent u zich bewust van de ingrijpende invloed van het evacuatieplan van deze regering, of misschien moeten we zeggen de totale mislukking daarvan, op uw zonen en dochters in de komende jaren?' Ruim vierhonderdduizend kinderen bleven door de chaotische situatie verstoken van scholing, vervolgde de stem. Slim, dacht Pamela. Inspelen op de diepste angsten van iedere ouder.

Daarna kwam een staaltje onvervalste negatieve propaganda voor het Joodse vraagstuk. Het werd afgesloten met een muzikaal intermezzo, gevolgd door boodschappen voor thuis van militairen die in Duitsland krijgsgevangen werden gehouden.

Daarmee kwam de uitzending ten einde. Later die avond zou er opnieuw een volgen, en de volgende dag stonden er vier op het programma.

'Wat vind je?' vroeg Froggy. 'Begint er al iets te dagen?'

Pamela schudde haar hoofd. 'Nee, niets. Echt helemaal niets. De presentatoren klinken net als bij de BBC. Volstrekt onpersoonlijk. En dan die opzwepende Duitse muziek tussen de berichten door.'

'Inderdaad. Voornamelijk Beethoven. En Händels *Music for the Royal Fireworks*, als ik het goed heb.'

Pamela hief met een ruk haar hoofd op. 'Zou dat iets kunnen betekenen? Koninklijk vuurwerk? Een samenzwering om de koninklijke familie op te blazen?'

Hij keek haar ontzet aan. 'Daar zeg je zo wat. Misschien verloopt de communicatie via muziek. Verdraaid uitgekookt. Laten we daar morgen extra alert op zijn.'

Na een paar uur onrustig te hebben geslapen werd Pamela gewekt door de vroege dienst die de keuken binnenkwam om thee te zetten. Ze waste zich met koud water en ging weer op haar plek zitten. Tegen het eind van de dag was ze misselijk van de leugens en de propaganda.

'Wat heb je tot dusverre?' vroeg Froggy.

'Beethovens Vijfde wordt als aankondiging van de uitzending gebruikt. En voor nieuwsberichten, reportages en boodschappen van onze jongens gebruiken ze telkens andere muziek. Ik weet er weinig van, maar ik neem aan dat het allemaal Duitse muziek is?'

'Ja. Ik kom gelukkig uit een muzikale familie. We bespeelden allemaal een instrument, ikzelf de cello. Je zou kunnen zeggen dat we de muziek door onze strot geramd kregen. Ik herkende twee delen uit Beethovens Zevende Symfonie. En bij de boodschappen van onze jongens waren het voornamelijk de Brandenburgse Concerten van

Bach. Maar ik heb ook twee stukken van Wagner gehoord. *Walkürenritt* en een stuk uit de *Götterdammerung*.'

'Sjonge,' zei Pamela bewonderend. 'Dat je dat weet! Nu moeten we er nog achter zien te komen of de muziek iets betekent.'

'Tja, het enige wat op het eerste gezicht een code zou kunnen zijn is Händels *Royal Fireworks*. Misschien moeten we daar vast melding van maken.'

'Maar wat zou die code dan moeten behelzen? Het stuk dat daarna kwam, ging over het evacueren van kinderen. Dat heb ik volledig uitgeplozen, en ik kan niets vinden wat zelfs maar lijkt op een verborgen boodschap. En zo'n boodschap zou toch niet al te ingewikkeld moeten zijn. De gemiddelde Duitse sympathisant moet hem wel kunnen begrijpen.'

'Tenzij ze codeboeken hebben. Misschien betekent "kind" wel "morgen" en staat "scholing" voor "wapens".'

'In dat geval kunnen we het wel vergeten. Laten we aan de commandant vragen of zulke boeken misschien in beslag zijn genomen.'

'Goed idee.' Hij richtte zich op. 'Voor vandaag is het genoeg geweest. Ik heb een houten achterwerk van die harde stoel.'

HOOFDSTUK 31

Londen

Het goot toen Ben laat op de avond terugkwam in Londen. Hij had drie dagen in stampvolle treinen gezeten en gesproken met mensen die zich weinig toeschietelijk hadden getoond. Bovendien had het bijna onafgebroken geregend, en tot overmaat van ramp was het allemaal voor niets geweest. Nergens in het landschap had hij ook maar iets gezien wat leek op de foto, en hij was ook geen nieuwe bijzonderheden over de veldslagen te weten gekomen die relevant zouden kunnen zijn voor de huidige situatie. Nijdig beklom hij de trap naar zijn kamer aan Cromwell Road. Het kosthuis was voor de oorlog een nogal sjofel hotel geweest en gevorderd om onderdak te bieden aan overheidsdienaren. De inrichting van de kamers was spartaans: een bed, een kleerkast, een tafel met een stoel, en in de hoek een plank met een wasbak, een kastje en een gaspit. Om te kunnen koken moest hij een *sixpence* in de meter doen. Toen hij de sleutel in het slot stak, ging de deur tegenover de zijne open. Guy keek om een hoekje.

'Allemachtig, je ziet eruit als een verzopen kat! Kom binnen. Dan zet ik een kop thee. En ik heb nog wat cognac om erin te doen.'

'Bedankt, maar ik wil je niet -'

'Hou op met die valse bescheidenheid. We willen niet dat je ziek wordt waardoor je je werk niet kunt doen.'

'Ik doe eerst even mijn jas uit.' Ben liep zijn kamer binnen. Het was er koud en vochtig. Verre van gezellig. Hij hing de jas op een haak aan de deur en stak toen de gang over naar Guys kamer. Daar was het warm en behaaglijk. Guy had fleurige gordijnen voor het raam gehangen en aan de muur prijkten affiches van zijn favoriete moderne schilders. Op de stoel lagen kussens, en er stond een plant op de vensterbank. Guy hield van het goede leven, besefte Ben. Hij ging zitten terwijl Guy thee met een scheutje cognac inschonk.

'Drink dat maar eens op. Dan voel je je meteen een stuk beter.'

Ben nam dankbaar een slok. 'Ik ben de hele dag al doorweekt.'

'Waar ben je geweest?'

'Gisteren in Yorkshire, en vandaag aan de grens met Wales.'

'Wat had je daar in godsnaam te zoeken?'

'Dat is geen geheim, neem ik aan. Ik moest de locatie van een paar oude veldslagen controleren.'

'Hoezo? Ben je met een scriptie bezig? Of had het met je werk te maken?'

'Dat laatste. Maar wat precies, dat kan ik je niet zeggen.'

'Nee, dat begrijp ik. Ben je er iets mee opgeschoten?'

'Nee, niets. Het was je reinste tijdsverspilling.' Ben grijnsde.

'Dat geldt voor het meeste van wat we doen. Ik moest vandaag weer een zogenaamde Duitse spion natrekken. En natuurlijk bleek het weer een Jood te zijn die hier al voor de Grote Oorlog naartoe was gekomen.'

Ben knikte. 'Die lui van de vijfde colonne zijn wel zo slim dat ze niet opvallen. Ik denk eigenlijk niet dat ik er ooit een heb ontmoet.'

'Meen je dat nou?' Guy grijnsde. 'Ik weet bijna zeker dat ik er weleens een heb ontmoet.'

'O ja? Waar dan?'

'Bij een bijeenkomst waar ik naartoe was gestuurd. Meer kan ik er niet over zeggen. De grote Max zou me vermoorden. Of anders Miss Miller wel. Die is zo mogelijk nog angstaanjagender, vind je ook niet?'

'Zeg dat wel.' Tegen de tijd dat Ben terugging naar zijn eigen kamer voelde hij zich inderdaad iets beter, en niet alleen dankzij de cognac. Guy en hij werkten voor dezelfde baas, en ook al konden ze elkaar niet vertellen wat ze precies deden, het zorgde voor een gevoel van verbondenheid waardoor het allemaal iets gemakkelijker werd.

De volgende morgen ging hij naar Dolphin Square om verslag uit te brengen.

'Cresswell! Kom binnen!' Maxwell Knight keek op van zijn papieren en stak Ben zijn hand toe. 'En? Heeft de reis iets opgeleverd?'

'Helaas niet, sir. Ik ben op beide locaties geweest, en er was niets in het landschap wat ook maar enige overeenkomst vertoonde met de foto. Dus ik heb eens nagedacht… Is dit misschien iets waarmee de afdeling luchtverkenning van het ministerie ons zou kunnen helpen?'

'Ik heb ze al een kopie van de foto gestuurd, maar nog niks gehoord. Ze hebben tegenwoordig grotere vissen aan de lijn. Maar misschien zou je erlangs kunnen gaan om te zeggen dat we met smart op uitsluitsel zitten te wachten.'

'Dus u wilt niet dat ik terugga naar Kent?'

'Is er verder nog iets wat je daar zou kunnen doen?'

'Nee, niet echt, sir.' Terwijl hij het zei, verdrong hij zijn frustratie. Het was de gedroomde opdracht die ze hem hadden gegeven, maar hij had verdorie nog niets bereikt. 'De vraag is, denk ik, of het bij het droppen van de parachutist ging om de locatie zelf of om een contactpersoon die daar zit. En als dat laatste het geval is, droppen ze dan opnieuw iemand of gebruiken ze een andere manier om contact te zoeken?'

'Precies.' Max Knight knikte. 'En als het tijdstip en de locatie niet van belang waren, dan hebben ze hun boodschap al via een andere weg gestuurd. Met een postduif. Of via de radio.'

'Als het tijdstip en de locatie niet van belang waren, waarom hebben ze dan een risico genomen door een parachutist te droppen?'

Max Knight knikte. Toen schraapte hij zijn keel. 'Ik moet je wat vertellen, Cresswell. En het moet strikt tussen ons blijven. Is dat duidelijk?'

'Ja, sir.' Bens hart begon sneller te slaan.

'Ik heb je al eerder gezegd dat we uitsluitend geïnteresseerd zijn in de aristocratische kringen in de streek waar je vandaan komt. Daar is een reden voor. Je weet waarschijnlijk dat er in ons land diverse pro-Duitse groeperingen actief zijn.'

'Inderdaad. Al voor de oorlog deden er verhalen de ronde over het Anglo-German Fellowship. En laten we de Britse fascisten ook niet uitvlakken.'

'Nee, maar ik denk niet dat die zich actief zouden inzetten voor een Duitse overname. Ook al zouden ze het verwelkomen als ons land vriendschap zou sluiten met Duitsland.' Hij zweeg even en helde zijn stoel naar achteren zodat hij op twee poten leunde. 'Je hebt misschien ook gehoord dat er bij sommigen in de hogere kringen sterke pro-Duitse sentimenten bestaan.'

'U had het eerder al over mensen die de Hertog van Windsor op de troon willen zien terugkeren.'

'En die zich daar ook actief voor inzetten. We kunnen niet met zekerheid zeggen of ze zover zouden gaan om de huidige koninklijke familie te vermoorden, maar we treffen wel maatregelen. We doen ons best alles in de gaten te houden. Sinds kort weten we dat er een geheime groepering bestaat van vrijwel uitsluitend aristocraten die zichzelf de Ring noemt. Sommige leden verkeren in de misplaatste veronderstelling dat ze Groot-Brittannië de totale verwoesting kunnen besparen door zich achter de Duitse invasie te scharen. Ze denken dat een regering zoals Hitler die voorstaat, nog niet zo slecht zou zijn, en ze hameren erop dat we altijd een innige band met Duitsland hebben gehad. Iets wat ook geldt voor onze koninklijke familie.'

'Wat een idioten! Iedereen moet toch begrijpen dat we een vazalstaat zouden worden, dat we zouden worden gereduceerd tot een volk van dwangarbeiders.'

'Er zijn er genoeg die dat niet willen of niet kunnen begrijpen. En dat zijn de mensen voor wie we moeten oppassen, Cresswell. Want sommigen zullen voor niets terugdeinzen.'

'Hoe denkt u ze te ontmaskeren? En onschadelijk te maken?'

'Dat is een goede vraag. Zodra we lucht krijgen van een bijeenkomst, laat ik mijn mensen infiltreren.'

Ben schrok, bang dat hij die opdracht ook zou krijgen. Lafaard, dacht hij vervolgens nijdig. Je zou je vrijwillig moeten aanbieden. 'Wat kan ik in dat opzicht betekenen?' vroeg hij dan ook.

'Ik wil dat je je oren en ogen wijd openhoudt. Bovendien moeten we erachter zien te komen wat die vervloekte foto te betekenen heeft. Miss Miller kan je uitleggen hoe je bij de afdeling luchtverkenning komt. Ze zitten ver buiten de stad op het platteland, op een strikt geheime locatie. Ik zal ze laten weten dat je eraan komt.'

Eenmaal in de lift naar beneden bekroop Ben een merkwaardig gevoel. Waarom had Knight hem op een tot mislukken gedoemde missie naar Yorkshire en Herefordshire gestuurd, terwijl de foto al bij de afdeling luchtverkenning lag? En waarom had hij hem nu pas over de Ring verteld? Waarom had hij daar zo lang mee gewacht? Je zou bijna denken dat hij werd beziggehouden, dat hij welbewust op een zijspoor was gezet. Maar waarom? Misschien omdat Max Knight zelf deel uitmaakte van de Ring?

Zodra Ben de deur uit was, liep Joan Miller bij Max Knight naar binnen en trok de deur van het kantoor achter zich dicht.

'Hebt u hem over de Ring verteld?'

'Ja. Volgens mij kon hij maar moeilijk geloven dat adellijke Britten hun oren naar Duitsland laten hangen. Blijkbaar is hij erg naïef.'

'Of een uitstekende toneelspeler, sir.' Joan Miller keek hem strak aan. 'We kunnen niet uitsluiten dat hij met hen samenwerkt. Waarom moest hij anders op stel en sprong naar Yorkshire? Het is wel heel toevallig dat daar net een bijeenkomst van de Ring was.'

'Al mijn contacten zeggen dat hij deugt, Joan. En mijn gevoel zegt dat ook. Maar ik heb het al eerder mis gehad. Misschien moet je zijn naam eens laten vallen, de volgende keer dat je bij ze bent. Hem als nieuw lid voorstellen. Gewoon om te zien hoe ze reageren.'

'Hij behoort niet tot de elite, sir. En invloedrijk is hij ook niet. Een maatje te klein, lijkt me. Ze zouden niet in hem geïnteresseerd zijn.'

'Wel als ze hem voor hun karretje willen spannen.'

Joan Miller knikte. 'En u hebt hem niet verteld dat we Margot Sutton veilig naar huis hebben gehaald?'

'Nee, nog niet. Die zaak zit me niet lekker, Joan. Het ging allemaal te gemakkelijk. Volgens mij hebben ze haar laten ontkomen. Maar waarom? Dat is de vraag.'

Terwijl hij van Dolphin Square naar Victoria Station liep, zat het Ben nog steeds niet lekker. Werd hij gebruikt? Misschien wel als lokaas? Hij nam de ondergrondse naar Marylebone Station en vandaar de trein naar Buckinghamshire. Op Marlow Station stapte hij uit en moest hij wachten op de streekbus naar Medmenham, zo'n vijf kilometer verderop. Opnieuw overviel hem een gevoel van onwerkelijkheid terwijl hij naar de Theems keek die flonkerend langs de schilderachtige winkeltjes van Marlow stroomde. Een roeiboot schoot over het water op het ritme van de riemen. In Marlow leek alles nog bij het oude. Het was verbijsterend hoe in een dorp dat zo dicht bij Londen lag, de oorlog zo ver weg leek. Na lang wachten kwam de bus. Ben stapte in en reed door de lommerrijke streek waar koeien graasden op sappige weiden. Vanuit het dorp volgde hij de routebeschrijving van Joan Miller naar wat voor de oorlog een voornaam landhuis moest zijn geweest. Na drie veiligheidscontroles werd hij toegelaten tot het zenuwcentrum van de afdeling luchtverkenning. In de voormalige balzaal stonden rijen tafels, stuk voor stuk bedekt met kaarten. Tot Bens verrassing waren het in veel gevallen vrouwen die over de kaarten gebogen stonden. Jonge vrouwen, van wie vele het blauwe uniform van de WAAF droegen. Een meisje in burger kwam naar hem toe. 'Mr. Cresswell?' vroeg ze met een glimlach. 'We hadden al bericht gekregen dat u onderweg was. Het is nogal een reis. Maar ik moet zeggen, het is bepaald geen straf om hier te werken.'

Hij beantwoordde haar glimlach. 'Dat kan ik me voorstellen.' Ze had een aardig, blozend gezichtje en dansende krullen, als een volwassen Shirley Temple. Weelderige rondingen, zonder dat ze te dik was.

'U komt voor de foto? Het spijt me dat het zo lang heeft geduurd. Ik heb eerlijk gezegd nog amper de tijd gehad om ernaar te kijken. We hebben het de laatste tijd erg druk met het in kaart brengen van fabrieksterreinen en spooremplacementen in Duitsland. Wilt u misschien een kop thee?'

'Nee, doet u geen -'

'Toe, niet zo bescheiden,' kapte ze hem af. 'Als we bezoek hebben, mag de koektrommel open.'

'Nou, vooruit dan maar. Dan kan ik natuurlijk niet weigeren.'

Ze ging hem voor naar een kleine keuken, schonk thee in en pakte de koektrommel van de plank. 'Alstublieft.'

'Alleen als u ook een koekje neemt.'

'Het mag eigenlijk niet, maar niemand heeft ze geteld.' Ze schonk hem een ondeugende grijns en pakte een chocoladewafeltje. Ben nam een froufrou. 'Dat is een van de leuke dingen als je hier werkt,' vertelde ze. 'Bezoekers ontvangen.'

'Dus u hebt nog geen tijd gehad om de locatie op de foto na te trekken?'

'Nee, maar ik heb al wel wát voorbereidend werk gedaan. Het probleem is dat we niet veel luchtfoto's van Engeland hebben, en dat geldt vooral voor de meer afgelegen gebieden in het westen. Die zijn niet van cruciaal belang voor de oorlogsinspanning. Dus ik moet werken met stafkaarten, en dat gaat erg traag. We zoeken een gebied waar de contourlijnen dicht genoeg bij elkaar liggen om een steile heuvel aan te geven. Op die heuvel staat een kerk, ongeveer driekwart kilometer ervandaan loopt een rivier. Maar telkens wanneer ik ermee aan de slag wil, word ik van mijn werk gehaald omdat er nieuwe foto's uit Duitsland zijn binnengekomen. Is die foto heel erg belangrijk?'

'Het zou kunnen. Ik weet niet in hoeverre u bent ingelicht, maar de zaak is deze. Er is een parachutist – we nemen aan een Duitse spion – te pletter gevallen op het grondgebied van een landgoed in Kent. Het enige wat hij bij zich had, was deze foto.'

'Jeetje. Wat spannend allemaal. Maar ik begrijp het probleem. En ik zal mijn best doen om de locatie te traceren. Desnoods werk ik over.'

'Dank u wel. Dat is erg aardig van u...' Hij keek haar vragend aan.

'Ik heet Mavis,' zei ze glimlachend. 'Mavis Pugh.'

'Ben,' stelde hij zich voor. 'Leuk je te leren kennen.' Hij wist niet goed of hij haar de hand moest schudden.

'Werk je in Londen?' vroeg ze.

'Doorgaans wel, ja. Maar soms word ik om een boodschap gestuurd. Zoals nu. Ben je hier ingekwartierd?'

'Nee, ik logeer bij mijn moeder in Marlow, en dat valt niet mee. Ze is overbezorgd en erg nerveus.'

'Kom je weleens in Londen?'

'Nou en of! Zodra we een dag vrij hebben zit ik in de trein. Hoezo? Wilde je me mee uit vragen?'

'Hoe raad je het?' Ben bloosde. 'Sorry, doorgaans loop ik niet zo hard van stapel.'

'O, dat geeft niks. Het is oorlog. Je moet je kansen grijpen. Het gevaar loert overal. Zo sta je nog te praten met een piloot, en de volgende dag hoor je dat zijn toestel is neergehaald. Geniet zolang het nog kan, zeg ik altijd maar.'

'Misschien kunnen we een keer naar de bioscoop?'

'O, dat lijkt me heerlijk. Ik ben dol op de bioscoop!' Ze schonk hem een stralende glimlach. 'En ik ben helemaal weg van Clark Gable.'

'Krijg je regelmatig een vrije dag?'

'Nee, niet echt. Maar 's avonds hoef ik vaak niet te werken. Vooral wanneer ik de vroege dienst draai, zoals vandaag. En zover is het nou ook weer niet naar de stad.' Ze glimlachte opnieuw stralend. 'Dus leuk om af te spreken.'

'Ik weet alleen nog niet of ik voor mijn werk terug moet naar Londen, of dat ik een klus heb buiten de stad. Dat hoor je nog van me.'

'Echt waar? Of probeer je eronderuit te komen? Heb je soms al iemand?'

'Nee, echt niet.'

'Dan is het goed. Leuk om uit te gaan met een man die niet de volgende dag kan neerstorten. Erg geruststellend.'

'Zullen we dan nu even naar die foto kijken? Trouwens, heb je telefoon thuis? Dan kan ik je bellen.'

'Bel liever naar mijn werk. Mijn moeder is zo nieuwsgierig. Als je naar huis belt, vraagt ze je meteen op de thee. En dat niet alleen, dan gaat ze je ook allemaal gênante vragen stellen. Goedbedoeld. Ze probeert me te beschermen. Maar in tijden van oorlog is niemand veilig.'

'Akkoord. Geef me dat nummer dan maar.'

Hij volgde haar naar haar werkplek, waar ze het nummer voor hem opschreef. Naast een kaart lag zijn foto, sterk uitvergroot. Terwijl hij zich eroverheen boog, werd ze geroepen.

'Mavis, heb je die foto's al klaar? De man van het ministerie is er,' riep een grote vrouw met de strepen van een sergeant op haar mouw. Ondertussen wierp ze een misprijzende blik op Ben.

'Ze liggen klaar, sergeant!' Mavis keek Ben aan. 'Ik moet deze even aan die man van het ministerie geven. En dan ben ik er voor je,' zei ze met een schalkse blik. Ze liep naar de deur, waar een man in het uniform van de RAF verscheen.

'Ik kom de -' Hij keek van Mavis naar Ben. 'Allemachtig, Ben!' zei Jeremy. 'Wat doe jij hier?'

Toen Ben van de schrik was bekomen, besefte hij dat hij niet verrast zou moeten zijn Jeremy hier tegen te komen. Die had immers verteld dat hij voor het ministerie ging werken totdat hij weer mocht vliegen.

'Hallo, Jeremy.'

'Wat doe jij hier?' vroeg die nogmaals. 'Je werkt toch niet voor het luchtmachtministerie?'

'Nee, ik kom een foto ophalen. In opdracht van mijn baas.'

'Dat is ook toevallig!' Jeremy keek Mavis aan. 'Deze jongen en ik waren in de box al beste vrienden. Dat ik hem uitgerekend hier tegenkom...'

'O, dan kunt u me alle geheimpjes van zijn verleden vertellen,' zei Mavis.

Jeremy trok een wenkbrauw op. 'O. Aha. Nou begrijp ik het. Jullie zijn...' Hij keek Ben aan. 'Waarom wist ik daar niks van?'

'We hebben elkaar net ontmoet. Maar ik heb haar mee uit gevraagd. Naar de bioscoop.'

'Ik weet iets nog veel leukers. Waarom komen jullie niet samen naar mijn feestje, aanstaande woensdag?' Jeremy keerde zich naar Mavis. 'Ik ben net in het appartement van mijn ouders getrokken. In Mayfair. Dus ik geef een feestje om het huis in te wijden.'

'In Mayfair? Wat chic.' Mavis' ogen begonnen te glinsteren. 'O, Ben! Dat lijkt me enig.'

'Kun je vrij krijgen?'

'Daar ga ik voor zorgen. Al moet ik een maand de akeligste diensten draaien.'

'Ik zal het adres voor je opschrijven,' bood Jeremy aan. 'Het wordt geweldig. Mijn ouweheer heeft een uitstekende wijnkelder, en ik ben van plan een flink gat in zijn voorraad te slaan.'

'Jeetje! Dat klinkt goed,' zei Mavis. 'Wat leuk dat je zulke interessante vrienden hebt, Ben.'

'Alleen maar interessant?' Jeremy fronste zogenaamd teleurgesteld zijn wenkbrauwen. 'Niet knap, dynamisch, hoffelijk?'

'Dat ook.'

'Hebben de meisjes Sutton al gezegd dat ze komen?' Ben probeerde nonchalant te klinken.

'Alleen Dido en Pamma. Livvy is te stijf en te ouwelijk, Feebs is nog te jong. Het was een hele klus om Lord Westerham zover te krijgen dat Dido naar de stad mocht. Haar ouders houden haar wel erg kort.'

'Daar zullen ze wel een reden voor hebben,' zei Ben, waarop Jeremy grijnsde.

'Komen er op dat feestje ook mensen met een titel?' vroeg Mavis met grote ogen. 'Jeetje. Je bent toch geen lord of zoiets?' Ze keek Ben aan.

'Nee hoor, ik ben maar een doodgewone sterveling. Anders dan Jeremy's vader. Die mag zich "Sir" noemen.'

'Maar ik ben ook gewoon kapitein-vlieger,' zei Jeremy. 'Trouwens, ik weet niet eens hoe je heet. Jeremy Prescott,' stelde hij zich voor.

'Ik... Ik ben Mavis,' stamelde die. 'Mavis Pugh.'

'Daar heb je het al, Jeremy. Je hebt het arme kind helemaal van streek gemaakt,' mopperde Ben.

'Maar als je kapitein-vlieger bent, waarom vlieg je dan niet?' Mavis had zich snel hersteld.

'Ik zat als krijgsgevangene in Duitsland. Maar ik heb weten te ontsnappen. Wel met een schotwond, en ik was er niet best aan toe. Dus ik ben nog herstellende. Maar ik wilde niet werkeloos thuiszitten. Vandaar dat ze me een baantje hebben gegeven op het ministerie.'

'Ik dacht al dat je gezicht me bekend voorkwam.' Mavis' ogen gloeiden van bewondering. 'Ik heb je in de krant zien staan. De meisjes hier hadden het allemaal over je.' Ze keek weer naar Ben. 'En jij? Ben jij ook eigenlijk piloot?'

'Nee, hij zat bij me in het vliegtuig, en toen ben ik gecrasht. Door mijn eigen stommiteit,' antwoordde Jeremy voordat Ben iets kon zeggen. 'En daar voel ik me nog dagelijks schuldig over.' Hij zweeg even. 'Trouwens, het aanbod geldt nog steeds, kerel. Ik kan vast wel werk voor je vinden bij het ministerie. Dan heb je meteen een goede reden om vaker bij Mavis langs te gaan.'

‘Hoe verleidelijk het ook klinkt, dat zal je onder de huidige omstandigheden nog niet meevallen. Bovendien ben ik heel tevreden met wat ik doe.’

‘Afijn, ik moest maar weer eens terug naar de stad,’ zei Jeremy. ‘Dus ik zie jullie op mijn feestje?’

Hij pakte de foto’s die hij kwam halen, knipoogde naar Mavis en liep met grote stappen de zaal uit.

HOOFDSTUK 32

Bletchley Park

Pamela en Froggy Bracewaite waren terug in het grote huis, waar ze opnieuw de transcripten van de radio-uitzendingen analyseerden.

'Ze gebruiken niet steeds dezelfde muziekfragmenten. Dat is interessant,' zei Froggy. 'Beethoven is wel altijd de "herkenningsmelodie", zullen we maar zeggen. En verder maken ze een selectie uit Duitse componisten voor het intermezzo tussen nieuwsberichten en reportages.'

'Om iedereen ervan te doordringen hoe superieur de Duitse cultuur is.'

'Toch vind ik dat we elk muziekfragment moeten benoemen en analyseren. Misschien zit er een verborgen betekenis in de noten zelf. Of misschien vormen de getallen van het derde of het vierde deel van symfonie nummer zoveel een datum?'

'Dat lijkt me erg vergezocht,' merkte Pamela op. 'Als het allemaal zo cryptisch was, dan zouden de Duitse spionnen en sympathisanten hier in het land wel geniaal moeten zijn om het te begrijpen.'

'Nogmaals, tenzij ze een codeboek gebruiken. Misschien betekent Bach iets en Händel weer iets anders.'

'Maar wij hebben geen codeboek. Zou MI5 daar meer van weten? We zitten hier min of meer opgesloten, we mogen met niemand over ons werk praten, dus we hebben geen idee wat er aan kennis beschikbaar is bij andere ministeries en departementen. Ik vind dat we er bij commandant Travis naar moeten vragen.'

'Misschien.' Froggy klonk weifelend.

Toen Pamela die avond thuiskwam en haar kleren wilde wegbergen die ze had meegenomen voor hun 'bivak' op het radiostation, fronste ze geërgerd haar wenkbrauwen. Iemand had haar la doorzocht. Ze wist zeker dat ze haar enige goede paar kousen in een zakdoek had gewikkeld, om te voorkomen dat er een ladder in kwam. Net zoals ze zeker wist dat haar dagboek onder haar reservenachthemd had gelegen.

Ze liet zich op haar bed zakken, en terwijl ze zich zat af te vragen wat er gebeurd kon zijn, kwam Trixie thuis.

'Je bent er weer! Terug in het land der levenden. Zit de nachtdienst erop?'

'Voorlopig wel, denk ik,' antwoordde Pamela. 'Heb jij soms mijn kousen geleend? Dat geeft niet, maar ze lagen op een andere plek in mijn la.'

'Nee, natuurlijk niet. Als ik iets wil lenen, dan vraag ik dat.'

'Dan is er iemand anders in mijn la geweest.'

'Mrs. Entwhistle. Die steekt overal haar neus in. Dat wist ik meteen.'

'Maar wat moet ze in mijn la? Wat dacht ze daar te vinden? Of vindt ze het leuk om andermans dagboek te lezen?'

'Wie zal het zeggen. Staan er smeuïge details in?' Trixie grijnsde.

'Integendeel. Het is oersaai. "Gisteren hebben we jachtschotel gegeten, en het regende de hele dag." Ik hou er niet van om mijn zieleroerselen op papier te zetten. Die behoefte heb ik nooit gehad.'

'Ik ook niet. Mijn twee jongere zusjes zaten altijd in mijn spullen te snuffelen. Dan leer je wel om voorzichtig te zijn.'

'Ja, dat was bij mij net zo. Nou ja, ik heb niks te verbergen. Wat maakt het uit dat Mrs. Entwhistle in mijn la heeft gezeten? Maar het voelt niet prettig.'

'We zouden een val voor haar kunnen zetten,' stelde Trixie voor. 'We leggen een Duitse brief in je la. Of een foto van Adolf Hitler met "Kom om middernacht naar me toe, *mein Liebling*".'

Pamela schoot in de lach. 'Trixie! Je bent echt verschrikkelijk.'

'Zij is verschrikkelijk! Ze pikt onze voedselbonnen in en ze houdt alle lekkere dingen voor zichzelf. Het zou haar verdiende loon zijn.'

De volgende morgen overlegden Pamela en Froggy of het zin had om opnieuw naar de radio-uitzendingen te gaan luisteren. Ze wilden zich er geen van beiden bij neerleggen dat ze nog niets waren opgeschoten. 'We zouden het om beurten kunnen doen,' stelde Froggy voor. 'Ik de ene dag, jij de volgende. Dan hoeven we niet te blijven slapen. Ik kan die negen kilometer wel op en neer fietsen, denk ik, en misschien kun jij een van de RAF-wachten vragen om je te halen en te brengen.'

'Vast wel. In dit stadium is alles het proberen waard.'

Toen Froggy was vertrokken, ijsbeerde ze rusteloos om de tafel terwijl ze ondertussen naar de transcripten en hun aantekeningen keek. Muziek. En dan nu de berichten voor thuis, van onze jongens in Duitsland. Namen. Adressen. Moest ze proberen na te trekken of het om echte krijgsgevangenen ging, met adressen die ook echt bestonden? Ze besloot de commandant om raad te vragen.

'Dat lijkt me een klus voor MI5,' zei die. 'Ik zal ze bellen om te vragen of ze iemand sturen. Want ik ben het met je eens. Het is het uitzoeken waard.'

Pamela ging weer aan het werk en kreeg nog diezelfde middag te horen dat er iemand onderweg was. Ze streek haar haar glad en stiftte haastig haar lippen. Er deden verhalen de ronde over de aantrekkelijke en dynamische mannen van de geheime dienst. Ze wist dat MI5 zich bezighield met contraspionage, terwijl MI6 spionnen naar het buitenland stuurde. Al met al een gevaarlijke wereld, het schemerige gebied waarin spionnen opereerden. Er werd op de deur geklopt.

'Binnen!' Ze hoopte dat ze zakelijk en efficiënt klonk. De deur ging open, maar degene die binnenkwam was wel de laatste die ze had verwacht. 'Ben!'

'Pamma!' riep hij op hetzelfde moment.

Toen schoten ze allebei in de lach. 'Wie had dat kunnen denken?' zeiden ze in koor.

'Dus je werkt voor MI5?' vroeg Pamela.

'Daar kan ik geen antwoord op geven. Maar de feiten spreken voor zich, lijkt me. Denk erom dat je het tegen niemand zegt. Al helemaal niet tegen je familie.'

'Nee, natuurlijk niet. En jij mag tegen niemand zeggen dat ik hier werk.'

'Over Bletchley doen allerlei verhalen de ronde. De buitenwereld kent het alleen als Station X. Maar als ik het goed heb begrepen, gaat het hier om codes, gecodeerde berichten, dat soort dingen. Ben je een codekraker?'

Ze knikte. 'Dat is wel de bedoeling, maar het lukt nog niet erg. We proberen de Duitse propaganda-uitzendingen te analyseren op verborgen berichten.'

'Van het New British Broadcasting Station?'

'Precies. Mijn baas vermoedt dat er gecodeerde boodschappen voor de vijfde colonne worden uitgezonden.'

'Die mogelijkheid hebben wij ook overwogen.'

'Je hebt niet toevallig een codeboek? In beslag genomen van een lid van de vijfde colonne bij zijn arrestatie?'

Ben glimlachte. 'Ik denk niet dat ze het ons zo gemakkelijk zouden maken.'

Pamela zuchtte. 'Het probleem is dat we niet weten waar we moeten beginnen. Als de gecodeerde berichten inderdaad bedoeld zijn voor gewone mensen – Duitse sympathisanten – dan moeten die ze ook kunnen begrijpen. Dus dan zouden ze een stuk minder ingewikkeld moeten zijn dan de versleutelde berichten die de Duitsers naar hun vliegtuigen en hun schepen sturen.'

'Heb je daar ook aan gewerkt?'

'Ja, tot op zekere hoogte. Als vertaler van wat de knappe koppen hadden weten te decoderen. Maar daar mag ik niet over praten, denk ik. Zelfs niet met jou.'

'Doe je dit werk helemaal alleen?'

'Nee, we zijn met z'n tweeën. Mijn collega is vandaag naar het radiostation, om tijdens de uitzendingen mee te luisteren. Eerst kregen we hier de transcripten, maar toen bedacht ik dat we misschien iets misten doordat we de gesproken tekst niet hoorden. Stembuigingen, keelschrapen en niet te vergeten de muziek die tussen de nieuwsberichten en de reportages wordt gedraaid.'

Ben knikte. 'Interessant. En wat zijn jullie tot dusverre te weten gekomen?'

'Dit zijn de laatste transcripten, met onze aantekeningen. Ze sluiten de uitzending altijd af met berichten van krijgsgevangenen in Duitse kampen. Allemaal bemoedigende praatjes voor thuis. Dat ze zo goed worden behandeld. Ik vroeg me af of die mensen wel echt bestaan, of de namen en adressen niet op de een of andere manier een code zouden kunnen zijn.'

Ben keek over haar schouder naar de papieren op de tafel. Hij was zich scherp bewust van haar nabijheid, van de vluchtige, frisse geur van haar haar. 'Dus je wilt dat wij de namen, de adressen en de registratienummers natrekken?'

'Ja.'

'Dat zou niet zo moeilijk moeten zijn.' Hij liet zijn blik over de tekst gaan. 'Wat een hoop onzin kramen ze uit. Wie gelooft dat nou?'

'Dat zou je verbazen, volgens mijn baas. De nieuwsberichten en de reportages spelen in op de diepste angsten van de mensen die ernaar luisteren; angst om hun kinderen, de angst voor een dreigende hongersnood.'

'En wat is dit? De muziek die hier genoteerd staat?'

'Dat was weer een andere theorie die we hadden bedacht. Dat de keuze van de muziek iets betekende. Mijn collega is erg thuis in die wereld. Hij heeft alle fragmenten weten te benoemen. Maar het enige waarvan wij denken dat het misschien iets zou kunnen betekenen, is Händels *Music for the Royal Fireworks*.'

'Allemachtig, ik begrijp wat je bedoelt. Stel je voor! Een complot om de koning uit de weg te ruimen.'

'Precies. Hebben jullie iets gehoord wat daarop zou kunnen wijzen?'

'O, van alles. Maar niet meer dan geruchten, speculaties. Wat kwam er in de uitzending na de *Royal Fireworks*?'

Pamela keek de transcripten door. 'Dit.' Ze schoof hem een bladzijde toe.

'"De grote Duitse componist Händel heeft dit werk geschreven voor onze koning, als blijk van de warme, duurzame vriendschap tussen onze beide landen en als bewijs van wat we tot stand kunnen brengen wanneer we niet tegenover, maar naast elkaar staan."'

Ben zweeg even. 'Daar valt weinig uit op te maken. Geen datum, geen locatie. Het is puur een constatering.'

'Ja, dat klopt. We hebben het op allerlei manieren geprobeerd. Door letters te vervangen, woorden te selecteren… Het leverde allemaal niets op.'

'Afgezien van de *Fireworks* is het verder voornamelijk Bach en Beethoven wat er wordt gedraaid?' Ben ging met zijn vinger langs de lijst van muziekstukken.

'Ja. En af en toe een stukje Wagner. Erg luid, erg deprimerend.' Pamela wees de bewuste muziekfragmenten aan. 'Volgens Froggy, mijn collega, zijn ze afkomstig uit de opera's die samen de *Ring*-cyclus vormen.'

'Zeg dat nog eens,' zei Ben. Zijn stem had plotseling een scherpe klank gekregen.

'Ze komen uit de opera's die samen de *Ring*-cyclus vormen.'

'Mijn god. Dat moet het zijn! Ik… Ik weet niet of ik je dit mag vertellen, maar we focussen op dit moment op een geheime groepering binnen de vijfde colonne die actief met Duitsland samenwerkt. De leden zijn bijna allemaal afkomstig uit de aristocratie, en ze noemen zich de Ring.'

'Sjonge! Dus dit is hun teken. "Let op! Wat hierna komt is voor jullie bedoeld!"'

'Daar lijkt het wel op.' Bens vinger beefde terwijl hij die over de pagina liet gaan. 'Van sergeant Jim Winchester, registratienummer 248403. Aan Mrs. Joan Winchester. Milton Court 1, Sheffield. Dat moet het zijn, Pamma. Ik wil wedden dat het een boodschap is voor hun agent in Winchester. Of misschien gaat het om een bijeenkomst in Winchester. Die cijfers vormen waarschijnlijk een datum. Of een telefoonnummer. Of een huisnummer.'

Pamela's ogen glommen van opwinding. 'Ja, dat moet het zijn! Briljant.'

'Ik zou het allemaal moeten overschrijven en meenemen naar kantoor. Sommige namen en adressen zijn ongetwijfeld echt, om ontdekking te voorkomen. Maar elk bericht dat volgt op Wagner bevat informatie. Ik moet hiermee naar het hogere echelon. Daar zullen ze weten te achterhalen om welke informatie het gaat en voor wie die bedoeld is. Worden de Wagner-fragmenten de laatste tijd vaker gedraaid?'

'Het zou kunnen. Dat weet ik niet. We luisteren pas sinds kort naar de uitzendingen. Dus het kan best zijn dat Wagner al een tijdje gedraaid wordt.'

'Iets anders. Ben je toevallig ergens het nummer 1461 tegengekomen?'

'Niet dat ik me kan herinneren…' Ze fronste haar wenkbrauwen. 'Het kan in een registratienummer hebben gezeten.'

'Laat maar. Ik kan het nagaan.'

'Ga zitten.' Ze liep naar een bureau en pakte een pen en een blocnote. 'Ik zal je helpen met overschrijven.'

Een tijdje werkten ze in kameraadschappelijk stilzwijgen.

'Ga je naar Jeremy's feestje?' vroeg ze ten slotte.

'Ja, ik heb gezegd dat ik kom.'

‘Het wordt vast leuk.’

‘Ik hoop het. Ik neem een meisje mee.’

‘Een meisje?’ Ze hief met een ruk haar hoofd op.

Ben knikte. ‘Ik weet niet of ik er goed aan doe, maar Jeremy heeft haar min of meer zelf uitgenodigd. En ze reageerde zo enthousiast dat ik er niet meer onderuit kon.’

‘Is ze aardig?’

‘Ik ken haar amper. Ze is misschien wat al te... gretig.’

Pamela schoot in de lach. ‘Hoe bedoel je? Te gretig in fysiek opzicht?’

Ben bloosde. ‘Nee, ze is nogal... dweepziek. Ze was diep onder de indruk toen ze hoorde dat er ook mensen met een titel op het feestje komen. En ze was natuurlijk diep onder de indruk van Jeremy.’

‘Tja, wie niet?’ vroeg Pamela, nog altijd lachend. Toen werd ze weer ernstig. ‘Vind jij dat hij is veranderd? Sinds hij terug is?’

‘Ik heb hem eigenlijk nog amper gesproken, maar ik zou bijna zeggen dat hij... harder lijkt. Meer door de wol geverfd. Een beetje alsof het plezier eraf is.’

Pamela knikte. ‘Hij is natuurlijk een stuk rijper geworden. Meer volwassen. En dan alle beproevingen die hij in het kamp heeft doorstaan en na zijn ontsnapping. Geen wonder dat hij minder vrolijk is, misschien zelfs wat grimmiger.’

Inmiddels hadden ze alle namen en adressen overgeschreven die volgden op de Wagner-intermezzo’s. Ben richtte zich op. ‘Als ik voor het donker thuis wil zijn, moest ik maar weer eens gaan. Na de verduistering wordt Londen een doolhof.’

‘Het minste wat ik kan doen, is je trakteren op een vroeg diner. Het eten hier is niet slecht. Anders dan bij mijn hospita. Trixie en ik hebben al bedacht dat zij het geheime wapen is van de vijand. Dat ze is geïnfiltreerd om ons te vergiftigen.’

Lachend liepen ze de trap af. Buiten lag het meer te flonkeren in de zon. Mensen zaten op het gras of slenterden onder de bomen. De kreten van het veld daarachter verrieden dat er een wedstrijdje werd gespeeld. 'Het voelt gewoon onwezenlijk,' zei Ben. 'Je hebt het wel getroffen hier. Het lijkt wel een golfclub.'

'Ach, we moeten allemaal zo hard werken. In onze vrije tijd nemen we het ervan. Ik draaide tot voor kort nachtdiensten van twaalf uur. De meesten hier werken in de hutten. Daar is het 's winters tochtig en ijskoud. Bovendien is de werkdruk enorm. Het besef wat de gevolgen kunnen zijn als het je niet lukt een code te kraken. Dat er daardoor ergens op een schip misschien wel doden vallen. Het gebeurt regelmatig dat mensen instorten en voor een rustkuur naar huis worden gestuurd.'

'Ik hoop niet dat je dáárom verlof had, een paar weken geleden?' Hij nam haar bezorgd op.

Pamela wilde niet zeggen dat ze was flauwgevallen. 'Ik had nog wat verlof tegoed, en toen ik hoorde dat Jeremy weer thuis was...'

'Natuurlijk.' Ben schraapte zijn keel.

'Hé, Pamma!' klonk een stem achter hen. Trixie kwam aanrennen over het met grind belegde voorplein. 'Ga je naar de eetzaal?'

'Ja.'

'Ik ook. Want ik kan het niet aan. Nóg een dag niervetpudding.' Ze keek op naar Ben. 'Hallo. Ben je nieuw hier?'

'Nee, hij werkt in Londen,' antwoordde Pamela haastig in zijn plaats. 'Hij kwam alleen wat papieren brengen, en toen liepen we elkaar toevallig tegen het lijf. Ben en ik kennen elkaar al heel lang. We waren als kinderen al bevriend.'

'Wat leuk.' Trixie stak Ben haar hand toe. 'Dag, ik ben Trixie. Pamela's kamergenoot.'

'Ben,' stelde die zich voor. 'Leuk je te ontmoeten.'

Ze nam hem onderzoekend op. 'Werk je ook voor een geheime organisatie?'

Ben grinnikte. 'Als dat zo was, dan zou ik daar natuurlijk niets over kunnen zeggen.'

'Ja dus. Zonder goede reden kom je hier niet binnen. Dus blijkbaar had iemand een verdraaid goede reden om je naar Bletchley te sturen.' Trixie keek Pamela aan. 'Ik kom er nog wel achter,' zei ze. 'En als het me bij jou niet lukt, maak ik gewoon een afspraakje met Ben. Ga je toevallig naar het feestje van Jeremy Prescott?'

'Ja, inderdaad.'

'En hij neemt een meisje mee. Dus afblijven, Trixie.'

'Spelbreker.' Trixie trok een pruillip. 'Ik zou natuurlijk al mijn vrouwelijke charmes in de strijd kunnen gooien om je van haar af te troggelen.' Ze glimlachte flirterig. 'Kom! Voordat er een rij staat. We krijgen vanavond bloemkool met kaas, hoorde ik.' Ze pakte Bens hand en trok hem mee.

In de trein terug naar Londen tuurde Ben naar de namen en adressen die hij had overgeschreven. Sommige kwamen overeen met de naam van een stadje of een dorp. Sommige herkende hij niet als zodanig, dus dat zou hij moeten natrekken. Mrs. North op Hampton Street 4... Dat zou Northampton kunnen betekenen. Max Knight zou moeten nagaan of de namen overeenkwamen met bijeenkomsten van de Ring. Maar wat was het verband met de foto? Een boodschap die zo belangrijk was dat de Duitsers er het leven van een parachutist voor hadden geriskeerd, kon niet bedoeld zijn geweest voor algemene kennisgeving, maar uitsluitend voor de oren van een contactpersoon. Hij probeerde het gevoel van haast, van urgentie dat hem bekroop, te verdringen. De muziek van de *Royal Fireworks* en het jaartal 1461, waarin veldslagen waren geleverd om een koning af te zetten, leidden hem tot de conclusie dat er misschien wel een aanslag op de koning en zijn familie werd beraamd. Hij hield zichzelf voor dat hij, op de onderste sport van de hiërarchische ladder, ongetwijfeld niet op de hoogte was van alle beschikbare informatie. Anderzijds, hij wist dat de koning en de koningin regelmatig de gebombardeerde wijken bezochten, om steun en medeleven te betuigen aan de bevolking. Een schutter die hen in de schaduwen opwachtte, zou een vrij schootsveld hebben. Huiverend staarde Ben uit het treinraampje.

Zijn gedachten gingen naar de foto. Kon Mavis maar achterhalen waar de foto was genomen! Dan zou waarschijnlijk alles duidelijk zijn. Hij haalde zich de foto voor de geest, de heuvel en de dennenbomen. Wat kon daar zo belangrijk aan zijn? Tenzij er op de heuvel achter die bomen een deftig huis stond, waar een aristocratische landheer woonde die een belangrijke rol speelde in de Ring. Of bij wie de koninklijke familie op bezoek zou gaan.

Toen raakte zijn opdracht even op de achtergrond, en hij dacht aan Mavis. Ze was erg aantrekkelijk. Spontaan. Een meisje met wie hij plezier zou kunnen hebben. Maar vond hij haar ook echt leuk? Of vond hij haar vooral aantrekkelijk omdat ze in niets op Pamela leek? Had hij behoefte aan afleiding van de vrouw die voor altijd onbereikbaar zou blijven? In gedachten zag hij haar voor zich. Elegant, lieftallig, sereen. Hij zag de schittering in haar ogen wanneer ze lachte. En hij dacht aan de geur van haar haar, dat altijd zo heerlijk fris naar bloemen rook.

Hou óp, zei hij tegen zichzelf. Denk aan iets anders. Trixie, Pamela's vriendin, had ook geïnteresseerd in hem geleken. Iets wat hem verbaasde. Ze was de typische debutante die vooral oog had voor mannen zoals Jeremy Prescott. Het feestje beloofde alsnog interessant te worden.

HOOFDSTUK 33

Mayfair
Jeremy's appartement

'Wat zie jij er chic uit vanavond,' zei Guy Harcourt toen hij bij Ben zijn hoofd om de deur stak. 'Ga je uit?'

'Ja. Naar een feestje in Mayfair.'

'Echt wáár? Gunst, dat zulke dingen nog bestaan!'

'Een vriend van me woont sinds kort in het appartement van zijn vader. En dat wil hij vieren.'

'Ken ik hem?'

'Ik denk het wel. Jeremy Prescott. Hij zat tegelijk met ons in Oxford.'

Guy knikte. 'Nou en of ik die ken. We maakten ooit samen het debutantencircuit onveilig. En ik ken hem natuurlijk ook uit Oxford. Hij zat op Balliol, als ik me goed herinner. Wat denk je, zou hij het goedvinden als ik ook kom? Ik dreig weg te zinken in een moeras van wanhoop. Dus ik heb dringend behoefte aan iets wat me eruit trekt.'

'O, dat vindt hij vast wel goed. Volgens mij heeft hij iedereen uitgenodigd die hij tegenkwam.'

'Geweldig! Ik ga me meteen omkleden.'

'Ik zal je het adres geven. Want ik moet een meisje van het station halen.'

'Nee maar! Een meisje. Waarom weet ik daar niks van?'

'Je denkt toch niet dat ik jou álles vertel?' Ben grijnsde. 'Maar of het wat wordt... Ik ken haar nog maar net.'

'Het is in elk geval een warm lijf om tegenaan te kruipen. Meer hoeft ook niet in oorlogstijd. Godallemachtig, ik snak naar een vrouw! Jij niet? En dan mogen we ook nog niet over ons werk praten. Dat vind ik zo frustrerend. De meisjes zouden diep onder de indruk moeten zijn omdat ik jacht maak op Duitse spionnen. In plaats daarvan denken ze dat ik mijn dagen slijt met archiveren. Dat ik een zwakkeling ben, afgekeurd voor het front.'

Ben knikte instemmend. 'Ja, leuk is anders. Maar vanavond kun je je frustraties verdrinken met de wijn van Sir William Prescott. En reken maar dat die een eersteklas wijnkelder heeft.'

Hij liet Guy achter om zich in avondtenue te hijsen en liep naar het station. Daar stond Mavis al op hem te wachten. Ze glimlachte stralend toen ze hem zag, maar het ontging hem niet dat ze ook een beetje nerveus was.

'O jee! Ik wist niet dat het zo formeel was! Dan had ik iets anders aangetrokken.'

'Niks aan de hand. Je ziet er prachtig uit. Avondkleding is niet verplicht. Maar ik heb geen fatsoenlijk pak. Althans, dat heb ik wel, maar het is nog van voor de oorlog. Dus ik weet niet of het me nog past. Er zijn vast nog wel meer mensen in gewone kleding.'

'Dat hoop ik dan maar. Jij ziet er trouwens prachtig uit.' Ze schoof haar arm door de zijne. Haar parfum was iets te zwaar, haar jurk net iets te opzichtig met ruches en stroken, maar haar ogen schitterden, en hij voelde zich prettig met een meisje aan zijn arm.

'En? Kon je gemakkelijk wegkomen?' vroeg hij.

Mavis trok een lelijk gezicht. 'Mijn moeder was er bepaald niet gelukkig mee dat ik naar Londen ging. Helemaal alleen. Maar ik heb gejokt en gezegd dat ik met een groep collega's had afgesproken, en dat we ergens zouden gaan dansen.'

'Hoe laat moet je weer thuis zijn?'

'Ik heb gezegd dat ik misschien bij Cynthia bleef logeren.' Ze schonk hem een veelbetekenende blik. 'Ik weet niet of ze het geloofde, maar Cynthia's ouders hebben geen telefoon, en het is best een eind lopen. Dus mijn moeder zal niet komen controleren.'

Ze namen de bus naar Marble Arch. Ben vroeg zich af of hij te zuinig was en een taxi had moeten nemen. Maar die waren door de oorlog zo schaars geworden dat iedereen, uit alle lagen van de bevolking, tegenwoordig gebruikmaakte van het openbaar vervoer. Van Marble Arch liepen ze Park Lane af. Het was bijna negen uur, maar nog niet donker. Dankzij het mooie weer was het ongewoon druk op straat. Terwijl een groepje mannen in uniform bij Grosvenor House naar binnen ging, dwarrelden de klanken van een dansorkest naar buiten. Voor wie het zich kon veroorloven, was er blijkbaar nog genoeg vertier. Op de hoek van Curzon Street stond een wacht van de ARP, de organisatie van vrijwilligers die erop toezag dat de verduisteringsmaatregelen strikt in acht werden genomen.

'Waar gaan we naartoe?' vroeg hij streng toen ze langs hem liepen.

'Naar een feestje,' antwoordde Mavis vrolijk.

'Pas op! Geen harde muziek en gedempte verlichting. Jullie denken maar dat je de regels aan je laars kunt lappen omdat jullie geld hebben.'

'Gezellige vent,' fluisterde Ben terwijl ze verder liepen. Mavis legde grinnikend haar hand in de zijne. Het voelde warm, troostrijk. Hij glimlachte naar haar.

Het appartement van Jeremy's vader besloeg de volledige derde verdieping van een huis uit de negentiende eeuw. Ze stapten in de kleine lift die naast het trappenhuis was geïnstalleerd. Ben was zich scherp bewust van Mavis' nabijheid en vermoedde dat ze opzettelijk zo dicht mogelijk naast hem ging staan. Toen de liftdeuren opengingen, werden ze begroet door de weemoedige klanken van Benny

Goodmans klarinet. De deur stond halfopen, sigarettenrook kwam hun tegemoet. Via de hal kwamen ze in de royale, weelderig gemeubileerde salon. De verduisteringsgordijnen waren nog niet gesloten, de kamer baadde in het laatste licht van de schemering. De kleur van de stoffering was moeilijk te onderscheiden, en door het rozige licht gold hetzelfde voor de oude meesters aan de muur. Het gezelschap bestond uit een man of twaalf. Er werd al gedanst, door twee stellen die Ben niet kende.

Jeremy had de rol van barkeeper op zich genomen. Zodra hij hen in de gaten kreeg, stak hij zijn hand op en gebaarde uitnodigend met een cocktailglas. 'Kom binnen! Ik sta net op het punt een twintig jaar oude Châteauneuf-du-Pape te ontkurken!'

'Ben je niet bang dat je vader je vermoordt als hij erachter komt?' vroeg Ben terwijl Mavis en hij naar de bar liepen.

'Ik bewijs hem een dienst, kerel. Stel je voor dat we een bom op het dak krijgen, dat al die verrukkelijke wijn de goot in stroomt? Nu genieten we er tenminste nog van. En mijn vader kennende, weet hij na de oorlog wel weer een adresje te vinden om zijn wijnkelder aan te vullen.'

'Maar dan alleen met rijnwijn,' grapte iemand. 'Of moezelwijn.'

'Jeetje! Jullie denken toch niet echt dat de Duitsers hier binnenvallen?' vroeg Mavis met grote schrikogen.

'Het is iets waar we rekening mee moeten houden,' antwoordde de grappenmaker. 'In de rest van Europa heeft het ze weinig moeite gekost. En het Kanaal is maar dertig kilometer breed.'

'Laten we het vanavond niet over zulke sombere dingen hebben,' zei Jeremy. 'Ik ben weer thuis. Ik heb een fijn appartement, en daar wil ik samen met mijn vrienden van genieten. Wijn? Cocktails? Bedien jezelf.' Op dat moment kwam Guy de kamer binnen. 'Godallemachtig! Harcourt. Hoe kom jij hier verzeild?'

'Ik heb hem uitgenodigd,' zei Ben. 'Ik dacht dat je dat wel goed zou vinden.'

'Natuurlijk, kerel. Hoe meer zielen hoe meer vreugd.'

Maar Ben zag dat het hem niet lekker zat. Guy liep naar de bar om Jeremy de hand te schudden. 'Lang geleden, Prescott.'

'Zeg dat wel, Harcourt. Wat doe je tegenwoordig?'

'Bureauwerk. Helaas. Ik ben afgekeurd. Want ik mag er dan atletisch uitzien, ik schijn een zwak hart te hebben.'

'Wat een pech! Afijn, neem het ervan. Rode wijn is goed voor het hart, zeggen ze. En nu moet ik de vrouw van mijn dromen een glas wijn gaan brengen.'

Ben had al onopvallend zijn blik laten rondgaan, op zoek naar Pamela. Nu zag hij haar in de deuropening staan. Ze oogde wat ongemakkelijk en zo kende hij haar niet. Maar toen zag hij dat ze niet alleen was. Ze had Trixie bij zich, in een nauwsluitende zwarte jurk met een smaragdgroene cape.

'Dag Ben!' Trixie werkte zich langs Pamela heen om hem op zijn wang te zoenen.

'Trixie, hallo! Wat zie je er schitterend uit.'

'Dank u wel! U bent erg complimenteus, sir,' zei ze koket. 'En waar is onze gastheer?'

'Die staat drankjes in te schenken,' antwoordde Pamela.

Toen pas kreeg Ben in de gaten dat Dido achter haar stond. Ze was zwaar opgemaakt – haar vader zou ervan hebben gegruwd – en leek in haar strakke rode jurk in Chinese stijl ouder dan achttien.

'Hallo Ben!' Ze glimlachte breed toen ze hem zag. 'Wat leuk dat je er ook bent. Dat wist ik niet. Het wordt vast een enige fuif.'

'Hoe heb je toestemming van je vader weten te krijgen?'

'Pamela heeft gezworen dat ze als een cerberus over me zal waken. En dat ze me morgenochtend op het boemeltje naar huis zet. Maar ik moest natuurlijk wel bidden en smeken, jammeren en pruilen voordat hij eindelijk ja zei. Had hij maar geweten dat jij er ook zou zijn. Dat zou een enorme geruststelling voor hem zijn geweest. Hij vindt je altijd zo verstandig en betrouwbaar.'

'Sjonge, ik hoop dat ik hem niet teleurstel.' Toen besefte hij dat hij zijn plichten verwaarloosde. 'Dido, dit is Mavis,' stelde hij haar voor.

'En Mavis, dit is...' Hij aarzelde, maar net toen hij 'Lady Diana Sutton' wilde zeggen, kapte Dido hem af.

'Hallo, ik ben Dido. Jeetje, we wisten niet dat Ben een vriendin had. Wat ben jij een ondeugd, Benjamin. Om haar voor jezelf te houden.'

'We kennen elkaar nog maar net.' Ben lachte als een boer met kiespijn.

'Zijn jullie collega's?' vroeg Dido.

'Nee. We hebben elkaar ontmoet toen ik wat papieren moest afleveren op de afdeling waar Mavis werkt.'

Daarop keerde Dido zich naar Mavis. 'Hebben ze daar voor mij ook geen baantje? Ik wil me zo graag nuttig maken.'

'Het is in Buckinghamshire, Dido,' zei Ben. 'Je weet drommels goed dat je vader je nog te jong vindt om het huis uit te gaan.'

'Dat doet Pamela toch ook? En Mavis?' mopperde Dido.

Mavis grinnikte. 'Ik niet. Helaas. Ik woon bij mijn moeder. Je wilt niet weten wat ik aan smoezen moest verzinnen om hier te kunnen zijn.'

'Bravo!' zei Dido. 'Een vrouw naar mijn hart.'

Jeremy gaf Pamela en Dido een glas wijn. Toen viel zijn oog op Trixie. 'Nee maar! Nog een vertrouwd gezicht uit het verleden.'

'Ik voel me gevleid dat je me nog kent,' zei Trixie.

'Hoe zou ik je ooit kunnen vergeten? Je danste geweldig. Trouwens, het was helemaal een geweldige tijd toen jij werd gepresenteerd. En voorlopig komt die niet terug.'

'Praat me er niet van,' klaagde Dido. 'Mijn kans om te worden gepresenteerd is verkeken, en niet alleen de mijne. Al die arme meisjes.'

'Nou, jij komt er zo ook wel, jongedame,' zei Jeremy. 'Drink je glas leeg. Ik heb nog veel meer. De hapjes staan in de eetkamer. Helaas zijn ze niet van hetzelfde niveau als de drank. Ik heb de kok een mousse laten maken van een paar blikken zalm, we hebben forel uit het meer gevist en gerookt, en ik heb al wat vroege aardbeien uit de tuin. Daar moeten we het mee doen.'

'Daar moeten we het mee doen?' herhaalde Mavis fluisterend tegen Ben. 'Waar haalt hij die zalm in 's hemelsnaam vandaan?'

'Dat kun je maar beter niet vragen,' fluisterde Ben terug.

Ze schonk hem een vertrouwelijke, veelbetekenende glimlach. 'Kom, laten we dansen. Ik vind dit zo'n heerlijk nummer.'

'Ik breng er niet veel van terecht op de dansvloer. Dus je bent gewaarschuwd.'

'Onzin. Niet zo bescheiden. Je danst uitstekend,' zei Pamela. En terwijl hij met Mavis naar de dansvloer liep, fluisterde ze Ben in het oor: 'Ze is echt aardig. Mijn zegen heb je.'

Tijdens de langzame foxtrot legde Mavis al snel haar wang tegen de zijne. Het was nog altijd niet helemaal donker, dus Ben vond het eigenlijk wat te vroeg voor dat soort intimiteiten.

'Zijn dat die twee meisjes over wie jullie het hadden? Die meisjes van adel?'

Ben knikte.

'Ze lijken me aardig. Helemaal niet verwaand.'

'Ze zijn ook aardig. Ik ken ze al mijn hele leven. We zijn samen opgegroeid.'

'En dat sexy meisje in het zwart? Volgens mij vindt ze je leuk.'

'Welnee. Dat is Trixie. Een collega van Pamela. Die flirt met alles wat een broek aan heeft.'

'Nou, ik heb aardig wat concurrentie. Dat is duidelijk.' Mavis keek om zich heen. 'Je hebt allemaal van die aantrekkelijke, sexy vrienden. Vooral Jeremy. Wat een knappe man. En wat zijn Pamela en hij een mooi paar.'

Ben keek op. Jeremy danste met Pamela en hij was duidelijk minder terughoudend dan Ben. Hij had zijn armen stevig om haar heen geslagen, en in een innige omstrengeling bewogen ze zich op de maat van de muziek. Pamela had haar ogen gesloten, haar hoofd op zijn schouder gelegd; ze leek volmaakt gelukkig. Ben verstrakte zijn greep op Mavis, die daarop reageerde door dichter tegen hem aan te kruipen.

Rond een uur of elf klonken de sirenes van het luchtalarm.

'Moeten we naar beneden? Of misschien wel naar buiten, naar een schuilkelder?' vroeg een van de meisjes nerveus.

'Je denkt toch niet dat ze Mayfair bombarderen? Dat durven ze niet,' antwoordde een van de mannen tot algehele hilariteit.

'Ik weet wat!' riep Jeremy. 'Laten we naar het dak gaan! Daar hebben we een schitterend uitzicht. Wacht even, dan trek ik de champagne open. Veuve Clicquot. Het favoriete merk van mijn ouweheer.'

Een luide knal en de champagne stroomde schuimend uit de fles, glazen werden gretig bijgehouden.

'Kom! Deze kant uit!' riep Jeremy als een moderne rattenvanger van Hamelen. 'Het is even goed opletten, maar het is te doen,' riep hij over zijn schouder, boven het gedreun van de naderende vliegtuigen uit. 'Vroeger, als jochie, ging ik altijd het dak op.' Hij schoof het raam omhoog en klom op de smalle richel. De rest volgde. Ben als eerste. Eenmaal buiten stak hij Mavis een hand toe. Ze werkte zich lenig en onbevreesd het raam uit. Vanaf de richel klauterden ze langs een smalle brandladder naar het dak. Zodra ze compleet waren hieven ze het glas, lachend om hun eigen bravoure, en dronken elkaar toe met champagne. Jeremy klom weer naar beneden en kwam even later terug met de grammofoon. Het duurde niet lang of 'In the Mood' schalde over de daken. Sommige feestvierders begonnen te dansen.

Om hen heen was Londen in duisternis gehuld, maar boven hun hoofd streken zoeklichten langs de hemel, die de versperringsballons deden flonkeren wanneer de baan van de schijnwerpers ze raakte. De Big Ben lichtte even op, voordat hij weer door het donker werd opgeslokt. Toen werden de contouren van naderende vliegtuigen zichtbaar. De toestellen vlogen in formatie. Vanuit het zuiden klonk het staccato geluid van luchtafweergeschut, onderbroken door zwaar gedreun wanneer er een bom insloeg. Blijkbaar waren het brandbommen die werden afgeworpen, want aan de overkant van de rivier laaiden her en der de vlammen hoog op.

Een van de vrouwelijke gasten sprong op de lage muur langs de rand van de dak. 'Doe je best, Mr. Hitler! Ons maak je niet bang!' Ze hief haar champagneglas naar de hemel. Opnieuw een bom, nu dichter bij het huis, en toen nog een. De zware inslagen waren oorverdovend en dreunden nog lang door. Een siddering die door alles heen trok. Toen klonk er vlakbij een aantal explosies, en achter de zwarte massa van een park werd door de bomen heen een vuurgloed zichtbaar.

'Wat is dat grote gebouw?' vroeg het meisje dat nog altijd op het muurtje stond.

'Het paleis!' riep iemand. 'O, god! Het paleis is geraakt.'

Ben dacht dat zijn hart stilstond. Was dit het? De aanval die met de *Royal Fireworks* was aangekondigd? De aanslag op de koning? Het paleis is gigantisch, hield hij zichzelf voor. De koninklijke familie zat ongetwijfeld in de schuilkelder. Er was misschien een aantal kamers geraakt, maar het zou ze niet lukken het hele paleis in de as te leggen...

De eerste zwerm vliegtuigen was nu recht boven hen. Vanuit Hyde Park trok luchtafweergeschut vurige banen door de nacht. Er viel opnieuw een bom, nu nog dichterbij.

'Die moet ergens in de buurt van St. James's zijn ingeslagen,' zei een van de mannelijke gasten. 'Dat is hier vlakbij!'

'Angsthaas!' klonk het minachtend. Ben meende de stem van Trixie te herkennen. 'We gaan niet naar beneden! We zullen ze laten zien dat we niet bang zijn. De champagne is op. Jeremy! Waar zit je?'

Ben keek om zich heen. Jeremy was nergens te bekennen. Op hetzelfde moment trok Pamela hem aan zijn mouw. 'Waar is Dido?' fluisterde ze.

'Misschien was ze bang en is ze naar beneden gegaan.'

Pamela schudde haar hoofd. 'Dido is nergens bang voor.'

'Ik zal je helpen zoeken,' zei Ben. 'Maak je maar niet ongerust. Ze is waarschijnlijk even naar de wc.' Hij keerde zich naar Mavis. 'Ik ben zo terug.'

Daarop hielp hij Pamela de ladder af en de richel over. Niet dat ze hulp nodig had. Ze bewoog zich net zo zelfverzekerd als hij zich herinnerde van vroeger, toen ze nog in bomen klommen. Net toen hij haar door het raam naar binnen hielp, klonk er een doordringend fluiten, gevolgd door een lichtflits, een dreun en een windvlaag die hem bijna omverwierp. Op slag sloegen de vlammen uit de ramen van een gebouw aan de overkant van de straat. Glasscherven en stukken puin vlogen alle kanten uit. Instinctief schermde hij Pamela af.

'Zijn we geraakt?' Haar stem beefde.

'Nee. Een huis aan de overkant.'

Vanaf het dak klonk geschreeuw. 'We moeten naar beneden,' zei een mannenstem. 'Dit is waanzin.'

Toen ze de keuken uit kwamen, vloog een deur aan het eind van de gang open en stormde Dido naar buiten. Ze droeg alleen een onderjurk, haar haren dansten verwilderd om haar hoofd. 'Zijn we geraakt? De ramen zijn gesprongen. O god! Overal ligt glas.'

'Niks aan de hand. De bom is op een huis aan de overkant gevallen.' Jeremy kwam tevoorschijn, met een handdoek om zijn middel.

Pamela keek van de een naar de ander. 'Kleed je aan, Dido,' zei ze toen kortaf. 'Ik breng je naar huis.' Ze keerde zich naar Ben. 'Denk je dat er nog een trein gaat?'

'Als je voortmaakt, moet je de laatste nog kunnen halen. En als je die mist, kunnen jullie bij mij overnachten. Ik ga op zoek naar een taxi.'

De anderen klommen nu ook door het keukenraam naar binnen. Ze lachten net iets te hard, zoals mensen dat doen wanneer ze aan het gevaar zijn ontsnapt.

'Champagne!' commandeerde een mannenstem. 'Barkeeper, schenk nog eens in!'

Jeremy had inmiddels haastig een overhemd en een broek aangeschoten. Geen jasje. Geen das. 'Natuurlijk. Mensen, champagne!' riep hij geforceerd joviaal. Toen hij langs Pamela kwam legde hij vluchtig een hand op haar arm. 'Pamma, geef me alsjeblieft de kans om het uit te leggen...'

Ze rukte zich los. 'Blijf van me af,' zei ze ijzig. 'Kunnen we gaan, Ben?' Toen schoot haar iets te binnen. 'Ik moet tegen Trixie zeggen dat ik naar huis ga. Er is vast wel iemand die haar naar het station kan brengen.'

Het herinnerde Ben eraan dat hij Mavis moest waarschuwen. Hij baande zich een weg door de gasten. 'Er is iets gebeurd, ik, eh... ik moet iemand naar huis brengen. Het spijt me vreselijk. Kan ik je misschien op het station afzetten of wil je liever nog even blijven?'

Ze was even overrompeld. 'Ik weet het niet. Is het feestje voorbij? Volgens mij gaat er op dit uur geen trein meer.'

'Je zou bij mij kunnen slapen, maar...'

Haar blik ging naar Pamela die roerloos achter hem stond. 'Ik snap het. En ik red me wel. Maak je over mij geen zorgen. Ik ben een grote meid.'

'Het is niet wat je denkt. Het spijt me echt verschrikkelijk. Maar -'

Hij kreeg niet de kans zijn zin af te maken want op dat moment kwam Guy erbij staan. 'Wat is er aan de hand? Zijn er problemen?'

'Ja. Zou jij je over Mavis kunnen ontfermen en zorgen dat ze morgenochtend veilig op het station komt?'

'Natuurlijk. Maar wat ga jij dan doen?'

'Pamela en Diana moeten naar huis. Diana voelt zich niet goed. Ik vertel het je later wel.'

'Prima, kerel. Maak je geen zorgen. Ik zal goed op haar passen,' beloofde Guy grijnzend.

Dido kwam de slaapkamer uit. Weer aangekleed, maar haar haren zaten nog altijd in de war en haar lippenstift was uitgesmeerd.

'De lift in!' commandeerde Pamela.

Dido keek haar uitdagend aan. 'Jij wou niet. Dus heb ik het maar gedaan.' Daarop beende ze driftig, met opgeheven hoofd langs haar zus heen de lift in.

Jeremy had zich snel herpakt. 'Jullie hoeven nog niet naar huis!' hoorde Ben hem roepen. 'We laten ons plezier niet bederven door een paar gebarsten ramen. Bovendien, we zouden niet willen dat we de brandweer en de mannen van de ARP in de weg liepen. Dus schenk nog eens in, en belofte maakt schuld. Morgenochtend bak ik eieren met bacon. Ik heb echte bacon, lui! Niet te versmaden.'

De deuren van de lift schoven dicht en de cabine zette zich in beweging. Binnen heerste doodse stilte.

HOOFDSTUK 34

Londen

Bij het Dorchester Hotel wist Ben een taxi te bemachtigen, waarop ze in volle vaart naar Victoria Station reden. Achter de in duisternis gehulde parken waren overal branden te zien.

'Buckingham Palace is weer geraakt, verdomme,' vertelde de taxichauffeur. 'Ik mag lijden dat we het die klootzakken betaald zetten! Ze zullen ervoor boeten! Als ik Mr. Churchill was, zou ik niemand sparen! Niemand! Ook geen vrouwen en kinderen.'

'Is er veel schade?' vroeg Ben.

'Ik ben er nog niet geweest. Ze hebben de weg afgesloten. Maar de vlammen waren van ver al te zien.'

Bij Hyde Park Corner sloegen ze af naar Grosvenor Place. Dido keek zwijgend uit het raampje.

'Gaan jullie allebei naar huis?' vroeg Ben.

'Ik moet morgenochtend weer op mijn werk zijn,' antwoordde Pamela. 'Dus ik ga rechtstreeks terug. Volgens mij rijden er op de hoofdlijn de hele nacht treinen. Bovendien durf ik er niet voor in te staan dat ik haar anders niet uit de trein gooi.'

'Hoe weten je ouders dan dat ze van het station gehaald moet worden?'

'Ik zal op Victoria Station naar huis bellen. Dat we vanwege het bombardement plotseling weg moesten. Ze hoeven niet te weten wat er is gebeurd.'

'Je doet alsof ik er niet bij ben,' bitste Dido. 'Alsof ik geen gevoel heb.'

'Gevoel? Je weet niet eens wat dat is! Je hebt altijd alles willen hebben wat ik had. En je rustte niet voordat je het had.'

Bij het station gekomen renden ze naar binnen.

'Elf uur vijfenvijftig. Die moeten we nog kunnen halen.'

'Maar er gaat geen stoptrein meer vanaf Sevenoaks,' zei Pamela buiten adem. 'Ik zal pa bellen dat hij je daar komt halen.'

'Ja. Dat moet dan maar.' Dido klonk plotseling erg jong, erg onzeker.

'Wil je dat ik haar naar huis breng?' vroeg Ben. 'Mijn uren zijn op dit moment redelijk flexibel.'

Pamela schonk hem een dankbare blik. 'Wil je dat doen? Wat fijn! En wat lief. Ik vind het geen prettige gedachte dat ze alleen in de trein zit tijdens de verduistering.'

'Jullie zouden alsnog naar mijn kamer kunnen gaan. Als dat beter uitkomt.'

'Nee, niet echt. Ik doe mijn best om me te beheersen, maar ik kan Dido niet langer om me heen hebben.'

'Je doet alsof ik een stuk ongedierte ben! Het spijt me. Ik had het niet moeten doen. Maar het stelde niks voor. We zaten aan de champagne, we waren opgewonden door de bommen en toen... toen gebeurde het gewoon. En zal ik je eens wat zeggen? Het was geweldig! Waarom geef je die jongen niet gewoon wat hij wil?'

'Zo is het wel genoeg,' snauwde Pamela. Ze duwde haar zus bijna de trein in.

'Zeg maar tegen mammie dat ik vrijdag naar huis kom. Zoals afgesproken.'

'Wat is er op vrijdag?'

'Mammie geeft een klein tuinfeestje, en ze is in paniek over de hapjes, over het gebrek aan personeel. Dus ik heb gezegd dat ik haar zou komen helpen.' Pamela keek Ben smekend aan. 'Jij hebt zeker geen zin om ook te komen? Of moet je werken? Ik had Jeremy willen vragen om de drankjes te serveren, maar...'

'Ik zal er zijn.'

'Trixie zou ook komen, zei ze. In dienstmeisjesuniform.' Pamela glimlachte, waardoor de zorgrimpels even uit haar gezicht verdwenen. 'Het kostte moeite, maar we hebben vrijdagmiddag en zaterdag vrij kunnen krijgen. Dus we nemen de trein van vier uur. Misschien zien we je dan al op het station.'

'Nogmaals, ik zal er zijn.' Hij schonk haar een glimlach en stapte achter Dido aan de trein in.

Het fluitsignaal klonk. Pamela legde vluchtig een hand op de zijne. 'Dank je wel! Wat zou ik zonder jou moeten beginnen?'

De trein zette zich in beweging. Door het raampje zag Ben het eenzame, slanke figuurtje op het perron dat hem nakeek.

De verklaring dat het aangrenzende huis door een bom was getroffen, werd moeiteloos geaccepteerd. Nadat hij Dido thuis had afgeleverd, bracht hij de nacht door in de pastorie. De volgende morgen nam hij al vroeg de trein terug naar Londen.

Guy keek om het hoekje van zijn deur toen Ben de trap op kwam. 'Waarom moest je ineens weg?' vroeg hij met een veelbetekenende grijns. 'Was het twee voor de prijs van een? Ik begrijp dat je de zusjes Sutton liever hebt dan Miss Mavis. Een alleraardigst kind, maar een beetje te dweepziek naar mijn smaak. Ik heb haar om zes uur bij het station afgezet.'

'Bedankt! Ze zal wel woest op me zijn.'

'O, dat valt wel mee, denk ik. In de taxi heb ik een beetje met haar gezoend en geknuffeld, dus volgens mij heeft ze een leuke avond gehad. Met een hoop sterke verhalen om aan haar collega's te vertellen. Een kijkje in de keuken van de elite.' Hij nam Ben onderzoekend op. 'Je ziet eruit als een dweil. Kom even binnen, dan zet ik koffie.'

Dat liet Ben zich geen twee keer zeggen.

'Gelukkig is koffie niet op de bon,' verzuchtte Guy. 'Dat is nog het enige waaraan ik me bezondig.'

'Niet op de bon, maar ook bijna nergens meer te krijgen.' Ben liet zich op het bed zakken. 'Wat een nacht.'

'Wat was er nou precies aan de hand?' Guy vulde de ketel met water.

'Pamela Sutton heeft haar kleine zusje bij Jeremy Prescott in bed betrapt. Dido is achttien. Of misschien inmiddels negentien.'

'Achttien is niet meer wat het voor de oorlog was. Mensen worden snel volwassen. Ze moeten wel. En veel mensen huldigen het standpunt dat je moet pakken wat je pakken kan. Niemand weet of we er morgen nog zijn. En zo is het ook. Als die bom een klein stukje meer naar rechts was gevallen, dan waren we tot as gereduceerd.'

Ben huiverde. 'Ja, dat is zo.'

'Dus Diana is met pek en veren naar huis gestuurd?'

'Ik heb haar gebracht. Pamela moest weer aan het werk. Bovendien was ze erg van streek.'

'Was er iets tussen haar en Prescott?'

'Ja. Al van jongs af aan.'

'Typisch RAF-gedrag: ik trotseer dagelijks het gevaar, dus ik doe wat ik wil. En met wie ik wil.'

'Ik denk eigenlijk dat Jeremy altijd al zo geweest is.'

Het water kookte, Guy schonk de koffie op. 'Ik moet je wat vertellen,' zei hij toen met een peinzend gezicht. 'Tenminste, ik vind dat je het hoort te weten. Het gaat om Lady Margot Sutton.'

'Ik heb het gehoord. Ze is opgepakt door de Gestapo. In Parijs. En er wordt gewerkt aan haar bevrijding.'

'Inmiddels niet meer. Het is al gebeurd.'

Ben trok zijn wenkbrauwen op. 'Echt waar? Dus ze is weer thuis? Wat geweldig!'

'Haar familie weet nog van niets. En ik weet ook niet wanneer ze het te horen krijgen. Eerst de debriefing. Maar dat bedoelde ik niet. Ik neem aan dat kapitein King het met jou ook over de Ring heeft gehad?'

'Ja, dat klopt.'

'Dus je weet om wie het gaat en wat ze van plan zijn?'

Ben knikte. 'Aristocraten die Duitsland willen helpen.'

'Het schijnt dat Margot Sutton onlangs op een bijeenkomst is geweest.'

'Een bijeenkomst van de Ring?'

'Ja.'

'En kapitein King, zoals jij hem noemt, wist die daarvan?'

'Je weet hoe hij is. Hij laat zich niet in de kaart kijken, maar volgens mij werd hij erdoor verrast.'

'Dus Margaret Sutton wordt in de gaten gehouden?'

'Absoluut. En tegen de tijd dat ze naar huis mag, verwacht ik dat die schone taak aan jou zal worden toebedeeld.'

'Jeetje,' zei Ben.

Eenmaal op zijn eigen kamer schreef hij een briefje aan Mavis, waarin hij uitlegde dat een van de zusjes Sutton niet goed was geworden doordat ze te veel had gedronken, en dat hij hen spoorslags naar Victoria Station had moeten brengen zodat ze de laatste trein nog konden halen. Hij hoopte dat ze het hem vergaf, dat Guy goed voor haar had gezorgd en dat hun volgende afspraakje minder dramatisch zou verlopen. Hij stopte het briefje meteen in de brievenbus op de hoek. Met een beetje geluk zou het nog met de late post van die avond worden bezorgd. Of uiterlijk de volgende morgen. Want hij wilde niet dat ze dacht dat hij haar had laten vallen en ervandoor was gegaan met een meisje van hogere komaf.

Op datzelfde moment werd Pamela in haar eentje wakker in de kamer die ze met Trixie deelde. Ze voelde zich leeg, uitgeput, alsof ze herstellende was van een zware griep. Zouden Dido en Jeremy al vaker met elkaar naar bed zijn geweest? Dido had hem tenslotte regelmatig opgezocht. Maar met Jeremy's moeder die elk moment kon binnenkomen, om nog maar te zwijgen van het personeel, leek haar dat onwaarschijnlijk. Anderzijds, Jeremy zocht maar al te graag het gevaar op. Dat had ze van meet af aan geweten.

Ze liet zich uit bed glijden, rekte zich uit en liep naar het raam om het verduisteringsgordijn open te schuiven. De sombere grijze dag paste bij haar stemming. Het was voorbij. Hoe zou ze zich ooit veilig kunnen voelen bij een man die haar had verraden met haar eigen zus? Stel dat ze trouwden, dan zou ze telkens wanneer hij laat thuiskwam meteen het ergste denken. Dido was nog een kind. Onnozel, gefrustreerd. Dat besefte ze inmiddels. Een kind dat snakte naar alles wat haar was ontzegd: haar tijd als debutante, de kans om jongemannen te leren kennen, de mogelijkheid om te werken, om zich nuttig te maken. Geen wonder dat ze voor Jeremy's charmes was bezweken. Hoe ver waren ze gegaan voordat de bom viel? Was Dido daarvoor nog maagd geweest? En zo ja, had het pijn gedaan? Haar eigen onzekerheid stak de kop op terwijl een sneltrein met doordringend gefluit onder haar raam langs raasde.

Ze had zich net gewassen en haar tanden gepoetst toen Trixie thuiskwam.

'Allemachtig, wat een nacht!' Ze liet zich op het bed vallen. 'Ik heb veel te veel gedronken. Iedereen trouwens. Mijn hemel, ik was zo uitgeput dat ik in de trein in slaap ben gevallen. Gelukkig dat hij zo hard floot, anders zou ik pas in Crewe wakker zijn geworden.' Ze ging weer rechtop zitten en nam Pamela onderzoekend op. 'Gaat het goed met je?'

'Ja hoor. Ik zal het wel overleven.'

Trixie stond op en liet zich naast Pamela ploffen die op haar bed was gaan zitten. 'Is het wat ik denk dat het was? Lag Jeremy met je zus in bed?'

Pamela knikte.

'Ik vind het afschuwelijk voor je. Maar hij was niet de juiste man voor je. Dat meen ik. Toen jij weg was heeft hij nog geprobeerd me te versieren. En weet je nog dat ik zei dat hij NVT was? Dat is echt waar. Hij accepteerde geen nee, destijds in die taxi. En hij zou me verkracht hebben als de chauffeur niet had gevraagd of het wel goed met me ging. Dat weet ik gewoon zeker. Dus wees maar blij dat je van hem af bent.' Ze zweeg. 'Sorry,' zei ze bij het zien van Pamela's gezicht. 'Ik ook altijd met mijn grote mond. Je houdt echt van hem, hè?'

'Ja, ik heb altijd van hem gehouden. Maar ik denk dat ik ook altijd heb geweten hoe hij was. En ergens maakte dat deel uit van zijn aantrekkelijkheid. Het feit dat hij voor niets en niemand bang is, zijn roekeloosheid... Nou ja, ik kom er wel overheen. Ook al zal dat wel even duren.'

Trixie knikte. 'Meer mannen dan kerken. Ik had het gisteravond heel gezellig met een alleraardigste RAF-piloot, als je begrijpt wat ik bedoel. En het tuinfeest van je moeder wordt vast ook leuk.'

Pamela leunde even tegen haar aan. 'Als ik ergens geen zin in heb... Ik wil Dido nooit meer zien! Of tenminste, voorlopig niet.'

'In zo'n groot huis kun je haar moeiteloos ontlopen. Bovendien zijn er zoveel mensen. Laten we ons als allebei als dienstmeisje verkleden. Zou dat geen geweldige grap zijn?'

'Mijn hoofd staat niet naar grappen. Sterker nog, ik denk dat ik mijn moeder een telegram stuur om te zeggen dat ik toch geen vrij kan krijgen.'

'Hè, nee! In mijn eentje kan ik er niet naartoe, en ik kijk er echt naar uit. Een ouderwets tuinfeest. Ik kan me de laatste keer niet heugen! Thee op het gazon, dames met hoeden en in bloemetjesjurken. Het voelt als iets van vroeger, iets uit een boek.'

'Ja. Inderdaad.' Pamela slaakte een zucht. 'Ik ben bang dat ik er niet onderuit kan. Mijn moeder is ongetwijfeld op van de zenuwen, en Livvy kan niet organiseren. Dus daar heeft ze niets aan.'

'Zo mag ik het horen.' Trixie richtte zich op. 'Hoogste tijd om me aan te kleden en naar mijn werk te strompelen. Het is maar goed dat ik geen codes hoef te kraken. Ik vrees dat ik zou waarschuwen voor vijandelijke vliegtuigen boven Bombay in plaats van Birmingham.'

Ze liep naar de badkamer, en Pamela dwong zichzelf te glimlachen.

HOOFDSTUK 35

Naar Farleigh

Ben wist zich met de rest van de dag niet zo goed raad. Hij had Pamela's radioberichten op Dolphin Square afgeleverd, met de suggestie om ze te koppelen aan mogelijke toekomstige bijeenkomsten van de Ring. Hij had Mavis aangespoord om toch vooral haast te maken met het achterhalen van de plek waar de foto was gemaakt. Wat kon hij verder nog doen? Guy had erop gezinspeeld dat hij opdracht zou krijgen Margot Sutton in de gaten te houden, maar hij had nog niets van Maxwell Knight gehoord. Het bezorgde hem een gevoel van onbehagen, van nutteloosheid. Tegelijkertijd wilde hij niet ongevraagd bij Dolphin Square aanbellen, om Maxwell Knight te vragen wat hij moest doen. Hij had de vierdeklassers die hij les had gegeven totdat hij werd opgeroepen, altijd geleerd dat ze zelf initiatief moesten tonen. En dat werd er nu bij MI5 ook van hém verwacht. Hij had gehoopt op uitdagend werk, op een kans om zich te bewijzen, en nu bevond hij zich in het hart van een complexe, omvangrijke zaak.

Hij zette de radio aan en hoorde tot zijn opluchting dat de koninklijke familie die nacht bij het bombardement ongedeerd was gebleven. In de hoop een Duitse zender op te pikken, veranderde hij van frequentie, maar uiteindelijk gaf hij het op. Guy was met een opdracht op pad gestuurd. Ben vroeg zich af wat hij precies deed en hoelang hij al voor Knight werkte. Er kwam een gedachte bij hem op. Guy wekte de indruk alles over de Ring te weten. En over Margots bevrijding. Dus hij moest wel tot Knights naaste vertrouwelingen behoren. Of zou hij… Guy voldeed in alle opzichten aan het ledenprofiel van de Ring. Hij was van aristocratische afkomst en had op Oxford al laten zien dat hij gesteld was op zijn privileges, maar ook bereid tot het nemen van risico's. Had Guy hem over Margot Sutton verteld om zichzelf te vrijwaren van verdenking? En hoe kwam hij daarachter, vroeg Ben zich af. Bovendien was het duidelijk dat Guy het vertrouwen genoot van Maxwell Knight, en Ben twijfelde er niet aan of Knight beschikte over een feilloze mensenkennis. Of misschien wist hij dat Guy een dubbelspion was en maakte hij daar gebruik van. Ben zou Knight er het liefst op de man af naar vragen, maar hij had geen enkel bewijs dat Guy zich anders voordeed dan hij was. Een andere gedachte kwam bij Ben op. De herinnering aan wat Guy over 'kapitein King' had gezegd. Dat die slechts verantwoording aflegde aan Churchill en aan niemand anders. Knight was een machtig man, en potentieel gevaarlijk. Ben besefte dat hij aan alle voorwaarden voldeed om een geheime groepering als de Ring te leiden. Opnieuw vroeg Ben zich af of hij alleen maar was gerekruteerd om Whitehall tevreden te houden, in de hoop dat hij met al zijn inspanningen niets zou bereiken.

Moest hij nog eens bij Mavis langsgaan? Dat voelde in de persoonlijke sfeer nogal ongemakkelijk, en beroepsmatig zou het ergernis wekken. Trouwens, deed de foto er eigenlijk nog wel toe? Als de parachutist een belangrijke boodschap had moeten afleveren, dan zouden de Duitsers die inmiddels allang op een andere manier hebben overgebracht.

Bij gebrek aan een beter idee ging hij naar de British Library en verdiepte zich verder in de twee veldslagen, maar hij kwam niets tegen wat hij niet al wist. Een koning was onttroond door een sterkere rivaal. Er waren talloze doden gevallen, maar uiteindelijk had de vrede gezegevierd. Hij zag de parallellen, maar slaagde er niet in de code te kraken die daarin verborgen kon zijn. Hij ging naar huis en bij de herinnering dat hij Pamela had beloofd de volgende dag naar Farleigh te komen, klaarde hij op.

Margot Sutton staarde uit het raampje van de Daimler terwijl ze Londen achter zich lieten. De stad maakte plaats voor voorsteden en buitenwijken, en uiteindelijk reden ze door het glooiende, stralend groene platteland. Ze was weer op vaderlandse bodem! Het leek te mooi om waar te zijn. Ze ging naar huis, naar haar familie. De beproeving was voorbij. Maar hoe ze ook haar best deed om dankbaar te zijn, ze voelde zich leeg vanbinnen. Leeg en hol, alsof iets in haar was gestorven door wat er in het hoofdkwartier van de Gestapo was gebeurd. De afgelopen dagen waren een hel geweest. Ze had zichzelf gedwongen om sterk te zijn, om te accepteren dat ze waarschijnlijk zou worden vermoord, of op zijn minst krijgsgevangen gemaakt en naar een kamp in Duitsland gebracht. Haar vinger was genezen. Ze droeg geen zichtbare littekens van haar beproeving. Maar de wond die in haar hart was geslagen, zou niet zo snel genezen. Gaston had ontkend dat hij ooit van haar had gehouden. Hij had zich volstrekt onverschillig getoond, zowel jegens haar als jegens de pijn die haar werd toegebracht.

Ze keek naar de voorbijschietende groene hagen. Wat ben ik stom geweest, dacht ze. Ik heb alles opgegeven, ik heb mijn leven op het spel gezet, voor een man die niet van me hield.

Herinneringen kwamen naar boven. Aan Gaston die naast haar liep in het Bois de Boulogne, die tegenover haar zat in een cafeetje. Aan de blik van begeerte die zijn ogen deed glinsteren wanneer hij haar aankeek. Natuurlijk had hij wel van haar gehouden! Ineens wist ze het zeker. En ze dacht aan wat Gigi Armande had gezegd. Dat Gastons onverschilligheid bedoeld was geweest om haar te beschermen. Destijds had ze dat niet willen geloven. Maar inmiddels besefte ze dat Gigi gelijk had gehad. Wat hij tegen de Duitsers had gezegd, was het enige wat hij nog voor haar had kunnen doen. Door de vijand de indruk te geven dat ze niets voor hem betekende, had hij haar verdere martelingen bespaard.

'Ik heb mijn leven aan hem te danken,' fluisterde ze. 'Hij hield van me. Hij hield zoveel van me dat hij bereid was om voor me te sterven.'

Tegelijkertijd besefte ze dat zij op haar beurt niets had kunnen doen om zíjn leven te redden. Hij zou zijn kameraden in het verzet nooit hebben verraden, en de Duitsers zouden hem nooit hebben vrijgelaten. 'Trouw tot in de dood,' zei ze zacht, en in de duisternis van haar verdriet vlamde een gevoel van trots op.

Dankzij Gaston was ze vrij om de draad van het leven weer op te pakken. Nee, nog niet helemaal vrij. Daar was ze zich van bewust. Maar dat was nu even van later zorg. Eerst wilde ze proberen te genieten van haar familie, van het groene landschap dat steeds vertrouwder werd nu ze door Sevenoaks reden. Dit waren de bossen, de velden waar ze als meisje had gejaagd. Het leek een eeuwigheid geleden. Ze voelde zich oud, alsof haar leven al achter haar lag. Het was vreemd, desoriënterend. Zou ze zich ooit weer normaal voelen? Toen kwamen de zorgen weer, de angst, de vragen. Zou ze het durven? Zou ze de moed hebben om het te doen, zodat Gaston trots op haar kon zijn?

Ze reden Elmsleigh binnen. Daar was de dorpsbrink, met op het scorebord de stand van de laatste cricketmatch. Daarachter verhief zich de kerk. Miss Hamilton liet haar honden uit. Er was hier niets veranderd. Helemaal niets. Behalve ik, dacht ze.

In de leskamer dreunde Phoebe het rijtje Engelse koningen en koninginnen op. Ze haperde bij Richard III en begon door de kamer te ijsberen. 'Richard III...'

'Slag bij Bosworth,' hielp Miss Gumble haar op weg. 'Wat gebeurde er daarna?

'Toen... Toen...' Phoebe keek uit het raam en slaakte een kreet van verrukking. 'Daar is Margot! Margot is weer thuis!'

Ze rende de gang door, de trappen af. Ondertussen riep ze luidkeels het goede nieuws.

Lord Westerham zat in de ontbijtkamer. Hij legde de krant neer en keek zijn dochter misprijzend aan. 'Wat heb ik nou gezegd? Er wordt in dit huis niet geschreeuwd! Heeft je gouvernante je niet geleerd dat een dame nooit, maar dan ook nooit haar stem verheft?'

'Maar, pa...' Phoebe keek hem stralend aan. 'Margot is weer thuis!'

Die vrijdag rond het middaguur, terwijl Ben zich klaarmaakte om naar Victoria Station te gaan, klopte Guy aan zijn deur. 'Zeg kerel, luister eens, ik heb uit betrouwbare bron vernomen dat Margot Sutton op ditzelfde moment op weg is naar huis. Dus ik vroeg me af of je een goede reden kunt bedenken om naar Kent te gaan.'

'Die reden heb ik al. Pamela Sutton heeft me gevraagd om morgen te komen helpen bij het tuinfeest van haar moeder.'

Guy glimlachte breed. 'Een tuinfeest? Wat verrukkelijk! Misschien ga ik wel met je mee. Aardbeien met slagroom op het gazon! Wat klinkt dat heerlijk vooroorlogs. En wat is het goede doel? Geld inzamelen voor de troepen?'

Ben haalde zijn schouders op. 'Geen idee. Ik weet alleen dat Lady Westerham nogal in paniek was vanwege het gebrek aan hapjes en personeel, en dat Pamela heeft beloofd dat ze haar zou komen helpen.'

'Dus je gaat in rok en je doet alsof je de butler bent?' Guy grinnikte.

'Nee, de butler is er nog. Die was al te oud voor het leger. Maar de familie heeft geen livreiknechten meer en maar een paar dienstmeisjes.'

'Het is om te huilen hoe de elite op de proef wordt gesteld.' Guys stem droop van het sarcasme. 'Mijn moeder schreef dat ze haar eigen wc moest schoonmaken. Stel je voor!'

Ben glimlachte. De oorlog had ongetwijfeld een schokgolf teweeggebracht in talloze aristocratische huishoudens.

Hij wilde net de deur uit gaan toen er zware voetstappen klonken op de trap. Tot zijn verbijstering zag hij een koerier naar boven komen. 'Mr. Cresswell?' De koerier salueerde. 'Ik heb de opdracht dit aan u persoonlijk te overhandigen. Het komt uit Medmenham.'

'Dank u wel,' stamelde Ben. De man salueerde opnieuw en vertrok. Ben liep zijn kamer in, trok de deur dicht en maakte de envelop open. 'Volgens mij weet ik waar je foto is genomen,' schreef Mavis. 'De plek staat gemarkeerd op de stafkaart. Het is in Somerset. Niet in Devon of Cornwall, zoals jij dacht.'

Zijn hart bonsde. Voordat hij naar het station ging, waar hij met Pamela had afgesproken, moest hij het aan iemand vertellen. Dus hij greep zijn tas, rende de deur uit, haastte zich naar het station van de ondergrondse, en even later drukte hij bij Dolphin Square op de bel. Geen reactie. Gelukkig kwam er op dat moment net iemand naar buiten, waardoor hij naar binnen kon. Hij nam de lift naar boven, maar toen hij op de deur klopte bleef het stil. Een al wat oudere man kwam aanlopen door de gang. 'Bespaar je de moeite, jongeman. Ze zijn er niet. Ik heb ze vanmorgen zien vertrekken. Met koffers.'

'Verdorie,' mompelde Ben. Hij nam de lift naar beneden en buiten, in de stralende zon, probeerde hij te bedenken wat hem te doen stond. Er was niemand die hij over de foto in vertrouwen kon nemen. Guy was de deur uit. Bovendien wist hij nog altijd niet goed wat hij aan hem had. Er zat niets anders op dan zelf naar Somerset te gaan. Maar Pamela stond bij het station op hem te wachten.

Met een zucht zette hij koers naar Victoria Station.

Pamela en Trixie stonden onder het bord met de vertrekkende treinen. Pamela wuifde zodra ze hem in de gaten kreeg. 'Daar ben je! Wat fijn.'

'Hallo, Ben,' zei Trixie. 'Ja, fijn dat je meegaat. Ik verheug me erop om voor dienstmeisje te spelen. Eigenlijk had ik in een feestwinkel zo'n Frans kamermeisjesuniform willen huren, met stroken en ruches, maar dat mocht niet van Pamma.'

'Nee, want die hebben we thuis niet. Franse kamermeisjes met stroken en ruches.' Pamela schonk Ben een geërgerde blik. 'Mijn moeder heeft zelfs nooit een Franse kamenier gehad. De kamenier die ze nu heeft, heet Philpott en is van middelbare leeftijd.'

'Jakkes, wat klinkt dat saai en degelijk,' vond Trixie. 'Ik hoor het al, jullie missen een hoop. Mammie had altijd Franse dienstmeisjes. En pappie zat erachteraan. Hét recept voor een goed huwelijk.'

Pamela deed alsof ze het bord met vertrekkende treinen bestudeerde. 'Er gaat er een over een half uur. Van perron 11. Dus we hebben nog alle tijd om een kaartje te kopen en erheen te lopen.'

'Pamma...' Ben schraapte zijn keel. 'Ik zit met een probleem. Ik moet naar Somerset. Het liefst nu meteen. Om iets te controleren. Dus ik zou eigenlijk naar Paddington Station moeten gaan en daar de trein naar Somerset moeten nemen. Ik weet wat ik heb beloofd, maar ik kan me er niet aan houden. Ik hoop dat je dat begrijpt.'

'Natuurlijk begrijp ik dat. We redden ons wel. Je werk gaat voor.'

'Wat is er zo dringend in Somerset?' vroeg Trixie. 'Ze maken er kaas en cider, maar verder gebeurt er nooit iets.' Ze schoot in de lach, maar toen nam ze Ben onderzoekend op. 'Je zit echt midden in de geheimen en de complotten, hè? Dat dacht ik al toen ik je op Bletchley zag. Ik weet het! Laat mij met je meegaan naar Somerset. Ik werk op Bletchley, dus ik heb de Official Secrets Act ondertekend. Van mij zal niemand iets te weten komen, en ik snak naar een beetje opwinding.'

'Zo opwindend zal het niet zijn,' zei Ben. 'Ik moet een verwijzing op een kaart controleren.'

'En als er iemand met Ben meegaat, dan ben ik het. Niet jij,' zei Pamela streng.

'Maar jullie moeten Lady Westerham helpen met het tuinfeest,' protesteerde Ben.

'Heb je al nagedacht over je vervoer wanneer je eenmaal in Somerset bent?' vroeg Pamela.

'De trein. De bus. De benenwagen.'

'In dat soort afgelegen gebieden gaat de bus eens per week.'

'Ik red me wel.'

'Ik heb een beter idee,' zei Pamela. 'Ga mee naar Kent. Dan vragen we aan pa of we de Rolls mogen lenen, en dan rijd ik je naar Somerset.'

'En je moeder dan?'

'Als we vanmiddag meteen vertrekken, zouden we op tijd terug moeten zijn voor het tuinfeest. Denk je dat je lang werk hebt?'

'Ik heb geen idee,' antwoordde Ben. 'Eerlijk gezegd weet ik niet eens waar ik naar zoek.'

'Volgens mij neem je ons in het ootje,' zei Trixie. 'Hoe dan ook, ik vind nog steeds dat je mij beter mee kunt nemen dan Pamma. Die moet naar haar moeder.'

'Ik denk dat ik beter helemaal niemand mee kan nemen.' Ben voelde zich merkbaar slecht op zijn gemak.

'Jawel,' sprak Pamela hem tegen. 'Je hebt iemand nodig om de kaart te lezen terwijl je rijdt. Of nee, ik rij, jij leest kaart. Dan gaat het een stuk sneller.'

'Ja, misschien heb je gelijk,' moest hij toegeven.

'Dus als ik het goed begrijp, ga jij ervandoor en moet ik me bij jou thuis in het zweet werken?' Trixie stak pruilend haar onderlip naar voren.

Pamela keek haar aan met een blik van dankbaarheid. 'Zou je dat willen doen?'

'Tja, wat moet dat moet. Me in het zweet werken op een tuinfeest tot meerdere glorie van Groot-Brittannië. Misschien levert het me wel een medaille op.'

Pamela schoot in de lach. 'Je bent een kraan van een meid!'

'Reken maar. Niemand zo kranig als ik. Kom, we moeten nog kaartjes kopen, en er staat een rij.'

Ben nam Pamela apart. 'Weet je zeker dat je vader ons de Rolls wil lenen?' vroeg hij, nog altijd in dubio wat hij moest doen. De eerstvolgende trein vanuit Paddington Station nemen of het erop wagen dat hij met de auto kon. Samen met Pamela.

'Zo niet, dan vragen we een auto aan de Prescotts. Die hebben er genoeg,' zei Pamela luchtig. 'En blijkbaar ook meer dan genoeg benzine.'

'Denk je dat ze dat doen? Dat ze mij een auto lenen?'

'En anders mij wel,' antwoordde Pamela kalm. 'Ze denken dat ik nog steeds -'

'Dus het is echt voorbij tussen Jeremy en jou?'

'Ja, natuurlijk. Maar daar wil ik het nu niet over hebben. We hebben belangrijkere dingen aan ons hoofd.'

'Dank je wel. Ik vind het geweldig dat je dit wilt doen.'

'Welnee, ik beschouw het als een avontuur. En dat kan ik wel gebruiken. Iets om me op te vrolijken.'

Bij aankomst werden ze begroet door een juichende Phoebe die vertelde dat Margot weer thuis was. Dat leidde tot tranen en omhelzingen, en uiteindelijk zat de hele familie samen aan de thee.

'Het is weer als vanouds,' zei Lady Westerham. 'Mijn vurigste gebeden zijn verhoord. Mijn meisjes zijn allemaal weer thuis.'

Margot was bleek en zag er afgetobt uit, haar glimlach was weemoedig, zelfs verdrietig. Ben verkeerde opnieuw in onzekerheid. Moest hij in Kent blijven nu Margot weer thuis was, of moest hij de locatie van de foto natrekken? Hij besloot tot het laatste. Margot verontschuldigde zich. Ze was doodmoe, zei ze, en ze ging naar haar kamer.

Zoals Ben al had gevreesd, maakte Lord Westerham bezwaar toen Pamela zei dat ze de Rolls wilde lenen.

'Ik pieker er niet over! Mijn laatste benzine, en die willen jullie gebruiken voor een plezierritje?' donderde hij.

'Nee, pa. Het is belangrijk. Ben heeft de auto nodig voor zijn werk, en ik heb gezegd dat ik mee zou gaan om hem te helpen.'

'Als het voor zijn werk is en het is zo belangrijk, dan moet de regering maar voor een auto zorgen. Die gaat over de benzine. Ik moet het doen met de bonnen die ik krijg,' zei hij nijdig.

'Het spijt me echt verschrikkelijk,' fluisterde Pamela. 'Ik had niet gedacht dat hij zo krenterig zou zijn. En we kunnen hem niet vertellen waar we de auto voor nodig hebben. Dus hij heeft geen idee dat de nationale veiligheid op het spel staat. Maar hij heeft wel gelijk. Kan je baas geen auto vorderen?'

'Mijn baas was er niet. Daar ben ik al geweest. Het schijnt dat hij op reis is. Misschien alleen het weekeinde. Maar ik heb het gevoel dat dit niet kan wachten.'

'Want? Waar gaat het precies om?' vroeg Pamela op gedempte toon.

Ben besloot dat hij het haar net zo goed kon vertellen nu ze wist dat hij voor MI5 werkte. 'De parachutist die hier is neergekomen...' Hij nam haar apart zodat niemand hen kon horen. 'Hij had niets bij zich. Helemaal niets. Alleen een foto met vier cijfers erop. En we zijn er eindelijk achter waar die foto is genomen. Dus daar moet ik zo snel mogelijk heen.'

'Dat kunnen we niet aan de Prescotts vertellen.' Pamela keek uit het raam. 'Maar het staat hier vol met militaire voertuigen. Waarom nemen we er daar niet een van mee?'

'Met het risico dat we worden beschoten bij het wegrijden?' Ben moest lachen, maar hij werd meteen weer ernstig. 'Ik zou het natuurlijk aan kolonel Pritchard kunnen vragen. Dat lijkt me een fatsoenlijke kerel. Hij weet van de parachutist, en ik denk dat ik hem wel kan vertellen voor wie ik werk.'

'Goed idee! Ondertussen ga ik iets warmers aantrekken. En ik neem ook mijn tandenborstel mee, voor het geval dat we een nacht moeten overblijven.' Ze keek hem grijnzend aan. 'Ik dacht even dat ik nooit meer zou kunnen lachen. Maar dit wordt een geweldig avontuur!'

HOOFDSTUK 36

Naar Somerset

Kolonel Pritchard begreep het probleem, maar aarzelde. ‘Mijn stafauto kan ik u niet meegeven. En verder heb ik hier alleen maar trucks, tanks, gepantserde auto’s. Daarmee zou u wel erg in de gaten lopen. Bovendien denk ik niet dat u daar een rijbewijs voor hebt.’ Hij zweeg even. ‘Ik weet misschien een oplossing,’ zei hij toen. ‘Hebt u weleens op een motor gereden?’

‘Ja, regelmatig zelfs. Toen ik in Oxford zat,’ antwoordde Ben.

‘In dat geval kunt u de motor met zijspan van mijn koerier meenemen. Die gebruikt ook minder benzine.’

En zo vertrokken ze een half uur later, met Pam in het zijspan en Ben toch een beetje onwennig aan het stuur. Pamela had een broek met een overhemdblouse aangetrokken en een sjaal om haar hoofd gebonden. Ben moest zich zo volledig op het rijden concentreren dat hij nauwelijks besefte dat hij een passagier had, laat staan dat Pamela die passagier was. De motor had slechts een bescheiden vermogen, waardoor het niet lang duurde of Ben begon zich wat meer op zijn gemak te voelen. Onder andere omstandigheden zou hij zelfs van de rit hebben genoten. De wegen waren dankzij de benzinedistributie zo goed als verlaten, maar doordat de bewegwijzering was verwijderd, namen ze een paar keer een verkeerde afslag voordat ze de hoofdweg naar het zuidwesten bereikten. Eenmaal daar maakten ze goede vorderingen. De weinige andere voertuigen die ze tegenkwamen, waren legertrucks en bestelbusjes.

Het liep al tegen negenen toen ze Wiltshire achter zich lieten en Somerset binnenreden. De schemering viel, de ondergaande zon was verdwenen achter een onheilspellend ogende wolkenmassa, en er was een kille wind opgestoken.

Ben keerde zich bezorgd naar Pamela. 'Op regen hebben we niet gerekend. Zo zie je maar, een motor heeft ook nadelen.'

'We moeten de klus gewoon zo snel mogelijk klaren. Hoe ver is het nog, denk je?'

Ben keek met Pamela mee op de kaart. 'Volgens mij zijn we er bijna. Dat laatste dorp… dat moet Hinton St. George zijn geweest. Dat betekent dat de heuvel nu snel aan onze linkerkant in zicht zou moeten komen. Heuvels genoeg hier, maar deze heeft een heel specifieke vorm.' Hij hield haar een kopie van de foto voor. 'Kijk. Met die kerktoren en die drie grote grove dennen zouden we hem moeiteloos moeten herkennen.'

Pamela knikte. 'Precies! Voorwaarts… mars!'

De landweg voerde hen door de Somerset Levels, waar koeien graasden in weilanden die door sloten van elkaar werden gescheiden. Ben had de indruk dat ze het heuvelachtige deel van de streek inmiddels achter zich hadden gelaten, en hij vroeg zich af of ze de kaart verkeerd hadden gelezen.

Ze kwamen door een dorp van schilderachtige cottages met rieten daken. 'Kijk!' zei Pamela en ze wees. 'Daar is het!'

Naarmate ze dichterbij kwamen, konden ze de kerk onderscheiden waarvan de toren boven de grove dennen uitstak. Ze keken elkaar grijnzend aan. Het duurde even voordat ze de weg hadden gevonden die naar de top van de heuvel leidde, maar uiteindelijk bereikten ze de kerk. Ben zette de motor uit. Het was nog altijd niet helemaal donker. Roeken krasten in de bomen op het kerkhof, waar de oude zerken als vermoeide dronkaards waren scheefgezakt. De wind uit het westen blies hun recht in het gezicht toen ze naar de All Saints Church liepen. Ben keek om zich heen. Achter het kerkhof stond een klein huis, het enige in de wijde omtrek. De sfeer was er een van sombere verlatenheid.

'En nu?' vroeg Pamela.

Tja, wat nu? Toen ze de heuvel op reden had de bochtige weg hen langs een aantal cottages gevoerd, maar anders dan Ben had gehoopt, was er geen sprake van een dorp en hadden ze ook geen voornaam landhuis gezien.

'Ik neem aan dat we bij de pastorie moeten aankloppen.'

'Hoezo? Verwacht je daar een broeinest van nazi-sympathisanten aan te treffen? En zo ja, ben je gewapend?' Bij het zien van de uitdrukking op zijn gezicht schoot Pamela in de lach. 'Volgens mij zitten we helemaal op het verkeerde spoor. Ik denk dat de foto een verborgen boodschap bevatte, maar dat de plek waar hij is genomen, er niet toe deed.'

'Daar ben ik ook bang voor.'

Ze volgden het bemoste pad over het kerkhof naar de pastorie. Daar klopte Ben aan. De deur werd geopend door een al wat oudere dominee met pluizig wit haar en een engelachtig gezicht. Ben vertelde dat ze wat rondreden door de West Country en geïnteresseerd waren in oude kerken. In het bijzonder in afgelegen oude kerken. Daarop nodigde de dominee hen uit om binnen te komen en gaf hij hun een glas vlierbessenwijn, gemaakt door een parochiaan.

'Maar waar is uw parochie?' vroeg Pamela. 'We hebben nauwelijks huizen gezien.'

'Tja, dit is een kerk met een lange geschiedenis. Ooit maakt hij deel uit van een klooster. Dat is gevorderd in de tijd van Hendrik VIII en aan een plaatselijke edelman gegeven die er zijn landgoed van maakte. Tijdens de burgeroorlog is het door Oliver Cromwell met de grond gelijk gemaakt. Maar de kerk hield stand en vormt sindsdien het godshuis voor de naburige dorpen en boerderijen.'

'Dus het landhuis is er ook niet meer?'

'Een deel van de muren staat nog overeind. Half afgebrokkeld. Een ruïne.'

'Dus behalve u woont hier verder niemand meer?'

'Nee, de dichtstbijzijnde buren zitten hier bijna een kilometer vandaan,' antwoordde de dominee.

'Dat moet wel erg eenzaam voor u zijn.'

Hij knikte. 'Mijn vrouw is drie jaar geleden gestorven. Ik heb nu eens in de week een werkster en ik doe mijn ronde op de fiets, maar ik zit inderdaad ver van alles en iedereen. Gelukkig heb ik mijn boeken. En de radio.' Hij stond op. 'Nog even dan is het donker, en u wilt de kerk misschien nog zien?'

'Heel graag.' Ben en Pamela schoten overeind. De dominee pakte een zaklantaarn van het tafeltje in de hal en scheen hen bij op het pad tussen de grafstenen. In de kerk schiep het laatste daglicht dat door de hoge smalle ramen naar binnen viel, de indruk van een langgerekt schip met zuilen aan weerskanten. Het rook er oud, vochtig, en er was duidelijk achterstallig onderhoud.

Tijdens zijn rondleiding richtte de dominee zijn zaklantaarn op de marmeren platen die de tombes van dode ridders sierden. 'Wilt u ook de toren nog op? Daar hebt u een schitterend uitzicht. Ik ga niet mee. Mijn benen zijn te oud voor zoveel treden. Er is licht langs de trap, maar vanwege de verduistering mogen we dat niet aandoen. Dus u kunt mijn zaklantaarn gebruiken.'

Hij wees hun een deur in de muur. Daarachter voerde een stenen wenteltrap omhoog. Het licht van de zaklantaarn, afgedekt met een zwarte lap, reikte niet verder dan enkele treden. Het had iets griezeligs, en het was er ijzig koud. Na lang klimmen kwamen ze bij een kleine deur die toegang gaf tot het dak. Een laatste lage zonnestraal boorde zich door de wolken en kleurde de sloten roze. In de verte konden ze een zeearm onderscheiden: het Kanaal van Bristol.

'Dit zou een perfecte plek zijn om te seinen,' merkte Ben op.

Pamela knikte. 'Maar wie zou dat moeten doen?'

De wind voerde de eerste regendruppels aan. 'We kunnen maar beter gaan,' zei Ben.

De dominee liep met hen mee naar de motor en zwaaide hen uit. Inmiddels was het harder gaan regenen, de druppels die door de wind uit zee werden opgezweept, deden pijn aan hun gezicht.

'Wat denk je? Moeten we hier bij daglicht opnieuw naartoe, om te kijken wie er vlakbij woont?' vroeg Pamela.

'Ik weet het niet. Wat zouden we daarmee opschieten?' Ben liet zijn blik in het rond gaan, over de donkere bossen. 'De dominee zou het wel gezegd hebben als er iemand was die zich vreemd of verdacht gedroeg. Denk je ook niet? Zijn parochie bestaat uit de boerderijen en cottages in de omgeving. Ongetwijfeld allemaal mensen die hier al generaties lang wonen. We zouden de ruïnes van het klooster bij daglicht kunnen inspecteren, maar nogmaals, zou de dominee het niet hebben gezegd als daar iets verdachts gaande was? Dus eerlijk gezegd verwacht ik er weinig meer van. Ik denk dat je gelijk hebt. Dat de foto zelf de boodschap is, dat de plek waar hij is genomen er niet toe doet.'

'Ja, daar lijkt het wel op.' Pamela knikte. 'Dus we gaan terug naar Londen? Dan kun jij verslag uitbrengen van je bevindingen, en ik ben op tijd terug voor het tuinfeest. Mijn moeder vermoordt me als ik het laat afweten.'

'Ja, er zit niets anders op. Maar we moeten eerst iets eten. Ik weet niet hoe het met jou is, maar ik rammel van de honger.'

'Nou, dan hoop ik dat er nog iets open is, zo laat op de avond.' Pamela grinnikte. 'Ik wed dat ze hier al om acht uur in bed liggen, zeker nu bijna niemand de deur meer uit gaat na de verduistering. Trouwens, het zal niet meevallen om in het donker naar huis te rijden. Misschien moeten we proberen of we ergens kunnen overnachten. En dan morgen in alle vroegte vertrekken.'

'Heb je kleren bij je om te overnachten?'

Ze schoot in de lach. 'Nee, alleen een tandenborstel. Maar ik overleef het wel.'

Het regende nog steeds terwijl ze de bochtige weg naar beneden volgden, enigszins beschermd door de baldakijn van bomen. Maar toen het terrein weer vlak en open werd, merkten ze pas hoe hard het regende. Het was een wolkbreuk. 'Dit is gekkenwerk, Ben!' riep Pamela boven het gekletter van de regen uit. In de verte klonk het diepe roffelen van donderslagen.

'In het eerste dorp waar we door kwamen heb ik een pub gezien!' riep Ben terug. Ze reden met een slakkengangetje, gehinderd door het water uit de greppels aan weerskanten, die begonnen over te stromen. Toen de eerste huizen in zicht kwamen, konden ze het uithangbord van een pub onderscheiden. De Fox & Hounds bood met zijn rieten dak een schilderachtige, aangenaam ouderwetse aanblik.

Nadat Ben de motor onder een afdak op de binnenplaats had gezet, renden ze naar de voordeur. Bij binnenkomst werden ze begroet door een zacht geroezemoes van stemmen. Een groepje al wat oudere mannen stond aan de tapkast, met een stel honden aan hun voeten. De gelagkamer had een reusachtige open haard en een plafond van dikke balken. Terwijl Ben en Pamela naar de tapkast liepen, waren alle ogen op hen gericht.

'Hebben jullie gezwommen?' Het zware accent van de waard verried dat hij in Somerset was geboren en getogen. 'Jullie zien eruit als een stel verzopen katten.' Hij grinnikte.

'We zijn met de motor,' zei Ben. 'Hebt u misschien twee kamers voor de nacht?'

'Ik heb er maar een,' antwoordde de waard. 'Maar dat zal geen bezwaar zijn, neem ik aan.' Hij keek hen vragend aan.

Ben keerde zich naar Pamela. Voordat hij iets kon zeggen, schonk ze hem een stralende glimlach. 'Nee hoor, geen probleem.'

'Ik zal m'n vrouw vragen een droogrek in de kamer te zetten. Dan kunt u uw natte kleren ophangen. En kan ik u iets te drinken brengen? Een glas bier of cider?'

Ben keek Pamela aan. 'Voor mij graag cider,' zei die. 'En hebt u misschien ook iets te eten?'

De waard keek bedenkelijk. 'De keuken is dicht sinds de rantsoenering. Maar m'n vrouw heeft pasteitjes gemaakt. Daar kunnen we er vast wel twee van missen.'

Hij ging hun voor, een krakende trap op. In de kamer stond een reusachtig tweepersoonsbed dat bijna bezweek onder een stapel quilts. Zodra de waard was vertrokken, schoot Pamela in de lach. 'Weet je nog, dat sprookje? De prinses op de erwt?'

'Voornaam als je bent doe jij ook vast en zeker geen oog dicht,' grapte Ben.

'Dat zal wel meevallen. Na al die frisse lucht denk ik dat ik als een blok in slaap val.'

'We zouden onze natte kleren uit moeten doen. Wil je dat ik buiten wacht terwijl jij je verkleedt?' vroeg Ben, blozend van gêne.

'Mijn broek is droog gebleven. Dankzij het zijspan. En mijn blouse is alleen nat rond de kraag. Maar mijn jasje is wel drijfnat.' Ze trok het uit en hing het over de leuning van een stoel. 'Maar jij...' Ze nam hem keurend op en schoot opnieuw in de lach.

'Goed nat, ja.' Hij schoot ook in de lach.

'Trek je kleren maar uit. Ik kijk niet.'

Ben kleedde zich uit tot op zijn ondergoed, pakte een handdoek van het droogrek en sloeg die om zich heen.

'Neem jij het bed. Dan slaap ik in die stoel,' zei hij zonder Pamela aan te kijken.

'Geen sprake van. Het bed is groot genoeg voor ons allebei. Jij hebt je slaap net zo hard nodig als ik.'

Er werd op de deur geklopt. Het was de waardin, met twee glazen cider en twee pasteitjes.

'Geeft u mij die natte kleren maar. Dan hang ik ze in de droogkast.' Ze schonk hun een hartelijke glimlach en vertrok weer.

De cider en de pasteitjes waren in een oogwenk verdwenen, toen kroop Pamela onder de quilts. Ben deed het licht uit, voordat hij naast haar in bed stapte. 'Vind je het echt niet vervelend?'

Pamela legde een hand op zijn arm. 'Wat ben je toch een schat. Ik voel me volmaakt veilig bij je. Je bent de broer die ik nooit heb gehad.'

'Dan is het goed,' zei Ben, ook al meende hij het niet.

Naast elkaar in het donker luisterden ze naar het gekletter van de regen en het verre gerommel van donderslagen.

'Ik heb me bij Jeremy nooit veilig gevoeld,' zei Pamela plotseling. 'Waarschijnlijk maakte dat deel uit van zijn aantrekkelijkheid. De sfeer van onveiligheid die er om hem heen hing. De manier waarop hij telkens weer het gevaar opzocht. Hij wilde met me naar bed, maar ik heb de boot afgehouden.' Het bleef even stil. 'Soms vraag ik me af... Denk je dat ik frigide ben?' flapte ze er toen uit.

'Dat is geen uitnodiging om hier en nu te bewijzen dat je ongelijk hebt, hoop ik?' Hij lachte een beetje ongemakkelijk.

Pamela schoot ook in de lach. 'Nee, sorry. Natuurlijk niet. Maar ik vraag het me gewoon af. En het is ook iets waar ik me schuldig over voel. Als ik Jeremy zijn zin had gegeven, zou hij Dido niet hebben verleid.'

'Ik denk niet dat hij daar veel moeite voor hoefde te doen. Jij bent anders dan Dido. Jij wilt dat alles perfect is voordat je zo'n belangrijke stap zet. Zo ben je nu eenmaal, en daar is niks mis mee.'

'O Ben, je kent me zo goed.' Ze legde haar hoofd op zijn schouder. Zijn hart bonsde, hij was zich pijnlijk bewust van haar nabijheid, van haar koele huid tegen de zijne. De broer die ze nooit had gehad, dacht hij somber. Pamela viel al snel in slaap, maar hij lag nog lang wakker, luisterend naar haar ademhaling.

Toen ze de volgende ochtend wakker werden, klonken buiten geluiden van bedrijvigheid, begeleid door oorverdovend vogelgezang. Een boer dreef een koppel koeien onder hun raam langs. Een tractor was op weg naar het land. Ze keken elkaar aan en grijnsden. 'Ik voel me behoorlijk verfomfaaid, maar ik heb heerlijk geslapen,' zei Pamela.

'Welnee. Je ziet er prachtig uit. Zou jij naar beneden willen gaan om mijn kleren te halen? Dan gaan we na het ontbijt meteen op pad. Akkoord?'

In een rustig hoekje van de gelagkamer kregen ze van de waardin gebakken eieren met bacon op dikke sneden zelfgebakken brood.

'Wat was dat lekker!' zei Pamela genietend. 'Zeker vergeleken met wat we tegenwoordig te eten krijgen. Mijn hospita is een verschrikkelijk slechte kok.'

'Dus u bent er een paar dagen tussenuit?' vroeg de waardin. 'Voordat uw verloofde weer naar het front moet?'

'Precies,' antwoordde Pamela. 'En we waren geïnteresseerd in die heuvel daar. Is daar nog een speciale geschiedenis aan verbonden?'

'U bedoelt Church Hill?'

'Heet hij zo?' vroeg Ben scherp.

'Tja, ik weet niet beter of hij heeft altijd zo geheten.'

'Ben! Wat is er?' vroeg Pamela terwijl de waardin de tafel afruimde. 'Je ziet ineens lijkbleek.'

'Ik keek net op de kalender aan de muur. Het is vandaag veertien juni. 14-6-1941. En op de foto staat 1461. Ik denk ineens dat ik weet wat die cijfers betekenen. De foto is een verborgen code, een opdracht vanuit Duitsland. De opdracht om vandaag een aanslag op Churchill te plegen.'

HOOFDSTUK 37

In Somerset

'We moeten iemand waarschuwen!' Ben schoot overeind en liep naar de deur. 'Maar wie? Mijn baas is weg. Downing Street 10! Daar weten ze waar Mr. Churchill is. Dan kunnen ze maatregelen nemen.' Zijn hart bonsde in zijn keel, en hij hoorde zelf hoe hij maar doorratelde terwijl hij naar de waardin liep. 'Hebt u telefoon?'

'Nee. Maar in het dorp is een telefooncel. Voor het postkantoor.'

'Ga maar vast!' riep Pamela. 'Ik pak je spullen wel.'

Ben rende de straat op. Eenmaal in de telefooncel grabbelde hij in zijn zakken, op zoek naar kleingeld. Had hij wel genoeg? Maar het ging om de staatsveiligheid! De telefoniste móést hem doorverbinden!

'Nummer alstublieft!'

'Ik moet dringend Downing Street 10 spreken.' Hij probeerde beheerst te klinken.

'Maakt u soms een grapje?'

'Nee! Natuurlijk niet,' snauwde hij. 'Ik werk voor MI5 en ik zit in Somerset. Het is van het grootste belang dat ik onmiddellijk iemand aan de lijn krijg.' Hij was zelf verrast door zijn krachtdadigheid.

'Zoals u wilt, sir. Ik doe mijn best.' De telefoniste was hoorbaar geschrokken.

Ben wachtte vol ongeduld. Toen klonk er een mannenstem aan de andere kant van de lijn. 'Met het huis van de premier. Wat kan ik voor u doen?'

'Is de premier thuis?'

'De premier zit de hele nacht al ondergronds, in overleg met zijn oorlogskabinet,' antwoordde de stem kalm.

'Dan geef ik de boodschap aan u door. Mijn naam is Benjamin Cresswell. En ik werk voor MI5. Mocht u dat willen, dan kunt u dat natrekken bij mijn superieuren. Ik heb gegronde redenen om aan te nemen dat er vandaag een aanslag zal worden gepleegd op de premier.'

'Sir, dat soort dreigementen krijgen we voortdurend te horen,' klonk het geduldig. 'Kunt u iets specifieker zijn? En waarom bereikt deze informatie ons niet via de geijkte kanalen?'

'Omdat mijn baas het weekeinde weg is. Dus ik kan hem niet bereiken. Ik heb voor MI5 een aanwijzing nagetrokken die begon met een te pletter gevallen Duitse parachutist. Inmiddels zit ik van God en iedereen verlaten in Somerset! Hoe dan ook, ik dacht dat u het wel zou willen weten!' Ben kon er niets aan doen dat hij begon te schreeuwen.

'Kunt u me misschien wat nadere bijzonderheden geven?'

'Nee. Niet via een telefoonlijn waarop iedereen kan meeluisteren. Maar ik stel voor dat de premier vandaag ondergronds blijft.'

'Er staat een bezoek op de agenda aan Biggin Hill. Daar zal de premier een ceremonie met zijn aanwezigheid opluisteren. En ik weet zeker dat hij zijn plannen niet zal veranderen vanwege een vaag dreigement. Bovendien, waar is hij nu beter beschermd dan op een militair vliegveld?'

'Laten we het hopen. Ik heb gedaan wat ik kon.' Ben beefde van frustratie. 'Ik heb u gewaarschuwd. Als u daar niets mee doet, dan ligt de verantwoordelijkheid bij u.'

'Ik zal de beveiligers van de premier waarschuwen dat ze extra alert moeten zijn. Maar als u denkt dat de premier zich als een angstig konijn verstopt omdat zijn leven in gevaar zou zijn, dan kent u Mr. Churchill niet.'

Ben hing op en liep terug naar Pamela.

'En? Heb je de premier kunnen waarschuwen? Worden er stappen ondernomen?' vroeg ze.

'Dat hoop ik.' Ben slaakte een zucht. 'Meer kan ik niet doen.'

Ze legde een hand op zijn arm. 'Precies. Meer kun je niet doen. Je hebt de samenzwering ontmaskerd, en vervolgens heb je Downing Street 10 gewaarschuwd.'

'Maar het is allemaal zinloos als hij alsnog wordt doodgeschoten. Wat een verdomde idioot die ik aan de lijn had! Zo vervloekt met zichzelf ingenomen. Misschien zou ik Biggin Hill kunnen bellen. We moeten er zo snel mogelijk heen. Met een beetje geluk zijn we nog op tijd.'

Phoebe was al vroeg wakker, een en al opwinding en rusteloosheid. En dat kwam niet alleen door het tuinfeest en de nervositeit van haar moeder. Ze voelde dat er iets gaande was. Waarom waren Ben en Pamela in vliegende haast op een motor vertrokken? Bijna op hetzelfde moment dat Margot was thuisgekomen. Ze had medelijden met Pamela's vriendin omdat ze aan haar lot was overgelaten. En dan was er het telefoontje dat ze de avond tevoren had afgeluisterd. Iemand in pa's studeerkamer voerde nog laat een gesprek. De stem was die van een vrouw, maar door de zware deur had Phoebe niet kunnen verstaan wat er werd gezegd. En toen was Soames komen aanlopen en had ze naar haar kamer moeten vluchten. Een rit in de vroege ochtend was precies wat ze nodig had.

Ze trok haar rijbroek en -laarzen aan, pakte haar cap en liep naar de stallen. De oude Jackson was al aan het werk. Phoebe keek omhoog, naar het raam van Miss Gumble. Was ze al wakker? En zou ze haar aan pa verklikken?

'Jackson, wil je alsjeblieft Snowball zadelen?'

'Vindt his lordship het wel goed dat u alleen uit rijden gaat?'

'Ik zal braaf zijn en niet galopperen. En ook niet over boomstammen springen. Maar Snowball heeft de laatste tijd bij lange na niet genoeg gewerkt. Ze wordt dik.'

'Dat is zo. Wilt u dat ik meega?'

'Nee, want dan mag ik alleen maar in stap.'

Hij grijnsde. 'Vooruit dan maar. Het kan geen kwaad, neem ik aan. U bent een geweldige ruiter. De familie kan trots op u zijn.'

Phoebe straalde. Toen keek ze opnieuw omhoog, naar het raam van Miss Gumble.

'Maakt u zich over haar maar geen zorgen,' zei Jackson. 'Ze is al uren geleden het bos in getrokken. Met een verrekijker om haar nek. Om vogels te kijken.'

Phoebe klom in het zadel, en eenmaal buiten het zicht van het huis dreef ze Snowball aan tot een korte galop, genietend van de ochtendbries die langs haar gezicht streek. Ze hoopte dat ze Alfie tegenkwam, maar die was nergens te zien. Dus stuurde ze Snowball in de richting van de bossen, naar het huis van de jachtopziener. Nog steeds geen Alfie. Terwijl ze over een zandpad reed tussen de bomen, hoorde ze achter een dichte wal van rododendrons een auto aankomen.

'Dus je hebt mijn boodschap gekregen?' De fluisterende stem was onmiskenbaar die van een vrouw.

'Wat is er?' vroeg een mannenstem.

'Ik kan het niet.'

'Je moet. Je hebt geen keuze. Alles is geregeld. Je kunt je nu niet terugtrekken.'

'Maar ik kan het niet.'

'Nogmaals, je hebt geen keuze. Ik kan het niet doen. Dat is duidelijk. Je hebt hier vrijwillig mee ingestemd.'

'Ja, maar ik kan het niet. Dus dwing me alsjeblieft niet om het te doen.'

'Je weet wat de consequenties zijn als je het laat afweten.'

Phoebe meende gesnik te horen. De stem werd nog zachter. Het liefst zou Phoebe haar pony een eindje naar voren hebben gedreven, maar ze was bang dat het gerinkel van het tuig haar zou verraden.

'Hier heb je het pistool,' hoorde ze toen duidelijk. 'Het is geladen. Pak aan. En stel ons niet teleur.'

Het geluid van een autoportier dat werd dichtgeslagen, gevolgd door dat van een auto die vol gas wegreed. Phoebe keek of ze zich tussen de dichte struiken door kon wurmen, maar dat zou met een pony niet lukken. Tegen de tijd dat ze om de rododendrons heen was gereden, lag het pad er verlaten bij en bewezen alleen bandensporen van een auto dat ze zich het vreemde gesprek niet had verbeeld.

Haar hart ging als een razende tekeer. Ze had ervan genoten om met Alfie de speurder uit te hangen en spionnen te vangen, maar dat was vooral een spel geweest. Nu had ze gehoord hoe er een geladen pistool werd overhandigd. Aan iemand die iets niet durfde. Wie was dat? Wie had haar het pistool gegeven? En waarom ontmoetten ze elkaar op Farleigh? Ze moest iemand waarschuwen. Pa zou haar waarschijnlijk niet geloven, en ma zou het niet interesseren. Pamma! Maar die was er niet. En Miss Gumble was eropuit getrokken om vogels te kijken. Wat stond er ook alweer op het aanplakbiljet met de Zeven Regels? Meld alles wat u verdacht voorkomt bij de politie. Dat betekende in dit geval de veldwachter. Niet dat die erg snugger was, maar hij kon de informatie doorgeven aan de juiste personen.

Ze moest Alfie zien te vinden. Die zou haar geloven. En dus reed ze terug naar het huis van de jachtopziener. Daar steeg ze af, en bond Snowball aan een boom.

Mrs. Robbins keek een beetje ongemakkelijk toen ze zag wie er voor de deur stond. 'Lady Phoebe! Wat kan ik voor u doen? Mr. Robbins loopt nog in pyjama. Hij heeft een beetje uitgeslapen. We zijn eigenlijk nog niet klaar om bezoek te ontvangen.'

'Het spijt me dat ik stoor. Maar is Alfie al wakker? Ik moet hem spreken.'

'Hij zit te ontbijten. Ik zal zeggen dat u er bent.'

Phoebe hoefde niet lang te wachten tot Alfie tevoorschijn kwam. Hij veegde genietend zijn mond af. 'Mrs. Robbins maakt de lekkerste havermoutpap!' zei hij grijnzend. 'Wat is er aan de hand? Je kijkt zo sip.'

'Ik maak me zorgen. En ik weet niet wat ik moet doen. Daarnet in het bos hoorde ik een auto aankomen, op dat oude zandpad achter de rododendrons. En daarna hoorde ik stemmen. Van een vrouw en een man. Die vrouw was bang, en die man zei dat ze iets toch moest doen. En toen gaf hij haar een geladen pistool.'

'Allemachtig! Wie was het?'

'Dat is het nou juist. De struiken zijn daar zo dicht dat ik me er niet doorheen kon wurmen. En tegen de tijd dat ik eromheen was gereden, was er niemand meer te zien. Wat moeten we doen?'

'Je vader waarschuwen.'

'Ja, dat zou wel moeten. Maar dan zegt hij dat ik het verkeerd heb verstaan. Of dat ik het heb verzonnen. Kunnen we niet beter naar Jarvis gaan?'

'De veldwachter? Die is zo stom als het achtereind van een varken.' Alfie snoof minachtend.

'Maar hij is hier toch de politie? Mijn vader gelooft me niet, mijn moeder luistert niet, en Pamma is er niet.'

Alfie knikte. 'Goed. Dan gaan we naar Jarvis. Maar ik eet eerst mijn pap op.'

'Alfie, het is dringend! Vooruit, kleed je aan. Ik breng Snowball naar de stal, en dan zie ik je hier over een half uur.'

De hele terugweg dreef ze de weigerachtige Snowball tot galop aan. Bij het huis gekomen sprong ze uit het zadel en gaf de teugels aan de stalmeester. 'Is Miss Gumble al terug?'

'Ik heb haar nog niet gezien, your ladyship.'

'O.' Phoebe had net bedacht dat Miss Gumble de juiste persoon zou zijn om in vertrouwen te nemen. De gouvernante zou haar serieus nemen en weten wat er moest gebeuren. Maar terwijl ze de treden beklom naar de voordeur, kwam er een andere gedachte bij haar op. Een angstaanjagende gedachte. Ben Cresswell had allemaal vragen gesteld over Miss Gumbles telescoop en haar papieren. Alsof hij het niet vertrouwde. Ben was altijd heel verstandig. En Pamma en hij waren plotseling in grote haast vertrokken. Er was iets aan de hand. Phoebe besloot dat ze het anders moest aanpakken. Misschien kon ze beter naar de pastorie gaan, om te zien of Ben al terug was. Zo niet, dan kon ze een briefje voor hem achterlaten. Pamma en hij zouden uiterlijk voor het tuinfeest terug zijn. Als iemand wist wat er moest gebeuren, dan was het Ben.

De ontbijtkamer lag er nog verlaten bij, dus Phoebe besmeerde haastig een stuk toast met marmelade en schrokte het naar binnen. Het liefst nam ze ook een kop thee, maar als pa haar zag, kreeg ze een uitbrander omdat ze in rijbroek aan het ontbijt was verschenen. Ze keek op toen ze voetstappen hoorde. Het was Trixie, Pamma's vriendin, die kwam helpen met het feest. Ze zag er leuk uit in een zomerse jurk.

'Goeiemorgen, jongedame,' zei ze stralend. 'Ga je rijden? Het is heerlijk weer. Als ik niet had beloofd me af te beulen, was ik met je meegegaan.'

'Ik ben al geweest. En nu ga ik naar het dorp, met Alfie. Wil je dat tegen de anderen zeggen?'

'Natuurlijk. Wie is Alfie? Je vriendje?' Trixie grijnsde plagend.

Phoebe bloosde. 'Nee, natuurlijk niet. Alfie is de jongen die bij de jachtopziener woont. We zijn gewoon goede vrienden. En we hebben iets belangrijks te doen. Ik heb iets gehoord, en dat moet ik melden.'

'Goed zo.' Trixie knikte, nog altijd lachend. 'Maar blijf niet te lang weg. Dan wordt je moeder boos. Het is vandaag alle hens aan dek.'

'Dat weet ik.' Phoebe haastte zich naar de deur. 'Ik ben zo terug.'

HOOFDSTUK 38

Op de terugweg van Somerset

Op de terugweg naar Kent haalde Ben alles uit de motor wat erin zat, maar door het gebrek aan vermogen vorderden ze bij lange na niet snel genoeg naar zijn zin. Met zijn handen om het stuur geklemd en een uitdrukking van grimmige vastberadenheid op zijn gezicht vroeg hij zich af wat hij nog kon doen als de beveiliging van de premier had besloten zijn waarschuwing in de wind te slaan. Hoe kon hij zorgen dat hij eerder op Biggin Hill arriveerde dan Mr. Churchill? En stel dat hij op tijd was, hoe kon hij dan in 's hemelsnaam een aanslag voorkomen?

Gelukkig beloofde het een prachtige dag te worden. Op dit vroege uur stond de zon al stralend aan de hemel. Het perfecte weer voor een tuinfeest. Lady Westerham kon tevreden zijn. Maar dan moest hij wel zorgen dat hij Pamma op tijd thuis afleverde. Nog iets om zich zorgen over te maken. Pamma zou ongetwijfeld de wind van voren krijgen als ze het liet afweten bij de voorbereidingen. Maar nood brak wet. Hij hoopte dat iedereen dat zou begrijpen.

Ze kwamen langs Stonehenge, verruilden Hampshire voor Surrey met zijn voorname stijltuinen en arriveerden rond het middaguur bij

Biggin Hill. Het hek was dicht. Terwijl Ben zijn motorbril afzette kwam er een schildwacht naar hen toe.

'De ceremonie is voorbij, sir.'

'En de premier? Is die er nog?' vroeg Ben kortaf.

'Nee, die is inmiddels vertrokken.'

Ben slaakte een zucht van verlichting.

'Is hij terug naar Londen?'

De schildwacht grijnsde. 'Hij bespreekt zijn agenda niet met mij, sir. Er was sprake van dat hij langs zijn huis wilde maar...'

Natuurlijk! Chartwell lag op een steenworp afstand, besefte Ben. Moest hij achter de premier aan?

'Wat was het voor ceremonie?' Pamela klom uit het zijspan en rekte zich uit.

'Ter nagedachtenis aan onze jongens die bij de Slag om Engeland zijn gesneuveld. En er zijn een paar medailles opgespeld. Om het moreel hoog te houden. Een van de mannen die een onderscheiding ontvingen, was het gelukt om uit Duitse krijgsgevangenschap te ontsnappen. Wat een verhaal! Hij was de enige die de uitbraak heeft overleefd. Met een schotwond, dat wel. Maar hij heeft zich dood gehouden en uiteindelijk via Duitsland en Frankrijk de kust weten te bereiken en de oversteek te maken. De premier heeft hem in alle toonaarden geprezen.'

'Die kennen we!' riep Pamela uit. 'Dat is een goede vriend van ons. Is hij er nog?'

De schildwacht keek om zich heen. 'Hij nam net afscheid van zijn familie. O ja, daar staat hij. Wacht, dan zal ik hem even halen. Hé, boordschutter Davis! Kom eens hier! Dit zijn vrienden van je.'

Er kwam een kleine pezige man aanlopen. Hij keek Ben en Pamela verbaasd aan. 'Wat kan ik voor u doen?'

'Het moet een misverstand zijn. Neemt u ons niet kwalijk,' antwoordde Ben. 'We dachten dat het ging om een vriend van ons. Kapitein-vlieger Prescott. Hij is ook uit een Duits krijgsgevangenenkamp ontsnapt.'

'Prescott?' Boordschutter Davis schudde zijn hoofd. 'Is hij weer thuis? Krijg nou wat! We dachten allemaal dat hij er was geweest.'

'Nee, hij is weer thuis. Dus blijkbaar zat hij in hetzelfde kamp als u? Hij heeft de uitbraak overleefd door te doen alsof hij dood was, net als u,' vertelde Pamela. 'En hij is ook gewond geraakt. Maar toch is hij erin geslaagd naar huis te komen. Wat een moed! Trouwens, dat geldt ook voor u.'

Davis krabde aan zijn hoofd, schoof zijn pet opzij. 'Dat verhaal kan niet kloppen, miss. Kapitein Prescott zat inderdaad in hetzelfde kamp, maar hij had geen deel aan de uitbraak. Hij was een paar weken daarvoor al door een Duitse stafauto opgehaald. Een auto van de Gestapo, dat weet ik bijna zeker. Ik zal het u nog sterker vertellen. Toen we uit de gang kwamen die we hadden gegraven, stonden de Duitsers ons in het bos op te wachten. Dus ik ging ervan uit dat ze Prescott hadden gemarteld en dat hij was doorgeslagen. Maar hij is weer thuis, zegt u? Daar begrijp ik niks van. Nogmaals, we dachten allemaal dat hij dood was.'

Ben keek Pamela aan. Ze wisten geen van beiden wat ze moesten zeggen.

'Dank u wel, boordschutter Davis,' zei Pamela ten slotte. 'En gefeliciteerd met uw onderscheiding.'

Ben keek haar vol ontzag aan. Geen wonder dat de elite respect afdwong. Pamela had zojuist opnieuw een vernietigende klap te incasseren gekregen, maar ze bleef kalm en hoffelijk als altijd. Ondertussen duizelde het hem van de gedachten die door zijn hoofd spookten. Als Jeremy door de Duitsers uit het kamp was gehaald, hoe had hij dan in 's hemelsnaam thuis weten te komen? Ontsnappen uit een krijgsgevangenenkamp was al een wonder, maar uit de klauwen van de Gestapo blijven was zo goed als onmogelijk. En waarom had hij gelogen? Waarom had hij gezegd dat hij deel had genomen aan de uitbraak? Dat hij een rivier was afgezwommen? Ben keek opnieuw naar Pamela. De enige verklaring voor zijn ontsnapping was dat de Duitsers hem hadden laten gaan. Ben kreeg het plotseling ijskoud, een gevoel van misselijkheid bekroop hem. Jeremy was zijn vriend. Ze waren van jongs af aan samen opgetrokken. Hij kon simpelweg niet geloven dat Jeremy zijn land zou hebben verraden. Er moest een verklaring voor zijn.

Hij riep zichzelf tot de orde. Zijn werk was nog niet af. 'Dus de premier is met zijn hele entourage vertrokken?'

De schildwacht knikte. 'Dat klopt.'

'En ze gaan naar Chartwell?' vroeg Ben.

'Dat was aanvankelijk de bedoeling. Maar ik heb begrepen dat Mr. Churchill het niet juist vond om het huis voor een kort bezoek weer open te stellen.'

'Volgens mij wilden ze onderweg bij vrienden langs die een tuinfeest geven,' merkte boordschutter Davis op. 'Ik hoorde Mrs. Churchill zeggen dat ze de tijd in de gaten moesten houden. Dat de Westerhams het niet zouden waarderen als ze te laat kwamen.'

Pamela zag doodsbleek toen ze weer in het zijspan klom.

'Het is niet te geloven,' zei ze met afgewend gezicht. 'Ik dacht dat ik hem kende. Maar dit... Denk je dat hij...' Wat ze ook had willen zeggen, ze kon het niet over haar lippen krijgen.

Phoebe en Alfie liepen het hek uit, op weg naar het dorp.

'Wie denk je dat ze met dat pistool gaan doodschieten?' vroeg Alfie.

'Mr. Churchill natuurlijk,' antwoordde Phoebe. 'Hij komt vandaag op het tuinfeest. Dus we hadden gelijk, Alfie! Er moet hier een spion voor de Duitsers in de buurt zitten. Wisten we maar wie!'

'We kunnen het aan de grote mensen vertellen. Dan moeten die het verder maar oplossen,' zei Alfie. 'En dat tuinfeest is vast wel veilig. Ze kunnen bewaking bij het hek zetten. Want het valt niet mee om over die verrekte muur te klimmen.'

'Je mag niet zulke lelijke woorden zeggen,' verklaarde Phoebe stijfjes. Ze keek hem aan. 'Maar ik ben wel blij dat je met me meegaat. Want ik had het niet in mijn eentje willen doen.'

Ze deden een stap opzij en drukten zich tegen de haag toen ze een auto hoorden aankomen. De kleine witte bestelbus ging langzamer rijden en stopte naast hen.

'Waar gaat de reis naartoe?' Jeremy Prescott draaide zijn raampje open.

'O, hallo Jeremy. We moeten naar het dorp,' antwoordde Phoebe. 'Om iets belangrijks te melden. Iets heel ergs.'

'Iets heel ergs? Er is toch geen tekort aan champagne?' Hij schoot in de lach. 'Mijn vader heeft al zes flessen laten bezorgen.'

'Nee, het is echt heel erg,' zei Alfie. 'Iemand gaat de premier doodschieten.'

'Wát? Je maakt zeker een grapje.' Jeremy glimlachte nog altijd.

'Nee, het is echt waar,' zei Phoebe.

'Hoe zijn jullie daarachter gekomen?'

'Dat heeft Phoebe vanochtend in het bos gehoord.' Alfie ging iets dichter bij het busje staan om te voorkomen dat hij werd afgeluisterd. 'Een man zei tegen een vrouw dat ze het moest doen. En toen gaf hij haar een pistool. Het was geladen, zei hij. En die vrouw was er helemaal akelig van.'

'Godallemachtig! Echt waar?' Nu lachte Jeremy niet meer. 'Dat is inderdaad heel erg. We moeten de politie waarschuwen!' Hij stapte uit en liep om het busje heen. 'Stap in. Dan breng ik jullie.'

Hij deed het portier aan de achterkant open. Phoebe en Alfie klauterden naar binnen, de deur viel achter hen in het slot.

'Hé, het is hier pikdonker!' riep Alfie, maar het busje zette zich al in beweging.

Toen het busje na een minutenlange rit nog steeds niet stopte, werd Phoebe ongerust. 'Ik geloof er niks van dat we naar de politie gaan. Jij?' fluisterde ze tegen Alfie.

'Nee. Zodra hij langzamer gaat rijden, springen we eruit!'

'Ja, dat doen we! Volgens mij klopt er iets niet.'

Ze werkte zich naar de deur en streek er met haar handen overheen. 'Ik geloof niet dat we hem van binnenuit open kunnen maken,' zei ze fluisterend. 'Laten we er heel hard op slaan. En schreeuwen. Misschien dat iemand ons hoort.'

'Maar dan hoort hij het ook. En dan vermoordt hij ons misschien wel.'

'Nee, natuurlijk niet. Het is Jeremy. Die ken ik al mijn hele leven. Hij zou nooit...' Ze zweeg even. 'Ik weet zeker dat hij ons geen kwaad doet,' zei ze toen met een klein stemmetje.

Het busje reed nog steeds met hoge snelheid verder, waardoor de kinderen heen en weer werden geslingerd. Uiteindelijk merkten ze dat ze langzamer gingen rijden. Het busje kwam tot stilstand, en het voertuig schudde op zijn wielen toen de bestuurder zijn portier dichtgooide.

'Nu!' fluisterde Alfie tegen Phoebe. 'We moeten op de zijkant bonken en heel hard schreeuwen. Een, twee, drie!'

'Help! Laat ons eruit!' Ze beukten uit alle macht op de wanden van het busje.

Ineens spitste Alfie zijn oren. 'De motor draait nog. Laten we hopen dat we niet ergens binnen staan. Want dan stikken we door de uitlaatgassen.'

'Zulke dingen moet je niet zeggen!' Phoebe drukte haar oog tegen de kier tussen de deuren, maar ze kon niets zien.

Alfie begon te snikken. 'O god! Ik wil eruit!' Hij hamerde op de deuren van het busje.

'Rustig maar.' Een beetje onbeholpen legde Phoebe een hand op zijn schouder. Ze voelde dat hij beefde.

'Ik kan er niet tegen om opgesloten te zitten,' jammerde Alfie. 'Toen de deur van de schuilkelder naar binnen werd geblazen... toen konden we er ook niet meer uit... en toen begon iedereen te gillen, en toen dacht ik dat we allemaal doodgingen. Ik moet eruit!'

Phoebe klopte hem op zijn schouder. 'Het komt goed. We vinden wel een manier.'

'Maar hoe dan?'

Phoebe keek om zich heen en probeerde uit alle macht iets te verzinnen. 'Je bent een cockney,' zei ze toen. 'Mensen zoals jij weten toch hoe ze een slot moeten openpeuteren?'

'Er wonen in Londen heus niet alleen criminelen, hoor,' zei hij gepikeerd, maar hij hield op met jammeren.

'Sorry, zo bedoelde ik het niet. Maar jij hebt vast dingen gedaan die wij nooit doen.' Ze haalde een speld uit haar haar. 'Misschien lukt het hiermee.'

Met ingehouden adem wachtte ze af.

'Het gaat niet,' zei hij ten slotte. 'Het slot zit aan de buitenkant.'

'Jeetje, dan weet ik het ook niet meer.' Ze slaakte een zucht. 'En nu?'

'Nu kunnen we alleen maar hopen dat iemand ons eruit laat.'

'Pamela! Eindelijk, daar ben je. Foei!' begroette Lady Westerham haar dochter toen de motor stilhield voor Farleigh Place. 'Je had beloofd dat je me zou helpen. Gelukkig was Margot er. En je vriendin. Ze hebben echt wonderen verricht. En trouwens, Dido heeft ook geweldig geholpen.'

'Het spijt me, ma. Echt waar. Maar het was heel belangrijk wat Ben moest doen. Anders was ik niet meegegaan.' Pamela wierp een blik in de richting van Ben. 'De nationale veiligheid stond op het spel.'

'Wat heb jij in 's hemelsnaam met de nationale veiligheid te maken?' schamperde Lady Westerham. 'Laat die maar aan de autoriteiten over. Afijn, hoogste tijd om je te verkleden. De gasten kunnen er elk moment zijn.'

Ben voelde zich iets geruster nu ze weer op Farleigh waren. Hij had met kolonel Pritchard gesproken. Die had aandachtig geluisterd en hem op het hart gedrukt dat hij zich geen zorgen hoefde te maken. De Royal West Kents hielden de boel in de gaten, het hek werd bewaakt, en alle gasten zouden worden gecontroleerd voordat ze werden binnengelaten.

Maar wat als de vijand al binnen ís, dacht Ben bezorgd. Hij keek naar zijn gekreukte broek. Zo kon hij niet naar een tuinfeest, maar hij had geen tijd meer om naar huis te gaan en iets anders aan te trekken. Hij besloot zich op de achtergrond te houden. Dan kon hij ook beter de gasten observeren. Terwijl hij naar het gazon liep aan de achterkant van het huis, zag hij dat er stoelen en tafeltjes onder de bruine beuk waren gezet. Op het grind naast het huis stond een lange tafel, met daarop ijsemmers met champagne. Schalen met sandwiches en cakes waren afgedekt met witte servetten. Naast een grote kom aardbeien stond een kan met room. Twee dienstmeisjes zetten theekoppen aan een uiteinde van de tafel, een derde bracht een blad vol glazen.

Trixie en Margot kwamen door de openslaande deuren naar buiten met een groot bloemstuk tussen zich in. Trixie had Ben als eerste in de gaten. 'O, jullie zijn er weer. Gelukkig maar. Lady Westerham kon het niet waarderen. Alles goed?'

'Ja, dank je. Het spijt me dat we jou al het werk hebben laten doen. Maar het liep anders dan we hadden gedacht. Door het noodweer konden we gisteravond niet meer naar huis komen.'

'O, dat geeft niet. We hebben ons prima weten te redden,' zei Margot. 'Eerlijk gezegd heb ik ervan genoten. Het was heerlijk om te doen. Eindelijk weer iets gewoons, iets van vroeger. Je leert de dingen pas waarderen wanneer ze er niet meer zijn. Al dat lekkere eten en drinken. In Parijs heb ik echt honger geleden. We leefden op oud brood en soep van knolraap.'

'Wat zul je blij zijn om weer thuis te zijn.' Ben keek haar aan, maar Margot ontweek zijn blik.

'Dat ben ik ook,' zei ze. 'Zo ontzettend blij.'

'Maar ze moest wel haar geliefde in Parijs achterlaten,' zei Trixie. 'Vreselijk. Ze heeft me er alles over verteld.'

'Ik ben bang dat de Duitsers hem hebben vermoord,' zei Margot zacht. 'Maar hij was zo moedig. Hij weigerde zijn kameraden in het verzet te verraden. Daar heb ik diepe bewondering voor.'

Ben nam haar onderzoekend op. Hij wist bijna zeker dat ze iets verzweeg.

'Nu je hier toch bent, benoem ik jou tot Hoofd Champagne,' zei Trixie. 'Ik ben heel slecht in het ontkurken van champagneflessen.'

'Ik ben er ook niet echt handig in,' stribbelde Ben tegen. 'Bovendien ben ik niet gekleed voor een feestje. We zijn net terug uit de West Country.'

'En? Heb je gevonden wat je zocht?' vroeg Trixie.

Ben was zich er scherp van bewust dat Margot naast hem stond. 'Nee, niet echt. Het bleek vals alarm. Een oud klooster, in de as gelegd door Cromwell en zijn leger. Dat was alles.'

'Wat ging je daar doen? Was het een soort speurtocht?' vroeg Margot.

'Nee, ik had opdracht om een foto na te trekken. Om te achterhalen waar die was genomen. Maar ik heb zo'n gevoel dat het er inmiddels weinig meer toe doet. Dus zeg het maar. Waar wil je me hebben?'

'Volgens mij kunnen de dienstmeisjes wel wat hulp gebruiken met die theeketel. Dat ding is zo zwaar. Ondertussen gaan wij naar boven om ons te verkleden.'

Terwijl hij hielp de theeketel een plaatsje te geven, keek hij om zich heen. Het gazon met de tafeltjes was omgeven door heesters, een rozenboog en hoge, in vorm gesnoeide groenblijvende struiken. Iemand die zich wilde verbergen, zou overal dekking kunnen vinden. Toen de dienstmeisjes weer naar binnen waren, begon hij zijn verkenning door de tuin, om schuilplekken te inventariseren vanwaar de moordenaar gemakkelijk via de bossen zou kunnen ontsnappen. Anders dan aan de voorkant van het huis, waar het meer en de gazons zorgden voor een weids uitzicht, leidde de rozenboog aan de achterkant naar een omsloten rozentuin. Die grensde op zijn beurt aan de moestuin, met daarachter een dicht bos van taxusbomen. Een schutter zou zijn doelwit moeiteloos onder schot kunnen nemen. Ben huiverde. Waarom hield Lady Westerham dat tuinfeest dan ook niet aan de voorkant? Waarschijnlijk om geen hinder te hebben van de West Kents. Om een illusie van serene rust te creëren, om even de oorlog met al zijn gruwelen te kunnen vergeten.

Pamela kwam naar hem toe, lieftallig en dauwfris in citroengeel chiffon. Haar grote witte hoed was versierd met een rand van madeliefjes. 'Margot en Trixie zijn zich nog aan het verkleden. Trixie heeft zich echt kranig geweerd. Ik vond haar altijd nogal een losbol, niet iemand op wie je in tijden van nood kunt rekenen, maar ze heeft bergen verzet. En wat heerlijk dat Margot weer thuis is, hè? Het is gewoon een wonder, Ben. Je hebt geen idee hoe ik daarnaar heb uitgekeken.'

Ben kende haar te goed om niet te zien dat ze gespannen was, dat ze voortdurend onrustig om zich heen keek.

'En nu?' vroeg ze.

'Nu is het een kwestie van afwachten. De mannen van de kolonel staan bij het hek. Niemand komt hier zomaar binnen. Dus alles zou goed moeten gaan.'

'Laten we het alsjeblieft hopen!' Ze pakte zijn hand. 'Ik ben bang. Stel je voor dat Mr. Churchill wordt vermoord! Dat zou een vernietigende slag voor ons land betekenen.'

'En dat is precies waar de Duitsers op uit zijn. We moeten zorgen…' Hij zweeg. Hoe kon hij tegen Pamela zeggen dat hij haar zus verdacht?

Op dat moment kwamen Lord en Lady Westerham naar buiten. De vrouw des huizes vormde een koninklijke verschijning. Bij haar japon van gebloemde zijde droeg ze een paarse hoed met een veer.

'Volgens mij is alles perfect in orde. We hebben het toch maar mooi klaargespeeld,' zei ze tegen haar man. 'Het wachten is op de gasten.'

Nog terwijl ze het zei kwamen de honden woest blaffend aanstormen.

'Stil! Af! Stomme beesten!' bulderde Lord Westerham. Hij gebaarde naar Soames die in de deuropening stond. 'Ze moeten hier weg. Sluit ze maar ergens op. Wat bezielt ze in godsnaam? Dat doen ze anders nooit.'

De eerste gasten arriveerden. Kolonel en Mrs. Huntley hadden Miss Hamilton een lift gegeven. Na hen volgden al snel Sir William en Lady Prescott, de Musgroves en kolonel Pritchard van de West Kents.

Het ontging Ben niet dat die laatste gewapend was.

'Ik heb een paar van mijn mannen meegebracht om waar nodig te assisteren, Lady Westerham,' zei de kolonel.

'Dat is buitengewoon vriendelijk van u, maar volgens mij hebben we alles onder controle.'

Margot en Trixie kwamen de tuin in lopen. De getailleerde coupe van Margots luchtige, nauwsluitende japon was blijkbaar de laatste mode in Parijs. Ben nam haar onderzoekend op en concludeerde dat ze daaronder onmogelijk een pistool verstopt kon hebben. En ze had geen tas bij zich.

Pamela ging naar Trixie toe. 'Alles goed? Je ziet een beetje pips.'

'Ik voel me niet zo lekker, maar dat gaat wel weer over. Een beetje hoofdpijn. Misschien ga ik straks even liggen, zodra het feestje goed en wel op gang is. Niemand zal me missen.'

'Ik,' zei Pamela. 'Ik zal je missen. Je heb je echt kranig geweerd.'

Trixie glimlachte. 'Je kent me. Kranige Trixie.'

'Ik kan ook maar beter verdwijnen,' zei Ben. 'Zo kan ik me niet aan de premier vertonen. Ik zie eruit als een boer die net van het land komt.'

'Je ziet er prima uit!' De blik waarmee Pamela hem aankeek, maakte dat hij helemaal warm werd vanbinnen.

Hij glipte de schaduwen in, tussen de struiken, en zag dat er iemand bij de rozenboog stond. Een vrouw in een vuurrode harembroek. Ben sloop dichterbij. Toen herkende hij Dido.

'Wat doe jij hier?'

Ze schrok en voelde zich duidelijk betrapt. 'O, ben jij het? Ik probeer een sigaret te bietsen. Pa weet niet dat ik rook. Maar ik moet iets hebben tegen de zenuwen voordat ik iedereen onder ogen durf te komen.'

Ben keek op en spitste zijn oren. 'Volgens mij is de premier gearriveerd. Dus je kunt beter naar binnen verdwijnen.'

Dido slaakte een dramatische zucht. 'Goed, ik ga al.'

Terwijl Ben haar nakeek in haar verleidelijke rode harembroek, hoorde hij voetstappen naderen door de rozentuin. Toen hij zich omdraaide, zag hij Guy Harcourt aankomen. 'Wat doe jij hier?' vroeg hij scherp.

'Ik zei toch dat ik misschien ook wel naar het feestje zou komen?' Guy grijnsde. 'Grapje. Ik zit bij de groep die voor de premier uit reist, om te controleren of de beveiliging in orde is. En jij? Hou je Lady Margot in de gaten?'

'Ze draagt zo'n strakke jurk dat ze onmogelijk een wapen bij zich kan hebben,' antwoordde Ben. Ondertussen nam hij Guy onopvallend op. Was dat een holster, die bult onder zijn jasje? En moest hij daar iets van zeggen? Het voelde allemaal erg onwezenlijk. Hij besloot de kolonel te waarschuwen extra op Guy te letten.

'Aha! Champagne. Bravo,' zei die. 'Ik had er al op gehoopt. Dat zijn de leuke kanten van dit werk.'

Hij keerde Ben de rug toe en liep naar de tafel waar champagne in flûtes werd geschonken. Applaus en gejuich kondigden de komst van Winston Churchill aan. Ben kon de rijzige gestalte van de premier om de hoek van het huis zien komen, vergezeld door Lord Westerham. Daarachter kwamen Clementine Churchill en Lady Esme, in een geanimeerd gesprek gewikkeld.

Toen hoorde Ben gefluister in de struiken achter zich. 'Ben je daar?' Was het een man of een vrouw die dat vroeg? Hij bewoog zich onopvallend in de richting van de stem. 'Ik kan het niet!' klonk het. 'Dat heb ik je gezegd.'

Ben liep om een grote bloeiende struik heen, en daar stond Trixie. Met een pistool in haar hand. Ze had zich van de premier afgewend en beefde over haar hele lichaam. 'Ik kan het niet! Ik wil er niets mee te maken hebben. Hier! Pak aan!' Ze strekte haar hand uit, met daarin het pistool, naar iemand in de schaduwen. Het was Jeremy, zag Ben tot zijn verbijstering.

'Lafaard!' hoorde hij hem zeggen, terwijl Jeremy een stap naar voren deed en het pistool aanpakte. 'Daar krijg je spijt van.' Toen draaide hij zich om naar het gazon.

Churchill stond misschien vijfentwintig meter bij hem vandaan. Onbeschermd. Een gemakkelijk doelwit.

Op het moment dat Jeremy de haan van het pistool spande, stormde Ben naar voren, in de lijn van het schot.

'Aan de kant, verdomme! Ga weg, kerel!' Er lag een verwilderde blik in Jeremy's ogen. 'Ik moet Churchill hebben! Niet jou!'

'Dan zul je toch dwars door me heen moeten schieten.'

'Jeremy!' Dat was de stem van Pamela. 'O, nee!' Ben hoorde dat ze kwam aanrennen. Jeremy keek naar haar, waardoor hij even, misschien een fractie van een seconde, was afgeleid. Ben greep naar het pistool, sloeg het uit Jeremy's hand, maar het ging alsnog af. Ben slaakte een kreet toen hij door de kracht van het schot tegen de grond werd gesmeten.

Ineens leek alles zich in slow motion te voltrekken. 'Jeremy! Wat... Waarom...' stamelde Pamela. 'Je hebt ons verraden!' Ze liet zich naast Ben op haar knieën vallen, terwijl Guy en de soldaten kwamen aanrennen.

Opeens was hij omringd door gezichten die op hem neerkeken. En hij besefte dat Pamela hem over zijn haar streek.

'Niet doodgaan,' fluisterde ze. 'Ga alsjeblieft niet dood.'

Hij glimlachte dapper. 'Ik overleef het wel.' Hij had geen pijn. Wel was er het merkwaardige gevoel dat hij van een afstand naar zichzelf keek. En dankzij Pamela's hand die op zijn voorhoofd rustte, verspreidde zich een verrukkelijke warmte door hem heen. 'Volgens mij heeft de kogel alleen mijn schouder geraakt.' Hij probeerde rechtop te gaan zitten. 'Ik moet achter hem aan. Hij mag niet ontsnappen.' Toen verloor hij het bewustzijn.

HOOFDSTUK 39

In een bestelbus in het bos van Farleigh

Phoebe en Alfie lagen languit in het busje. In diepe rust. Ze hadden alles geprobeerd, niet alleen om de aandacht te trekken maar ook om op eigen kracht uit het busje te komen. Uiteindelijk hadden ze de moed opgegeven.

De gladde metalen wanden boden geen enkel houvast, en blijkbaar was er niemand die hen hoorde. De motor draaide nog altijd stationair, het busje trilde zachtjes op zijn wielen, en hun ogen begonnen te tranen van de uitlaatgassen die naar binnen drongen.

'Er is vast wel iemand die merkt dat ik er niet ben, en dan komen ze me zoeken,' had Phoebe gezegd en haar best gedaan vertrouwen uit te stralen.

'Maar misschien zijn we wel heel ver weg van de bewoonde wereld. Ergens midden in een veld. Of misschien staan we in een garage.'

Phoebe drukte haar oor tegen de zijkant van het busje. 'Nee, dat geloof ik niet. Volgens mij hoor ik vogels.'

'Hoeveel zuurstof denk je dat we nog hebben?'

Phoebe keek naar de smalle streep daglicht tussen de deuren. Ze dacht niet dat daar veel lucht doorheen kwam, maar ze wist dat ze kalm en optimistisch moest blijven. Dat was haar met de paplepel ingegoten. Net als ze van jongs af aan had geleerd de leiding te nemen. En leiders lieten niet merken dat ze bang waren. 'Volgens mij komt het allemaal goed,' zei ze dan ook. 'En het is misschien ook maar beter dat er niet zoveel lucht binnenkomt. Anders hadden we nog veel meer last van die dieselwalmen.'

'Tja, zo kun je het ook bekijken.'

Het klonk zo droog dat Phoebe ondanks alles in de lach schoot.

Even hadden ze hoop gekregen, toen ze hoorden dat er honden rond het busje liepen te snuffelen en er geblaf klonk.

'Volgens mij zijn het onze honden. Braaf!' riep Phoebe. 'Ga hulp halen!' Ze keek Alfie aan. 'Dus blijkbaar zijn we niet heel ver van huis. Misschien wel gewoon op Farleigh. Nu duurt het vast niet lang meer of er komt hulp.'

Ze schreeuwden, ze bonsden op de wanden van het busje, ze schopten er met hun schoenen tegenaan, maar er kwam niemand. Na een tijdje gaven ze het op. 'Je valt toch niet in slaap, hè?' vroeg Phoebe.

'Ik ben bekaf,' mompelde Alfie. 'Ik kan m'n ogen niet openhouden.'

Phoebe schudde hem door elkaar. 'Denk erom dat je niet in slaap valt! Dat mag niet. Heb je me gehoord?'

Alfie mompelde iets onverstaanbaars. Phoebe voelde zich ook een beetje draaierig. 'Niet in slaap vallen,' hield ze zichzelf telkens voor. Maar uiteindelijk was ze ook ingedommeld.

Ze werden gewekt doordat de bus schudde op zijn wielen, gevolgd door het dichtslaan van een deur. Het duurde even voordat Phoebe besefte waar ze was. Ze had een gevoel alsof haar hoofd was gevuld met watten, alsof ze verdoofd was. Net toen ze probeerde rechtop te gaan zitten, schoot het busje naar voren en werd ze tegen de deur geslingerd.

Terwijl ze in razende vaart voortjoegen knalde er iets tegen de achterkant van het busje.

'Sjonge, volgens mij wordt er op ons geschoten!' Phoebe pakte

Alfie bij zijn schouders en schudde hem door elkaar. 'Wakker worden. Maar wel blijven liggen.'

Alfie mompelde iets, nog half verdwaasd. Ze drukten zich tegen de vloer en schoven van de ene naar de andere kant door het laadruim terwijl het busje blijkbaar in razend tempo over een bochtige weg reed. Maar er werd niet meer geschoten. Alfie schudde de verdwaasdheid van zich af en probeerde overeind te komen.

'Kijk,' zei hij, plotseling klaarwakker. Hij werkte zich over de grond naar de deur. 'Een kogelgat! Daar kunnen we frisse lucht door naar binnen zuigen.'

'Niet zolang we nog zo door elkaar worden geschud. Sjonge, ik hoop niet dat ze nog eens op ons schieten. Ben jij ook zo misselijk?'

'Ik voel me wel verdomd ellendig.'

'Niet vloeken!' mopperde Phoebe, stiekem blij dat hij wakker was.

Er leek geen eind aan de rit te komen.

'Denk je dat hij naar het Kanaal rijdt? Dat hij daar aan boord gaat van een Duitse onderzeeër?' vroeg Alfie.

'Ik weet het niet. Trouwens, wie zegt dat hij een spion voor de Duitsers is?'

'Wat zou hij anders moeten zijn? Toen hij hoorde dat jij van dat pistool wist, heeft hij ons opgesloten.'

Phoebe knikte. 'Ja. Dat is zo. Maar ik kan het gewoon niet geloven! Jeremy! Die ken ik al mijn hele leven. Hoe kan hij nou voor de Duitsers spioneren?'

'Hij zat toch in dat kamp? Blijkbaar hebben de Duitsers hem toen onder druk gezet.'

'Een echte Engelsman láát zich niet onder druk zetten. En al helemaal niet om voor de Duitsers te werken,' verklaarde Phoebe fel. 'Een echte Engelsman zou nog liever sterven!'

'Nou, dan moeten we maar hopen dat Jeremy niet dood wil. Straks rijdt hij nog van een klif.'

'Hè! Als je nog eens wat weet!' snauwde Phoebe.

Er klonk een harde dreun, alsof ze ergens tegenaan botsten. Het busje schudde ervan, maar reed door, totdat het uiteindelijk met krijsende banden tot stilstand kwam. Een portier werd dichtgegooid, en plotseling vloog de achterdeur van het busje open. Daglicht en frisse lucht stroomden naar binnen. De kinderen schoten overeind. Hijgend en knipperend met hun ogen.

'Jullie leven nog!' klonk het verrast en eerder opgelucht dan geergerd. Jeremy pakte Phoebe bij haar haren en trok haar het busje uit. 'Vooruit! Jij gaat met mij mee.'

Ze gilde, nog altijd met haar ogen knipperend tegen het felle daglicht. Haar benen voelden als rubber, en ze dreigde door haar knieën te zakken toen hij haar op de grond zette. Alfie greep naar haar blouse, maar Jeremy sloeg hem met een harde klap tegen de grond. Toen trok hij Phoebe met zich mee. 'Vooruit! Lopen! En vlug een beetje.'

Terwijl ze werd meegesleurd, keek ze om zich heen. Ze waren op de startbaan van een vliegveld. 'Help!' gilde ze.

Jeremy legde een hand op haar mond.

Ondertussen krabbelde Alfie overeind. Het duizelde hem, maar hij strompelde verdwaasd achter Phoebe aan, die door Jeremy naar een van de Spitfires langs de startbaan werd meegetrokken. Met alle kracht die hij in zich had, stortte Alfie zich op Jeremy en probeerde hem met een rugbygreep onderuit te halen. 'Laat los!' schreeuwde hij. 'Laat Phoebe los.'

Jeremy draaide zich om en sloeg hem kwaadaardig met de rug van zijn hand in het gezicht, waardoor Alfie een eindje door de lucht vloog en opnieuw hard tegen de grond smakte.

'Gemenerd! Je mag Alfie geen pijn doen!' krijste Phoebe. Jeremy's hand was van haar mond gegleden waardoor ze haar kans schoon zag en hem in de muis van zijn duim beet. Zo hard als ze kon. Brullend van pijn liet Jeremy haar los. Phoebe aarzelde geen moment, greep Alfie bij de arm en hielp hem overeind. 'Rennen!'

Jeremy trok zijn pistool. 'Ach, wat kan mij het ook schelen.' Hij liet het wapen weer zakken. 'Ze kunnen me nu toch niet meer tegenhouden. Vooruit! Maak dat je wegkomt.'

De kinderen renden naar een stel barakken. Een gepantserde auto kwam hun tegemoet die met krijsende banden naast hen stilhield. Er sprongen twee piloten uit. 'Wat doen jullie hier, verdomme?'

'U moet hem tegenhouden,' bracht Phoebe hijgend uit, buiten adem na hun beproeving. 'Dat is Jeremy Prescott. Hij heeft ons ontvoerd. En hij spioneert voor de Duitsers.'

'O ja?' De eerste piloot grijnsde. 'Je maakt zeker een geintje. Hebben jullie gewed of zoiets?'

'Nee, natuurlijk niet!' Phoebe keek hem woedend aan. 'Ik ben Lady Phoebe Sutton, de dochter van Lord Westerham. We zijn ontvoerd door Jeremy Prescott, en volgens ons was hij van plan een aanslag te plegen op Winston Churchill. Als u me niet gelooft, kunt u Farleigh bellen. Maar eerst moet u Jeremy tegenhouden. Voordat er iets heel ergs gebeurt. Hij was op weg naar een van die vliegtuigen.'

Er klonk geschreeuw. Ze keken allemaal in de richting van het geluid. Een Spitfire taxiede naar de startbaan.

'Hij heeft een vliegtuig gestolen.' Er kwam een piloot aanrennen. 'Hij heeft een van onze mannen neergeschoten en een Spitfire gestolen.'

De motor van het vliegtuig brulde. Het toestel joeg over de startbaan, kwam los van de grond en verhief zich in de lucht.

'Gelooft u me nu?' vroeg Phoebe triomfantelijk.

'Dat was erg moedig van jullie,' zei de commandant van de vliegbasis toen ze hun verhaal voor de zesde of misschien wel de zevende keer hadden gedaan. Ze zaten in zijn kantoor. Iemand had hun een kop thee gegeven. 'Gelukkig is het voorbij. En ook al bent u dan een lady, u mag best huilen, hoor.'

Phoebe trok een gezicht en stak haar kin naar voren. 'Mijn vader zou niet willen dat ik huil in het openbaar. We worden geacht het goede voorbeeld te geven.' Ze stond op. 'Zou iemand mijn ouders kunnen bellen? En ons alstublieft naar huis kunnen brengen?'

Thuis kwamen eindelijk de tranen. Helemaal toen Phoebe ontdekte dat niemand haar had gemist.

'We dachten dat je in de leskamer zat, omdat je geen zin had om bij de voorbereidingen te helpen,' zei Lady Esme. 'Bovendien weet ik hoe vervelend je het vindt om beleefd te moeten zijn tegen mensen die je niet kent.'

'Maar hebben de honden jullie dan niet gewaarschuwd?' Phoebe raakte hoe langer hoe meer van streek door de onverstoorbare kalmte van haar moeder.

Toen was het ineens met die kalmte gedaan. Vol ontzetting keek ze haar dochter aan. 'Ja! Nu je het zegt. De honden gedroegen zich anders dan anders. Vlak voordat de Churchills arriveerden, kwamen ze woest blaffend aanstormen, helemaal uit hun doen. We hebben tegen Soames gezegd dat hij ze binnen moest opsluiten.' En plotseling deed ze iets wat ze anders nooit deed. Ze sloeg hevig geëmotioneerd haar armen om Phoebe heen. 'Ach, meisje toch. Wat verschrikkelijk! Je had wel dood kunnen zijn!'

'Dat scheelde inderdaad niet veel. Als Alfie niet zo moedig was geweest om Jeremy onderuit te halen, was ik misschien wel naar Duitsland ontvoerd. Of Jeremy had me doodgeschoten.' En toen barstte ze, van het ene op het andere moment, in snikken uit.

Tegen de tijd dat ze weer gekalmeerd was en naast haar moeder op de bank zat, vroeg haar vader: 'Maar kindje, waarom heb je niks gezégd? Als je dacht dat iemand de premier wilde doodschieten, waarom ben je dan niet bij ons gekomen?'

'Omdat ik dacht dat u me toch niet zou geloven. En op het biljet met de Zeven Regels staat dat we alles wat we verdacht vinden, bij de politie moeten melden.'

'Bij de politie?' donderde Lord Westerham. 'Je bedoelt de veldwachter? Die verdomde idioot hier in het dorp ziet het verschil niet tussen een spion en een vogelverschrikker!'

'Niet vloeken waar de kinderen bij zijn, Roddy,' wees Lady Westerham hem terecht.

'Onze dochter is, verdomme, ontvoerd door een landverrader! Ze had wel dood kunnen zijn! En dan maak jij je druk over een lelijk woord?' mopperde hij. 'We zouden haar naar een fatsoenlijke kostschool moeten sturen. Dan heeft ze wat te doen en gaat ze niet uit verveling achter spionnen aan.'

Phoebe schonk Dido een triomfantelijke grijns.

'Waarom zij wel en ik niet?' vroeg die verontwaardigd. 'Het is levensgevaarlijk wat ze heeft gedaan, om nog maar te zwijgen van onnozel, en daar wordt ze nog voor beloond ook? Waarom mag ik niet naar kostschool? Of laat me anders op zijn minst vrijwilligerswerk doen en een vrachtauto besturen.'

'Over mijn lijk,' zei Lord Westerham. 'En met jou achter het stuur is dat bepaald niet denkbeeldig.'

Alfie had er tot op dat moment het zwijgen toe gedaan. Hij voelde zich slecht op zijn gemak en wilde naar huis. Merkwaardig, besefte hij, maar 'naar huis' betekende voor hem nu naar het huis van de jachtopziener. Zelfs als er ooit een einde kwam aan de oorlog, wilde hij dan wel terug naar Londen, naar zijn moeder? Hij stond op. 'Ik moet naar huis. Mrs. Robbins zal wel ongerust zijn.'

'Natuurlijk, ga maar gauw,' zei Lady Westerham hartelijk. 'En dank je wel voor wat je hebt gedaan! Dat was heel dapper van je.'

In de deuropening bleef hij nog even staan. 'Trouwens, ik ben erachter wat er op het erf van Baxter gebeurt. Ze maken er kisten. Een heleboel kisten voor dooie mensen.'

'Dan staan ze maar vast klaar voor als de invasie komt,' zei Lord Westerham. 'Maar die is voorlopig afgewend, dankzij wat er vandaag is gebeurd.'

Lady Westerham keek om zich heen alsof ze ineens besefte dat een van haar dochters ontbrak. 'Is Pamma nog bij Ben?'

'Ja, ze is met hem meegegaan naar het ziekenhuis,' antwoordde Margot. 'Wat was dat moedig van hem! Ik hoop zo dat alles goedkomt, dat hij weer helemaal de oude wordt.'

'Hij zal blij zijn dat hij eindelijk iets voor zijn land heeft kunnen doen,' zei Lord Westerham.

In het ziekenhuis week Pamela niet van Bens zijde. Hij zag spierwit, bijna net zo wit als het verband om zijn schouder, maar hij zat rechtop in de kussens en was volkomen helder.

'Ik kan het nog steeds niet geloven van Trixie,' zei Pamela. 'Alles wijst erop dat ze van meet af aan voor de Duitsers heeft gewerkt. En dat ze op Bletchley informatie aan de vijand heeft doorgespeeld.'

'Maar waaróm?'

'Misschien omdat ze het gewoon spannend vond. Ooit zullen we het wel te horen krijgen. Blijkbaar is haar vader altijd al pro-Duits en pro-nazi's geweest. Maar Jeremy… Wat kan hem er in 's hemelsnaam toe hebben gebracht om zijn land te verraden? Denk je dat ze hem gemarteld of gehersenspoeld hebben in Duitsland?'

'Misschien wel uit een misleid gevoel van patriottisme. Er zijn genoeg mensen die denken dat de prijs voor doorvechten te hoog is. Mensen die denken dat door een capitulatie de verwoesting van onze kostbaarste monumenten ons zal blijven bespaard. Zelfs als dat betekent dat we onder Duitse overheersing komen te staan.'

Pamela huiverde. 'We zullen het wel nooit te weten komen. Zou hij naar Duitsland zijn gevlogen? Dat lijkt me het meest waarschijnlijk.'

Bij het geluid van voetstappen keken ze op. Het gordijn rond het bed werd weggeschoven. 'O, neem me niet kwalijk. Ik hoop niet dat ik stoor?' Guy Harcourt glimlachte ondeugend.

'Nee, natuurlijk niet,' zei Pamela.

Guy ging aan het voeteneind van het bed staan. 'Cresswell! Hoe voel je je, kerel?'

'Alsof ik een trap van een ezel tegen mijn schouder heb gekregen. Maar verder prima. Het schijnt dat ik geluk heb gehad. Dat de kogel alleen maar spierweefsel heeft geraakt en het lichaam aan de andere kant weer heeft verlaten.'

'Reken maar! Verdraaid veel geluk. Trouwens, ik heb nieuws. Prescotts vliegtuig is neergehaald boven het Kanaal.'

'Door onze Spitfires?' vroeg Ben.

Guy glimlachte wrang. 'Nee, door een stel Messerschmitts. De ironie ten top.'

Ben pakte Pamela's hand. 'Dat komt toch hard aan.'

'Arme Jeremy.' Pamela slaakte een zucht. 'Wat een afschuwelijke dood.'

'Ik denk eigenlijk dat hij het zo zou hebben gewild. Nog één keer schitteren, als een explosie van vuurwerk.' Ben staarde langs haar heen naar buiten. Jeremy had van jongs af aan deel uitgemaakt van zijn leven en ondanks alles ook voor hem veel betekend.

Het bleef even stil. Op de achtergrond klonken de geluiden die hoorden bij een ziekenhuis: het geratel van een karretje, de bevelende stem van een kordate verpleegkundige.

'Wat ik niet begrijp, is dat hij niet eerder door de mand is gevallen. Die klootzak,' zei Guy. 'De Duitsers dachten natuurlijk dat niemand de uitbraak had overleefd, dus ze gingen ervan uit dat de waarheid nooit aan het licht zou komen.'

'Dus jij denkt dat die parachutist zijn boodschap aan Jeremy moest afleveren?' vroeg Pamela.

'Dat lijkt me duidelijk.' Ben keek op naar Guy en knikte. 'Hij had behalve die foto niets bij zich, dus blijkbaar hoefde hij niet ver te gaan. Geld, gereedschap, distributiekaarten, dat had hij blijkbaar allemaal niet nodig. En we kunnen ervan uitgaan dat Jeremy al een schuilplaats voor hem had geregeld.'

'En die foto was het groene licht voor de datum van de aanslag op Churchill. Dat besluit is genomen zodra de vijand wist dat de premier die dag naar Biggin Hill zou gaan,' concludeerde Pamela.

'Maar hoe wist de vijand van dat tuinfeest op Farleigh?' vroeg Guy. 'Het is behoorlijk riskant om een aanslag te plegen op een militair vliegveld.'

'Het oorspronkelijke plan was om de aanslag op Chartwell te plegen, vermoed ik,' zei Ben. 'Maar de premier besloot uiteindelijk om daar niet langs te gaan. En toen bedacht Lady Westerham dat tuinfeest.'

'Blijkbaar is de boodschap uiteindelijk op een andere manier afgeleverd,' zei Pamela. 'Misschien via een van de radioberichten die we hebben geprobeerd te decoderen.'

'Jeremy heeft de foto gezien,' herinnerde Ben zich. 'Hij kwam naar de afdeling luchtverkenning toen ik daar ook was. Er lag een uitvergroting van de foto op tafel.'

'Wanneer was dat?' vroeg Guy.

'Een paar dagen geleden.'

'Volgens mij moet hij de aanslag al eerder hebben voorbereid,' zei Pamela. 'Dat verklaart ook waarom Trixie aanbood om bij het tuinfeest te komen helpen. De plannen bestonden al veel langer.'

Guy knikte. 'Dat klopt. We vermoeden dat de aanslag deel uitmaakte van een operatie die meteen na Jeremy's thuiskomst in werking is gezet. Een operatie om de invasie te faciliteren, de Hertog van Windsor terug te halen en de koninklijke familie uit te moorden. Dat alles met Jeremy aan het roer.'

Pamela huiverde. 'Ik wil het allemaal niet weten.' Ze stond op. 'Ik moest maar eens gaan. Ze zullen zich thuis afvragen waar ik blijf. Misschien vindt pa het goed dat Margot me komt halen met de auto.'

'Ik kan je wel een lift geven,' bood Guy aan.

'Echt waar? Dank je wel!' Ze schonk hem de stralende glimlach waarmee ze Ben altijd wist te betoveren. 'Dan ga ik nog even mijn neus poederen. Jullie hebben ongetwijfeld nog dingen te bespreken die niet voor mijn oren bestemd zijn.'

'Een slimme meid,' zei Guy toen ze was verdwenen. 'En een schoonheid. Ze reageerde opmerkelijk beheerst, moet ik zeggen.'

'Volgens mij had dat feestje bij Jeremy haar al de ogen geopend.'

'En nu stap jij in het gat dat Jeremy heeft laten vallen.' Guy grijnsde.

'Daar ben ik nog niet zo zeker van. Voor Pamela ben ik de broer die ze nooit heeft gehad.'

'Nou, de blik waarmee ze je aankeek, was niet bepaald zusterlijk. Net zomin als haar reactie toen je was neergeschoten. Ze stortte zich bijna op je!'

Ben staarde naar het plafond. Diep binnen in hem laaide de vonk van de hoop op. Hij zou zijn tijd afwachten en geduld moeten hebben. Maar hij durfde voor het eerst een beetje hoop te koesteren.

Toen schoot hem de vraag te binnen waar hij al een tijd mee rondliep. 'Trouwens, hoe zit het met Margot? Werkt ze voor de Duitsers?'

Guy boog zich naar hem toe. 'Ik zou je dit misschien niet moeten vertellen, maar ze werkt als dubbelagent. Omdat ze geen andere keus had speelt ze informatie door aan de Duitsers. Maar ze infiltreert ook bij samenkomsten van de Ring en ze houdt ons op de hoogte van wat er gaande is. Bovendien heeft ze zich aangemeld bij de dienst Speciale Operaties. Binnenkort gaat ze naar Schotland voor haar training.'

'Sjonge! Wat ben ik daar blij om,' zei Ben opgelucht. 'Dat ze boven elke verdenking verheven is.'

'Tja, het had allemaal veel erger kunnen aflopen. De Duitsers bereidden een aanslag voor op de koning. Die had Margot moeten plegen. Dit weekeinde. Ook op een tuinfeest. De koning én Churchill. Allebei uitgeschakeld. Maar door het bombardement op Buckingham Palace ging het tuinfeest niet door. Bovendien was Margot natuurlijk niet van plan de opdracht uit te voeren. Maar we zijn nu gewaarschuwd, en we zullen in de toekomst nog alerter moeten zijn. Een moedige vrouw, dat is ze.'

Pamela kwam terug. 'Zullen we dan maar?' Ze boog zich over Ben heen, streek zijn haar naar achteren en kuste hem op zijn voorhoofd. 'Ik kom morgen weer,' fluisterde ze. En Guy had gelijk. De blik waarmee ze hem aankeek, was allesbehalve zusterlijk.

HOOFDSTUK 40

In de dorpskerk

Op midzomerdag sprak dominee Cresswell zijn parochie toe tijdens een bijzondere dienst ter nagedachtenis van matroos Robbins. Behalve het hele dorp was ook Lord Westerham aanwezig met zijn familie en zijn personeel. Mr. en Mrs. Robbins zaten op de voorste rij. Ze hielden elkaars hand vast en staarden in hun liedboek terwijl 'O God Die droeg ons voorgeslacht' door de kerk klonk, gezongen door het koor en de gemeente. Alfie zat naast het echtpaar, verdrietig en trots tegelijk.

In de bank links van het gangpad, bij het personeel van Farleigh, was Miss Gumble diep in gedachten verzonken. Als haar pupil naar kostschool werd gestuurd – ze had al een paar eersteklas internaten aanbevolen waar een kind met een helder verstand als Phoebe volledig op haar plaats zou zijn – zou de familie haar niet meer nodig hebben. Misschien dat ze dan haar land zou kunnen dienen, in welke capaciteit dan ook. Ze vroeg zich af bij wie ze dat zou moeten aankaarten.

Ben was uit het ziekenhuis ontslagen en herstelde verder in de pastorie, waar hij door Mrs. Finch in de watten werd gelegd. Toen hij nog in het ziekenhuis lag, was Maxwell Knight bij hem langsgekomen om hem te prijzen voor zijn inzet.

'Ik doe in de toekomst graag weer een beroep op je, Cresswell,' had hij gezegd. 'Ook al blijft het jammer dat je in Oxford hebt gestudeerd.'

Pamela zat ook in de kerk. Ze had voor de gelegenheid vrij kunnen krijgen. Sinds Trixies arrestatie had ze haar niet meer gezien, en het kostte haar nog altijd moeite in het reine te komen met alles wat er was gebeurd. Was Trixie al voor de oorlog gerekruteerd en als spion naar Bletchley gegaan? Of hadden de Duitsers haar toen pas benaderd, haar misschien zelfs onder druk gezet of bedreigd? Pamela besefte dat ze op die vraag misschien wel nooit antwoord zou krijgen. En wat Jeremy betrof... De gedachte aan hem was te pijnlijk, ook al zou de wond uiteindelijk wel genezen en het verdriet slijten. Haar blik ging naar Ben, en toen ze zag dat hij naar haar keek, glimlachte ze.

NAWOORD VAN DE AUTEUR

Dit boek is een product van mijn verbeelding, met de werkelijkheid als inspiratiebron.

Aan het begin van de Tweede Wereldoorlog waren er in Engeland diverse pro-Duitse groeperingen en organisaties actief. Een van de gevaarlijkste was de Link, een groepering die voornamelijk uit aristocraten bestond en waarvan de leden geloofden dat het landsbelang werd gediend door het sluiten van vrede met Duitsland, vóórdat alle nationale schatten waren verwoest. Niemand kan met zekerheid zeggen of ze actief zouden hebben meegewerkt aan een invasie.

Maxwell Knight heeft echt bestaan. Hij leidde een afdeling van MI5 vanuit zijn appartement in Dolphin Square dat op naam stond van een zekere Miss Coplestone. Ook Joan Miller is een historische figuur. Zij was niet alleen Knights rechterhand, maar bovendien een eersteklas spion. En Knight hield ook in werkelijkheid dieren in zijn kantoor.

Bletchley Park was precies zoals ik het heb beschreven. U kunt het landgoed nog altijd bezoeken en zien onder welke spartaanse omstandigheden de vele vrijwilligers hun briljante werk verrichtten.

Het kan zijn dat u een overeenkomst hebt opgemerkt tussen Gigi Armande en Coco Chanel, die dankzij haar affaire met een hoge ıitse officier in het Ritz kon verblijven en de oorlog wist te overven.

Lord Westerham en Farleigh bestaan alleen in mijn fantasie, maar locatie van het landgoed bestaat echt en bevindt zich in Kent, vlak ij waar ik ben opgegroeid en op school heb gezeten. Voor Farleigh lace heb ik me laten inspireren door twee bestaande landhuizen in e omgeving: Penshurst Place en Knole House. Beide zijn een bezoek neer dan waard. Chartwell, het landgoed dat Winston Churchill zo lierbaar was, ligt vlakbij.